WONDERLAND

JENNIFER HILLIER

WONDERLAND

PAÍS DAS MARAVILHAS

TRADUÇÃO
CARLOS SZLAK

FARO EDITORIAL

PUBLISHED BY ARRANGEMENT WITH THE ORIGINAL PUBLISHER, GALLERY BOOKS, AN IMPRINT OF SIMON & SCHUSTER, LLC

Diretor editorial **PEDRO ALMEIDA**
Coordenação editorial **RENATA ALVES**
Assistente editorial **LETÍCIA CANEVER**
Tradução **CARLOS SZLAK**
Preparação **DANIELA TOLEDO**
Revisão **BÁRBARA PARENTE**
Capa e diagramação **OSMANE GARCIA FILHO**
Imagem de capa **ESTÚDIO FARO**

Dados Internacionais de Catalogação na Publicação (CIP)
Jéssica de Oliveira Molinari CRB-8/9852

Hillier, Jennifer
País das maravilhas / Jennifer Hillier ; tradução de Carlos Szlak. — São Paulo : Faro Editorial, 2025.
320 p.

ISBN 978-65-5957-785-9
Título original: Wonderland

1. Ficção canadense 2. Suspense I. Título II. Szlak, Carlos

25-0310 CDD-813

Índice para catálogo sistemático:
1. Ficção canadense

FARO EDITORIAL

1ª edição brasileira: 2025
Direitos de edição em língua portuguesa, para o Brasil, adquiridos por FARO EDITORIAL

Avenida Andrômeda, 885 — Sala 310
Alphaville — Barueri — SP — Brasil
CEP: 06473-000
www.faroeditorial.com.br

Para Maddox John e para Kobe
(que saudades de você, meu ursinho)

Destinatários: Todos os colaboradores do País das Maravilhas
Remetente: Nick Bishop
Assunto: Bem-vindos ao País das Maravilhas!

Caros colaboradores,

Bem-vindos ao País das Maravilhas! Estamos muito felizes em tê-los conosco neste verão. Será uma jornada inesquecível! Temos a grande satisfação de estar entre as 100 melhores empresas para os jovens trabalharem no Noroeste Pacífico americano, razão pela qual tantos dos nossos colaboradores não veem a hora de voltar todos os verões.

Trabalhar no País das Maravilhas proporcionará a todos vocês oportunidades nas áreas de atendimento ao cliente, preparação de alimentos, eletrônica, mecânica, manutenção, jardinagem, teatro e performance, venda de ingressos e gestão. Muitos dos nossos colaboradores seguiram carreiras em vendas, contabilidade, ensino e até mesmo entretenimento. Com a experiência de trabalho no País das Maravilhas em seus currículos, não há limites até onde vocês podem chegar. O céu é o limite!

É com grande alegria que recebo vocês em nossa equipe de profissionais jovens e dinâmicos. Não tenho nenhuma dúvida de que vocês vão ter o melhor verão das suas vidas! Esse é o jeitinho País das Maravilhas de ser!

Atenciosamente,
Nick Bishop
Proprietário do Parque de Diversões País das Maravilhas

1

O CÉU ESTAVA COMEÇANDO A CLAREAR QUANDO BLAKE Dozier entrou no País das Maravilhas. Não era muito difícil fazer isso, desde que a pessoa estivesse disposta a atravessar a mata fechada que margeava o lado sul do parque de diversões, algo que poderia ser um tanto sinistro para quem se assustasse com facilidade. Às cinco da manhã, Glenn Hovey era o único funcionário escalado para cuidar do parque. Ele era um guarda esquisito, com inteligência duvidosa, que devia estar vendo algum vídeo pornô, sem prestar atenção nas imagens nos monitores da sala. A vigilância no País das Maravilhas era uma piada. Grande parte das câmeras não funcionava, e as que funcionavam transmitiam imagens de baixa qualidade. No entanto, Blake fez o possível para se manter escondido, caso o "Querido Hovey" — o apelido dado ao guarda pelos colaboradores temporários do parque — estivesse vigiando.

O País das Maravilhas só abriria dentro de cinco horas, mas Blake estava em uma missão. Já fazia semanas que ele vinha pensando nela e, se conseguisse levá-la a cabo, sairia do parque sabendo que havia realizado algo incrível. Aquele era o seu último dia no País das Maravilhas. Na verdade, ele já tinha pedido demissão, mas ainda não havia contado a ninguém.

Mas em breve, todos saberiam.

No último momento, Blake havia decidido que o seu uniforme de trabalho seria apropriado para a missão daquela manhã. A camisa polo roxa e a bermuda cáqui inconfundíveis, feias e odiadas por todos os colaboradores obrigados a usá-las, seriam o definitivo "que se fodam". Ainda mais se a foto viralizasse. O que ele esperava que acontecesse. Porque esse era o objetivo.

Blake seguiu pela Avenida, nome dado ao caminho principal que atravessava o parque ao longo de todo o seu comprimento. O País das Maravilhas parecia um lugar bem diferente sem nenhum público. Com exceção da Roda-Gigante Mágica, que sempre permanecia iluminada, o local estava sombrio e silencioso. Sem crianças histéricas e sem pais cansados. Ninguém de camisa polo roxa servindo algodão-doce ou cachorro-quente nos diversos carrinhos de comida espalhados pelo parque. Sem o sibilo da montanha-russa Legião do Mal e sem o zumbido do Polvo Gigante. O Chapéu Mexicano, que tocava *Living la Vida Loca* e *Bamboleo* no volume máximo durante o horário de funcionamento, estava estranhamente silencioso, com seus balanços pendendo apaticamente do enorme sombreiro de aço ao qual estavam presos. O cachorro de brinquedo diante da barraca de cachorro-quente *Que Delícia!* não estava latindo. O gato de neon em cima do quiosque *Donuts do Pequeno Tom* não estava dançando *twist*.

O parque, que em geral era uma enxurrada de corpos em movimento, barulho e energia, estava todo inanimado. Parecia... morto.

Blake calculou que tinha pelo menos uma hora antes que o Querido Hovey pegasse o carrinho de golfe para verificar a presença de intrusos, supondo que ele fizesse isso mesmo. Blake avaliou se deveria cortar caminho pela Rua dos Olmos, onde ficavam todas as atrações de terror, mas decidiu não seguir com a ideia. Era aterrorizante demais.

Blake havia visitado o Museu dos Palhaços uma única vez, e foi o suficiente. A atração, uma das primeiras desde a inauguração do parque nos anos 1980, era assustadora. Não exibia apenas palhaços de cera, mas também estrelas de cinema de cera, personagens de desenhos animados de cera e, numa sala separada chamada Casa de Bonecas, uma grande coleção de bonecas de porcelana antigas.

Bonecas, pelo amor de deus. Será que elas não eram apenas réplicas de meninas em miniatura? E com aquelas caras brancas e olhos vidrados pareciam garotinhas *mortas*. Pelo visto, a mãe do proprietário original do País das Maravilhas costumava colecioná-las e havia deixado todas para o parque antes de morrer. Blake não entendia o apelo de nenhuma das atrações de terror: a Casa dos Horrores era, em sua opinião, aterrorizante de verdade, e o *Cirque de Sang* (que em francês significava “circo de sangue” e apresentava um espetáculo diferente todos os dias) também não era do seu gosto. Porém, pelo visto, a Rua dos Olmos fazia um sucesso incrível ao longo de todo o mês de outubro, no período que antecedia o Halloween.

Não, valeu, não era para ele. Blake prosseguiu, deixando para trás a Rua dos Olmos, mantendo o foco em seu destino. A Roda-Gigante Mágica ficava na extremidade sul da área de entretenimento do parque, com toda a sua altura equivalente a um prédio de 14 andares brilhando e cintilando. Era a segunda maior roda-gigante da região Noroeste Pacífico, e permaneceu praticamente inalterada nas últimas três décadas. Sob o céu alaranjado da alvorada, a sua silhueta era majestosa.

Blake tinha sete anos quando andou na Roda-Gigante Mágica pela primeira vez. Isso foi 11 anos atrás, mas a lembrança estava gravada em sua mente, nítida e intensa como se tivesse acontecido ontem. Foi a primeira vez que ele chegou a uma altura tão elevada, a primeira vez que viu o Estreito de Puget de cima, a primeira vez que se sentiu assustado e eufórico ao mesmo tempo. As pessoas lá embaixo pareciam pequenininhas, como as estatuetas que a sua mãe colecionava e que exibia em sua cristaleira de curiosidades antes de morrer.

Desde então, Blake se apaixonou pelo País das Maravilhas. Ele gostava tanto que o seu pai, viúvo e viciado em trabalho, havia lhe comprado um ingresso válido por um ano para o parque quando Blake fez doze anos. De junho a setembro, o País das Maravilhas era a segunda casa dele. Era o único lugar onde ele nunca se sentia solitário, nunca se sentia abandonado, nunca se sentia triste.

Ao ter idade suficiente, Blake se candidatou a um emprego. O País das Maravilhas empregava mais de mil colaboradores temporários durante a movimentada temporada de verão, e ele era exatamente o candidato que procuravam: bem-apessoado, entusiasmado e disposto a começar de baixo. O primeiro verão de Blake como colaborador do parque de diversões foi mágico. Ele estava ganhando o próprio dinheiro no mesmo lugar onde pagava para passar o tempo. E ele tinha um plano. A princípio, colaborador temporário do País das Maravilhas durante o ensino médio, depois chefe de equipe durante a faculdade e então gerente de divisão após a formatura. Quem sabe algum dia ele poderia comandar o lugar. Por que não? No País das Maravilhas, tudo era possível.

Até mesmo o amor.

Ao menos, Blake havia pensado que era amor. Agora ele já não tinha tanta certeza. O que havia começado no verão passado como o melhor sexo da sua vida (tudo bem, o *único* sexo da sua vida) havia azedado algumas semanas atrás. Embora Bianca tivesse fingido apoiar os seus planos de progredir profissionalmente no parque, ficou claro que, na verdade, ela não esperava que ele continuasse por lá. Depois que Blake lhe contou que havia adiado a confirmação da sua matrícula na Universidade de Puget Sound até setembro do ano seguinte para poder passar mais tempo com ela, o relacionamento deles mudou. Bianca se tornou fria, distante e desinteressada. Da noite para o dia, ela foi de querer estar com ele o tempo todo — no escritório dela, no galpão de manutenção, *no banheiro público da praça de alimentação, caramba* — a evitar contato visual quando se cruzavam. Bianca disse que havia sido divertido, mas que tinha acabado.

Os sentimentos dela tinham mudado, e era hora de os dois seguirem em frente. Ela disse isso sem compaixão, sem tristeza, nem remorso. Bianca o incentivou a começar a faculdade, lembrando-o de que seria complicado se encontrarem todos os dias. Porém, Blake já havia adiado a confirmação da matrícula na universidade. *Por causa dela.*

Blake não sabia o que fez ou deixou de fazer. Não fazia diferença o que ele havia dito ou não dito. Não importava o quanto ele implorasse. Bianca estava pronta para seguir em frente, e não havia como fazê-la mudar de ideia. Ela tinha usado Blake. Embora as transas incríveis com ela o impedissem de dizer que foi tudo ruim, não era justo. Bianca detinha todo o poder, porque era ela quem estava no comando. Blake era apenas um colaborador temporário do País das Maravilhas, e era tudo o que ele sempre seria para ela.

Ver Bianca no trabalho todos os dias era excruciante. Agora, ela o ignorava quase por completo. As palavras carinhosas que ela havia dito para ele no passado sumiram, assim como as coisas que ela tinha feito em seu corpo que ele só havia visto em vídeos pornôs... Era como se o relacionamento nunca tivesse existido. Os melhores bicos que ele arranjou enquanto contava com a simpatia de Bianca desapareceram, e as tarefas que lhe eram atribuídas estavam se tornando mais insignificantes e degradantes a cada turno. Droga, ele havia passado a última semana limpando os vasos sanitários dentro do mesmo banheiro onde os dois costumavam transar.

Bianca queria que Blake caísse fora do seu precioso parque de diversões? Tudo bem, ele estava indo embora. Mas não antes de fazer uma última coisa.

Ele se aproximou da Roda-Gigante Mágica e levantou os olhos. Com quase 50 metros de altura, já não era a maior roda-gigante da região Noroeste Pacífico (essa honra pertencia à grande roda-gigante no centro de Seattle). Porém, era a mais antiga e, além disso, com as suas cadeiras coloridas e a sua placa de 30 anos com tipografia em estilo circense, tinha um certo encanto retrô que a roda-gigante de Seattle não conseguia igualar.

Naquele momento, a atração ainda não estava em funcionamento, assim como todos os outros brinquedos. E, como todas as atrações, a roda-gigante precisava de uma chave para ser acionada, que Blake não tinha. Mas isso não importava, pois o seu plano não era colocá-la em movimento e andar nela.

O seu plano era escalá-la.

Ele havia passado boa parte da sua vida perto daquela roda-gigante e sabia que era capaz de fazer isso. A Roda-Gigante Mágica era feita de aço e, entre cada par de raios da roda, havia barras em zigue-zague que podiam ser usadas como escadas. Teoricamente, escalar uma escada parecia fácil, mas as barras da roda-gigante ficavam a 1,5 metro uma da outra e inclinadas; ou seja, Blake teria que fazer uma subida desajeitada entre cada barra. E então, depois que ele chegasse ao centro da roda-gigante, teria que se mover ao redor dela para continuar até o topo. Mas era possível, sem dúvida, embora ele tivesse certeza de que ninguém jamais havia tentado isso antes.

No entanto, esse era o barato de ser um praticante de escaladas urbanas. A criatividade era importante. Havia três anos, Blake fazia escaladas livres, e tinha praticado em todos os tipos de estruturas urbanas, incluindo prédios residenciais, comerciais e guindastes de construção, postando as suas façanhas em todas as redes sociais, a fim de ganhar os elogios e a reputação que fazia por merecer.

Ou posta as imagens ou não rola, mano.

A escalada da Roda-Gigante Mágica daria mais um toque a sua lista de realizações, e seria um desfecho perfeito para o seu trabalho no parque. Sem falar que deixaria *Bianca* horrorizada ao saber que ele tinha se atrevido a escalar a maldita e inestimável roda-gigante dela. A ideia o fez sorrir.

Respirando fundo, Blake dedicou um momento para se certificar de que o seu iPhone estava bem seguro na capa de proteção. A capa estava presa a um cordão que ele havia enganchado no cinto. Após enfiar o celular no bolso, ele começou a escalada.

O orvalho da madrugada havia coberto as barras da roda-gigante com uma fina película de umidade, deixando-as escorregadias. Sem pressa, Blake se concentrou em cada um dos seus movimentos, fazendo o possível para não olhar direto para as luzes ofuscantes distribuídas ao longo de cada um dos raios do brinquedo. Ele também evitou olhar para baixo. Nunca se olhava para baixo, não antes de chegar ao topo e poder saborear a vitória da escalada. Centenas de horas de escaladas livres e tradicionais tinham lhe ensinado isso.

No entanto, ao contrário da escalada tradicional, ou seja, com equipamentos, Blake não estava amarrado. Não havia arnês ao redor da cintura, nem corda para salvá-lo caso escorregasse. Isso era o que tornava a empreitada tão arriscada, tão insana e tão incrível.

Ele levou quase meia hora para chegar ao topo, mas quando finalmente conseguiu, soube de imediato que tudo tinha valido a pena. Mantendo um pé equilibrado na barra, ele prendeu a outra perna ao redor do raio. Enfim seguro e equilibrado, Blake se permitiu olhar para baixo e observar o País das Maravilhas e o Oceano Pacífico. De uma altura de 14 andares, dava para ver tudo. Havia amanhecido e o sol agora estava acima do horizonte. Tudo parecia cálido e dourado, e com os primeiros raios de sol no rosto, Blake se sentia como o Super-Homem. O mundo sempre era belo quando se escalava alto o suficiente.

Depois de tirar o celular do bolso, Blake desprendeu o cordão do cinto e o enganchou na barra mais próxima da sua cabeça. Ele encurtou o cordão para que o celular não ficasse balançando e, em seguida, abriu o aplicativo da câmera. Blake precisou de um momento para se colocar na posição ideal e perceber onde a sua cabeça e os braços deveriam estar para obter a foto que queria. Após ligar o temporizador, ele o ajustou para 30 segundos e se posicionou.

Mantendo uma perna apoiada na barra e a outra enlaçada ao redor do raio, Blake se inclinou para trás, com os braços estendidos para mostrar que não estava preso a nada. Então, ele mostrou o dedo do meio e sorriu direto para a câmera. Era importante registrar a grandiosidade daquele momento.

Ele tirou algumas *selfies* naquela posição e, em seguida, voltou a agarrar o raio da roda-gigante. Grande parte das fotos ficou boa, mas havia uma que acabou sendo a vencedora. Nela, ele parecia um deus da escalada livre. A luz iluminava perfeitamente o seu rosto e, abaixo dele, estava o País das Maravilhas e o cintilante Oceano Pacífico.

Depois de alguns toques na tela do celular, a foto foi carregada em todas as suas contas das redes sociais. Ele até foi um pouco mais longe e a tornou a sua foto de perfil no Facebook. Naquela hora da manhã, levaria um tempo até que os comentários e as "curtidas" começassem a pipocar, mas Blake sabia que a foto causaria impacto. Ele já podia imaginar o que os seus amigos diriam. Também sabia o que a administração do parque de diversões diria, em especial sobre o dedo do meio, e a ideia o fez sorrir.

Porque *você que se dane, Bianca.*

Enquanto Blake estava prendendo o celular ao cinto, um movimento abaixo chamou a sua atenção. Havia um carrinho de golfe avançando depressa pela área de entretenimento do parque, indo direto para a Roda-Gigante Mágica. *Merda.* O Querido Hovey não estava se masturbando na sala de segurança como deveria, e Blake estava prestes a ser pego. Ele achou que teria tempo suficiente para descer, mas, pelo visto, o guarda havia decidido que naquele dia, entre todos os dias possíveis, ele realmente ia fazer o seu trabalho.

Droga! O que Blake deveria fazer agora? Se a notícia de uma prisão vazasse antes que as pessoas vissem a sua foto nas redes sociais, isso arruinaria o impacto da sua façanha. E o impacto era tudo o que importava.

O carrinho de golfe parou junto à roda-gigante e alguém desembarcou dele. Blake achava que era o Querido Hovey, mas de tão alto, a pessoa parecia menor. Glenn Hovey era vagaroso e obeso, e essa pessoa não parecia ser nem uma coisa nem outra.

Beleza, já chega, Blake pensou. *Cai fora daqui, babaca. Vaza.*

Porém, a pessoa não saiu dali. Blake observou quando quem quer que fosse se aproximou da base da roda-gigante. E do nada, sem aviso prévio, a música da Roda-Gigante Mágica começou a tocar. Uma melodia de carnaval sem graça e estridente, que Blake tinha ouvido inúmeras vezes, começou a ressoar pelos alto-falantes do brinquedo. No silêncio e na tranquilidade do início da manhã, o barulho repentino era dissonante. Blake deixou o celular cair para agarrar o raio de aço com as duas mãos. Por sorte, o aparelho ainda estava preso ao cordão e pendeu do seu cinto.

E então a roda-gigante começou a girar.

O movimento era lento, apenas alguns centímetros a cada poucos segundos, mas a rotação foi suficiente para que Blake se desequilibrasse. O seu pé esquerdo, apoiado sobre uma barra fina e inclinada, escorregou e ficou suspenso no ar. O pânico tomou conta dele. O peso repentino da perna sem apoio, junto com a rotação contínua da roda-gigante, fez com que a sua mão esquerda suada perdesse a aderência. Um instante depois, a mão direita também escorregou.

Merda, merda, eu vou cair...

Numa última tentativa, Blake procurou agarrar o poste, mas não conseguiu alcançá-lo. Os seus dedos ficaram estendidos no ar, agarrando o vazio.

2

VANESSA CASTRO HAVIA PEGADO NO SONO AO LADO DO desconhecido, algo que achava que não seria capaz de fazer. Ela não se sentia à vontade em camas estranhas, incluindo camas de quartos de hotel, de quartos de hóspedes da casa de amigos e de homens que tinha conhecido apenas algumas horas antes.

O sol já estava brilhando e ela podia ver um raio de luz entrando pela janela do quarto, por onde as cortinas não se fechavam de todo. O companheiro de cama estava roncando a seu lado. Vanessa se sentia aliviada pelo fato de ele estar dormindo, porque assim poderia escapar sem a habitual e constrangedora despedida, que incluiria um deles dizendo algo como: "Eu te ligo" ou "Vamos sair para jantar qualquer dia desses". Coisas que as pessoas diziam umas às outras quando não tinham a intenção de ligar ou jantar. Coisas que as pessoas diziam umas às outras na manhã seguinte à noite anterior.

Ele havia dito que o seu nome era Oz, mas Vanessa não sabia se era verdade, e isso pouco importava. Ela tinha dito que se chamava Lynn, o seu nome do meio. Eles se deram bem logo de cara depois que ele se aproximou dela no bar, e em menos de dez minutos, ela ficou sabendo que ele estava lá pelo mesmo motivo que ela. Nos arredores da cidade, o Tango Bar era um local muito conhecido de paquera, o lugar onde se ia especificamente para conhecer novas pessoas que talvez nunca mais se vissem, para um bate-papo, uma cerveja artesanal e o que mais viesse depois.

Eles evitaram as perguntas habituais de apresentação como "De onde você é?" e "Onde você trabalha?". E apenas passaram a primeira metade da noite sentados nas banquetas junto ao balcão, mantendo uma postura cuidadosamente impessoal. Ficaram conversando sobre o Seahawks, o Mariners e o Sounders, uma conversa que ia fluindo com mais naturalidade após cada cerveja. Oz ficou impressionado com o conhecimento dela sobre futebol americano, e menos com o conhecimento sobre beisebol e futebol, e quando esses assuntos se esgotaram, a conversa deles se direcionou para o País das Maravilhas. Ele a entreteve com as histórias sobre primeiros anos, antes de o parque ser comprado por Nick Bishop, o atual proprietário. Sem dúvida, Oz admirava muito Bishop, a quem considerava como um amigo, e não tinha a mesma admiração por Jack Shaw, o proprietário original e fundador do parque de diversões, e um homem que era odiado pela maioria das pessoas em Seaside.

Era razoável supor que Oz atualmente trabalhasse para o parque de alguma forma — muita gente de Seaside trabalhava lá —, mas ele não confirmou isso e Vanessa não perguntou. Ele era um pouco mais velho do que ela, talvez na casa dos quarenta e poucos anos, mas a confiança e o sorriso fácil o faziam parecer mais jovem.

Após exatamente três cervejas para cada um, Oz pagou a conta e a convidou para continuar bebendo na casa dele. Vanessa aceitou o convite sem pestanejar. A naturalidade com que ele havia feito o convite sugeriu que ele já tinha feito isso algumas vezes antes, e a naturalidade com que ela aceitou deve ter transmitido a mesma ideia a ele. Mais uma vez, isso pouco importava. Tudo o que ela queria era não acabar sozinha naquela noite na casa nova, com as lembranças do passado amontoadas em caixas que ela ainda não tinha desempacotado. Por isso, ela estava usando calça jeans, um par de sapatos de salto alto e o seu único sutiã da Victoria's Secret por baixo da blusa decotada. Oz morava a apenas três quarteirões de distância, e ainda que eles devessem ter ido a pé por causa do nível de embriaguez deles, o ar fresco da noite os teria feito recuperar a sobriedade. Nenhum dos dois queria isso. Além do mais, levar o carro dela permitia uma escapada mais rápida pela manhã.

Eles fizeram sexo duas vezes. A primeira foi no sofá da sala dele, depois de duas doses de tequila, e foi aquele tipo de sexo em que um vai arrancando a roupa do outro, desajeitado, intenso e rápido. A segunda vez foi um pouco mais tarde, no quarto dele, e os dois não tiveram pressa e aproveitaram o momento. Se Oz era casado, não havia evidências disso em nenhum lugar. Não que Vanessa estivesse prestando muita atenção aos detalhes. Ele não estava usando aliança, e isso era o suficiente para ela.

Por mais um momento, Vanessa ficou observando Oz dormir. Mesmo na iluminação mínima do quarto, com um lado do rosto dele encostado no travesseiro, dava para ver os ângulos bem definidos do seu queixo, a curva dos seus lábios e o contorno marcante das suas sobrancelhas. Isso também era incomum. Na experiência dela, os príncipes acabavam virando sapos logo que o efeito do álcool passasse. Ela teria se sentido atraída por ele mesmo sóbria. Vanessa se perguntou se ele sentiria o mesmo por ela — claro que ele tinha feito elogios sobre o seu cabelo escuro, os olhos escuros e o corpo curvilíneo na noite anterior —, mas ela não pretendia ficar para descobrir.

Vanessa deixou a cama devagarinho, com cuidado para não balançar o colchão. Em silêncio e depressa, ela se vestiu e escapuliu do quarto dando um breve suspiro de alívio. Com os sapatos de salto alto em uma das mãos e a bolsa na outra, ela desceu a escada na ponta dos pés e, descalça, saiu pela porta.

Essa seria a última vez que ela faria isso. Quando as crianças se juntassem a ela no fim de semana, as camas estranhas e os homens estranhos ficariam no passado. A sua dor teria que se manifestar de outra maneira.

Ao dirigir de volta para casa, Vanessa não pôde deixar de comparar Seaside a Seattle. Apelidada de "Maravilha de Washington", de acordo com a placa ao lado da autoestrada, Seaside era pitoresca. Pequena o suficiente para manter o encanto, mas grande o suficiente para ter todas as comodidades, era uma cidade segura, limpa e situada à beira do Oceano Pacífico. E era o lar do País das Maravilhas, o maior parque de diversões do Noroeste americano.

Ao virar na rua principal de Seaside, Vanessa conseguiu ver a silhueta da Roda-Gigante Mágica e das montanhas-russas, ainda que estivessem a três quilômetros de distância. Por causa do País das Maravilhas, todos os negócios locais prosperavam, e não só no verão, mas durante todo o ano. Seaside tinha dinheiro, e de sobra. E não economizava recursos para garantir que tudo estivesse sempre bonito.

E estava. O centro da cidade, com os seus carvalhos imponentes projetando sombras nas calçadas e as suas placas de loja à moda antiga, parecia algo saído de um cartão-postal. Na verdade, era possível comprar cartões-postais em quase todas as lojas da região central com fotos de todas as lojas da região central. Seaside se orgulhava do seu próprio apelo estético.

Não tinha sido sempre assim. Em meados dos anos 1990, quando o País das Maravilhas ainda era chamado de Mundo das Maravilhas, a cidade não andava muito bem. As acusações contra Jack Shaw já não eram mais ignoradas e, finalmente, ele acabou sendo acusado de diversos casos de abuso sexual. Os denunciantes eram vários jovens que trabalharam para ele nos anos 1980. O horror de toda a situação havia maculado a reputação de Seaside, mas pouco antes do início do julgamento, Shaw morreu.

Naquele momento, o parque de diversões — e Seaside de modo geral — havia caído em decadência. Diversos negócios no centro da cidade, com a corda no pescoço no verão, fecharam no inverno. Muitas famílias se mudaram, e os turistas foram gastar dinheiro em outros lugares. Vanessa tinha passado um verão incrível trabalhando no parque de diversões entre o fim do ensino médio e o início da faculdade e, no período em que ficou ali, o País das Maravilhas nunca havia estado mais do que a metade cheio em seu dia de maior movimento.

Mesmo assim, Vanessa aproveitou bastante o seu tempo em Seaside. Pela primeira vez, ela tinha ficado longe de casa. O País das Maravilhas tinha sido o seu primeiro emprego de verdade, onde havia aprendido a fazer algodão-doce e maçãs do amor. Apesar de decadente naquela época, Seaside tinha sido o primeiro lugar em que ela se apaixonou. Marcus, um garoto da cidade com cabelo desgrenhado e uma moto Harley, a havia levado para a praia na noite do Dia da Independência para observar o show de fogos de artifício. Eles dividiram um baseado, conversaram a noite toda e, então, ele tirou a virgindade dela na areia durante a alvorada. Aquele verão foi a primeira e última vez que Vanessa sentiu que estava exatamente onde queria estar. Foi a primeira e última vez que ela se sentiu livre de verdade.

E talvez isso explique por que Vanessa decidiu se mudar para Seaside com a sua família. Ela não analisou isso com muita atenção, e ninguém em seu emprego anterior tinha perguntado. A maioria deles nem sequer havia se despedido.

John-John tinha ficado triste quando Vanessa lhe contou que estavam se mudando. Ele tinha apenas sete anos, mas com idade suficiente para frequentar uma escola de que gostava e amigos de que sentiria saudade. O fato de o País das Maravilhas ficar em Seaside tinha ajudado a amenizar as coisas. Toda criança adorava o País das Maravilhas, e o seu filho não era exceção.

Por outro lado, Ava ainda não estava convencida. Na melhor das hipóteses, garotas adolescentes eram difíceis, e as circunstâncias estavam longe de ser ideais. Aos quatorze anos, Ava já tinha idade suficiente para entender por que eles tinham que deixar Seattle, mas não fazia segredo de que se ressentia de Vanessa por tirá-los da cidade que ela amava. Segundo a filha, começar o ensino médio na Seaside Academy no outono era "equivalente a um suicídio social". O único consolo era que ela tinha sido contratada para trabalhar no País das Maravilhas durante o verão, o que seria o seu primeiro emprego de verdade além de babá.

As crianças só chegariam a Seaside quando as aulas terminassem em alguns dias, enquanto isso, estavam ficando com a avó. A condição de moradia atual era outra coisa que desagradava Ava. Ela vivia reclamando que a avó cozinhava "coisas esquisitas e intragáveis". Em segredo, Vanessa concordava. Cecilia Castro — mãe do seu falecido marido John, e não mãe de Vanessa — havia se tornado vegetariana aos sessenta anos, e gostava de oferecer aos netos comidas como hambúrgueres de feijão e panquecas de tofu.

Seu celular tocou, e o identificador de chamadas exibiu o nome de Cecilia. Vanessa sorriu. Era cedo demais para uma ligação da sogra, mas não para uma de John-John, que sempre era a primeira pessoa a acordar.

Ela colocou o celular no viva-voz.

— Bom dia, querido.

— Por que você já está no carro? — ele perguntou, parecendo que já estava acordado havia horas.

— Tenho um compromisso cedo — Vanessa respondeu, amaldiçoando mentalmente a si mesma por ter que mentir. — O que está rolando, macaquinho?

— Eu estava pensando no País das Maravilhas. — John-John não tinha paciência para conversa fiada.

Vanessa podia imaginá-lo sentado na sala, com o telefone sem fio de Cecilia junto ao ouvido, usando o seu pijama do Homem-Aranha. Naquele momento, ela sentiu tanta saudade dele que quase perdeu o fôlego.

— Aparentemente a Legião do Mal é a montanha-russa mais alta e mais rápida do mundo.

— Do mundo? — Vanessa disse com um tom de condescendência, sabendo que não era verdade. — Até mais alta e mais rápida do que a montanha-russa da Disneylândia?

— Aparentemente — John-John disse, porque "aparentemente" era a sua nova palavra favorita. — Agora eu já sou grande para andar nela. No ano passado, eu não era, lembra?

Vanessa lembrava. O País das Maravilhas havia sido por muito tempo um destino anual para a família Castro. Eles alugavam uma casa na praia, e Frank Greenberg, o velho amigo de John dos tempos do exército e que morava em Seaside, vinha para o jantar quase todas as noites. No fim de semana, todos iam juntos ao País das Maravilhas, despedindo-se de Frank antes de voltarem para casa após o almoço dominical. Todos os anos, em agosto, por nove anos consecutivos.

Mas não naquele ano. Era difícil de acreditar o quanto havia mudado em apenas seis meses.

— Se você tiver a altura necessária, então vai poder andar na Legião do Mal — Vanessa disse. — A sua avó já acordou?

— Já. Ela está lá preparando o café da manhã.

— E a sua irmã?

— Tentei acordar ela, mas ela jogou o travesseiro em mim e gritou para eu sair do quarto dela. Aparentemente, ela ficou acordada até tarde na noite passada brigando com um garoto por mensagens. Ela disse que ele é um cretino. O que é um cretino?

— É, bem… — Vanessa balbuciou, tentando encontrar uma maneira apropriada de explicar, mas atinou que não conseguiria, e então disse: — É uma palavra feia. Não use de novo.

— Tá bom. Você vai vir pegar a gente amanhã?

— Amanhã não, querido. Vou ver você no fim de semana, lembra? A casa está quase livre das caixas e pronta para ser habitada.

Exceto pelas coisas do seu pai, Vanessa pensou, mas não disse. Ela parou na entrada da garagem.

— Tá bom. — John-John era sempre tão cordato. — Tenho que desligar. A vovó disse que o meu omelete está pronto. — Ele abaixou a voz. — Está com um cheiro esquisito. Ela colocou queijo vegano.

Vanessa riu.

— Coma mesmo assim. É bom para você. Eu te amo. Vou te ligar hoje à noite.

Ela desligou e entrou em casa. Depois de deixar as chaves na mesa, foi direto para a cozinha, fazendo questão de não olhar para as caixas na sala ainda não desempacotadas. Ela as tinha deixado para o fim, sem saber direito o que faria com o conteúdo delas. Afinal, eram as coisas de John.

Vanessa ligou a cafeteira e olhou pela janela da cozinha. O País das Maravilhas estava ao longe, e dava para ver muito bem a Legião do Mal, e tomara que John-John já fosse grande o suficiente para poder andar nela. Ele ficaria bastante decepcionado se ainda não pudesse, e Vanessa achava que não conseguiria suportar ver os filhos ainda mais decepcionados do que já estavam. Ao lado da montanha-russa com vários *loopings*, situava-se a imensa Roda-Gigante Mágica, toda reluzente e com as suas cadeiras coloridas balançando discretamente com a brisa.

Então, a solidão a envolveu por inteiro. Sentando-se à mesa, Vanessa chorou por uns bons cinco minutos. Em seguida, ela se recompôs, como tinha conseguido fazer todos os dias da semana anterior, e subiu para tomar um banho quente. Ela precisava tirar o cheiro do homem da noite anterior do corpo. Enquanto se ensaboava, rezou para não voltar a encontrar Oz; ou qualquer que fosse o seu nome verdadeiro. Não havia espaço em sua vida para complicações, mesmo que ela tivesse gostado dele um pouco mais do que estava disposta a admitir.

Uma hora depois, com o cabelo lavado e roupas limpas, Vanessa entrou pelas portas de vidro do Departamento de Polícia de Seaside, com a arma guardada no coldre em sua cintura. Embora fosse apenas a sua segunda vez ali, o policial responsável pela recepção a reconheceu assim que ela entrou.

— Bom dia, chefe-adjunta — ele disse. — Bem-vinda ao Departamento de Polícia de Seaside.

3

OSCAR TREJO, VICE-PRESIDENTE DE OPERAÇÕES DO PARQUE de diversões País das Maravilhas, atravessou a área de entretenimento do parque até a lixeira mais próxima e vomitou de forma contida o seu café da manhã. Ele ficou perturbado ao perceber que os ovos mexidos que tinha preparado naquela manhã, algumas horas depois que o seu caso de uma noite havia saído de fininho, pareciam quase iguais ao ser expelidos como eram ao ser consumidos.

O sujeito sob a Roda-Gigante Mágica parecia estar morto havia algum tempo. Oscar tinha presumido que ele estava dormindo, pois já tinham ocorrido incidentes com moradores de rua dormindo dentro do parque antes. Porém, quando ele sacudiu o ombro do homem, viu que se deslocou para o lado, fazendo o estômago de Oscar embrulhar. O fedor no ar não era devido ao fato de o cara ser um sem-teto. Era porque ele estava morto, com o rosto todo irreconhecível porque, bem, ele não tinha mais um rosto. Algo — algum tipo de animal selvagem, ao que parecia — tinha devorado grande parte dele, e o que restava era um pedaço ensanguentado que Oscar só havia visto em filmes. Se não fosse pelo fedor da putrefação, ele poderia ter pensado que alguém da Rua dos Olmos havia perdido um adereço.

Oscar não conseguia nem imaginar como isso tinha ido parar ali. Com certeza não estava ali no dia anterior: um corpo humano em decomposição no meio do parque não teria passado despercebido.

O cheiro — uma putrefação doce e enjoativa que parecia impregnar o ar de uma maneira que nenhum outro cheiro jamais havia feito — voltou a atingir Oscar e, dessa vez, ele vomitou as tripas. O álcool que ele havia consumido na noite anterior não estava ajudando em nada. Oscar tirou um lenço do bolso, limpou a boca e, em seguida, pegou o celular para ligar para Glenn Hovey. O guarda ainda estava em serviço por mais meia hora, e Oscar estava irritado por não ter sido Hovey a descobrir o corpo, em vez dele.

O guarda não atendeu. Xingando, Oscar deixou uma mensagem para Hovey ligar de volta e, então, tentou o telefone fixo da sala dele. Mais uma vez, ficou sem resposta. Ou Hovey estava no banheiro vendo alguma coisa que não deveria em seu iPad, ou não tinha vindo para cumprir o seu turno da noite. De novo.

Oscar mordeu o lábio e ligou para Bianca Bishop. Ele não queria fazer essa ligação, mas sem dúvida era necessária. No entanto, a CEO do País das Maravilhas também não atendeu. Cadê todo mundo?

— Ainda é cedo demais para essa merda — ele disse com seus botões, fazendo careta por causa do gosto ácido dos ovos regurgitados agora presente na boca.

Mas, falando sério, será que alguma vez foi conveniente encontrar um cadáver no trabalho? Não era como encontrar um coelho ou um rato morto, que até apareciam com certa frequência. Nesse caso, ele podia simplesmente chamar alguém do departamento de manutenção para removê-los. Um cadáver humano era um nível de transtorno bem diferente e, embora Oscar se sentisse mal pensando assim, isso não deixava a situação menos verdadeira.

Depois de pegar uma garrafa de água do seu carrinho de golfe, Oscar enxaguou a boca, tentando diluir o gosto do vômito. Ele revisou mentalmente as suas opções.

Ligar para a polícia era a atitude mais óbvia. Mas aquele era o País das Maravilhas. As coisas eram feitas de uma certa maneira no parque e, se Oscar não seguisse o protocolo — que, nesse cenário, significava ligar para a polícia *antes* de entrar em contato com Bianca Bishop —, ele estaria correndo o risco de provocar uma confusão enorme. O corpo de bombeiros, a polícia e os paramédicos apareceriam com as sirenes e as luzes piscando, alertando o público de que algo terrível tinha acabado de acontecer ali. Haveria pessoas por toda parte, investigando, examinando, analisando, coletando qualquer prova que pudesse explicar a presença de um cadáver e desvendar o crime cometido. Alguns jornalistas apareceriam e começariam a fazer perguntas. O País das Maravilhas seria o destaque de todos os noticiários da tevê até o meio-dia. A publicidade seria terrível, e a bela e jovem Bianca Bishop ficaria à beira de um ataque de nervos. E então ela responsabilizaria Oscar, mesmo que não fosse culpa dele.

Porém, se Oscar não ligasse para a polícia e, em vez disso, fosse procurar a sua chefe, ele correria o risco de *outra* pessoa encontrar o corpo. O primeiro grupo de colaboradores do parque estava programado para chegar em dez minutos, e não havia como não encontrarem, pois o corpo estava em decomposição na área de entretenimento do parque, à vista de todos. Um dos colaboradores ligaria de imediato para a polícia, o que, sem dúvida, era a coisa certa a fazer, e que resultaria na chegada dos bombeiros, policiais, paramédicos e luzes piscando. Os repórteres apareceriam. O parque seria notícia até o meio-dia. Mas, nesse caso, as imagens acabariam aparecendo nas redes sociais. Porque era isso que os colaboradores do parque faziam hoje em dia: registravam cada aspecto das suas vidas no Instagram, no Facebook e no Twitter para o mundo inteiro ver. As imagens viralizariam, Bianca ficaria fora de si, e toda a culpa ainda recairia sobre Oscar.

Ele tentou ligar para Bianca uma última vez. Ela tinha um apartamento no próprio parque, no último andar do prédio administrativo no extremo leste, mas ele não sabia se ela estava lá e não estava disposto a ir até lá e bater na porta. Na última vez que fez isso, ela estava na cama com alguém. Embora Oscar e a CEO não fossem mais amantes, ele preferia não saber nada sobre os relacionamentos pessoais dela, se pudesse evitar.

A ligação voltou a cair na caixa postal, e ele tomou a sua decisão. Oscar enviou uma mensagem curta para Bianca, descrevendo o que ele tinha encontrado e, em seguida, com um suspiro profundo, ligou para a polícia.

Após ouvir a descrição da ocorrência e fazer algumas perguntas específicas para esclarecimento, a atendente de emergência policial assegurou a Oscar que a polícia de Seaside estava a caminho. Conforme o protocolo, o corpo de bombeiros e os paramédicos também viriam. A voz da atendente soava familiar, e Oscar se perguntou por um instante se era alguém com quem ele tinha saído alguns anos atrás. Mas, sem dúvida, seria inadequado perguntar isso durante uma chamada de emergência. Tudo o que Oscar podia fazer era desligar a chamada e esperar que o alvoroço começasse. Um defunto aparecer em algum lugar em Seaside sempre era um grande acontecimento, mas um defunto aparecer no *País das Maravilhas* era algo bem diferente.

Oscar se arrastou de volta para o seu carrinho roxo de golfe. Os portões principais do parque exigiam um cartão de acesso naquela hora da manhã. Ele teria que dirigir de volta para a entrada para liberar para todos.

Enquanto avançava rápido pelo parque, Oscar pensou, e não pela primeira vez, em como a sua vida poderia ter sido diferente se ele nunca tivesse voltado para Seaside. Se tivesse continuado no exército em vez de voltar a sua cidade natal para trabalhar para o seu grande amigo Nick Bishop, que tinha acabado de comprar o parque de diversões onde os dois haviam trabalhado na adolescência, e que tinha planos de transformá-lo num lugar muito diferente. Oscar havia ajudado Nicky a reconstruir o parque do zero e, na verdade, ele deveria estar no comando do parque agora, e não a sobrinha de Nicky, Bianca.

Não, Oscar não estava amargurado, mas estaria mentindo se dissesse que não estava decepcionado.

O som das sirenes estava ficando mais alto. Então, Oscar pisou no acelerador. Bianca ficaria furiosa quando recebesse a sua mensagem. Isso era tão certo quanto o raiar do sol. Ele só torcia para que ela descontasse a raiva em qualquer colaborador adolescente com quem estivesse se envolvendo no momento, e não nele.

4

O LEMA DO DEPARTAMENTO DE POLÍCIA DE SEASIDE ERA "Proteger, Respeitar e Servir". Estava estampado em letras grandes na parte inferior do logotipo, que estava em todos os lugares: nas canecas de café, nos cartões de visita, na parede da área principal e nas camisetas à venda na loja de presentes do departamento por 20 dólares mais impostos.

O contingente de Seaside incluía 35 policiais, seis investigadores, dois sargentos, uma chefe-adjunta e um chefe de polícia. A parede no saguão principal exibia a foto de cada integrante, e em breve a de Vanessa se juntaria a elas. Para ela, era incrível que todas as fotos coubessem numa única parede. A polícia ali estava longe de ser do tamanho do Distrito Policial do Oeste de Seattle, de onde Vanessa havia se transferido.

O policial que a tinha recebido a passou para outra policial, uma loira que tinha no máximo trinta anos, a julgar pela ausência de rugas em seu belo rosto. Ela se apresentou como Claire Moran, e fez questão de dizer a Vanessa que havia se "voluntariado" para mostrar o local. Embora as suas palavras fossem bastante corteses, o seu tom de voz e a falta de cordialidade deixavam claro que ela gostaria de estar fazendo mil outras coisas diferentes.

Durante a sua rápida visita ao departamento, Vanessa foi apresentada sem entusiasmo a cerca de uma dúzia de policiais e a alguns membros da equipe administrativa. O resto do pessoal estava ocupado demais para cumprimentá-la ou simplesmente não estava interessado, e a cada minuto que passava, ficava cada vez mais evidente que Vanessa não era bem-vinda ali. Ela não fazia ideia do motivo pelo qual estava sendo tratada daquela maneira; em geral, esse tipo de tratamento estava reservado para novatos, o que ela com certeza não era.

Sozinha em sua nova sala, Vanessa desempacotou os poucos itens pessoais que havia trazido. Uma pequena foto emoldurada de Ava e John-John ganhou o lugar de honra em sua mesa. O seu caderno com capa de couro preta — nada de iPad mini para ela — foi posto ao lado da foto, junto com a sua caneca favorita de casa. Ela estava em uma das seis salas que se alinhavam no limite externo da área principal, e tinha uma parede envidraçada que dava vista para o departamento. Atrás dela, uma janelinha proporcionava uma vista do — o que mais poderia ser? — País das Maravilhas.

Naquela manhã, havia uma atividade intensa no departamento e, o que quer que estivesse acontecendo, os policiais pareciam agitados. Vanessa achou ter ouvido alguém dizer que um cadáver havia sido encontrado no parque de diversões, mas ela só conseguiu captar fragmentos de conversas desconexas.

Alguém tinha morrido no País das Maravilhas? Era ridículo ter que perguntar. Ela era a chefe-adjunta da polícia de Seaside, pelo amor de deus. E era o seu primeiro dia de trabalho, caramba. Que recepção era essa, afinal? Bem, o cargo de chefe-adjunta em um departamento de polícia tão pequeno e numa cidade tão pequena quanto Seaside não significava o que significaria em uma cidade maior. Embora Vanessa tivesse uma posição superior a todos ali, exceto a do chefe de polícia Earl Schultz, a maior parte do seu trabalho seria comandar a unidade de investigação, lidando pessoalmente com casos de crimes graves. O resto do seu tempo envolveria auxiliar Earl em qualquer questão administrativa e política de que ele precisasse, que era o único aspecto que não a empolgava. Ela detestava puxa-saquismo em todas as suas formas.

Seu distintivo, identidade e cartões de visita novos estavam prontos, mas Vanessa ainda não tinha um nome de usuário para acessar a sua conta. A policial Moran tinha lhe mostrado onde ficava a copa, e ela se serviu do seu segundo café do dia. O café estava uma droga, mas ela o tomou mesmo assim, desesperada por cafeína graças a todo álcool que havia consumido na noite anterior. Tamborilando os dedos na mesa, ela não conseguia deixar de pensar no cara do bar. Será que ele tinha ficado decepcionado ao acordar e descobrir que ela havia ido embora? Será que eles voltariam a se encontrar? Será que ela queria isso mesmo?

Ela estava em seu novo trabalho por exatamente 20 minutos e já estava pensando em homem. *Para com isso*, disse com seus botões. *Foca em outra coisa.*

Ao abrir a gaveta superior da sua mesa, Vanessa encontrou meia dúzia de canetas esferográficas usadas, alguns cartões de visitas com o nome CARL WEISS, CHEFE-ADJUNTO (o homem que ela havia substituído), e um bolinho recheado parcialmente consumido com a embalagem ainda enrolada. Ela jogou o bolinho no lixo e suspirou.

Que feliz primeiro dia, ela pensou. Como diria a sua filha, ser novato era uma merda.

Após uma leve batida na porta aberta, Vanessa levantou os olhos e viu um homem parado ali. Com vinte e poucos anos, musculoso, bem-apessoado e cabelo bem curto, ele estava vestido com trajes civis. A sua postura indicava que ele era policial; o distintivo dourado preso ao cinto revelava que ele era investigador.

— Bom dia. — Ele estava carregando dois copos de café em uma bandeja numa das mãos e uma pilha de pastas na outra. O café era do Grão Verde, um café no centro, e o aroma estava incrível. — Era para eu ter mostrado o lugar para você no seu primeiro dia, mas acabei me atrasando hoje e a fila no Grão Verde estava longa.

— Longa, mas valeu a pena — Vanessa disse, sentindo-se inesperadamente grata pelo comportamento amigável dele. — Café cura tudo. Por favor, diga que um desses é para mim.

— Eu não sabia qual você ia gostar. Um é um café americano e o outro é um latte de baunilha. — Ele mostrou a bandeja. — Escolha à vontade.

— Latte de baunilha, por favor. — Vanessa pegou um copo e sorriu para ele. — Bom jeito de puxar o saco da sua nova chefe.

Ele piscou.

— Eu...

— Estou brincando. — Ela deu uma risada. — Prefiro um pouco de bajulação de vez em quando do que ter que lidar com a loira mal-humorada que me mostrou o lugar e deixou claro que eu estraguei a manhã dela. Obrigada pelo café. Vanessa Castro. — Ela estendeu a mão e eles se cumprimentaram.

— Donnie Ambrose. Investigador. Unidade de investigação. Prazer em conhecê-la. E você deve estar falando da Claire. Ela não é nada fã de manhãs.

— Sente-se. — Vanessa indicou a cadeira do outro lado da mesa. — Você parece bastante jovem para ser um investigador, se não se importar com o que estou dizendo.

— Tenho vinte e seis anos. — Ele se sentou, cruzando as pernas à vontade. — Fui promovido há mais ou menos um mês. Mas daria para pensar que foi ontem. As pessoas aqui ainda estão irritadas com isso. As vagas de investigador não surgem com frequência, e a concorrência é feroz. Eu só estou na polícia há cinco anos.

— Então, você deve ter feito um bom trabalho como policial.

Com uma expressão facial de modéstia, Donnie deu de ombros.

— Eu adoro o trabalho e fui aprovado com louvor no exame de investigador. Também me formei na Universidade de Puget Sound com dupla graduação em criminologia e ciência da computação, aí isso me deu uma vantagem.

— Impressionante — Vanessa disse com um sorriso. — Eu também estudei criminologia na Puget Sound. O que você está fazendo num departamento de polícia de cidade pequena? O FBI adora caras como você.

— Você acha? — Donnie perguntou com um sorriso surpreso. — Eu adoraria trabalhar para o FBI, e deus sabe o quanto estou louco para ir embora de Seaside. Mas não é tão fácil dar esse salto. Cresci aqui e tem muita história. Mas, sabe como é, talvez um dia.

Vanessa concordou. História é algo poderoso. E ela, mais do que ninguém, sabe como é difícil recomeçar num lugar novo.

— São os seus filhos? — ele perguntou, olhando para a foto na mesa dela.

— Ava e John-John — Vanessa respondeu. — Quatorze e sete anos, respectivamente.

— Eles se parecem com você. Deve dar um trabalho e tanto. — Donnie colocou a pilha de pastas diante dela. — Enfim, Earl quer que eu te atualize sobre todos os casos em andamento da unidade de investigação. Posso?

— Claro. A propósito, o que aconteceu no parque de diversões? Ouvi por acaso alguém falando de um cadáver. — Vanessa apontou para a área principal, que ainda estava fervilhando de atividade. — Todo mundo anda muito agitado.

— Ninguém atualizou você? Recebemos uma ligação do País das Maravilhas hoje cedo. Um dos funcionários encontrou um cadáver perto da roda-gigante. Mortinho da silva, na verdade. — O jovem investigador franziu o nariz. — Ao que tudo indica, o corpo já estava fedendo.

— Sério? — Vanessa ficou surpresa. — Se já estava com mau cheiro, significa que está morto há pelo menos alguns dias. O que significa que talvez não tenha morrido no parque. O que significa que morreu em outro lugar e alguém teve a intenção de mudar de lugar. — A mente dela estava a mil e, apesar da ressaca, Vanessa estava começando a se empolgar. Ela achava que Seaside seria um lugar tranquilo, mas um corpo em decomposição abandonado num local público era um caso interessante, para qualquer cidade. — A Roda-Gigante Mágica fica perto da área de entretenimento do parque, não é?

Donnie fez que sim.

— O corpo estava bem à vista.

— Quem assumiu o caso? Talvez eu deva ir até lá. Os homicídios são a minha especialidade, supondo que seja esse o caso.

— Earl assumiu o caso. — O investigador olhou para Vanessa como se ela já devesse saber disso. — Porque se trata do País das Maravilhas.

— Sério? — Vanessa ficou confusa. Em sua experiência, o trabalho do chefe de polícia era sobretudo burocrático. Ela nunca tinha ouvido falar de um chefe de polícia que foi o primeiro a chegar em uma cena de crime.

— Earl cuida pessoalmente de todas as ocorrências do País das Maravilhas. As coisas são feitas de uma maneira específica quando se trata do parque.

O telefone fixo de Vanessa tocou antes que ela pudesse pedir uma explicação mais detalhada. Achando que poderia ser Earl, ela atendeu na hora.

— Agente Castro — ela disse, e de frente para ela, Donnie sorriu. — Ops, quero dizer, chefe-adjunta Castro.

— Preciso falar com Carl Weiss. — O homem do outro lado da linha parecia irritado.

— Lamento, ele se aposentou — Vanessa informou. — Eu sou a nova chefe-adjunta. Posso ajudá-lo, senhor?

— Sim, estou ligando a respeito do meu filho pela enésima vez. Quero saber o que vocês andam fazendo para encontrá-lo.

— Perdão, não peguei o seu nome.

— Não é o meu nome que importa, moça, é o nome do meu filho. Aiden Cole. — O homem soletrou, fazendo questão de enfatizar cada sílaba. Zelosamente, Vanessa anotou em seu caderno de capa preta. — Ele desapareceu há três anos e vocês não estão fazendo porcaria nenhuma. O meu filho tinha só dezoito anos. Ainda um garoto. Você disse que o Carl Weiss se aposentou? Eu ligo para esse idiota todo mês para pedir uma atualização, e ele não falou nada sobre se aposentar da última vez que conversamos.

Vanessa olhou para Donnie e apontou para as pastas que ele havia trazido, sussurrando:

— Aiden Cole?

— Arquivos — Donnie sussurrou de volta, fazendo um gesto negativo com a cabeça. — No porão.

Ela concordou com a cabeça.

— Carl Weiss se aposentou há mais ou menos um mês, sim — ela respondeu junto ao telefone.

— Aleluia! — O homem bufou no ouvido de Vanessa. — Carl Weiss era um zero à esquerda, então, vou considerar isso uma boa notícia. Eu não deixei ele em paz a respeito do meu filho. Fiquei ligando todos os meses, porque ele nunca se dava ao trabalho de me ligar. Mas, pensando bem, por que ele faria isso? Isso indicaria que ele tinha alguma novidade, e por que ele teria alguma novidade se não estava trabalhando no maldito caso?

— Perdão, a pasta não está comigo no momento — Vanessa afirmou. — Lamento, é o meu primeiro dia de trabalho. Posso ligar de volta para o senhor depois que eu examinar o material?

— Você vai mesmo ligar?

— Dou a minha palavra. Eu também sou mãe. Tenho uma filha de quatorze anos, e não consigo nem imaginar o que o senhor tem passado nesses últimos três anos. Sinto muito. — Houve um longo silêncio do outro lado da linha, e após alguns instantes, Vanessa começou a se perguntar se a ligação tinha caído. — Senhor?

— Estou aqui — ele respondeu. — Obrigado pelo que você acabou de dizer. Você parece mesmo se importar.

— E me importo, sim — ela disse. — Agora pode me passar o seu nome e número de telefone.

— David Cole. — Ele soou menos agressivo e deu os números da casa, do escritório e do celular. — Desculpe por ter sido rude com você. É que os meus contatos com Weiss nunca foram produtivos.

— Lamento saber disso, senhor Cole — Vanessa disse. — Me dê um dia ou dois para examinar o caso. E aí, podemos conversar a respeito do seu filho com mais detalhes. Pode ser?

— Está bem. — A voz de David vacilou. — Bem, obrigado. Fico no aguardo do seu retorno.

— Nos falaremos em breve. — Vanessa desligou e olhou para Donnie, que estava verificando as mensagens dele. — Estava falando com David Cole — ela informou.

— Deu para notar. — Donnie guardou o celular. — Ele sempre liga todo mês na mesma hora. Quando ele não conseguia falar com Weiss, gritava com quem tivesse o azar de atendê-lo.

— Bem, eu não o culpo. — O tom incisivo de Vanessa fez o jovem investigador se endireitar na cadeira. — Se ele liga todo mês, por que o caso do filho dele está nos arquivos?

— É onde colocam todos os casos não resolvidos de Carl Weiss — Donnie respondeu. — Aiden Cole era um desses casos.

— O que você lembra sobre o caso?

— Não muita coisa — ele respondeu. — Porque não havia muito o que lembrar. Acho que é um caso de três anos atrás. Aiden deveria pegar um ônibus para Seattle depois da festa de fim de verão dos colaboradores temporários do País das Maravilhas, uma que fazem todo ano. E depois ele deveria pegar a balsa para a Bainbridge Island, onde ele morava. Aiden nunca chegou em casa. Nem sabemos se ele conseguiu pegar o ônibus.

— E a festa foi o último lugar onde ele foi visto?

— Acredito que sim, a menos que Weiss tenha encontrado alguma nova informação em algum momento. E aí estaria na pasta, que está arquivada no porão, e é uma bagunça só. Se você quiser, posso ir procurar — ele disse, parecendo desanimado. — Mas pode levar o dia todo.

Por um momento, Vanessa ficou pensativa.

— Qual é o ramal de Claire Moran?

— 3-5-5.

Vanessa digitou os números no telefone fixo.

— Policial Moran — ela disse quando Claire atendeu. — Aqui é a chefe-adjunta Castro. Preciso que você encontre uma pasta para mim nos arquivos.

— Eu... Tudo bem — Moran disse do outro lado da linha, claramente pega de surpresa. — Está no porão. Posso pedir para alguém...

— Não quero alguém, quero você — Vanessa afirmou de forma animada. — Como você foi tão gentil em me mostrar o departamento hoje, achei que você poderia se beneficiar de uma mudança de cenário.

Donnie soltou um riso de deboche e tapou a boca.

— Que pasta? — a policial perguntou.

— Aiden Cole.

— É uma das pastas do Weiss — Moran disse, com um leve tom alarmado. — Os arquivos não são lá muito organizados... Pode demorar um pouco para encontrar a pasta.

— Ótimo. Deixe na minha mesa até o final do dia. Obrigada. — Vanessa desligou.

— Está se sentindo melhor? — Donnie perguntou.

— Muito.

— Me lembra de não te contrariar.

— É sempre uma boa ideia se lembrar disso — Vanessa disse, sorrindo. — Então me diga, Carl Weiss estava só enrolando David Cole porque não havia mesmo nada que ele pudesse fazer para encontrar o filho dele, ou ele era simplesmente um péssimo... — Ela parou de falar, dando-se conta de que não sabia qual era o relacionamento de Donnie com o ex-chefe-adjunto. Vanessa não queria cometer um deslize.

Donnie riu.

— Não se censure por minha causa. Weiss era um péssimo policial. Terrível. O seu ponto forte era fazer média, se proteger e fazer tudo o que Earl mandava.

Ele era uma merda de investigador, e deve ter sido por isso que trouxeram você. — Ele se inclinou na direção dela. — Pode ser que eu não deva contar isso para você, mas grande parte do departamento não ficou muito feliz com o fato de o Earl não ter promovido ninguém de dentro. Ele nem chegou a fazer entrevistas internas formais. Simplesmente comunicou que você estava chegando. *Por e-mail.*

Vanessa deixou escapar um suspiro.

— Bem, isso explica a recepção nada calorosa que eu recebi. Sinto muito.

Donnie levantou a mão.

— Não precisa se desculpar. Não é sua culpa. Mas a turma aqui tende a guardar rancor, então, não leve para o lado pessoal. Os dois sargentos que estavam disputando o seu cargo se odeiam, mas odeiam ainda mais as pessoas de fora. — Ele fez uma pausa. — Corre o boato de que Earl contratou você porque o novo prefeito pediu. É verdade?

Vanessa presenteou Donnie com o seu melhor sorriso de Mona Lisa.

— Qual prefeito?

Ele voltou a rir.

— Tá bom, tá bom. Não é da minha conta, saquei. — O celular dele vibrou no bolso e ele checou depressa. — Falando do diabo, acabei de receber uma mensagem do Earl. O seu desejo se realizou. Ele quer que a gente vá até o parque de diversões. O resto pode esperar.

Vanessa reservou um momento para terminar o café e, depois, seguiu Donnie para fora da sala.

— O aparecimento de cadáveres deve ser algo bem raro em Seaside. Em Seattle, a menos que fosse a morte de uma celebridade ou um tiroteio em massa, a gente não veria o chefe da polícia ou o chefe-adjunto no local do crime.

— Vai ser muito divertido ver você se acostumar com os hábitos da nossa cidadezinha. — Donnie sorriu enquanto saíam do prédio. Ele apontou para um carro descaracterizado e os dois seguiram até lá. — Você se importa se eu falar com franqueza sobre como as coisas funcionam aqui na polícia de Seaside?

— Na verdade, eu adoraria.

— Quando o País das Maravilhas liga, sobre qualquer coisa, cadáver humano, esquilo morto, qualquer coisa, o chefe vai correndo. Bianca Bishop, a CEO do parque, é osso duro de roer. — Donnie fez careta. — Ela tem o número de telefone da casa do Earl, e nunca hesita em ligar sempre que precisa de alguma coisa da polícia. Earl vive à disposição dela.

— Parece um enorme desperdício de recursos.

— Ah, eu concordo — Donnie disse enquanto eles entravam no carro. — Mas o País das Maravilhas é o negócio mais importante que a cidade tem. Se alguma coisa dá errado lá, se o parque não vai bem, aí Seaside também não vai bem. Isso já foi comprovado antes.

— Pois é, mas nós somos a polícia. A gente não trabalha para o parque.

— Não, a gente trabalha para a cidade, que não consegue sobreviver sem o parque — Donnie afirmou isso sem rodeios, tirando o carro do estacionamento. — É como as coisas sempre foram. Para o Earl, nada do que aconteça no parque é desperdício de tempo.

— Mas para o chefe de polícia...

— É o *País das Maravilhas*, delegada — Donnie disse em tom firme, mas gentil. — Sei que não faz sentido para você, e vai por mim quando digo que o parque é a minha maior dor de cabeça. Já trabalhei lá quando era adolescente e conheço boa parte da equipe administrativa, aí quando o Earl não pode estar lá pessoalmente, quem você acha que ele envia? Eu conheço cada canto e recanto daquele lugar. À primeira vista, parece ser só diversão e jogos, mas vai por mim, aquele lugar não é o que parece.

Vanessa esperou que o jovem investigador dissesse mais alguma coisa, mas ele parecia à vontade em dirigir em silêncio. Donnie tinha razão, ela não entendia, mas estava grata pelo conselho dele. Era só o que faltava se indispor com Earl Schultz por dizer alguma estupidez. Ainda mais por que ele não teve interesse em contratá-la no início.

— A minha filha de quatorze anos já tem um emprego garantido no parque no verão — ela disse. — Ela começa na próxima semana. Você está me dizendo que ela não deveria trabalhar lá?

— Não. Ela vai ficar bem. — O tom de voz dele estava monótono. — Só diga para ela não cair na conversa.

5

Sob o Museu dos Palhaços

BLAKE ACORDOU SOBRESSALTADO, E A PRIMEIRA COISA que percebeu foi uma dor de cabeça insuportável, assim como uma dor latejante atrás da orelha direita, que, por instinto, ele tentou tocar.

Mas não conseguiu, e a segunda coisa de que se deu conta foi que os seus braços estavam amarrados atrás das costas.

A terceira coisa que atinou foi que estava deitado de lado sobre um chão de cimento úmido. Onde quer que estivesse, fazia um frio de rachar.

A quarta coisa que ele notou foi que havia olhos o encarando. Olhos pequenos, vermelhos e brilhantes, observando-o do lado oposto do chão de cimento. Ele não sabia ao certo se estava tendo uma alucinação, ou se eles estavam mesmo lá, porque quando tentava se concentrar a quem ou ao que os olhos pertenciam, sua mente voltava a ficar confusa.

Nada disso fazia sentido. A última coisa que ele conseguia se lembrar era da Roda-Gigante Mágica. Ele tinha escalado aquela porra, com toda a certeza, mas se tinha sido naquele dia, no dia anterior ou há uma semana, não sabia dizer. Ele havia escalado, sim, porque se lembrava do vento no cabelo e o sol quente da manhã no rosto. Mas como tinha descido? E onde ele estava agora? Essa parte estava nebulosa.

Os olhos ainda estavam fixos nele, sem piscar, sem se mover. Era algum tipo de animal, só podia ser. Blake continuou a encarar de volta, ainda mais porque estava escuro demais para ver qualquer outra coisa, e então ele ouviu um ruído de deslocamento.

Os olhos chegaram mais perto. E então, após um novo ruído de deslocamento, os olhos se aproximaram ainda mais.

Semicerrando os seus olhos, Blake procurou se concentrar e, após alguns instantes, ele ouviu. Era um ruído áspero, como o som de dentes rangendo. E então ele viu.

Um rato. Estava a cerca de um metro e meio do seu rosto. Estava olhando bem para ele, com os bigodes balançando e a cauda longa, rosa e sem pelos se arrastando atrás. Os olhos brilhavam, observando-o, como se estivessem estudando o seu próximo movimento. O rato parecia exageradamente grande, como num desenho animado, o que o levou a se perguntar se o animal estava mesmo ali ou se era apenas uma invenção da sua imaginação cruel.

Blake se contorceu, descobrindo que não eram só os seus braços que estavam amarrados, mas também as pernas. Tomado pelo pânico, ele só sabia que precisava sair dali. Precisava escapar do rato. Ele se debateu e se remexeu, mas até o menor movimento fazia a dor de cabeça piorar.

Então, Blake ouviu uma música. Era impossível dizer de onde vinha, mas ele logo reconheceu a melodia estridente.

> Bem-vindo ao País das Maravilhas!
> Ou, como a gente gosta de chamar, o País da Diversão!
> Tem algo aqui para todo mundo
> Se você tem três anos ou é um jovem de oitenta anos!
> Fique, brinque e passe um dia maravilhoso
> Esse é o jeito País das Maravilhas de ser!

Que *porra* é essa? Tudo bem, isso comprovou: ele estava completamente alucinado. Ele deve ter batido a cabeça em alguma coisa ao descer da roda-gigante e perdido a consciência, porque agora a sua mente estava pondo para fora *jingles* aleatórios. Toda criança conhecia a letra da música do País das Maravilhas, e toda criança conseguia cantá-la de cor — fazia 20 anos que o *jingle* não mudava. Isso tudo não passava de alucinação. Ou talvez ele estivesse dormindo e tendo um daqueles sonhos lúcidos sobre os quais ele havia lido, e assim que acordasse, o pesadelo começaria a desvanecer. Em poucos minutos, ele nem devia se lembrar disso.

Acorde, ele disse a si mesmo, voltando a se contorcer e tentando ignorar as marteladas na cabeça que pareciam muito reais. *É só um pesadelo e nada disso está acontecendo mesmo. Você caiu e bateu a cabeça, e logo vai acordar e se dar conta de como tudo isso é uma idiotice. Muitos filmes de terror, seu babaca. Você não deveria ter maratonado a série* Jogos Mortais *na Netflix na semana passada. Olha só, toda essa merda assustadora está na sua cabeça. Então, acorde. Acorde. ACORDE!*

O rato voltou a ranger os dentes e, embora não fosse um som muito alto, cortava os pensamentos de Blake como uma lâmina amolada.

Não era um sonho. Por mais que Blake quisesse que fosse, ele sabia que não era.

Ele observou, impotente, quando o rato começou a se mover em sua direção com determinação, com as garras arranhando o cimento frio e os dentinhos afiados reluzentes sob os bigodes.

Abrindo a boca, Blake respirou o mais fundo que conseguiu e gritou a plenos pulmões.

Porém, nenhum som saiu. Ele só conseguiu ouvir o barulho de movimentação apressada, chegando mais perto, e então ainda mais perto.

6

HARRY SEM-TETO, COMO O CADÁVER HAVIA SIDO APELIDADO pelas pessoas de bom coração do Twitter, ainda não tinha sido identificado, mas as suas fotos estavam em todas as redes sociais. Era o pior pesadelo de Oscar, justo aquilo que ele havia desejado evitar a todo custo. A primeira foto apareceu on-line às 9h05, postada por alguém chamado @Chico_Roxxxx, que havia escrito: "Defunto encontrado no #PaísdasMaravilhas, tão repugnante que o rosto dele até sumiu".

Às nove e dez da manhã, a foto já tinha viralizado e, em algum momento, alguém havia apelidado o defunto de #HarrySemTeto. Oscar só podia imaginar que o apelido se baseava nas roupas do morto, que estavam rasgadas, esfarrapadas e imundas de terra e só deus sabe mais o quê. Ele supôs que o nome Harry tinha sido escolhido por causa de como soava. De acordo com o chefe de polícia Earl Schultz, ainda não tinham como saber o nome verdadeiro do morto. Porém, quem quer que tivesse postado a foto devia trabalhar no parque de diversões, e quando Oscar descobrisse o autor, cabeças iriam rolar.

Bianca Bishop tinha acabado de chegar ao local. O cabelo ruivo vistoso da CEO ainda estava úmido do banho e preso num coque de bailarina, seu rosto era uma máscara de insatisfação apesar da maquiagem cuidadosamente aplicada. Pessoalmente, Oscar gostava mais dela sem os cosméticos, pois a maquiagem e o coque a faziam parecer mais velha do que os seus trinta e seis anos. Ele suspeitava que era por isso que ela nunca aparecia com a cara limpa em público. No passado, ela já tinha sofrido críticas por ser uma CEO tão jovem.

A área na base da roda-gigante, ao redor do corpo sem vida, havia sido isolada com fita amarela de cena de crime. Bianca manteve os olhos fixos na fita enquanto atravessava a multidão de policiais, socorristas, peritos forenses e funcionários do parque. As luzes das ambulâncias e dos caminhões de bombeiros lançavam listras azuis e vermelhas na calça creme impecável dela. Oscar se preparou.

— Você não podia ter me encontrado primeiro? — a CEO sibilou ao chegar perto dele. Ela se aproximou tanto que Oscar conseguiu sentir o hálito da pasta de dente dela. — Isso é a porra de um circo. Há quanto tempo todos eles estão aqui?

— Eu liguei para a polícia pouco antes das oito. Você não atendeu o telefone e eu não sabia onde você estava. Depois que liguei, voltei para o prédio administrativo e usei o interfone para chamar o seu apartamento, mas você não respondeu — Oscar falou com calma.

Bianca já estava irritada; qualquer atitude defensiva por parte dele só pioraria as coisas.

— Você devia ter subido e batido na porta. — Ela deu uma olhada ao redor, incrédula. — Que porra de desastre. Essa fita de cena de crime mais parece um letreiro de neon que diz *cadáver*. Earl está aqui? Essa bagunça tem que ser resolvida o quanto antes.

Essa bagunça é uma pessoa de carne e ossos, Oscar pensou, mas é claro que não disse em voz alta. Ele concordava que a fita amarela de cena de crime parecia terrível, assim como o cadáver. E a foto estava viralizando naquele momento.

— Eu tentei falar com você…

— Você devia ter tentado mais. O cara já estava morto mesmo. Cinco minutos a mais não o deixaria mais morto. — O rosto de Bianca estava vermelho de raiva por baixo da maquiagem. — É claro que não vai dar para abrir o parque hoje. Não com a polícia vasculhando o maldito lugar e fazendo parecer que alguém foi assassinado.

— Alguém *foi* assassinado.

Ela o fuzilou com olhos.

— Como você sabe?

— Eu ouvi a conversa dos policiais. Ele levou um golpe na nuca. É provável que tenha sido isso que o matou.

— E quem é ele?

— Sei lá. Deve ser um morador de rua, pelo modo como ele estava vestido. Ouvi dizerem que parecia que ele estava passando fome.

— Você sabe qual é o prejuízo se ficarmos fechados por um dia inteiro?

Claro que Oscar sabia. Ele sabia o valor exato que poderiam esperar faturar naquele dia com base na receita do mesmo dia do ano passado. Mas poderia ser pior. O cara poderia ter morrido no fim de semana, o que com certeza lhes custaria dez vezes mais dinheiro.

— Eu disse para o Earl que a gente precisava resolver isso logo — Oscar afirmou. — Mas teria sido melhor se viesse de você.

Um homem parrudo, de calça jeans e camisa xadrez, estava parado perto da fita amarela, a poucos metros do corpo coberto com uma lona. Ele estava envolvido numa conversa séria com a legista, com quem Oscar também teve um caso há muito tempo. Bianca seguiu o olhar de Oscar e a sua expressão relaxou um pouco quando ela viu o chefe de polícia. A presença de Earl Schulz no parque era um sinal de respeito.

— Eu vou preparar uma declaração por escrito em nome do tio Nick. — Bianca não se deu ao trabalho de olhar para Oscar enquanto falava. — Vou divulgá-la assim que Earl me der o sinal verde. Se prepara para enfrentar os jornalistas. Quero que você seja o porta-voz disso tudo, Oz. Você e ninguém mais.

— Sem problema.

— Seja cuidadoso ao máximo com o que diz. Não deixe de comunicar que estamos muito preocupados e solidários, mas sem assumir qualquer responsabilidade. E coloque um maldito cartaz do lado de fora dos portões principais para avisar que o parque não vai abrir hoje. Também adicione uma mensagem no site. E entre em contato com os colaboradores escalados para hoje e mande eles ficarem em casa. Todo mundo vai ter o dia de folga. A gente não precisa de mais pessoas zanzando por aí.

Após dar a instruções, Bianca caminhou depressa na direção de Earl. Oscar usou o celular para delegar ao departamento administrativo tudo o que a CEO tinha acabado de dizer. Então, ocorreu-lhe que talvez ele devesse ter contado para ela sobre a *hashtag* #HarrySemTeto que no momento estava em alta no Twitter, mas decidiu que não iria fazer isso.

Do outro lado da área de entretenimento do parque, o chefe de polícia cumprimentou Bianca com um beijo no rosto e um sorriso meio paternal. Earl Schulz era o chefe de polícia de Seaside há muito tempo, e ele e os Bishop costumavam conviver antes que Nick tivesse partido para viajar pelo mundo. Oscar tinha certeza de que Earl cuidaria pessoalmente para que tudo fosse resolvido depressa. A polícia — ou Seaside, para falar a verdade — não hesitaria em fazer o que fosse necessário para agradar os Bishop. O País das Maravilhas era de longe a maior fonte de receita da cidade.

Após uma breve conversa, Bianca se foi, acelerando o seu carrinho roxo de golfe da mesma maneira que havia chegado, mal dando uma olhada para trás.

Com as mãos nos bolsos, Earl se aproximou de Oscar.

— Lamento toda essa confusão, Oz — ele disse, como se de algum modo fosse sua culpa o caos presente no parque. — Eu não queria que isso virasse uma confusão, mas um cadáver é um assunto sério, e quanto mais gente tivermos aqui trabalhando no caso, mais depressa isso acaba. Sei que a Bianca mal pode esperar para que tudo volte ao normal. Vamos cair fora daqui assim que pudermos.

— A alta temporada começa no fim de semana, Earl. Você sabe como ela fica estressada nessa época do ano.

O chefe de polícia concordou com a cabeça. Ele era um homem grandalhão, com quase 1,90 de altura, braços encorpados e uma barriga que se projetava sobre a calça. Os olhos eram grandes, caídos e viviam avermelhados por causa dos anos de tabagismo, fazendo-o parecer um bassê.

— Vamos resolver isso. O corpo está em estado avançado de putrefação. Quem quer que ele seja, está na cara que não foi morto aqui, então isso nos tira do seu caminho um pouco mais rápido.

— Até quando vamos precisar ficar fechados?

— Falei para a Bianca que a possibilidade de reabrir o parque amanhã não é realista. Espero liberar o funcionamento até o fim de semana, mas a roda-gigante vai ficar inoperante por pelo menos uma semana, já que é o local que estamos investigando. O que eu vou fazer é erguer um muro temporário ao redor da base, do tipo que a gente vê num canteiro de obras, e aí vamos poder trabalhar dentro dela. Mas acho que não vamos encontrar muita coisa.

— Achei que precisaríamos ficar fechados por mais tempo. — A Roda-Gigante Mágica era uma atração popular, mas não como as mais novas, como a Legião do Mal ou a Fera. Os frequentadores do parque exigiriam um reembolso caso uma dessas estivesse indisponível. — Alguma ideia inicial de por que diabos o corpo está no meio da área de entretenimento?

— Por ora, o meu palpite é que quem arrastou o corpo para cá queria que fosse encontrado. Mas até identificarmos a vítima, não temos nem como começar a entender por que ele está morto ou por que está aqui. Esperamos conseguir uma identificação pelas digitais. Se não, vamos tentar pela arcada dentária. Se não, pelo DNA, mas pode levar semanas para obter uma correspondência, se houver uma de fato. — O chefe de polícia passou a mão no rosto, cansado. — Quem estava no parque durante a noite? Alguém estava trabalhando?

— Deveria ser o Glenn Hovey, mas nem sei se ele veio. — Oscar tinha se esquecido por completo do homem. — Ele não estava na sala dele quando eu liguei e não respondeu as minhas mensagens.

— Certo. Vou incumbir o Donnie e a nova chefe-adjunta de investigarem isso. Eles estão vindo para cá. Mais alguém estava trabalhando?

— Ninguém mais — Oscar respondeu. Era evidente que o chefe de polícia não sabia que Bianca havia passado a noite no apartamento dela dentro do parque, mas se ela não havia feito questão de informar a Earl esse detalhe, então Oscar com certeza não diria nada. — E que nova chefe-adjunta é essa? Você não vai cuidar disso pessoalmente?

— Você sabe que vou ficar em cima disso — Earl respondeu. — Mas eu preciso delegar algumas tarefas. Sou membro do conselho de administração do Hospital de Seaside e me colocaram no comando do evento de arrecadação de fundos. Estou atolado de trabalho, mas não posso deixar isso de lado. Muitos figurões vão estar lá, e preciso aproveitar que todos vão estar num único lugar para fechar o acordo de construção do shopping center. Por falar nisso, alguma notícia do Nick? Ele ainda está na Europa? O apoio dele seria ótimo. Uma pressão do dono do País das Maravilhas seria grande coisa.

Oscar detestava responder perguntas sobre Nick Bishop.

— Não tenho falado com ele. Se você precisar do Nick, é melhor mandar um e-mail. Enfim, Bianca não vai gostar nada dessa decisão de você delegar esse caso para uma recém-chegada.

— Vou ficar de olho. Relaxa, a nova chefe-adjunta é uma investigadora experiente da polícia de Seattle. Vocês estão em boas mãos. — Earl deu um tapinha nas costas de Oscar e se afastou.

Era só o que faltava Oscar ter que lidar com uma nova chefe-adjunta. Carl Weiss era um idiota e um puxa-saco, mas pelo menos entendia a cadeia de comando em relação à Seaside e ao País das Maravilhas. Carl sabia quais pessoas incomodar e quais evitar. Ele entendia a importância dos relacionamentos e quais precisavam ser priorizados. Alguém de Seattle não teria como saber nenhuma dessas coisas, e Oscar se surpreendeu ao descobrir que uma forasteira havia substituído Carl Weiss.

A cerca de 50 metros de distância, duas pessoas estavam vindo em sua direção. Uma delas parecia Donnie Ambrose. A outra, Oscar não conseguia identificar, mas tinha uma forma nitidamente feminina. A figura curvilínea o lembrava da mulher que havia conhecido na noite anterior, a mulher que foi pelo menos responsável em parte pela ressaca que estava sentindo naquele dia.

Não que não tenha valido a pena. A mulher — provavelmente uma turista, já que ele nunca a tinha visto antes no Tango Bar — havia sido nada menos que intrigante. Bonita de forma sutil, simpática, tinha um riso fácil e uma paixão por esportes e boa cerveja. Ou seja, ela não poderia ser mais diferente de Bianca, mesmo que tentasse.

Oscar se xingou. Ele precisava parar de comparar todas as mulheres que conhecia com Bianca Bishop.

Jamie, do departamento administrativo, estava ligando para o seu celular. Então, Oscar procurou a sombra do Polvo Gigante para atender a ligação.

— Os jornalistas estão fazendo perguntas, Oz — Jamie disse depois que ele atendeu ao celular. — Dois até agora, do *Monthly* e do *Times*. Bianca me disse para encaminhar todas as ligações para você. Então, você terá mensagens na caixa postal quando voltar para o escritório.

— Isso é o que deve ser feito — Oscar afirmou. — Continue encaminhando para mim. Vamos divulgar uma declaração assim que a polícia der o sinal verde.

— Bianca está fora de si — Jamie disse com a voz abafada, como se ela estivesse falando ao telefone tapando a boca com a mão. — Eu ficaria longe dela hoje se eu fosse você.

— Tarde demais, já falei com ela.

— A propósito, não sei se você está sabendo — a recepcionista disse, baixinho. — Outra foto viralizou.

— Meu deus, outra foto do corpo?

— Não. É uma foto de um garoto no alto da roda-gigante — Jamie respondeu. — Ele deve ter invadido o parque no início da manhã e a escalou. Ele tirou uma *selfie* mostrando o dedo do meio e postou no Facebook, no Twitter e no Instagram.

— Do que você está falando? — Oscar não acreditava no que estava ouvindo. — Alguém escalou a roda-gigante? Quem? Quando?

— Hoje de manhã. Ao que tudo indica, ele é uma espécie de praticante de escaladas urbanas — Jamie respondeu. — Não sei os detalhes, mas estou olhando o post original agora e foi postado às cinco e meia da manhã. O garoto estava usando o uniforme, Oz.

— Qual é o nome dele?

— Blake Dozier. Dei uma pesquisada. O garoto trabalha aqui há quase quatro verões. Você acha que ele tem alguma coisa a ver com o Harry Sem-Teto?

— Não chame o cara assim. — Oscar franziu a testa, tentando entender a situação. — E eu não sei o que isso significa. Sem dúvida, a polícia vai acabar descobrindo assim que conversar com ele.

— A questão é que eu já vi esse garoto, Oz. O Garoto da Roda-Gigante. Ele vivia por aqui no verão passado. Parecia ser próximo de Bianca. Certa vez, eu esqueci o meu celular aqui e voltei para buscar. Os dois estavam no escritório dela. Sozinhos. Eles não estavam fazendo nada, mas... ele estava com a mão na perna dela.

Por um momento, Oscar ficou calado, processando essas informações.

— Você não vai contar isso para ninguém, né? Você sabe como a Bianca reage com as pessoas que sabem da vida particular dela.

— Eu não posso mentir se alguém me perguntar, Oz.

— Não estou pedindo para você mentir — Oscar disse às pressas. — Só não acho que seja necessário fornecer essa informação, a menos que alguém precise especificamente dela. A gente não sabe por que o garoto estava no escritório dela. — Só que Oscar sabia muito bem o motivo. *Que merda, Bianca.*

— Claro, Oz.

Ele desligou. Sentindo a presença de uma pessoa atrás de si, Oscar se virou.

Os olhares deles se encontraram ao mesmo tempo, e levou apenas um instante para Oscar reconhecer quem ela era. Com uma calça leve e uma blusa branca elegante, a arma presa à cintura e o distintivo dourado, ao bolso, ela parecia o que era: a chefe-adjunta do Departamento de Polícia de Seaside. Não lembrava em nada a mulher que havia saído de fininho da sua cama nua em pelo algumas horas antes. Sem as cervejas e a iluminação fraca, ela parecia mais séria, menos animada e mais intimidante. E mesmo assim, não menos atraente, apesar de parecer tão cansada quanto ele.

Ela falou primeiro, com a voz doce e rouca exatamente como ele se lembrava.

— Bem — ela disse. — Que constrangedor.

7

BIANCA OBSERVAVA A AGITAÇÃO LÁ EMBAIXO PELA ENORME janela do seu escritório. As luzes piscantes, os tiras, os peritos forenses, a ambulância esperando para transportar o corpo para o necrotério: tudo isso era inaceitável. Ela só podia torcer para que Earl Schultz estivesse fazendo o trabalho dele e garantindo que todos estivessem trabalhando o mais rápido possível.

O fechamento do País das Maravilhas por um dia ou dois não era o fim do mundo, mas a repercussão negativa poderia ser. O pior cenário possível para qualquer parque de diversões era ser percebido como inseguro, e um corpo em decomposição em suas dependências não transmitia uma imagem de diversão familiar saudável. Lá em 2008, um adolescente foi decapitado por uma montanha-russa num parque de diversões na Geórgia, e a repercussão foi péssima.

O escritório de Bianca ficava no quinto andar do prédio administrativo, que se situava no extremo leste do País das Maravilhas. O prédio tinha estacionamento próprio, o que era conveniente para o pessoal de tempo integral que trabalhava exclusivamente no escritório. Cerca de 200 funcionários trabalhavam no prédio; eram necessárias muitas pessoas para administrar o parque.

Bianca passava grande parte do tempo no País das Maravilhas, ainda que ela raramente precisasse estar nas dependências do parque, perto das atrações ou na área de entretenimento. *Faça-me o favor.* Ela tinha pessoas para isso. Pessoas que usavam uniformes roxos e que eram gratas por terem empregos. Pessoas que ela pagava para criar a ilusão de diversão, que era o objetivo principal de um parque de diversões. O País das Maravilhas tinha perdido a magia para Bianca havia muito tempo. Esse era o problema de espiar o que está atrás da ilusão: as coisas nunca eram como pensávamos. O tio Nick lhe havia ensinado isso.

Bianca ouviu uma batida à porta do seu escritório, e se virou, esperando ver a recepcionista ali. Mas não era Jamie. Era um jovem, com dezesseis ou dezessete anos; era difícil dizer a idade exata deles, pois alguns amadurecem depressa e outros devagar. Alto e magro, ele tinha cabelo loiro desbotado e o início de um bronzeado de verão. Uma calça cinza bem passada combinava com uma camisa de colarinho abotoado azul-celeste. Com base em sua idade e o jeito como estava vestido, era fácil deduzir o motivo da sua presença e o que ele estava procurando.

— Desculpe incomodar, mas acho que estou perdido. — A voz do garoto era mais grave do que Bianca estava esperando. Mentalmente, ela aumentou a idade dele para dezoito anos. — Eu estou procurando o Scottie Pile. Achei que tinha encontrado o escritório certo no segundo andar, mas esperei meia hora e ninguém apareceu. Eu teria pedido para a recepcionista me orientar, mas parece que não tem ninguém aqui hoje. Será que eu me confundi? Vim para uma entrevista de emprego.

Scottie Pile era o experiente gerente de jogos do País das Maravilhas, o responsável por todos os estandes de jogos na área de entretenimento do parque. Era muito provável que o garoto tivesse acertado o dia, e que Scottie não tivesse vindo porque Oscar havia dito para ele não vir.

— Acho que o Scottie não veio hoje. — Bianca fez um gesto para que o garoto entrasse. — Mas posso confirmar isso agora mesmo. Sente-se.

Com cautela, ele entrou no escritório dela, parecendo meio impressionado com o tamanho e o luxo do lugar. O escritório do tio Nick, no final do corredor — desocupado e inalterado desde que ele se afastou das atividades cotidianas —, era espartano em comparação com a opulência feminina escolhida por Bianca. Duas cadeiras de cor creme estavam defronte à mesa, e ela apontou para uma delas.

A ligação de Bianca para o celular de Scottie caiu na caixa postal, e a mensagem gravada dele informava que ele estava trabalhando em casa.

— Ele não veio hoje. — Ela desligou a ligação. — Mas deve estar aqui amanhã.

— Ah… — o garoto gaguejou, parecendo confuso. Ele se levantou. — Acho que eu me enganei com o dia da entrevista. Desculpe o incômodo. Espero poder remarcar…

— Tenho certeza de que você acertou o dia. — Bianca se sentou de frente para ele. Os olhos do rapaz eram verdes ou castanho-claros; ela não conseguia distinguir com precisão, e suspeitava que precisaria estar muito perto dele para saber com certeza. A ideia de se aproximar dele a fez sentir um arrepio, e Bianca sorriu. — Hoje, tivemos um… imprevisto aqui. O parque está fechado. Você teria visto o aviso caso tivesse vindo pelos portões principais, mas deve ter parado no estacionamento administrativo, como o Scottie orientou, não é mesmo?

— Sim, senhora. — Ele pareceu aliviado. — Que bom que não foi um erro meu. Vou ligar para o Scottie e ver se consigo agendar outro horário.

— Você não ouviu nada sobre o que aconteceu no noticiário?

— Não, senhora — ele respondeu. — Vim de Seattle. Saí de casa bem cedo hoje para não me atrasar. Fiquei ouvindo o rádio durante todo o caminho, mas nada foi dito sobre o País das Maravilhas. Se tivesse ouvido alguma coisa, teria dado meia-volta e economizado as três horas de viagem.

Que bom.

— Seria um absurdo você remarcar — Bianca disse. — Você viajou durante três horas. Ficarei feliz em fazer a sua entrevista. Já fiz uma ou duas antes. — Ela estendeu a mão sobre a mesa. — Bianca Bishop, CEO.

— Xander Cameron. É um prazer conhecê-la, senhora. — Com os olhos ao apertar a mão dela, ele pareceu um pouco intimidado de repente. — Eu vi a sua foto no site. Deveria ter reconhecido a senhora. Se não se importar que eu diga, a senhora parece muito mais jovem pessoalmente.

— Não me importo — Bianca disse. — Não me importo nem um pouco.

Bianca já sabia que iria contratá-lo. Por que não? Ele tinha o perfil do País das Maravilhas: jovem, bem-apessoado, animado. Parecer adequado era o primeiro e mais importante passo para ser contratado; todo o resto poderia ser aprendido.

O parque não contratava jovens desleixados, obesos, que não falavam inglês direito, que pareciam "alternativos" demais (ou seja, muitas tatuagens, piercings ou penteados bizarros), ou que eram "emo". O tio Nick queria que os colaboradores temporários projetassem uma imagem de "americano típico", e embora não pudesse divulgar isso (oficialmente, o País das Maravilhas era um empregador com uma política de igualdade de oportunidades), cada jovem precisava parecer alguém que poderia aparecer num comercial de tevê.

Xander Cameron era o exemplo perfeito do garoto americano ideal. Sentado de frente para ela com o seu sorriso fácil e o corpo esbelto e alongado, ele era exatamente o tipo de garoto que Bianca queria para representar o País das Maravilhas.

Ela fez todas as perguntas habituais e ele deu todas as respostas habituais, e ela não deixou de sorrir e concordar com tudo o que ele dizia. Bianca gostou de Xander. Era importante que ele gostasse dela.

Xander tinha se candidatado a uma vaga na equipe de jogos, que quase todos os garotos da sua idade queriam porque era a melhor oportunidade para um colaborador temporário do parque ganhar mais dinheiro. Os operadores de jogos recebiam o salário por hora ou uma comissão sobre as suas vendas, o que fosse maior. Um bom operador de jogos podia ganhar mais de 30 dólares por hora em um sábado no verão; uma boa grana para um jovem de dezoito anos economizar para a faculdade.

E a faculdade estava com certeza nos planos. Ele já tinha confirmado a sua vaga na Universidade de Miami para o outono, e pretendia deixar Seaside no final da alta temporada. O que dava dois meses para Bianca. O prazo perfeito.

— Então você acabou de se formar no ensino médio na West Seattle?

— Sim, senhora. Com louvor.

Ela tinha perdido a conta de quantas vezes Xander a havia chamado de "senhora" até aquele momento, e isso nunca deixava de irritá-la. Ela tinha apenas trinta e seis anos, caramba. O que era o dobro da idade dele. Mas mesmo assim...

— E o que fez você escolher a Universidade de Miami?

— Ah, sabe como é, né? — ele começou a responder e deu um sorriso torto. — Passei toda a minha vida em Seattle. Não vejo a hora de morar num lugar quente e ensolarado.

E com garotas baladeiras e biritas, que é a única razão pela qual alguém vai fazer faculdade em Miami.

— E por que você quer trabalhar no País das Maravilhas?

— Vários amigos meus trabalham aqui, e todos falam muito bem. Gosto muito da ideia de trabalhar ao ar livre e de fazer parte de uma equipe.

Era a resposta-padrão, mas tudo bem. A equipe de jogos não exigia que o garoto fosse articulado. Bastava ser simpático.

— Se você mora em West Seattle, vai precisar de moradia aqui em Seaside, não é?

— Sim, senhora — ele repetiu, e Bianca o estapeou mentalmente. — Sei que sou um candidato de última hora, mas a minha mãe ficou doente em março e não pude ir à feira de empregos. Só que me disseram que ainda há vagas nos dormitórios.

— Tenho certeza de que podemos encontrar um lugar para você morar.

Na verdade, Bianca não fazia ideia. O País das Maravilhas alugava moradia em dormitórios a preços reduzidos da Faculdade Técnica de Seaside de maio a setembro todos os anos, um bom negócio tanto para o parque como para a faculdade, já que a FTS não oferecia cursos de verão. Tinha sido uma jogada brilhante do tio Nick depois que ele comprou o parque, permitindo que o País das Maravilhas ampliasse o seu grupo de candidatos e atraísse colaboradores temporários de melhor qualidade. Seaside era uma cidade pequena demais para acomodar as necessidades de moradia de mais de mil colaboradores de verão, e ficar num dormitório havia se tornado parte da experiência de um colaborador temporário do País das Maravilhas. No entanto, a distribuição de quartos em dormitórios estava bem abaixo da alçada de Bianca.

— Não sei o que os seus amigos disseram para você, mas os horários aqui tendem a ser incomuns — ela disse. — Como você sabe, o parque fica aberto entre dez da manhã e dez da noite todos os dias, mas muitas vezes você vai ter que começar mais cedo ou terminar mais tarde. E mesmo que você seja contratado para a equipe de jogos, poderá ser designado a qualquer momento para outro trabalho, dependendo das nossas necessidades. Você é flexível?

— Sim, senhora.

Aposto que é. Bianca voltou a sorrir para ele.

— E com certeza você também sabe que o parque tem mais movimento nos fins de semana. Poucas vezes você terá um sábado ou domingo de folga, ou dois dias seguidos de folga. Isso significa que não há lugar para férias em família ou escapadas de fim de semana com a namorada. Algum problema com isso?

— Só somos eu e a minha mãe, e não tiramos férias. E eu não tenho namorada — Xander informou, sem se dar conta de que perguntas a respeito de namorada eram inadequadas numa entrevista de emprego.

Ah, você vai se dar muito bem.

— Conte mais a seu respeito — ela pediu.

Bianca ficou observando as mãos dele enquanto ele falava com entusiasmo sobre a escola (que chatice), o trabalho como voluntário na Sociedade Protetora dos Animais (também uma chatice; ela não tinha nenhum interesse em animais) e o envolvimento no grupo juvenil da igreja (algo que à primeira vista poderia parecer um sinal de alerta, mas ela tinha aprendido ao longo dos anos que os garotos certinhos da igreja costumavam se tornar os amantes mais empolgados e criativos). Xander tinha mãos fortes, com dedos longos e unhas limpas e cortadas. Bianca podia imaginar aquelas mãos tocando todo o seu corpo, e ela lambeu os lábios. Enquanto ele continuava falando, as palavras dele se misturavam, mas ela se animou quando ele disse que jogava tênis.

— Eu jogava no time principal da escola — Xander disse. — Eu esperava conseguir uma bolsa de estudos em algum lugar, mas não era bom o suficiente.

— Eu também jogava tênis — Bianca revelou, sem sentir necessidade de entrar em detalhes. — Ainda jogo, mas não com tanta frequência quanto gostaria, nem sempre encontro um parceiro para jogar que seja tão competitivo quanto eu. Sou sócia do Tênis Clube de Seaside. Se algum dia você quiser entradas para convidados, me avise. Faço parte do conselho de administração.

Xander ficou radiante. Então, ela viu que os olhos dele eram verdes, na certa.

— Seria incrível. E se você precisar de um parceiro para jogar, conta comigo.

— Eu adoraria, mas saiba que, se a gente jogar algum dia, você vai suar.

Ele sorriu.

— Não vejo como poderia ser diferente.

Bianca voltou a sentir um arrepio. Essa parte — os movimentos iniciais de um jogo de gato e rato, quando às vezes ela era o gato e, outras vezes, o rato — era sempre a sua favorita.

— Bem, acho que é tudo. — Bianca se levantou e estendeu a mão.

Xander também se levantou e apertou a mão dela com alguma hesitação, o que permitiu que Bianca sentisse o perfume dele. Ele cheirava à praia e brisa do mar. Ela não via a hora de saboreá-lo.

— Posso saber quando vou ficar sabendo da sua decisão?

— Já decidi. Bem-vindo ao País das Maravilhas.

Xander apertou a mão de Bianca com mais força e sacudiu o braço dela várias vezes, com o sorriso ainda mais largo, mostrando dentes reluzentes e alinhados. Meu deus, ele era lindo. Puro e imaculado, cheio de esperança e energia, e a crença inabalável de que a vida iria se desenrolar perfeitamente para ele só porque ele queria que fosse assim. Era o tipo de otimismo que só é possível sentir aos dezoito anos, quando se é velho o suficiente para saber o que quer, mas ainda jovem o suficiente para acreditar que vai conseguir.

Bianca adorava os garotos dessa idade.

Logo em seguida, Xander saiu da sala, e Bianca encaminhou a sua decisão de contratação para o departamento de recursos humanos. Eles cuidariam do resto.

Ela trancou a porta do escritório, acomodando-se no sofá perto da janela, onde poderia mais uma vez observar a agitação lá embaixo. Levantou as mãos e removeu os grampos do cabelo, liberando-o do coque apertado. O seu cabelo ruivo caiu em ondas sobre os ombros, até alcançar a cintura. Por alguns momentos, ela massageou o couro cabeludo, e a dor de cabeça que a incomodou a manhã inteira finalmente começou a ceder. Em seguida, ela desabotoou o botão superior da blusa e descalçou os sapatos.

Após desabotoar a calça, Bianca a puxou para baixo, depois enfiou a mão dentro da calcinha, sentindo a umidade que ela já sabia que estava lá. Ela moveu a mão depressa, sabendo muito bem onde se tocar. O alívio veio alguns minutos depois, e quando ela chegou ao orgasmo, sussurrou o nome de Xander Cameron.

8

VANESSA NÃO SABIA O QUE DIZER E, PELO VISTO, O HOMEM com quem ela tinha transado na noite anterior também não.

Alheio ao constrangimento entre eles, Donnie Ambrose tomou a iniciativa e os apresentou.

— Este é Oscar Trejo, vice-presidente de operações do País das Maravilhas. Oz, esta é Vanessa Castro, a nova chefe-adjunta do Departamento de Polícia de Seaside.

— Nossa — Oscar disse. — Que surpresa. *Vanessa,* não é?

— Você dois já se conhecem? — Donnie perguntou.

— Mais ou menos. Nós nos conhecemos no… — Vanessa fez uma pausa, completamente confusa. Ela não queria mentir, mas também não queria de maneira nenhuma contar a verdade para Donnie.

— No supermercado — Oscar afirmou com calma. — Estávamos lá pouco antes de fechar. Meio que começamos uma discussão meio acalorada sobre o Seahawks. Que bom que você não me prendeu por causa do que aconteceu ontem à noite.

Vanessa sentiu o rosto ficar vermelho de vergonha. Pigarreando, ela disse com frieza:

— Cruzamos com o chefe na saída, e ele nos atualizou. Foi você quem encontrou o corpo?

Oscar fez que sim, encarando-a fixamente.

— Não consigo nem olhar para o corpo outra vez. Vai levar um tempo até que essa imagem saia da minha cabeça. E sinto como se o cheiro estivesse impregnado nas minhas roupas. — Ele se aproximou dela. — Está sentindo algum cheiro em mim?

Vanessa deu um passo para trás.

— Tenho certeza de que está tudo certo com você.

Oscar esboçou um sorriso para ela e então se virou para Donnie.

— Se você falou com o Earl, então com certeza não é necessário enfatizar a importância de resolver isso o mais rápido possível. A alta temporada começa no fim de semana.

Donnie lançou um olhar para Vanessa que significava "eu avisei".

— Faremos o possível, mas leva o tempo que for necessário, Oz. De qualquer forma, vou falar com a Gloria. Ela é a médica-legista. Você vem? — ele perguntou a Vanessa.

— Quero falar com o Oscar primeiro, considerando que foi ele quem encontrou o corpo. — Ela voltou a pigarrear. — Encontro você depois.

O jovem investigador se dirigiu para a área cercada pela fita amarela onde o corpo ainda estava coberto com uma lona. O protocolo-padrão exigia que o corpo não fosse movido até que o responsável pelo caso conseguisse examiná-lo, o que Vanessa faria assim que terminasse de falar com Oscar — *Oz* — em particular. No momento, havia muitas pessoas por ali, algumas das quais a observavam com curiosidade. Todos sabiam que Vanessa tinha acabado de chegar a Seaside, e de repente ela se sentiu bastante exposta. Ainda mais porque Oscar a estava encarando mais uma vez.

Será que ele estava tão atraente na noite passada? Com pouco mais de 1,80 de altura, o seu cabelo preto tinha só um pouco de grisalho nas têmporas. As mangas da camisa estavam arregaçadas, evidenciando os braços musculosos e as mãos fortes. Mãos que tinham tocado o corpo despido dela. *Em todos os lugares.*

— Por que tenho a impressão de que a cidade encolheu? — ela perguntou, mais para si mesma do que para ele.

— Porque encolheu — Oscar respondeu. — E só tende a piorar. Todo mundo conhece todo mundo. Por que você não me disse que era a chefe-adjunta?

— Por que você não me disse que era o vice-presidente do País das Maravilhas?

— Porque... — Ele fez uma pausa. — Não tem como responder a essa pergunta sem parecer um idiota.

— Pois é. — Vanessa respirou fundo. — Olha, é claro que não tem como apagar o que aconteceu ontem. E em algum momento a gente pode conversar, mas será que podemos deixar isso para depois? É o meu primeiro dia no trabalho.

— Claro. Mas só quero dizer que foi bem chato da sua parte me dar um nome falso. — Oscar sorriu. — Pronto, já resolvi essa questão. Agora posso oficialmente te dar as boas-vindas a Seaside. Ah, peraí. Já fiz isso ontem. Duas vezes.

Vanessa sentiu o rosto ficar mais vermelho. Oscar estava se divertindo muito com a situação, mas as pessoas ainda estavam observando, e ela queria pelo menos parecer que sabia o que estava fazendo. Ela se forçou a manter uma postura profissional.

— Pode me dizer o que aconteceu quando você encontrou o corpo? A que horas foi?

— Cedo. Às sete e meia — ele respondeu. — Não muito depois de você ter saído sem avisar e sem deixar o seu telefone. Ou o seu nome verdadeiro, a propósito. Aliás, você não precisava fazer isso. Eu teria preparado um café da manhã para você.

— Oscar, *por favor*...

— Tá bom. Falando sério, costumo chegar aqui às sete, e quase sempre sou o primeiro. Gosto de ver o parque pela manhã, quando está limpo e tranquilo, antes que fique barulhento e caótico. Peguei um carrinho de golfe e dei uma volta pelo parque como costumo fazer. Isso me faz lembrar do que faço aqui. Às vezes, no escritório, esqueço qual é o propósito deste lugar quando só fico participando de reuniões e analisando números.

— E foi quando você viu o corpo? — Era difícil manter o foco diante de Oscar. Ele tinha um jeito de falar tão descontraído que ela se via querendo saber mais sobre o trabalho dele.

— Foi. — Oscar fechou os olhos por um instante. Ao reabri-los, não havia mais nenhum traço de humor em seu rosto. — Você deve ver muitos cadáveres no trabalho. Não sei como você consegue dormir.

— Earl me disse que alguma espécie de animal atacou o rosto dele — Vanessa disse. — Seria bem traumático ver uma coisa dessas, ainda mais se você não estiver esperando por isso.

— Eu toquei nele. — Oscar estremeceu. — Sei que a gente não deve fazer isso, mas achei que ele estava dormindo. Eu o virei e aí vi que o rosto tinha sumido. Dei um salto para trás de quase um metro. Vomitei — ele acrescentou, parecendo envergonhado. — Numa das lixeiras. Espero não ter destruído nenhuma evidência em potencial.

— É uma reação normal e, além disso, milhares de pessoas passam pelo parque todos os diais. Será impossível isolar todas as evidências. — Vanessa resistiu à vontade de tocar no braço dele. — E o que você fez em seguida?

— Liguei para a polícia. — Ele fez uma pausa. — Não, espera. Liguei primeiro para o Glenn Hovey, o guarda que estava escalado para o turno da noite. Mas não consegui falar com ele. Nem sei se ele veio trabalhar.

— Earl mencionou isso. Alguma ideia de onde ele possa estar?

— Não, mas a mãe dele deve saber. Pode ser uma boa ideia começar por lá.

— Há quanto tempo ele trabalha aqui?

— Tempo integral? Vinte anos, o mesmo tempo que eu. Mas nós dois trabalhamos aqui quando éramos garotos, na época em que ainda era o Mundo das Maravilhas.

— Mas ele é só um guarda e você é o vice-presidente de operação. — Vanessa inclinou a cabeça. — Interessante.

— Hovey não é burro, é só... diferente. Ele jamais seria algo além do que é. Você vai ver quando o conhecer.

Vanessa levantou os olhos na direção da câmera instalada no poste de luz mais próximo deles.

— Tem imagens da câmera?

— Earl me perguntou a mesma coisa — Oscar respondeu. — Vou dizer o que falei para ele. O sistema de vigilância foi comprado usado em 1995, quando o Nick, o dono daqui, assumiu o controle do parque. Não tinha nada de moderno para a época. Agora então o sistema está bem obsoleto. — Ele pareceu constrangido. — Posso verificar se tem imagens gravadas, mas, na verdade, as câmeras são só decorativas mesmo.

— Você ficaria surpreso com a frequência com que isso acontece — Vanessa disse. — É surpreendentemente eficaz. Eu vou precisar ver o que você tem.

— Vou providenciar para você. A sala de vigilância fica no primeiro andar do prédio administrativo. — Oscar apontou para o leste. — Aquele prédio marrom bem lá no fundo. Imagino que você precise passar um tempo aqui na...

— Na cena do crime — ela completou.

— É. Quando você terminar, me liga. — Oscar tirou um cartão de visita e anotou um número no verso. — É o meu número. Assim, você não precisa falar com a minha recepcionista.

Vanessa guardou o cartão no bolso.

— Até já.

— Não vejo a hora. — Oscar sorriu mais uma vez para ela. — Aliás, é muito bom rever você. Caso eu não tenha dito antes.

Ele se virou e se encaminhou para o seu carrinho de golfe antes que Vanessa pudesse responder.

9

O CORPO ESTAVA EM CONDIÇÕES DEPLORÁVEIS, MAS VAnessa já esperava por isso. Em sua opinião, o cheiro era pior do que a aparência. O rosto do homem estava quase todo desfigurado, mas a médica-legista estimava que a morte tinha ocorrido há pelo menos seis a oito dias, o que explicava o fedor insuportável. Mais detalhes seriam descobertos quando o corpo fosse examinado a fundo, mas por enquanto, as melhores hipóteses da legista eram que o homem tinha entre trinta e quarenta anos, devia ser um sem-teto, considerando a atrofia muscular e a quantidade de sujeira e imundície na pele e nas roupas, e tinha morrido devido a um traumatismo contundente na nuca. Quanto ao animal que o havia devorado, a legista suspeitava de um grande roedor, e isso tinha acontecido *post mortem*, graças a deus. Em algum lugar no País das Maravilhas, ou na floresta atrás dele, havia uma ratazana com o estômago bem cheio.

O motivo de o cadáver ter sido deixado no meio do parque para todos verem era um mistério. Earl Schultz havia suposto que o assassino queria que o corpo fosse encontrado, e isso costumava ser verdade em casos assim. Porém, Vanessa tinha investigado mais homicídios do que Earl, e a posição do corpo — deitado de lado, sem pose ou encenação — sugeria que deixar o corpo num local público pode não ter sido planejado.

Vanessa deixou os peritos forenses terminarem o trabalho. O corpo estava sendo preparado para o transporte ao necrotério. Ela passou os dez minutos seguintes com Donnie, discutindo o caso e as observações deles. O jovem investigador contou para ela sobre a foto #HarrySemTeto, o que a deixou irritada, pois confirmava que a cena do crime deveria ter sido melhor isolada. Havia pessoas demais ali, e ela culpava Earl por isso.

Então, Donnie contou que outra foto havia acabado de aparecer nas redes sociais. Um colaborador temporário do parque de dezoito anos, vestido com o uniforme roxo inconfundível, tinha postado uma foto dele mesmo no alto da roda-gigante no início da manhã.

— O registro do horário diz que ele postou a foto às cinco e meia — Donnie disse. — Ou foi ele que arrastou o Harry Sem-Teto para cá, ou o corpo ainda não havia sido deixado aqui, porque não tem como ele não ter visto ou sentido o cheiro quando começou a escalar a roda-gigante. Se for a segunda opção, isso reduz a nossa janela de tempo, já que sabemos que Oz chegou aqui às sete e meia.

— O que sabemos sobre ele?

— Quem? — Donnie perguntou.

— O garoto da roda-gigante — ela respondeu.

— O nome dele é Blake Dozier e se apresenta como praticante de escaladas livres urbanas. — Donnie fez aspas no ar com os dedos. — Ao que tudo indica, ele já fez esse tipo de coisa antes. Tem uma foto dele no Facebook no alto de um guindaste de construção no centro de Seattle. Eu tenho fobia de altura, não consigo entender uma coisa dessas.

— Escaladas livres? Nunca ouvi falar disso. Beleza, veja se você consegue localizá-lo.

— Já estou cuidando disso. Assim que a administração tomar conhecimento dessa foto, o garoto com certeza vai ser demitido.

— Se ele teve algo a ver com o corpo, perder o emprego será o menor dos problemas dele. — Vanessa enxugou o suor da testa. Já era quase meio-dia, e a área de entretenimento do parque estava ficando cada vez mais quente. Ela abanou o rosto com o seu caderno de capa preta. — Preciso verificar as imagens das câmeras de segurança. Qual é mesmo o prédio da administração?

Donnie apontou para o leste.

— Pegue um dos carrinhos de golfe. Você vai passar mal com esse calor antes de chegar lá.

— Eu vou a pé, não é tão longe assim. Quando você terminar, me manda uma mensagem e voltamos para o departamento juntos. Estou de carona com você, não esquece.

Vanessa começou a caminhar na direção do prédio administrativo. Cinco minutos depois, ela já estava arrependida de não ter usado um carrinho de golfe. O calor estava começando a ficar sufocante e, quando chegou ao destino, ela estava encharcada de suor. Com o cabelo grudado na testa, ela não se atrevia a levantar os braços, com medo que a sua blusa revelasse manchas circulares sob as axilas.

Oscar estava na sala de vigilância, conversando com um homem barrigudo e careca de pouco mais de cinquenta anos, que mastigava um doce de alcaçuz vermelho. A única diferença entre o seu uniforme roxo e o de um colaborador temporário era que, em sua camisa, estava estampada a palavra SEGURANÇA em letras garrafais e brancas. Os dois homens se viraram quando ela entrou, e Vanessa, constrangida, voltou a enxugar o suor da testa com o dorso da mão.

A sala de vigilância não era lá grande coisa. Era um espacinho com três monitores dispostos lado a lado, dois computadores e uma mesa comprida cheia de embalagens de *junk food*. Pelo menos, os monitores eram de tela plana. Isso parecia promissor; o sistema não podia ser tão obsoleto.

— Não vá ficando tão animada — Oscar disse ao ver a expressão dela. — Os monitores têm só cinco anos, mas o restante do sistema é bem antigo. Rudy, ela é a nova chefe-adjunta de Seaside, Vanessa Castro.

— Prazer em te conhecer. — Rudy deu uma olhada nela. Depois de morder o último pedaço do doce de alcaçuz, ele removeu a pilha de embalagens de comida, jogando toda a bagunça no cesto de lixo. — Desculpe a sujeira. Faz duas semanas que parei de fumar. De uma vez só. Estou me saindo bem até agora, mas quero comer tudo o que vejo pela frente. Adeus, silhueta esbelta. — Ele deu um tapinha na barriga, que estava bem saliente sobre a calça. Rudy já vinha comendo tudo o que aparecia na frente há muito mais de duas semanas.

— É difícil parar de fumar — Vanessa afirmou. — Parabéns. Qual foi o resultado das imagens das câmeras de segurança?

— Não tem quase nada. — Oscar parecia decepcionado. — Só temos um vídeo com falhas do garoto escalando a roda-gigante. Ficou sabendo disso? Ao que tudo indica, está por toda parte no Twitter. Não que eu quisesse ver um cadáver sendo arrastado pela área de entretenimento, mas esperava que tivéssemos isso em vídeo. Sabia que você ficaria contente se tivéssemos. Eu ficaria chateado se você não ficasse feliz.

Vanessa dirigiu o olhar para Oscar e se afastou dele.

— Eu fiz uma cópia para você. — Rudy entregou um pen drive para ela. — Você vai poder ver o garoto escalando um terço da altura da roda-gigante até o topo e, aí tirando a foto. Você viu a foto? É bem impressionante, ainda que seja necessário um desejo de morte para escalar tão alto sem um arnês.

— Eu ainda não vi a foto — Vanessa respondeu. — E agradeço pela cópia, mas vou precisar do disco rígido. — Normalmente, ela precisaria de um mandado para isso, mas achou que não custava nada pedir. Se o vice-presidente de operações desse o consentimento, isso evitaria muita burocracia.

— Oz? — O guarda levantou os olhos com a testa franzida. — Pode entregar para ela?

— O que ela precisar — Oscar respondeu, sem tirar os olhos de Vanessa. — Vamos cooperar da melhor maneira possível.

Com uma cara desconfiada, Rudy pegou uma chave de fenda da gaveta da mesa e começou a trabalhar.

— Alguma ideia de como alguém poderia entrar no parque sem um cartão de acesso? — Vanessa procurou fingir que não tinha notado a maneira como Oscar a estava encarando.

— Talvez pela floresta — Rudy respondeu, ainda que ela tivesse feito a pergunta para Oscar. — Na verdade, não é tão difícil. Venho dizendo há anos que a gente deveria colocar uma cerca lá nos fundos. E o Hovey deveria fazer a ronda pelas dependências a cada hora. Isso faz parte do trabalho do plantão noturno.

— Ele está se referindo ao Glenn Hovey? — ela perguntou a Oscar. — O guarda que estava escalado ontem à noite?

Oscar fez que sim e, com um olhar rápido para a nuca de Rudy, sussurrou "sim" sem emitir som.

— Vocês só têm uma pessoa responsável pelos monitores de segurança?

— É o suficiente para a noite — Rudy respondeu, voltando a se intrometer enquanto removia a parte de trás do gabinete do computador. — Os turnos noturnos são muito chatos. Ninguém quer fazê-los. Durante o dia, temos mais segurança para manter tudo em ordem, mas, tipo, é um parque de diversões, não é um cassino, e nada acontece além de umas brigas de adolescentes. Alguns arrombamentos de carros, mas isso é normal em qualquer lugar. Tivemos alguns casos de vandalismo à noite. De vez em quando, um sem-teto consegue entrar, mas é só isso.

Rudy retirou o disco rígido e entregou para ela.

— Obrigada — Vanessa disse. — Algum de vocês têm conta no Facebook ou no Twitter? Porque eu não tenho, e estou curiosa a respeito dessa foto na roda-gigante. Fico imaginando se a câmera de Blake Dozier não registrou sem querer algo do que estava acontecendo embaixo.

— De rede social, só tenho o LinkedIn — Oscar respondeu. — Trabalhando aqui, com a quantidade de colaboradores temporários que contratei ao longo dos anos, provavelmente teria dez mil amigos no Facebook.

— Não dá para ter dez mil amigos no Facebook — Rudy disse. — O limite é cinco mil.

— Você tem uma conta? — Vanessa perguntou.

— Sim, senhora. Eu tenho em todas as redes sociais. Qual você quer?

— Qualquer uma que tenha a foto do garoto na roda-gigante.

Rudy acessou um monitor diferente e, um instante depois, a foto do perfil do Facebook de Blake Dozier apareceu. Vanessa quase ficou sem fôlego ao vê-la.

O guarda não tinha exagerado quando disse que a foto era impressionante. Os braços de Blake Dozier estavam bem abertos, e parecia que ele estava flutuando no ar, sem estar preso a nada. O seu belo rosto estava perfeitamente iluminado pelo sol da manhã, e sua expressão era de euforia. Abaixo dele, estava o País das Maravilhas, e mais além do parque de diversões, estava o Oceano Pacífico, cintilante e interminável. O garoto parecia destemido e orgulhoso. A única coisa que comprometia a foto de alguma maneira era o dedo do meio erguido da mão esquerda de Blake.

Um "vá se foder" para o País das Maravilhas? Por quê?

— Blake trabalha aqui há algum tempo, não é? — Vanessa disse. — Por que essa hostilidade? Ele fez questão de usar a camisa roxa do uniforme.

— Ele trabalha aqui há três ou quatro verões. — Rudy olhou para Oscar. — Você vai demitir ele, não é, Oz?

— Vou. — Oscar contraiu o maxilar.

— É claro que ele sabia que essa foto resultaria na demissão — Vanessa afirmou. — Por que simplesmente não se demitir por meio de uma carta?

— A foto viralizou — Rudy disse. Ele pegou o seu saco de doce de alcaçuz e ofereceu para eles. Vanessa e Oscar declinaram. — No Facebook, a foto já tem mais de três mil curtidas, mais de mil compartilhamentos e mais de 500 comentários. No Twitter, foi retuitado quase cinco mil vezes. É incrível. Está indo muito melhor do que a foto do Harry Sem-Teto.

— Imagino que as pessoas gostam mais de ver isso do que um cadáver — Vanessa disse, ainda olhando para a foto. — Algum de vocês conhecia o Blake?

— Não, mas agora conheço. Ele ficou famoso. — Rudy apontou para a tela para mostrar a hashtag #GarotodaRodaGiganteMagica. — Você sabe que chegou lá quando está nos *trending topics* do Twitter.

— Eu também não o conhecia — Oscar disse. — Temos de mil a 1200 colaboradores temporários aqui durante o verão. É impossível conhecer todo mundo.

— Obrigada mais uma vez pela ajuda, Rudy. — Vanessa se dirigiu para a porta. — Oscar, posso falar com você lá fora rapidinho?

Ele a seguiu para fora da sala de vigilância até o corredor.

— Me diga uma coisa — ela disse ao ficarem a sós. — Quem tem cartão de acesso ao parque após o expediente?

— Em geral, qualquer pessoa cuja função exija que entre mais cedo — Oscar respondeu. — Qualquer funcionário administrativo. Equipe de manutenção. Pessoal de limpeza. Agentes de segurança, claro.

— Nenhum colaborador temporário?

— Raramente. Mas mesmo assim, são pelo menos 200 pessoas.

— Vou precisar de uma lista. — Vanessa fez uma pausa. — Que conveniente a câmera ter parado de funcionar no momento exato em que talvez pudéssemos ter visto quem deixou o corpo.

— Sei que pode parecer isso, mas as câmeras vivem falhando.

— Você disse que Glenn Hovey estava escalado para estar aqui, mas que não tem certeza se ele veio trabalhar. Vocês controlam quem passa o cartão?

— Não, porque os cartões de acesso não são personalizados. — Ele viu a expressão de Vanessa. — Pois é, a nossa segurança é péssima. Mas, para ser justo, não tem muito o que proteger. Tudo fica trancado à noite e, como Rudy disse, não somos um cassino ou um depósito de ouro como Fort Knox. Não tem nada para roubar. Ninguém vai levar embora uma montanha-russa.

— Além de Glenn Hovey, quem mais poderia ter estado no parque ontem à noite?

Por um momento, Oscar pareceu pensar.

— Ninguém — ele disse, logo depois. Aproximando-se de Vanessa, ele tocou no braço dela. — Podemos deixar de ser profissionais agora?

De imediato, ela sentiu o rosto voltar a ficar vermelho de vergonha.

— Oscar…

— Oz. E você fica linda quando fica corada.

— Oz. Acho que é melhor a gente manter a postura profissional. Estou trabalhando num caso que envolve uma morte suspeita e, até solucioná-lo, seria complicado para a gente… se envolver. — Ela sentiu um leve arrependimento ao dizer isso.

— Por que é complicado? — Oscar se aproximou ainda mais. — É óbvio que o cara não foi morto no parque. E a menos que eu seja um suspeito, e nem sou porque passamos a noite juntos, não consigo ver o problema.

Todo mundo é suspeito, Vanessa pensou.

— Não é só isso. A minha vida é… complicada. Na melhor das hipóteses, não estou em busca de nada além de um relacionamento sem compromisso.

— Eu consigo ter um relacionamento sem compromisso — Oscar disse com uma expressão séria. — Sou incrível em relacionamentos sem compromisso.

— Eu não consigo. — Vanessa recuou um passo. — Lamento. A noite passada foi ótima, mas foi para ser apenas uma noite. Espero que você entenda. E agradeço muito a sua cooperação hoje.

— Quem sabe você não muda de ideia — Oscar disse, num tom leve. Ele pegou a mão oferecida por ela, mas em vez de apertá-la, a virou e beijou a palma com delicadeza. Pareceu mais íntimo do que se ele a tivesse beijado na boca, e foi difícil soltar a mão dela. — Enquanto isso, vamos ser amigos. A gente se vê por aí, Vanessa. Me liga se precisar de alguma coisa.

Oscar desapareceu pelo corredor. Quando ele sumiu de vista, Vanessa se apoiou na parede, quase deixando o disco rígido cair. Por que isso tinha que acontecer com ela agora? Ele estava solteiro, ela estava solteira, e à primeira vista, não havia motivo para que eles não pudessem se conhecer melhor.

Exceto pelo fato de que ela só tinha amado dois homens em toda a sua vida. Um estava morto por causa dela, e o outro era um criminoso que a usou para salvar a si mesmo. Ela parecia sempre atrair homens tóxicos, e se Oscar a queria, então ela só podia supor que ele também deveria ser tóxico.

10

TAL COMO OSCAR TREJO TINHA DITO, NÃO HAVIA MUITO o que ver nas imagens das câmeras de segurança do País das Maravilhas. Embora existissem diversas câmeras espalhadas na área de entretenimento, apenas uma havia funcionado no momento em que Harry Sem-Teto teria sido abandonado, e essa câmera específica não estava posicionada para mostrar o pavimento sob a roda-gigante, nem o caminho que levava até lá. O vídeo mostrava apenas 20 minutos de Blake Dozier escalando os dois terços finais da roda-gigante, e nada mais. Não havia nada que mostrasse como ele desceu, o que ele talvez tenha visto ou quando deixou o parque.

Vanessa decidiu que Donnie Ambrose era a pessoa perfeita para examinar mais a fundo. O jovem investigador tinha uma dupla graduação em criminologia e ciência da computação, o que o qualificava como o mais próximo que a polícia de Seaside tinha de um especialista em perícia forense computacional. Se Donnie não conseguisse encontrar nada, eles provavelmente estariam em maus lençóis, a menos que Earl Schultz estivesse disposto a contratar um especialista externo. Vanessa duvidava disso; o vídeo não era mesmo grande coisa, e o investimento não valeria a pena.

Após deixar Donnie no departamento, Vanessa assumiu o volante do carro descaracterizado e foi até a casa de Blake Dozier, esperando encontrar o garoto em casa. Porém, ninguém abriu a porta depois que ela bateu, e a ligação para o celular dele caiu direto na caixa postal. Vanessa deixou uma mensagem e, em seguida, ligou para o pai de Blake, que, ao que se revelou, estava na China a negócios.

— Por que você está me ligando? — Derek Dozier perguntou, soando meio irritado e meio sonolento. Em Pequim, era quase cinco da manhã, e ele não ficou nada satisfeito por ter sido acordado tão cedo. — Se você quer falar com o Blake, liga para ele. Já tentou no parque de diversões? Vão poder localizá-lo se for uma emergência.

— Com toda a certeza, ele não está no trabalho, senhor — Vanessa disse. — E embora não seja uma emergência, seu filho é um dos suspeitos de um caso que estou investigando.

— Meu deus, o que ele aprontou agora?

— Ele invadiu o parque fora do horário de funcionamento e tirou uma foto dele mesmo no alto da roda-gigante. E então publicou a foto na internet.

Houve uma pausa, e então Derek Dozier respondeu:

— E?

— Perdão, o que o senhor disse?

— Você não pode estar falando sério. A chefe-adjunta da polícia de Seaside liga para mim aqui na China só porque o meu filho escalou uma roda-gigante? Meu deus, você não tem mesmo nada melhor para fazer além de dizer que o meu filho deve ter perguntado "qual é a altura?" depois que o parque deu a ordem "salte!"? O meu filho é praticante de escaladas. É o que ele faz. Blake não está machucando ninguém.

— Não se trata da roda-gigante, senhor, embora na certa o parque vai tratar disso com o Blake quando falar com ele. Invadir e arrombar ainda é um delito grave, mas não é por isso que eu preciso falar com ele. O senhor tem ideia de onde ele está?

— Se você quer saber onde o Blake está, basta segui-lo nas redes sociais. É assim que eu fico de olho nele. Ele se registra em todos os lugares. — Dozier estava recomeçando a parecer sonolento. — E se ele não se registra, é porque não quer que ninguém saiba. Blake é um garoto independente, e eu adoro isso nele. Ele vai entrar em contato quando puder. Para mim, está bom assim. Por que você acha que é especial?

Com isso, Derek Dozier encerrou a chamada.

A casa de Glenn Hovey foi o próximo destino de Vanessa. Donnie Ambrose se ofereceu para acompanhá-la dessa vez, já que conhecia Hovey vagamente do seu tempo como colaborador no País das Maravilhas. Vanessa disse ao investigador que não havia problema de ela ir sozinha. Ela sempre tinha preferido trabalhar sozinha. Alguns policiais apresentavam um desempenho melhor em dupla, pois podiam se apoiar um no outro para concluir o trabalho. Vanessa estava sem parceiro já fazia anos, e achava isso bom.

Ela chegou à residência dos Hovey e conferiu o endereço que tinha recebido. Sim, era a casa certa, mas era como se o time inteiro dos Seattle Seahawks tivesse vomitado naquela casa térrea dos anos 1960. Para começar, estava pintada com as cores do time. A fachada era azul-escura e as persianas, verde-neon, uma combinação de cores que ficava ótima numa camiseta de time, mas horrível numa casa. Da calha acima da garagem, pendia uma bandeira do Seahawks com o número "12" medindo quase dois metros de altura, e na janela da sala, havia um adesivo do Seahawks que cobria quase todo o vidro. No jardim, os arbustos de hortênsias também eram azul, verde e branco. A casa devia ser um horror visual para os vizinhos, cujas casas eram todas em tons de bege e marrom. Vanessa torcia pelo Hawks, mas isso era ridículo.

Ela tocou a campainha e, pouco depois, uma mulher baixinha, na casa dos setenta e poucos anos, ficou observando com desconfiança. Seu rosto era como um maracujá de gaveta, e o cabelo era prateado com reflexos roxos. Estava vestida da cabeça aos pés com um moletom folgado do Seahawks e segurava uma caneca do Seahawks meio cheia de café. Um cigarro aceso pendia no canto dos lábios enrugados, que estavam pintados com batom coral. O batom era a única coisa que não tinha a cor do time.

Caramba, Vanessa pensou. *Imagine se estivéssemos na temporada de futebol americano.*

— Seja lá o que você está vendendo, eu não preciso, não quero ou não posso pagar — a senhora disse. A mão dela estava trêmula, uma deficiência motora própria da velhice, e o café na caneca estava prestes a transbordar.

Vanessa exibiu o distintivo dourado.

— Sou a chefe-adjunta da polícia de Seaside. Estou procurando Glenn Hovey. Ele está em casa?

A mulher semicerrou os olhos, marcando ainda mais a pele já enrugada ao redor deles.

— O que você quer com o Glenny?

— Ele está em casa? — Vanessa repetiu.

— Não vou dizer onde ele está até você me dizer do que se trata — ela respondeu.

Vanessa sorriu.

— A senhora é a mãe dele, não é?

— Sou Sherry Hovey. Glenny não fez nada. Ele é um bom menino.

Segundo a breve pesquisa de antecedentes realizada por Vanessa, ela sabia que Glenn tinha cinquenta e três anos. Não era bem um menino.

— Adorei a sua casa. — Vanessa fez questão de olhar ao redor. — As cores são maravilhosas. Acabei de comprar uma camiseta do Russell Wilson para o meu filho. Mas ele só vai ganhá-la no aniversário.

Num instante, Sherry ficou menos tensa e a porta se abriu um pouco mais.

— Bem, é claro que tive que repintar a casa quando o time mudou as cores do uniforme alguns anos atrás. Nem todo mundo por aqui pareceu feliz, mas acho que isso adiciona cor ao bairro. — Ela ergueu o queixo. — A nossa família compra ingressos para a temporada desde 1976.

— Nossa! Espero que vocês tenham conseguido ir ao Super Bowl.

A velha riu com desdém.

— Imagina! Não fomos sorteados. Nem mesmo no ano passado. Fazem sorteio, e isso é uma palhaçada, já que somos os torcedores mais leais do time. — A porta se abriu ainda mais. — Prefiro vender a casa a abrir mão dos nossos ingressos. É assim que demonstro a minha lealdade.

— Quem sabe no próximo ano. — Vanessa expressou simpatia e resistiu ao impulso de afastar a fumaça do cigarro que alcançava o seu rosto. — A senhora acha que eu poderia falar com o Glenn? A senhora deve ter ficado sabendo, um corpo foi encontrado no parque de diversões.

Sherry voltou a ficar tensa.

— Vi no jornal. Um sem-teto. Como é que o Glenny saberia de algo sobre isso? Você está tentando acusá-lo de alguma coisa?

— Não, senhora — Vanessa respondeu. — Tenho certeza de que ele não fez nada. Na verdade, parece que ele nem estava no parque quando aconteceu. Mas ele estava escalado para trabalhar naquele turno, e eu tenho algumas perguntas para fazer para ele.

— Droga desse parque, vivem fazendo acusações contra o Glenny. O que aconteceu não é culpa dele. O País das Maravilhas se acha o centro de tudo em Seaside. — A mulher fez careta, e a porta se abriu um pouquinho mais. — Bem, o Glenny pode ser um pouco instável, sabe. É por isso que ele precisa manter o emprego. Ele tem um bom seguro médico e odontológico, e eu tenho câncer. Já venci a doença duas vezes, mas voltou. Sem o seguro do Glenny, eu teria que recorrer ao sistema de saúde do governo. — Ela começou a tremer e o café quase transbordou novamente.

— Lamento em saber disso. — Vanessa fez uma pausa rápida e então perguntou: — A senhora sabe onde posso encontrar o Glenn? Ele não é suspeito de nada, mas eu gostaria de riscar o nome dele da minha lista e seguir em frente.

— Ele não está. — Sherry Hovey hesitou. — Não sei bem onde Glenny está. Ele não me diz para onde vai. Quando não está trabalhando, ele gosta de jogar. Principalmente pôquer e vinte e um. Então, ele deve estar em algum cassino por aí. Ele vai voltar quando achar que deve.

Vanessa fez uma anotação mental para escalar um policial para cuidar das chamadas telefônicas. Todos os cassinos da região precisavam ser contatados.

— E quando a senhora viu o Glenn pela última vez?

— Vejamos... — O rosto de Sherry Hovey se enrugou mais. Se uma pessoa pudesse personificar uma ameixa seca, ela estava fazendo isso. — Ontem à tarde, acho. Eu tinha uma consulta médica. Ele me levou. Depois fomos jantar nos Tres Hermanos com a Margie, que mora ao lado. Glenny não gosta muito de comida mexicana, mas eu e a Margie adoramos, e o Glenny vai porque não sabe cozinhar. E depois ele tinha que ir trabalhar.

— E quando foi a última vez que a senhora falou com ele?

— Ontem. Ele não precisa dar satisfação para mim. Ele já é crescido.

— Ele tem celular?

A mulher recitou o número, e Vanessa anotou no caderno.

— Mas ele não vai atender se não souber quem está ligando.

Vanessa entregou a Sherry um cartão de visita recém-impresso.

— Peça para o seu filho me ligar o quanto antes, está bem? Ele não está encrencado. Eu só preciso colocar os pingos nos is, como diz o ditado.

— Claro. — A velha segurou o cartão o mais longe possível do rosto e o examinou com os olhos semicerrados. — Digo para ele.

— Vai, Hawks! — Vanessa disse, erguendo o punho.

Sherry bufou.

— Calma, querida. A temporada ainda nem começou.

Então, a velha bateu a porta.

Vanessa ficou sentada no carro descaracterizado com a janela abaixada, tentando elaborar o próximo passo. Ela tinha designado um policial novato chamado Nate Essex para entrar em contato com todos os cassinos em um raio de 150 quilômetros — e havia vários —, mas ela não esperava ter notícias dele por pelo menos algumas horas.

A mulher que morava na casa ao lado da de Sherry e Glenn Hovey estava regando os seus pés de tomate, e tinha se virado diversas vezes para observar Vanessa dentro do carro. Os seus olhares se encontraram através do para-brisa, e finalmente a mulher desligou a mangueira e fez um gesto para que Vanessa se aproximasse, olhando ao redor com um olhar furtivo.

Vanessa saiu do carro. A mulher não era tão velha quanto Sherry Hovey, mas tinha um cabelo parecido, grisalho com reflexos roxos.

— Boa tarde, senhora — Vanessa disse. — A senhora precisa de alguma coisa?

— Sou Margie Hamilton. Entre. — A mulher guiou Vanessa pela entrada na garagem e foram direto à cozinha, que cheirava a ensopado de carne e biscoitos com gotas de chocolate. Sem demora, Margie se sentou à mesa e indicou que Vanessa fizesse o mesmo. — Ouvi você conversando com a Sherry. Não queria que ela ouvisse a nossa conversa. Então você é a nova delegada?

— Sim, senhora, sou eu.

— Earl não tinha mencionado que ia contratar uma mulher.

— A senhora conhece o chefe? — Vanessa ficou surpresa.

Margie Hamilton deu de ombros.

— Ah, conheço. Éramos vizinhos quando ele estava casado com a primeira mulher. Não, espera, Irene foi a segunda mulher. — Ela ficou pensativa por um instante e depois dispensou o assunto com um gesto de mão. — Enfim, o que quero dizer é que uns 15 anos atrás, éramos vizinhos. Me mudei para uma casa menor depois que o Louie, o meu marido, morreu. Numa manhã, ele teve um infarto fulminante a caminho do trabalho, caiu morto na entrada da garagem. A casa antiga era grande demais para mim, ainda mais depois que as meninas cresceram. Seja como for, toda vez que dou de cara com o Earl no mercado, ele sempre me cumprimenta.

— A senhora sabe alguma coisa sobre Glenn Hovey? — Vanessa perguntou.

— Ah, sei, foi por isso que chamei você aqui. Não queria que a Sherry ouvisse. Então, o que eu contar, não repita para ela. Você entende, não é?

— Entendo.

— Pois bem, o Glenny é meio biruta. — Margie girou o dedo perto da têmpora. — Ele não é doido nem burro nem nada disso, mas é meio esquisito, ainda que um pouco disso deve ser por ter morado com a Sherry por muito tempo. Ela vive dizendo que ele ficou estranho depois do que aconteceu quando ele tinha quatorze anos. Ou seria quinze? — Ela fez outra uma pausa, mais uma vez dispensando o assunto com a mão. — O que quero dizer é que ele ainda era um menino quando aconteceu.

— O que aconteceu com ele?

— O Museu dos Palhaços. — Margie disse isso como se Vanessa devesse saber do que ela estava falando. — Isso deixou ele muito abalado. Ele nunca mais foi o mesmo depois disso.

Vanessa conteve um suspiro. Era importante ter paciência, sem demonstrar frustração, embora ela estivesse tentada a gritar com a mulher para que fosse direto ao ponto.

— Eu perguntei para a senhora Hovey se ela sabia onde Glenn estava. Ela não tinha certeza.

— Ah, Sherry não deve saber. Ela não *quer* saber. Entende? Sherry protege o filho, mas gosta de fingir que o problema dele é o jogo. O problema dele não é o pôquer, não importa o que ela tenha dito para você. — Margie se inclinou um pouco e voltou a fazer um movimento giratório com o dedo. — O problema do Glenn é muito mais sério, entende?

Vanessa mordeu o lábio e disse:

— Não, senhora. Não entendo.

— Glenn tem outros… vícios.

— Tipo o quê?

— Você sabe. Aqueles filmes?

— Que filmes?

— Aqueles filmes sujos. Filmes de sexo. — Ela fez uma pausa dramática. — *Pornô*!

Vanessa tentou não rir.

— Ah, sim.

— Ele foi pego duas ou três vezes assistindo a esses pornôs no trabalho. Dá para imaginar uma coisa dessas? Isso não está certo. Ele está rodeado de crianças. Ele não tem nada que ficar assistindo a filmes assim com elas por perto. Mas é por causa do que aconteceu com o Glenny quando ele era criança. Entende? É como se ele não soubesse o que é errado.

Dessa vez, Vanessa entendeu o que Margie queria dizer.

— E como a senhora sabe que ele teve problemas no trabalho?

— Porque o meu neto trabalhou no País das Maravilhas três verões seguidos. Ele disse que todas as crianças sabem sobre o Glenny. — Ela abaixou a voz, quase sussurrando. — E não se trata de filmes pornô normais. São coisas bem sujas. Não é coisa de menino com menina. É de menino com *menino*.

— A senhora está dizendo que o Glenn foi pego vendo pornografia gay durante o trabalho no País das Maravilhas?

— Você não ouviu isso de mim.

— Mas mesmo assim nunca o demitiram.

Margie fez um gesto com a mão.

— Não podem. Por causa do que aconteceu com ele.

— O que aconteceu com ele? — Vanessa estava começando a se sentir como um papagaio.

Margie deixou escapar um suspiro de alívio.

— O Museu dos Palhaços.

Vanessa forçou um tom de preocupação na voz.

— Senhora Hamilton, ajudaria muito se a senhora fosse mais específica. O que exatamente aconteceu com o Glenn no Museu dos Palhaços?

— Ele foi... sabe como é... — Margie Hamilton olhou para Vanessa com expectativa, esperando que a policial entendesse. — Ele foi... violentado. Quando ainda era menino. Pelo Jack Shaw, o primeiro dono do parque. Já ouviu falar do Jack Shaw?

— Um pouco — Vanessa respondeu. — Trabalhei no parque durante um verão, quando ainda se chamava Mundo das Maravilhas. Tinham acabado de acusar o Shaw de abuso sexual de diversos garotos que haviam trabalhado para ele.

— Bem, o Glenny foi um dos meninos. Ele estava pronto para testemunhar no julgamento, mas aí Shaw morreu, e não houve julgamento. E alguns anos depois, surgiu um novo proprietário, o Nick Bishop, que não queria que o Glenny falasse mais sobre o ocorrido no Museu dos Palhaços. Ele disse que era ruim para o parque, que ele queria um recomeço. Bishop mudou o nome e o logotipo do parque, deu uniformes para todo mundo. Parecia que nada tinha acontecido. Ele prometeu para o Glenny um emprego para o resto da vida, desde que ele prometesse ficar quieto sobre o que aconteceu. Sherry vive aflita com medo de o Glenny perder o emprego, mas ela nem precisa se preocupar. Nunca vão demiti-lo, é o que eu estou dizendo.

— Entendo. — Era coisa demais para digerir, e ela pensou bastante antes de fazer a próxima pergunta. — Senhora Hamilton, a senhora soube o que aconteceu no parque hoje cedo?

— Soube. Eu vi a notícia na tevê. Um sem-teto foi encontrado morto.

Foi a vez de Vanessa se inclinar para perto.

— Agora, cá entre nós, e claro, isso vai ficar entre nós, e eu jamais vou dizer para a mãe dele o que a senhora me contar: a senhora acha que o Glenn pode ter tido algo a ver como isso?

— Foi por isso que chamei você aqui. — Margie Hamilton olhou para Vanessa como se ela fosse uma estúpida. — Gosto muito da Sherry. Ela é uma boa mulher e vem lutando contra o câncer há anos. Ela precisa de todo o nosso amor e apoio, mas está protegendo o filho. Como é o dever dela, sendo a mãe dele. Se eu acho que o Glenny teve alguma coisa a ver com a morte do homem de hoje cedo? Não sei. Eu não estava lá. — Ela abaixou a voz mais uma vez, quase sussurrando, mesmo estando sozinhas. — Mas aqui vai o que sei. Sei que, ao longo dos anos, mesmo que eu e Sherry sejamos próximas, e que eu a convide para vir quando a minha família faz uma visita, nunca deixei o Glenny sozinho com os meus netos. Ou netas. Nunca. Nem uma vez.

— Entendo — Vanessa disse. O instinto parental, ou, nesse caso, instinto de avó, não deve ser subestimado.

— E se ele fez alguma coisa com aquele sem-teto, não que eu esteja dizendo que ele fez, mas *se* ele fez… não me surpreenderia. Entende?

Sim, Vanessa entendia. Com certeza.

Destinatários: Todos os colaboradores do País das Maravilhas
Remetente: Nick Bishop
Assunto: Usem o seu uniforme com orgulho!

Caros colaboradores,
Vocês se lembram da sua primeira vez no País das Maravilhas? Vocês se lembram da experiência mágica que foi andar no Polvo Gigante, ter o seu primeiro (ou centésimo) gostinho de algodão-doce, ganhar um prêmio nos nossos famosos estandes de jogos?
Agora vocês fazem parte da recriação dessa experiência mágica para outras pessoas. O uniforme roxo inconfundível usado por vocês mostra ao público que vocês estão lá para ajudar no que for necessário. Sei que vocês farão isso com cortesia, entusiasmo e um sorriso no rosto!
Com o início da alta temporada, é importante que o uniforme esteja sempre limpo, passado e usado de acordo com as diretrizes do Manual do Funcionário. Durante o uso do uniforme, vocês devem se abster de qualquer tipo de comportamento que possa manchar a reputação de diversão familiar saudável que o País das Maravilhas batalhou duro para alcançar. Se vocês precisarem de itens de reposição de vestuário, dez dólares por item serão descontados do próximo salário.
Usem o uniforme com orgulho! Esse é o jeito País das Maravilhas de ser!

Atenciosamente,
Nick Bishop
Proprietário do Parque de Diversões País das Maravilhas

11

A CAMISA POLO ROXA DO UNIFORME DE AVA CASTRO ESTAVA com um caimento horrível e era de um tamanho maior do que o que ela usava, escondendo o pouco busto que ela tinha. Ava se perguntava se poderia encolhê-la ao lavar em água bem quente, porque não estava animada com a ideia de gastar dez dólares em uma nova de tamanho menor.

Supondo que ela ainda estivesse autorizada a trabalhar no País das Maravilhas, é claro. A sua mãe, chata mesmo em dias normais, tinha surtado de vez naquela manhã, e tudo o que Ava podia fazer era manter a calma. Se ela tivesse alguma propensão à violência e não tivesse aprendido a diferença entre certo e errado, ela já estaria esfaqueando com prazer a própria mãe agora.

— Mas foi você quem me disse para me candidatar no País das Maravilhas — Ava disse para Vanessa, sem nem tentar evitar a irritação na voz. Ela sabia que estava congestionando o espaço já minúsculo do banheiro da mãe, mas pelo menos Vanessa *tinha* o próprio banheiro. Ava era obrigada a dividir o dela com John-John, que não conseguia acertar o vaso sanitário nem ferrando. — Foi você quem me deixou toda empolgada com isso, e agora está me dizendo para desistir? Eu nem comecei ainda.

— Com certeza você pode achar outra coisa. — Vanessa encontrou o olhar da filha no espelho do banheiro. Ela estava usando o secador de cabelo, e o jato de ar quente de vez em quando atingia o rosto de Ava. — Você é uma ótima nadadora. Quem sabe não estão contratando salva-vidas na praia. Ou na ACM.

— Tem que ter quinze anos para ser salva-vidas. E mesmo que eu tivesse idade suficiente, não iria querer passar o verão todo na ACM. Quero trabalhar no País das Maravilhas porque tem muitas oportunidades no parque. — Ava colocou as mãos na cintura e fuzilou a mãe com os olhos. Como a mãe, que era a chefe-adjunta de todo um departamento de polícia, podia ser tão burra? — Eu não entendo. Eu disse que queria passar o verão com a vovó. Onde as minhas amigas estão. Mas não, você disse que eu tinha que vir para Seaside assim que a escola acabasse, e que eu deveria trabalhar no País das Maravilhas nas férias. Foi isso o que você disse.

— Sei que eu disse isso, mas...

— É por causa daquele sem-teto morto?

Vanessa suspirou e se virou.

— Talvez.

— Mãe. — Ava respirou fundo e se forçou a falar com calma, mesmo que a mãe fosse especialista em tirá-la do sério. — Nada vai acontecer comigo no País das Maravilhas. Tem, tipo, mil pessoas trabalhando lá, e mais um monte que visita o parque, e eu nunca vou ficar sozinha. Ninguém vai me matar e deixar o meu corpo no meio do parque. E também não sou do tipo que faz alguma estupidez como escalar a roda-gigante e tirar uma foto com os braços para o alto.

— Você viu a foto?

— Vi as duas fotos, mas pouco importa. Fui designada para trabalhar num carrinho de cachorro-quente na área de entretenimento. O que de ruim pode acontecer fazendo cachorro-quente?

— Você pode acabar queimando as sobrancelhas.

Era uma piada, mas Ava se recusou a rir.

— É um bom trabalho. Você devia saber, já que trabalhou no parque. Foi, tipo, cem anos atrás, mas trabalhou.

— Peraí. — Vanessa puxou uma escova pelo cabelo e fez careta ao atingir um emaranhado. Ela sempre escovava o cabelo com muita força quando estava com pressa. — Só estou preocupada, tá bom? É um caso estranho, e ando ouvindo todo tipo de coisa esquisita sobre o parque.

— Tipo o quê?

— Tipo um guarda que faz coisas inapropriadas.

— Então vou fazer questão de ficar longe deles.

— E se o sem-teto foi assassinado por alguém do País das Maravilhas? — Vanessa virou-se para encarar a filha. — O assassino pode estar trabalhando no parque neste exato momento.

— Então você vai descobrir quem é e vai prendê-lo. — Ava deu um passo à frente e colocou a mão no braço da mãe. — Porque é isso que você faz. Qualquer lugar que eu vá tem os seus perigos. Eu posso trabalhar, tipo, numa loja de departamentos, e ter um chefe que é estuprador. Ou começar a escola em setembro e algum garoto desajustado levar uma arma, atirar em todo mundo e matar geral.

— Ava! Não diga uma coisa dessas.

— Mas pode acontecer. Você não pode me proteger de tudo ou de todos. A vida é assim, mãe. Lembra do que me disse depois que o papai morreu?

— Não — Vanessa respondeu, com a expressão relaxando. — O que eu disse?

— Você disse que a vida continua. — Ava tentou forçar um sorriso que não era de todo sincero, mas sentiu que estava levando a melhor na discussão, mesmo que nem deveria haver uma. — Você disse que merdas acontecem, e que não é culpa de ninguém.

— Acho que eu disse isso mesmo — Vanessa disse. — E não diga a palavra merda.

— Mas você ainda anda armada — Ava continuou, apontando para o coldre na cintura da mãe. Estava vazio. A mãe mantinha a arma trancada no cofre, e nunca a retirava até estar pronta para sair para o departamento. — Porque é o seu trabalho, não é? Pois bem, o País das Maravilhas é o meu trabalho agora. E se a gente não sair nos próximos três minutos, vou me atrasar para o meu primeiro dia. É só uma sessão de boas-vindas, mas mesmo assim.

— Pois é. — Vanessa consultou o relógio. — Tá bem, sabichona. Você foi muito convincente na sua argumentação. Vamos nessa. John-John! — ela chamou o filho de sete anos, que ainda estava no banheiro.

Cinco minutos depois, os três estavam no carro, com John-John no banco de trás e Ava de copiloto. Ava desembarcaria primeiro no País das Maravilhas, depois o irmão seria deixado para passar o dia no acampamento de verão e, por fim, Vanessa seguiria para o trabalho. Parecia um bom momento para trazer à tona o assunto que Ava vinha pensando na última semana.

— Lembra daquele show que eu falei na semana passada? — Ava disse.

— Qual? — Vanessa parecia distraída ao fazer uma curva à esquerda. Um garoto numa bicicleta atravessou o cruzamento no último instante e ela freou bruscamente, xingando baixinho.

— O de Portland — Ava respondeu. — A McKenzie conseguiu ingressos para esse show. One Direction. Lembra?

— Achei que tivesse dito não. — Vanessa olhou para a filha. — Não disse?

— Você disse que ia pensar.

— Pois bem, já pensei e a resposta é não.

— Mas é só uma ida a Portland — Ava disse, tentando não parecer irritada. — Você me deixou ir com a McKenzie para esquiar no ano passado. No *Canadá*!

— Era uma situação bem diferente. Você foi com os pais da McKenzie. Eu não confio na irmã da McKenzie dirigindo até Portland. É longe demais e ela só tem dezoito anos.

— São três horas e meia de viagem. Três, se a Elana correr.

— E o fato de correr é o que deveria me convencer?

Ava afundou no banco. A única coisa pior do que não ir ao show seria ver todas as fotos que McKenzie postaria no Facebook e no Instagram, sem que ela estivesse presente. Isso era inaceitável.

— Deixe a Avie ir, mãe — John-John disse do banco de trás, e Ava se virou e sorriu para o irmãozinho. — Aparentemente é muito importante para ela.

— Por que você não foi ao show da banda quando a gente estava em Seattle? — Vanessa perguntou. — Eles não tocaram na arena? Ficava a 15 minutos de casa.

Será que ela está falando sério? Ava fuzilou a mãe com os olhos.

— Eu queria, lembra? A gente tinha os ingressos.

— Então por que você não foi? Eu não teria tido problemas com isso.

— Foi o fim de semana do enterro do papai. Eu não consegui ir. Aí a McKenzie também não foi.

Vanessa respirou fundo para se acalmar, como Ava sabia que a mãe faria. Ava sentiu uma pontinha de triunfo.

Após parar em um semáforo, Vanessa se virou para ela.

— Ava, sinto muito. Eu esqueci. — Seu rosto se iluminou de repente. — Mas, olha, tive uma ideia. Por que *eu* não levo vocês duas? Vamos passar um fim de semana juntas. Posso até reservar um hotel para a gente. Não seria legal? Show no sábado e compras no domingo. Em Oregon, não tem imposto sobre vendas. Vou pedir para a vovó vir e ficar com o John-John. Que tal?

Ava encarou a mãe. Era inacreditável. Ela não a entendia de jeito nenhum, nem parecia querer entender. Primeiro, a mãe praticamente a forçou a conseguir um emprego no País das Maravilhas. Depois, tentou forçá-la a *não* trabalhar lá. Agora, a mãe estava dizendo que ela não podia ir ao show, a menos que também fosse?

— Eu não quero ir com *você*. Será que não entendeu? — A voz de Ava estava alta no carro pequeno, mas ela não ligava. — Esse show é muito importante para mim, e ainda assim, de alguma forma, sempre gira em torno de você. A gente se mudou para cá porque *você* quis vir para cá. Acha mesmo que eu quero viver nesta cidadezinha sem graça?

— Ava...

— Acha mesmo que estou gostando de ter que começar o ensino médio em setembro com um bando de gente que nem conheço? Eu tenho as mesmas amigas desde a pré-escola e agora todas elas vão para a mesma escola sem mim. Você acha que eu gostei de sair da minha casa e de me afastar de todas as minhas amigas, só porque *você* quis se mudar, porque *você* precisou sair de Seattle depois que *você* se ferrou no *seu* trabalho? — Ava estava aos gritos, cuspindo de raiva. — *Você* é a responsável pelo papai ter enchido a cara naquela noite! *Você* é a responsável por ele não estar mais com a gente! *Você* é quem estava tendo um caso…

Vanessa a esbofeteou. Ava não viu o tapa vindo, e o som chegou antes da dor. De imediato, ela levou a mão ao rosto, que latejava. Ficou encarando a mãe, sem conseguir falar. Isso aconteceu mesmo? A mãe tinha acabado mesmo de *bater* nela?

A mãe nunca tinha dado uma bofetada nela. Jamais. Sem saber o que fazer, e mais pelo choque e um sentimento abalado de autojustiça do que qualquer outra coisa, Ava caiu no choro.

No banco de trás, John-John também começou a chorar.

Vanessa tapou a boca com a mão, olhando para Ava com incredulidade. Atrás delas, um carro buzinou. O sinal tinha ficado verde. Como que em transe, Vanessa dirigiu devagar pelo cruzamento e, em seguida, entrou no estacionamento de uma lanchonete mexicana e desligou o motor.

— Ava, me desculpa — a mãe disse com os olhos arregalados. — Eu não tinha a intenção de bater em você, e estou muito arrependida. Só que… as coisas que você disse… você não pode falar assim comigo, Ava. Seja o que for, eu sou a sua mãe, e você não pode falar comigo dessa maneira, entende?

Ava agarrou a sua mochila.

— O que eu entendo é que te odeio. E vou a pé para o trabalho se isso significar não ter que passar mais um segundo com você.

Ava saiu do carro e bateu a porta com toda a força. Ela ouviu John-John soltar um gritinho de dentro do carro, e então o ouviu chamar:

— Avie! Volta aqui!

Ela não ligou. Começou a caminhar na direção do País das Maravilhas, que podia ser visto facilmente e estava a cerca de um quilômetro de distância. Forçou-se a não olhar para trás.

Um homem chegou à entrada do parque num reluzente carrinho de golfe roxo do País das Maravilhas, parando bem na frente dos portões principais. Ao desembarcar, ele se virou para a câmera com um sorriso. Vestido de forma impecável com uma camisa polo roxa do País das Maravilhas e calça cáqui bem passada, ele parecia o funcionário modelo do parque de diversões. A câmera deu um zoom em seu rosto, onde uma fileira de dentes brancos perfeitos reluzia em contraste com o seu bronzeado de verão. Em seguida, a câmera reduziu o zoom, capturando a placa de BEM-VINDOS AO PAÍS DAS MARAVILHAS acima da sua cabeça. O som estalava. Eles estavam assistindo a um vídeo de apresentação em VHS, e não em DVD, e a qualidade era péssima.

— Olá, pessoal! — O homem na tela da tevê acenou com alegria quando a câmera voltou a dar um zoom. — Eu sou Nick Bishop, o proprietário do País das Maravilhas. Se você está assistindo a este vídeo, é porque acabou de ingressar na nossa equipe de dedicados colaboradores. Bem-vindo! Estou muito feliz que você tenha decidido fazer parte da família País das Maravilhas, e vamos ter um verão incrível juntos. Se você está assistindo a este vídeo com outros colaboradores, aproveite o momento para dizer oi e se apresentar. Não se acanhe! Lembre-se, o seu entusiasmo e a sua cordialidade são o motivo da sua contratação.

O garoto ao lado de Ava conteve uma risada. Eles já tinham sido apresentados por um dos supervisores mais cedo, e agora eram só os dois, sentados numa saleta no segundo andar do prédio administrativo. Ele também era um novato, e até agora Ava só sabia duas coisas a respeito dele: o seu nome era Xander Cameron, e ele era lindo. Ou NOSSA, UM GATO!!!, como ela tinha escrito na mensagem enviada para McKenzie assim que o supervisor os havia deixado sozinhos. Ava estava achando que ele tinha pelo menos dezessete anos. Talvez até dezoito. O que o tornava quase um homem.

Xander estava todo relaxado na cadeira perto dela, com as pernas longas esticadas à frente. Ava matutou se conseguiria tirar uma foto dele com o seu celular sem que ele percebesse para enviar para McKenzie, mas teria que esperar até que ele estivesse totalmente absorto no vídeo de apresentação. O que, pela reação dele, era improvável que acontecesse.

— Que sem graça — ele disse, revirando os olhos.

— Super sem graça — Ava concordou, ainda que ela provavelmente teria concordado com qualquer coisa que ele dissesse.

— Acho que esse vídeo foi feito antes de eu nascer — ele continuou. — Assim como este uniforme.

Ava riu, embora em segredo achasse que ele ficava muito bem de roxo. A camisa caía perfeitamente nele. Ela havia sido forçada a enfiar a dela bem para dentro da calça, o que a fez parecer ainda menos atraente.

— Vamos ficar aqui por umas três horas — Ava disse. — A gente tem que assistir aos três vídeos.

— Nossa — Xander disse, mais uma vez revirando os olhos. — Será que vão avaliar a gente com base neles? Porque se não forem fazer isso, acho melhor a gente sair de fininho e ir tomar um sorvete lá na área de entretenimento.

Será que ele estava zoando? Ela não tinha como saber, e sentiu um ligeiro pânico. Se ele estivesse falando sério, o que ela deveria fazer? Seria muito chato ficar ali e assistir aos vídeos idiotas sozinha e, além disso, Xander acabaria achando que ela teria agido como uma criança por não ter ido com ele. Mas se ela fosse para tomar um sorvete com ele, na certa se meteriam numa encrenca, e ela com certeza não queria ser demitida antes mesmo de começar. Não depois da briga que acabou de ter com a mãe.

— Estou brincando — ele disse. — Com a nossa sorte, a gente seria pego e aí acabado no serviço de coleta de lixo. O meu amigo Ryan trabalhou aqui no verão passado e chegou atrasado em três turnos seguidos. Ele foi colocado no serviço de coleta de lixo por duas semanas. Tipo, ele só ficava empurrando um carrinho enorme de um lado para o outro do parque, enchendo com o lixo das lixeiras.

— Que péssimo — Ava afirmou, aliviada por ele só estar brincando.

— Pois é, é um trabalho de merda. — Ele esticou os braços acima da cabeça e se alongou. A frente da sua camisa polo se ergueu e revelou um pedacinho de barriga sarada, e Ava não conseguiu deixar de olhar, sentindo o rosto ficar corado. — Com quem você fez a entrevista?

— Fiz a minha entrevista em março durante a feira de recrutamento. — Ava tentou falar normalmente, ainda que ele a deixasse nervosa. — Pelo Skype, porque eu morava em Seattle na época. Foi com uma das gerentes, mas nem lembro o nome dela.

— A minha entrevista era para ter sido com o Scottie Pile, o gerente de jogos. Mas ele não estava aqui no dia marcado. Aí a própria CEO me entrevistou. Ela acabou sendo bem legal. — Xander reprimiu um bocejo. — Você recebeu o e-mail sobre o uniforme? Acho que o parque está puto com a foto que anda circulando de alguém profanando a sagrada camisa polo roxa, mostrando o dedo do meio.

— Li o e-mail hoje de manhã. — Ela ficou aliviada por eles terem algo para conversar. — E até achei a foto bem legal. Mas é, o País das Maravilhas não deve ter gostado. Sem dúvida, o cara foi demitido.

— Pois é, e ainda encontraram aquele sem-teto? Muita repercussão negativa — Xander disse. — Enfim, o Garoto da Roda-Gigante é amigo de um colega meu. Vou acabar saindo com ele em alguma momento no verão. Ouvi dizer que é um cara bacana. Para qual setor você foi designada?

— Serviços de alimentação. Carrinho de cachorro-quente na área de entretenimento.

— Trabalho chato. — Xander lançou um olhar solidário para ela. — Eu fiquei no setor de jogos. No estande de basquete.

— Como você conseguiu isso? — Ava não conseguiu dissimular a inveja. — É, tipo, o melhor trabalho no setor de jogos.

Ele deu de ombros.

— Na entrevista, eu disse que esperava conseguir um trabalho na equipe de jogos e acabou acontecendo. Acho que foi sorte. É bom porque preciso economizar para a faculdade. Universidade de Miami no outono. E você?

— Eu... — Ava queria muito mentir para ele e dizer que era mais velha, mas não valia a pena. — Vou ficar aqui. Começo a Seaside Academy em setembro.

— É uma faculdade?

— Não, é o ensino médio.

Xander franziu a testa.

— Quantos anos você tem?

— Quatorze. E meio — ela acrescentou, como se fizesse alguma diferença. — O meu aniversário foi em janeiro.

— Caramba, achei que você fosse mais velha — ele disse com um sorriso, e Ava corou. Claro que ele estava fazendo um elogio. — Você poderia muito bem se passar por uma garota de dezesseis anos.

— Vivo ouvindo isso — ela afirmou, radiante. — Eu estava torcendo para ser designada para uma das atrações da Rua dos Olmos, já que vou trabalhar aqui o ano inteiro, mas é difícil conseguir uma vaga. Queria muito trabalhar na Rua dos Olmos durante a temporada de Halloween e do Festival do Terror.

— Ouvi dizer que tem que ter pelo menos dezesseis anos — Xander disse. — Porque as atrações são assustadoras e coisas do tipo.

— Quem sabe daqui a alguns anos.

Eles voltaram a prestar atenção no vídeo, agora Nick Bishop os estava levando em um passeio pela área de entretenimento. Ava se lembrou da última vez que havia estado naquela parte do parque. Na época, o seu pai ainda estava vivo, porque a visita ao parque foi só no verão passado, e ele tinha morrido durante as férias de Natal, duas semanas antes de Ava completar quatorze anos. O show do One Direction em Seattle deveria ter sido parte da comemoração do seu aniversário, algo que a sua mãe obviamente havia esquecido.

É curioso como a morte dele foi a linha divisória para tudo. Ava quase podia ver isso em sua mente; era como se houvesse uma linha preta grossa que separava tudo o que tinha acontecido antes de 24 de dezembro e tudo o que aconteceu depois. Antes e depois. Pré e pós. Lá e agora. Vida passada e vida atual.

O seu pai tinha sido o homem mais forte que ela chegou a conhecer. O major John Castro, exército dos Estados Unidos, reformado. Três missões, uma no Iraque e duas no Afeganistão. A última o havia mudado. Ele tinha voltado tão... diferente. Ele havia voltado para casa, mas a mente tinha permanecido distante. Na época, Ava tinha apenas doze anos, mas chegou a sentir a mudança, ainda que não conseguisse expressá-la. A sua mãe descreveu como estar "de bode", algo que ela garantiu à filha que passaria, mas Ava sabia agora que a expressão correta era *transtorno de estresse pós-traumático*.

John Castro sempre foi um pouco "temperamental", segundo a mãe, mas a palavra correta, como Ava havia aprendido alguns anos atrás, era *bipolar*. John Castro passava semanas em um estado de "baixo astral" — outra das expressões inventadas pela mãe —, e quando ele ficava desse jeito, quando ficava em *depressão profunda*, não saía do quarto de hóspedes por dias a fio. "Não estou me sentindo bem", ele murmurava para Ava sempre que ela se atrevia a perguntar, e ela acabou aprendendo a não perguntar, porque parecia deixá-lo chateado.

Bem, não era *tão* esquisito, porque os humores dele eram tudo o que Ava sempre havia conhecido. Só quando ela ficou mais velha, e começou a passar mais tempo na casa das amigas, é que foi suspeitando que a sua vida em família não era tão comum, e que não era normal que o pai dormisse o dia todo e ficasse acordado a noite toda assistindo a filmes antigos e fumando feito uma chaminé, e também não fosse trabalhar. Que não era aceitável que o seu pai às vezes não tomasse banho, não escovasse os dentes ou não comesse coisa alguma por uma semana.

Porém, quando ele ficava de "alto astral" — que era outra expressão que Vanessa em negação gostava de usar —, eram os períodos bons. A casa se tornava um lugar bem diferente quando o pai ficava *maníaco*. Porque quando John Castro ficava maníaco, era empolgante. Ele tomava banho todos os dias e se vestia com grande esmero, com o cabelo perfeitamente penteado e os olhos brilhantes. Ele falava sem parar, cheio de planos grandiosos e ideias espontâneas, e fazia a mãe dela rir. Ele trabalhava de dez a 12 horas por dia na empresa de consultoria de segurança que tinha aberto, e voltava para casa ainda com muita energia. Levava a família para maratonas em lojas, comprando tudo o que Ava e John-John queriam, e todos acusavam Vanessa de ser uma "estraga-prazeres" porque ela fazia com que eles devolvessem tudo, já que alguém tinha de ser *financeiramente responsável.* Certa vez, o pai havia surpreendido a mãe com um Lexus, e ela tinha exigido que ele devolvesse na hora à concessionária. E em outra ocasião, ele surpreendeu toda a família — incluindo a avó dela — com uma viagem para a Itália, à qual a sua mãe, após muitos protestos, acabou aceitando.

E era assim que a coisas caminhavam. A vida girava em torno dos "humores" de John Castro. Por mais incrível que fosse quando ele ficava de "alto astral", sempre havia a queda inevitável, seguida por semanas de trevas. Então, ele saía disso e recuperava o equilíbrio, ficando maravilhosamente normal, por meses, às vezes por um ano inteiro. E depois haveria um gatilho para a mania ou para a depressão.

John Castro se recusava a admitir que tinha um problema. O seu médico de família e dois psiquiatras tinham lhe dado um diagnóstico de transtorno bipolar, mas o pai de Ava se recusava a acreditar neles. "Eles são pagos para prescrever medicamentos", dizia. "É tudo uma conspiração para me vender pílulas que vão me deixar gordo e com a mente embotada. Eu estou bem."

E então, no início de dezembro, após meses brigando com a sua mãe a respeito de um ex-namorado dela chamado Marcus Henry, John Castro despencou, pela última vez. Ele voltou a cair em seu inferno particular, o lugar onde tudo era negro, e tudo o que ele conseguia fazer era dormir o tempo todo até que passasse. E embora não fosse a primeira vez que Ava o visse assim, parecia mesmo ser a pior crise. John Castro acreditava que a mulher o estava traindo.

— O seu filho está paranoico. — Ava ouviu a mãe dizer mais de uma vez para Cecilia Castro. — É um sintoma do transtorno bipolar. Ele precisa tomar a medicação.

— Você acha que eu já não tentei? — a avó dizia. — Ele se recusa a tomar. A única vez que tomou, quando tinha vinte e poucos anos, reclamou que os remédios o faziam se sentir estúpido.

Assustada, Ava finalmente tentou conversar com o pai por conta própria. Fazia quase duas semanas que ele estava no quarto de hóspedes, dormindo sem parar, e o Natal estava se aproximando. Ela estava com medo de que ele dormisse durante todo o período de festas de fim de ano. Ava ficou sentada na beira da cama por uma hora. Então, ele acordou, e ela deixou o medo de lado e falou do fundo do coração.

— Você precisa de ajuda, pai — Ava disse. — Você sofre de transtorno bipolar, e é complicado, mas não é sua culpa. Você tem um desequilíbrio químico no cérebro, mas pode ser tratado. Tem vários tipos de medicamentos que podem ajudar. E se você não gostar de um, pode tentar outro, quantos forem necessários, até você se sentir normal. — As lágrimas vieram. — Por favor, pai. Você não pode viver desse jeito. A mamãe não pode viver desse jeito. A gente precisa que você melhore.

Ele olhou para a filha, com os olhos avermelhados, o cabelo todo espetado como o de um louco, e por um instante, Ava achou que ele poderia agredi-la. Não que ele tivesse feito isso alguma vez, mas ela sempre achou que se ele fizesse isso algum dia, seria quando o seu estado de espírito estivesse sombrio.

— Você não quer melhorar? — Ava perguntou, baixinho. — Você não quer recuperar... *o equilíbrio*?

— Não, não quero — ele finalmente disse. A sua voz estava rouca por falta de uso, e os lábios estavam tão rachados que pareciam um donut coberto de fissuras. — Porque, por pior que seja, quando o alto astral chega, ele é muito bom, querida. É maravilhoso.

— Mas não é justo com a gente. Dá medo quando você está assim, papai, quando dorme por dias e não fala com a gente. E também é assustador quando você fica de "alto astral", porque a gente nunca sabe o que você vai dizer ou fazer, e a mamãe vive com medo de ficarmos sem dinheiro. Prefiro quando você recupera o equilíbrio. Quando você vai trabalhar como os outros pais e depois volta para jantar com a gente e fala sobre coisas normais. Imagino que seja chato para você, mas... é o que precisamos de você, pai. Por favor.

— Vou pensar a respeito, querida — John Castro disse. — Prometo.

— Você vai no médico?

— Eu disse que vou pensar a respeito. — Sua voz foi firme. — Agora, me deixe sozinho, por favor. Não estou me sentindo bem e preciso dormir.

Ele morreu nove dias depois. Foi a sua mãe quem encontrou o corpo.

A causa oficial da morte foi ferimento por arma de fogo, e sua mãe até hoje tem insistido que foi um acidente. Os produtos para limpeza de armas do seu pai estavam dispostos na mesa de trabalho dele na garagem onde ele tinha morrido. A teoria dela era que ele havia se esquecido de descarregar a arma antes de começar a limpá-la. A arma disparou, matando-o na hora.

O laudo do legista, que Ava encontrou no fundo da gaveta de roupas íntimas da mãe, corroborava isso. A bala tinha entrado no crânio logo acima do nariz; um lugar improvável se alguém estivesse cometendo suicídio — que tinha sido o primeiro pensamento de Ava —, e a trajetória da bala, que era ascendente, também sugeria um ferimento acidental por arma de fogo, mas autoinfligido.

Mas Ava não era idiota. Ela sabia que o pai havia bebido naquele dia; Ava tinha sentido o cheiro no hálito dele quando ela havia voltado para casa brevemente para pegar as suas coisas antes de ir à casa de McKenzie para dormir lá. Ela também sabia que ele tinha recebido um velho amigo, um ex-companheiro do exército chamado Frank Greenberg. Eles tinham servido juntos em três missões, e sua mãe costumava chamar Frank quando o seu pai estava deprimido demais, já que às vezes Frank era o único capaz de se comunicar com o seu marido. E mesmo assim nada disso estava no laudo oficial que detalhava a morte de John Castro. O nome de Frank Greenberg não foi mencionado em nenhum lugar.

Alguns dias após o enterro, Ava perguntou sobre Frank para a mãe. Vanessa Castro olhou a filha nos olhos e disse, com uma firmeza que ela nunca tinha ouvido antes:

— Não, Ava. Não é culpa do Frank que o seu pai tenha morrido. E não se atreva a me perguntar isso de novo. Frank e o seu pai eram amigos de longa data, e se amavam, e a perda para o Frank é quase tão grande quanto para nós.

Ava provavelmente jamais saberia o que havia acontecido de verdade, mas o que ela sabia era que culpava tanto a mãe quanto a avó pela morte do pai. Para ela, nenhuma das duas havia feito o suficiente para ajudá-lo. Mas Ava estava com raiva principalmente da mãe. A mãe era quem estava tendo um caso com Marcus Henry, que agravou a doença e a paranoia do pai, e foi a razão por ele ter andado bebendo, e o motivo pelo qual estava morto. E a mãe supostamente tinha feito algo para ajudar Marcus Henry a ser absolvido das acusações por tráfico de drogas, que foi o motivo de sua saída forçada da polícia de Seattle.

E agora todos viviam em Seaside, uma cidade com uma população que não estava nem aí. Onde Frank Greenberg — o bom e velho tio Frank, de todas as pessoas — tinha se tornado prefeito. Porque Seaside era a cidade natal dele.

O País das Maravilhas era a única coisa boa que Ava tinha no momento. Ela tinha muitas lembranças felizes ali, e havia ficado animada ao conseguir o emprego, ainda que a ideia de se inscrever tivesse sido da sua mãe. O seu plano era trabalhar lá o ano inteiro durante o ensino médio, ganhar o máximo de dinheiro que pudesse, e então ela e McKenzie se candidatariam juntas para a faculdade, em algum lugar distante como Nova York ou Boston. E ela não voltaria nunca mais.

Um ronco alto tirou Ava do seu devaneio, fazendo-a se virar e ver Xander afundado na cadeira, dormindo. Mesmo com os olhos fechados e a boca aberta, ele era fofo. As pernas longas, os braços magros, mas ainda assim musculosos, o cabelo loiro perfeitamente bagunçado. Claro, Xander era quatro anos mais velho, mas, ei, ele disse que ela parecia ter dezesseis.

Em silêncio, ela tirou algumas fotos dele dormindo e as enviou para McKenzie. Num instante, a amiga respondeu com um NOSSA, TÃO LINDO VC É MUITO SORTUDA!!! TÁ SE SENTINDO MELHOR AGORA DEPOIS DA BRIGA COM A SUA MÃE???

"MUITO MELHOR", Ava respondeu. Sorrindo, guardou o celular no bolso — os funcionários pegos mandando mensagens durante o turno seriam repreendidos — e se acomodou para assistir ao resto do vídeo bobo. A seu lado, Xander roncava, e naquele momento, tudo estava bem.

12

VANESSA NUNCA TINHA SE ARREPENDIDO DE ALGO COM tanta rapidez ou intensidade quanto daquele tapa. Ela nunca chegou nem perto de dar palmadas ou bofetadas em qualquer um dos seus filhos antes, e sentia uma vergonha terrível por ter perdido a paciência com Ava. A filha estava se recusando a falar com ela, e Vanessa não sabia como consertar a relação que agora parecia ainda mais frágil do que antes.

Mas ela só queria que Ava parasse. Porque tudo o que a filha tinha dito era verdade. Ela *havia* traído John, mas não era o caso prolongado que a imprensa fez parecer. Foi uma única vez, com o seu ex-namorado Marcus Henry, depois de uma briga com John. E ela havia pagado um preço alto por esse erro.

— Você me usou — ela disse para Marcus perto do final do julgamento dele. Ela tinha ido visitá-lo na prisão, e ele estava ali, encarando-a com arrogância. Ela queria arrancar os olhos dele. — Você dormiu comigo para deslegitimar o seu julgamento, e isso vai me custar o emprego, seu filho da puta. O que aconteceu com você?

— Sou a mesma pessoa que sempre fui — Marcus respondeu, dando de ombros. — E você também. A gente se usou. Você estava solitária no seu casamento, e precisava de mim. Então, eu estava lá. E quando veio à tona que dormimos junto, eu não menti sobre isso.

— Isso não veio à tona. Os seus advogados é que tocaram no assunto.

— Eu fiz o que precisava fazer — Marcus disse, olhando nos olhos dela. Na noite em que ficaram juntos, Vanessa tinha contado coisas a ele sobre John que não deveria ter revelado a ninguém, nunca. — Ninguém deve entender isso melhor do que você. Somos sobreviventes, eu e você. Vamos fazer o que for preciso, não vamos?

Durante o julgamento, os advogados de Marcus sugeriram que Vanessa talvez tivesse tido acesso a drogas que haviam desaparecido da sala de evidências da polícia. Não importava que a Divisão de Responsabilidade Profissional tivesse inocentado Vanessa um mês depois. Era o suficiente para criar uma dúvida razoável, e Marcus Henry havia sido absolvido. Junto com qualquer possibilidade que Vanessa tinha de manter a sua credibilidade na polícia de Seattle.

Ela tinha cometido erros, muitos deles. Vanessa não podia mudar o passado. Tudo o que ela queria era que os filhos fossem felizes e saudáveis, e que os três construíssem uma nova vida em Seaside.

Vanessa estava chegando ao fim da sua primeira reunião oficial com Earl Schultz, e as coisas não estavam indo bem. O chefe de polícia estava pressionando muito para que ela resolvesse logo o caso de Harry Sem-Teto, mas ela não podia avançar mais rápido. Tanto Glenn Hovey quanto o Garoto da Roda-Gigante ainda estavam sumidos, e nenhuma nova pista tinha surgido.

— Aquela foto do cadáver, que anda circulando na internet, está ferrando o parque, Castro. — Os olhos de águia de Earl estavam fixos nela. — Precisamos garantir ao público que tudo está bem no País das Maravilhas, que o que aconteceu é um fato isolado, e que não tem nenhum assassino à solta.

— Com todo respeito, chefe, *pode* haver um assassino à solta. Como está o processo de identificação?

— Nada ainda. As impressões digitais dele não estão no sistema, e os registros dentários devem chegar em alguns dias.

— E o DNA?

— Pode levar semanas. Talvez um mês. O laboratório está entupido de trabalho. — O chefe de polícia estalou os nós dos dedos. As suas mãos eram do tamanho de presuntos de Natal. — Por falar em odontologia, Gloria já te disse que ele é mais jovem do que pensávamos no começo?

Vanessa franziu a testa. Em sua experiência, a primeira impressão de um legista geralmente estava correta.

— Pensei que ela havia achado que ele tinha entre trinta e quarenta anos.

— Glória pensou isso a princípio, por causa do estado do corpo antes de morrer — Earl disse. — Emaciação, atrofia muscular, a condição do cabelo e da pele. Tudo levava a crer que era alguém mais velho. Mas agora ela está achando que ele é mais novo. Mais perto dos vinte anos. Por aí.

— É uma grande diferença. O que fez ela mudar de ideia?

— Os dentes do siso ainda não apareceram.

— Ah — Vanessa disse. E agora jamais irão aparecer. — Faz sentido. Gloria confirmou a causa da morte?

— Traumatismo contundente na nuca. Algo com uma borda arredondada. Ela acha que foi um bastão de beisebol.

— E o rosto dele?

— Foi devorado nos últimos dias. Na certa por um rato. — Earl sentiu um leve arrepio. — As roupas dele continham bastante resina de árvore, sugerindo que ele pode ter sido abandonado na floresta a princípio. O rato pode ter atacado ele lá. Enfim, deixe que eu me preocupe com a identificação. O que eu preciso é que você investigue quem esteve no parque antes de o corpo ser encontrado.

— Estou me esforçando ao máximo, mas sem uma identificação, todo mundo que trabalhou no País das Maravilhas é suspeito. Droga, todo mundo que saiba como entrar escondido no parque também é suspeito. É um grupo grande, chefe.

— Continue investigando o guarda e o Garoto da Roda-Gigante. Você precisa resolver esse caso com rapidez, Castro, ou, pelo menos, me dar alguma coisa para garantir que as pessoas estão seguras. Sabe por que não me importo que chamem o cara morto de Harry Sem-Teto? — Earl não esperou pela resposta dela. — Porque ninguém dá a mínima se um mendigo morre. Vamos torcer para que esse cara não seja alguém importante, porque se for, a repercussão negativa só vai piorar.

— Com todo respeito, chefe — Vanessa voltou a dizer. — Mas a vida de qualquer pessoa importa, seja ele um mendigo ou alguém importante. E por que estamos tão preocupados com a repercussão negativa em relação ao País das Maravilhas? Já temos bastante trabalho sem ter que nos preocupar com isso.

— Porque se o País das Maravilhas falir, Seaside também vai falir. Se você não agilizar o caso, serei obrigado a encontrar alguém que faça isso. Mas prefiro que seja você para que as pessoas parem de pensar que o prefeito Greenberg me pressionou para te contratar. E nós dois sabemos que ele fez isso, mas ninguém mais precisa ficar sabendo. — Earl olhou para ela com severidade. — Faça o máximo de horas extras que forem necessárias, mobilize o pessoal que precisar. Eu me envolveria mais se pudesse, mas sou o responsável pelo evento beneficente da próxima semana, e todos os figurões de Seaside vão estar lá. Todo mundo vai me perguntar sobre o Harry Sem-Teto se não tivermos isso resolvido até lá. Então, não me faça passar vergonha, entendido?

Vanessa saiu da sala do chefe. Da sua mesa, Donnie olhou para ela, e ela fez um sinal para que ele viesse conversar com ela.

— O que está rolando? — o jovem investigador perguntou depois que ele fechou a porta da sala dela.

Vanessa foi logo o colocando a par das informações que Earl havia acabado de lhe dar.

— Acho que estou perdendo um elemento fundamental de informação, e isso está me incomodando. Não consigo aceitar o fato de que o Garoto da Roda-Gigante não esteja ligado de alguma forma ao Harry Sem-Teto, porque é muita coincidência que os dois tenham aparecido no parque na mesma manhã. Como está indo a análise das imagens das câmeras de segurança?

— Assisti meia dúzia de vezes — Donnie respondeu. — Não tem nada útil nelas.

— Earl me deu o sinal verde para fazer o que for preciso para resolver isso. Então, acho que vou chamar um cara de informática com quem trabalhei na polícia de Seattle. Ele trabalha como freelancer. Talvez encontre alguma coisa nas imagens que possa reconstituir o que aconteceu naquela manhã.

Donnie pareceu surpreso.

— Acho que não custa tentar.

— Beleza, então sabemos que Blake é um praticante de escalada livre. Escalar a roda-gigante parece estar de acordo com o passatempo dele, uma coisa que ele com certeza faria. — Vanessa estava quebrando a cabeça com isso. — Mas por que usar o uniforme? Ele devia saber que uma foto como essa, mostrando o dedo do meio e a camisa roxa, resultaria na demissão.

— Quem sabe ele não quisesse ser demitido.

— Beleza, mas por quê? O que aconteceu? Fazia anos que ele trabalhava. Não tem nada no histórico dele que diga que ele tenha sido um problema ou tido algum problema. Se ele tinha a intenção de deixar o emprego, porque simplesmente não pedir demissão? Por que a necessidade de sair fazendo cena?

— Acho que vamos ter que perguntar isso quando a gente conversar com ele. — Donnie coçou a cabeça por pelo menos dez segundos, e Vanessa notou que ele fazia sempre que estava pensando. Lembrou-a de John-John, que fazia a mesma coisa, só que o cabelo do seu filho ficava todo espetado depois. O cabelo de Donnie era curto demais.

— Mas esse é o problema — Vanessa disse. — Ele está desaparecido. Você tem monitorado a conta dele nas redes sociais. Ele postou alguma coisa desde a foto?

— Nada. Nenhum comentário, nenhuma foto, nada. — Donnie fez uma pausa. — E, sim, parece incomum para um garoto que gostava de ficar postando tudo o que estava fazendo. Mas você disse que o pai dele não estava nem aí?

— Nem um pouco. Fiquei com a impressão de que eles não eram muito próximos, e que o Blake faz o que bem entende.

— Seria muito mais fácil se a gente conseguisse descobrir quem era o Harry Sem-Teto — Donnie afirmou. — É uma sacanagem do Earl ficar te pressionando tanto para resolver isso quando você nem sabe quem foi a vítima.

— Agora até que sabemos que ele é muito mais novo do que pensávamos. — Vanessa bateu com a ponta da caneta na mesa. — Na verdade, isso faz uma grande diferença, porque se ele tinha uns vinte anos em vez de quarenta, então devia trabalhar no parque. Eu deveria ligar para o parque e perguntar se tem algum funcionário desaparecido... — Ela fez uma pausa.

— O que foi?

Mexendo nos papéis sobre a mesa, Vanessa pegou uma pasta e a abriu. A foto de Aiden Cole a encarava. Ela tinha pedido à presunçosa Claire Moran que encontrasse a pasta dele nos arquivos depois que o pai do garoto ligou, mas havia se esquecido completamente disso por causa do Harry Sem-Teto.

— Aiden Cole. Lembra dele? David Cole ligou outro dia e me deu uma bronca. O filho dele tinha dezoito anos quando foi visto pela última vez, há três anos. — Vanessa foi folheando a pasta. Não era nada volumosa. — Ele teria vinte e um agora.

— A idade bate, mas ainda é um palpite arriscado. — Donnie parecia cético. — Por onde ele andou esse tempo? O Harry Sem-Teto só morreu na semana passada.

— Talvez Aiden *fosse* um sem-teto — Vanessa disse. — Talvez ele tenha ido embora por conta própria, e as coisas não deram certo como ele imaginou, e ele acabou nas ruas.

— Nas ruas de Seaside? — O investigador pareceu ainda mais cético. — Isso não faz o menor sentido, delegada.

— Nas ruas de Seattle. Ou Portland. Ou São Francisco. — Vanessa acenou com a mão. — Pouco importa. Pode ser ele. — Depois de acessar o banco de dados da polícia de Seaside, ela digitou o nome de Aiden. — Droga. Nenhuma impressão digital arquivada. Será que o pai dele tem alguma coisa em casa que ainda possa ter as impressões?

— Você acha mesmo que pode ser o Aiden?

— É uma pista — Vanessa respondeu com um tom sombrio, mas determinado. — Vou ligar para o David Cole, ver se ele tem alguma coisa que eu possa usar.

— Talvez você devesse falar com o Earl primeiro. Você disse que ele é quem está trabalhando na identificação.

— Pois é, mas não estou muito preocupada com o Earl. — Ela folheou o seu caderno, procurando os números de telefone de David Cole. — Já conheço a agenda do Earl, e você também. Se ele quer que eu resolva o caso, vai ter que me deixar fazer o meu trabalho. Do meu jeito.

— Posso ajudar em alguma coisa? — Donnie perguntou. — Além de colocar protetor auditivo quando o chefe gritar com você por deixá-lo de fora?

— Não estou deixando ele de fora — Vanessa respondeu, com um olhar de reprovação. — Estou só tomando a iniciativa. Se você quiser ajudar, pode incumbir Claire Moran de vigiar a casa dos Hovey. Quero vigilância dia e noite, e o Earl disse que eu posso autorizar todas as horas extras que eu quisesse.

— Você pegou mesmo ranço da Claire. — O jovem investigador sorriu torto.

— Eu poderia pedir para o Nate Essex, mas eu o encarreguei de procurar Glenn Hovey, o guarda. Além disso, sim, eu peguei mesmo ranço da Claire. — Finalmente, Vanessa encontrou o número de David Cole e pegou o telefone. — Continue procurando o Garoto da Roda-Gigante. Você está em todas as redes sociais, não é? Comece a contatar os amigos do Blake, descubra o que eles sabem. O pai dele pode não estar nem aí para o filho, mas eu estou. Juro por deus, se uma dessas pessoas que estamos procurando não aparecer logo, vou começar a achar que tem alguma intriga maior acontecendo.

O celular de Donnie tocou e ele verificou o identificador de chamadas.

— É o Nate — ele disse e atendeu a chamada. — O que foi? — Ele ouviu a resposta por um momento e depois disse: — Já estou indo.

— Ele encontrou o Hovey? — Vanessa perguntou, esperançosa.

— Infelizmente, não. Pete Warwick recebeu um chamado sobre uma agressão no Devil's Dukes, não quis ir sozinho, aí Nate foi com ele. Eles precisam de reforços, uma garota se machucou, e todo mundo está se negando a falar, incluindo a vítima.

— O Devil's Dukes? O clube de motoqueiros na Clove Street?

— O próprio. Os caras não respeitam os tiras, como Nate está aprendendo rapidinho. — Donnie se levantou. — Mas eles têm um pouco mais de respeito pelos investigadores. Então, eu tenho que ir dar uma mãozinha.

— Não tem mais ninguém para cuidar disso? Eu preciso que você se concentre em encontrar Blake Dozier. Você manja mais de redes sociais do que eu. — Vanessa pensou por um momento. — Quer saber? Vou ligar para o David Cole agora mesmo e depois vou até o Devil's Dukes. Já está na hora de eu fazer uma visita ao lugar. Sempre tive curiosidade de conhecê-lo.

— Tem certeza? — Ele ergueu a sobrancelha. — É um ambiente meio hostil para uma mulher.

Vanessa sorriu.

— Você acabou de dizer a pior coisa possível. Manda uma mensagem para o Nate. Diga que estou a caminho. Posso ligar para o David Cole do carro.

— Queria te desejar sorte, mas não sei se você vai precisar. Você tem mais colhões que a maioria dos homens.

— Já me disseram isso antes — Vanessa disse. — E eu ainda não consegui descobrir se é um insulto ou um elogio.

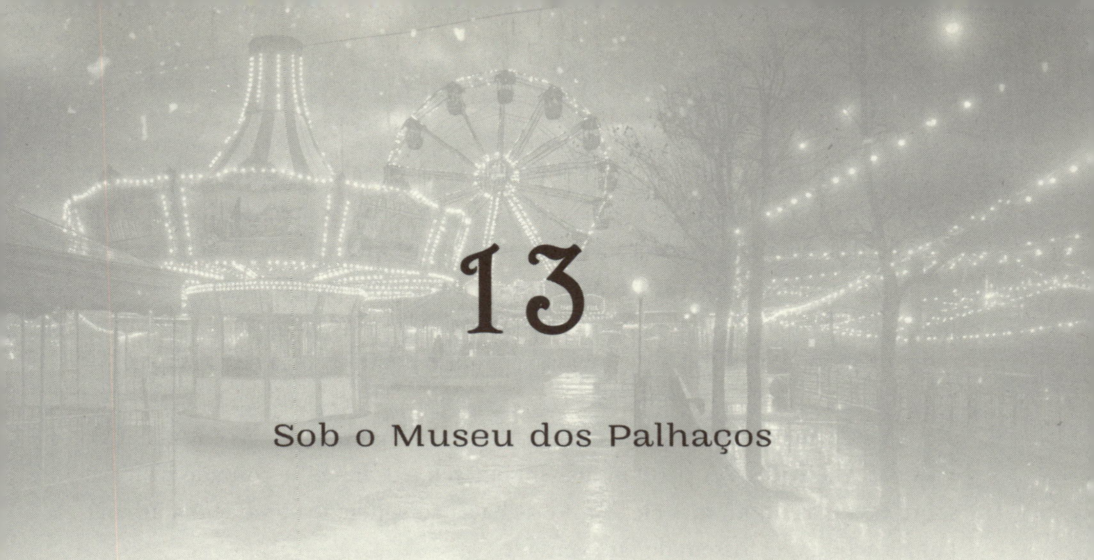

13

Sob o Museu dos Palhaços

BLAKE NÃO FAZIA IDEIA DE QUE DIA OU HORA ERA; TUDO o que ele sabia era que estava morrendo de fome, e se o rato voltasse a aparecer, ele não se importaria de matá-lo com as próprias mãos e comê-lo cru.

Tudo bem, talvez não. Blake sempre teve o estômago sensível, para começo de conversa, mas era insano o número de pensamentos malucos que se podia ter quando se sente a maior fome da sua vida. Um besouro passou rastejando mais cedo, mas ele o deixou escapar. Antes Blake achava nojento comer insetos, como os participantes eram obrigados a fazer em *Survivor*, mas agora ele entendia que, quando se está morrendo de fome, aquele besouro talvez tivesse gosto de granola.

A única coisa que superava a sua fome era o medo de que iria morrer ali embaixo. Lenta e dolorosamente, sozinho e no escuro, com apenas um fio de luz fraca vindo de algum lugar no túnel. Naquele momento, ele realmente não conseguia imaginar uma forma pior de morrer. Afogado, queimado, baleado, sangrando até a morte... tudo isso seria uma morte mais rápida do que a que o aguardava.

Blake sabia que estava em algum tipo de masmorra. O último lugar onde esteve foi na área de entretenimento do País das Maravilhas, e o único aspecto positivo sobre estar em jejum involuntário era que isso limpava a névoa da sua mente, permitindo-lhe começar a se lembrar das coisas.

Blake se lembrava de ter entrado escondido no parque e escalado a roda-gigante. Ele tinha certeza de que havia tirado fotos ao chegar ao topo, mas não conseguia se recordar se teve a oportunidade de publicá-las nas redes sociais. A partir daí, as coisas começaram a ficar um pouco nebulosas. Blake tinha visto movimento lá embaixo, alguém num carrinho de golfe, e então a roda-gigante havia começado a girar. Ele tinha perdido o equilíbrio, quase caindo do maldito brinquedo, mas havia conseguido se segurar por tempo suficiente para se aproximar do chão.

E então Blake tinha caído. Estimou que havia caído uns três metros, não o suficiente para matá-lo, mas o bastante para provocar grandes hematomas nas duas pernas, um ombro deslocado, e o que ele suspeitava ser uma concussão leve.

Depois disso, tudo escureceu, e em algum momento mais adiante — muito depois? Pouco depois? — Blake acordou ali com os braços e as pernas amarrados. Então, ele voltou a desmaiar, e quando acordou pela segunda vez, os braços e as pernas estavam livres.

A sua melhor hipótese era que ele estava em algum lugar nas entranhas do País das Maravilhas. A parte insana era que seu pai tinha lhe contado histórias sobre essa masmorra, mas ele sempre as havia considerado como lenda urbana. Jamais achou que fossem de fato verdade.

Ele quem acabou se ferrando.

O espaço em que estava podia ser melhor descrito como uma cela de prisão. Três lados do espaço de 3×3 metros compunham-se de paredes de concreto, e o quarto lado era formado por barras circulares de metal, com uma porta trancada no meio. A chave da porta pendia em um gancho metálico do lado de fora das barras, a cerca de um metro e meio de distância, perto o suficiente para atormentá-lo. Blake tinha um vaso sanitário, uma pia com água corrente (que parecia limpa, mas não dava para ter certeza), uma caminha com um colchonete e sem travesseiro ou lençóis, e um televisor de tubo de 13 polegadas montado no canto superior dos fundos da cela, que não funcionava. Quem tinha construído o lugar o havia projetado para ser um espaço que alguém poderia permanecer por muito tempo, desde que tivesse comida.

O que Blake não tinha. O seu estômago parecia estar sempre roncando, e quando ele não estava pensando em como sair dali, estava pensando em comida. Ele sonhava com comida. Pensava em toda a comida que estava logo acima no parque sendo desperdiçada naquele momento: batatas fritas caindo sem querer de copos de papel, cachorros-quentes meio comidos com ketchup e mostarda sendo jogados no lixo, donuts velhos sendo descartados e substituídos por fresquinhos.

Blake foi até a pia e jogou mais água na boca. No entanto, não ajudou muito; pelo contrário, a água o deixou ainda mais faminto. Mas ele tinha que continuar bebendo, porque tinha que se manter vivo. Porque não podia acabar assim. Quem o trouxera ali com certeza voltaria.

Ao se aproximar das grades, ele envolveu o metal frio com as mãos e as chacoalhou com toda a força. Elas vibraram, produzindo um som até que satisfatório, mas não se moveram. As barras deviam estar fixadas a uns 30 centímetros de profundidade no concreto que também compunha o piso e o teto.

— Socorro! — ele gritou novamente. — Socorro! Por favor!

Blake continuou a chacoalhar as grades, mas em vão. Ninguém o ouvia. Ninguém estava vindo. Enfiou a mão no bolso à procura do celular, que, claro, não estava ali. Ele já tinha feito isso diversas vezes; jamais se separava do celular, sentindo-se nu sem ele. Mas mesmo que pudesse ligar para alguém, não haveria sinal ali embaixo. E, claro, a bateria já teria acabado.

Blake só podia esperar que já tivesse passado tempo suficiente para que as pessoas sentissem sua falta. Ele era conhecido por ser o tipo de cara que não tinha problema em desaparecer por um ou dois dias, sem sentir a necessidade de informar a alguém aonde estava indo ou onde tinha estado. Às vezes, ele saía sozinho e, outras vezes, na companhia dos amigos. Afinal, Derek Dozier nunca foi o tipo de pai que se preocupava com ele.

Porém, quem sabe dessa vez o pai não percebesse que algo estava errado? Quem sabe dessa vez ele não soubesse que o filho estava em apuros de verdade e precisava de ajuda? Para Blake, só restava a esperança.

Ele chacoalhou as grades um pouco mais e então se desfez em lágrimas, algo que raramente fazia. Pouco tempo depois, o choro se transformou em soluços convulsivos, como não tinha desde que era criança. Vinham do fundo do peito em espasmos dolorosos a ponto de dificultar a respiração.

E então Blake ouviu alguma coisa. Passos.

Eles ficaram mais audíveis conforme se aproximavam, e, por instinto, Blake recuou, afastando-se das grades. Um homem apareceu, vestido todo de preto, até a balaclava de esqui que cobria o seu rosto. Em uma das mãos, ele carregava uma caixa de papelão.

Ele parou diante da cela, a poucos metros das grades, encarando Blake com olhos que pareciam negros no túnel muito escuro.

— Quem é você? — Blake perguntou.

Sem resposta.

— Quem é você? — Blake gritou. — Me tira daqui! — Ele correu na direção das grades, com os braços estendidos para arranhar as grades. — *Me tira daqui, me tira daqui, me tira daqui!*

Isso não mexeu com o homem de preto, que enfiou a mão na caixa e começou a jogar comida para dentro da cela. Muitos produtos embalados — barras de chocolate, salgadinhos, biscoitos —, mas também havia alguns pacotes de amêndoas, algumas bananas e laranjas, e uns poucos sanduíches embrulhados em plástico. O adesivo no plástico dizia que era de um supermercado no extremo sul da rua principal.

Blake foi direto para o sanduíche, que era de peru e queijo suíço em pão de centeio do dia anterior. Ele quase se esqueceu de tirar o plástico, e quando deu a primeira mordida, o seu estômago se contraiu em partes iguais de dor e prazer. Nada nunca tinha sido tão saboroso, e Blake teve que se controlar para não enfiá-lo inteiro na boca.

Forçando-se a mastigar, ele levantou os olhos. O seu sequestrador havia sumido.

14

O MOTOCLUBE DEVIL'S DUKES DIVIDIA UM ESTACIONAMENTO com uma oficina mecânica da rua Clove. Ambos eram de propriedade de um homem chamado Tanner Wilkins, morador de longa data de Seaside, que era motoqueiro e ex-foragido. Embora o Devil's Dukes fosse descrito em seu site como "um lugar para amantes de Harley e apreciadores de charutos se encontrarem e discutirem interesses em comum", a longa lista de boletins de ocorrência na polícia de Seaside, incluindo perturbação da ordem pública, uso de drogas e agressões de todos os tipos, contava uma história diferente.

Duas viaturas policiais já estavam estacionadas do lado de fora, e alguns membros do Devil's Dukes estavam reunidos em frente à entrada, vestidos com trajes típicos de motociclistas: calça jeans, camisetas e jaquetas de couro com o logotipo DD costurado nas costas. O policial Nate Essex, que estava conversando amigavelmente com o grupo, aproximou-se de Vanessa quando ela saiu do carro descaracterizado.

Vanessa gostava de Nate, um jovem ruivo que tinha ingressado na polícia de Seaside no mês anterior. Os dois se deram bem logo de cara; Nate era novo demais para ficar chateado com ela por ter conseguido o cargo atual de maneira um pouco injusta.

— Então, isso é um clube ou uma gangue? — ela perguntou enquanto eles se dirigiam ao clube. — Tem algum negócio ilícito rolando aqui? Drogas, armas, prostituição?

O policial novato fez um gesto negativo com a cabeça.

— Para ser sincero, não sei, delegada, mas me disseram que Tanner Wilkins toca o negócio com bastante rigor hoje em dia. Uns dez anos atrás, o DD estava bem envolvido em atividades criminosas; principalmente drogas e algum comércio ilegal de armas. Pelo visto, agora está andando na linha. Em algum momento, Wilkins decidiu endireitar o negócio e, além de alguns casos antigos por posse de maconha e perturbação da ordem, não aconteceu nada demais aqui. Ainda mais agora que a cannabis foi legalizada no estado.

Os 12 carros parados no lado da oficina do estacionamento eram de diversas marcas e modelos, mas tinham uma coisa em comum: todos eram fabricados nos Estados Unidos. "Nada da porcaria japonesa", como o pai de Vanessa costumava dizer, que deus tenha misericórdia da sua alma racista. Havia três baias de oficina com as portas abertas, e em todas elas, carros estavam sendo reparados por mecânicos usando macacões.

Uma fileira de motos Harley-Davidson estava alinhada de forma ordenada do lado de fora do clube. Conforme Vanessa se aproximava, os motoqueiros a examinavam da cabeça aos pés. Ela reconheceu Pete Warwick, o parceiro de Nate, e acenou com a cabeça. Então se apresentou ao grupo.

Tirando as jaquetas e botas de couro, os membros do clube não pareciam foras da lei. Apenas dois usavam barba. Os outros dois pareciam bancários em dia de folga.

— Então, por que tive que vir aqui? — Vanessa perguntou, dirigindo-se a Nate e Pete.

— Jenna Wilkins levou uma surra — Pete Warwick respondeu. — A testemunha disse que foi o namorado, Mike Bruin. Ele trabalha como mecânico do outro lado do estacionamento.

Vanessa não reconheceu nenhum dos nomes. Ela só supôs que a vítima estava relacionada de alguma forma com Tanner Wilkins.

— E cadê a Jenna agora?

— Lá dentro — Nate respondeu. — Ela se recusa a falar com a gente. Disse que levou um tombo, mas a testemunha garante que não foi isso que aconteceu.

— Quem é a testemunha?

— É a amiga dela, a Debbie. Ela está com a Jenna lá dentro.

— Vocês viram o que aconteceu? — Vanessa perguntou aos motoqueiros.

— Não, senhora — um deles respondeu. Ele tinha uma barba estilo Vandyke, longa e grisalha, que o fazia parecer mais velho, ainda que os seus olhos aparentassem ser de alguém mais jovem. — Não vimos nada.

— Ferimentos? — Vanessa perguntou.

— Lacerações no rosto — Nate respondeu. — Olho roxo. Galo na têmpora. Contusões nos braços e um corte na perna provocado pelo lugar onde ela caiu.

— E qual é a história com o namorado?

— Bem, é o Mike Bruin — Pete respondeu, com um tom que dava a entender que o nome deveria significar algo para Vanessa. Mas não significava nada.

— E cadê ele?

— Aproveitando os seus últimos momentos neste mundo — um dos motociclistas mais jovens disse em voz baixa, e o seu amigo de barba estilo Vandyke lhe deu uma cotovelada.

— Bruin está na segunda baia da oficina — Nate informou. — Os policiais Kelly e Cisco estão conversando com ele.

— Tanner vai acabar com ele — o motociclista jovem voltou a murmurar. — Ele não está nem aí se o Mike é enteado…

— Cala a *boca*, Ed! — o Vandyke exclamou. — A gente não viu nada, nem ouviu nada — ele disse para Vanessa.

Nate ia dizer alguma coisa, mas teve a atenção desviada pelos gritos vindos de uma das baias da oficina.

— Eu quero ver a Jenna! — um jovem gritava. Ele estava tentando sair da oficina, mas dois policiais seguravam os seus braços. — Eu quero ver ela! Me soltem, seus merdas!

— Por que ele não está algemado? — Vanessa perguntou, incrédula. — Ele deveria estar algemado e no banco de trás da viatura.

Nate e Pete se entreolharam.

— Foi por isso que chamamos você — Nate afirmou. — Não sabíamos se era a medida correta.

— Por que não seria? — Fora o fato de que isso havia acontecido num clube de motoqueiros, tudo parecia ser uma denúncia típica de agressão e lesão corporal. — Há uma vítima. Há uma testemunha. O protocolo diz que o agressor deve ser preso e levado para a delegacia.

— Jennaaaaa! — o jovem gritou do outro lado do estacionamento. — Jenna, eu te amoooo!

— Meu deus! — Vanessa exclamou. — Vão lá prender esse sujeito. Eu vou conversar com a Jenna. — Ela olhou para os motoqueiros. — Agradeceria se vocês ficassem por aqui, senhores. Podemos precisar dos seus depoimentos.

— A gente não viu nada, nem ouviu nada — o cara de Vandyke repetiu. Os outros três dirigiram o olhar para o asfalto.

Vanessa suspirou e entrou no clube, onde a luminosidade foi de uma luz solar intensa para uma penumbra na hora. A primeira coisa que chamou a sua atenção foi o cheiro. O ambiente estava com um cheiro intenso de maconha. Parecia estar em todo lugar, e o odor doce e nauseante era tão forte que ela quase vomitou.

Vanessa precisou de alguns segundos para a sua visão se adaptar, e quando isso aconteceu, ela sentiu como se tivesse sido transportada para um mundo diferente.

As paredes de carvalho estavam manchadas de um tom marrom-escuro. Um balcão estreito ocupava um lado do clube, onde um homem mais velho, de camisa jeans, estava debruçado sobre uma das banquetas, segurando uma cerveja em uma das mãos e um cigarro na outra. Alguns sofás e poltronas de tamanhos variados estavam espalhados pelo espaço, e uma tevê de tela plana de 60 polegadas estava montada acima da enorme lareira. Era um ambiente bem masculino, não fosse o fato de a tevê estar apresentando *Real Housewives of Beverly Hills*. Vanessa riu da incongruência.

— Se você está procurando a Jenna, siga para os fundos — o homem junto ao balcão disse. Ele nem se virou. — Primeiro quarto.

— O senhor viu o que aconteceu? — ela perguntou para as costas dele.

— Não vi nada, nem ouvi nada. Fiquei sentado aqui o tempo todo.

A declaração do dia, Vanessa pensou. Seguindo as instruções dele, ela atravessou o clube em direção aos quartos. A porta do primeiro estava entreaberta. Ela bateu antes de abri-la de todo.

Uma jovem com pouco mais de vinte anos estava sentada em cima da cama desarrumada, com as pernas magras estendidas à sua frente. Ela segurava um saco plástico cheio de cubos de gelo junto à cabeça, e os olhos estavam fechados e inchados. Outra mulher, com trinta e poucos anos, estava sentada ao lado dela em uma cadeira, folheando uma revista de fofocas de celebridades.

Nenhuma das duas percebeu a chegada de Vanessa e se assustaram quando a porta rangeu.

— Jenna? — Vanessa se dirigiu à garota na cama. — Sou a chefe-adjunta Castro da polícia de Seaside. Você está bem?

Jenna abriu os olhos. Ela deu uma olhada em Vanessa, notando o distintivo preso no bolso da camisa.

— Estou — respondeu, deixando o saco de gelo de lado. — Parece mais sério do que é de verdade.

— Mentira — a outra mulher retrucou, fechando a revista. — Olha o estrago que aquele canalha fez no rosto dela. Um filho da puta desgraçado. Já prenderam ele? — ela perguntou para Vanessa.

— Cala a *boca*, Debbie — Jenna disse, com a voz meio abafada de tanto chorar. — Já disse que estou bem. Tropecei e bati a cabeça. Já falei para o outro tira que não preciso ir pro hospital. Você pode ir embora agora.

— Na verdade, não posso. — Vanessa ficou perto da beira da cama. — Você foi agredida, Jenna. Estou aqui para descobrir o que aconteceu para que eu possa ajudar você.

— Eu já *disse*. Eu levei um *tombo*. — Jenna voltou a colocar o saco de gelo junto ao rosto. — Sou desajeitada. Não posso fazer nada.

Vanessa olhou para a amiga dela. Debbie estava com os lábios apertados, num claro esforço para manter o bico fechado.

— Você pode nos deixar a sós por um momento?

— Conta logo para ela — Debbie disse para Jenna, ficando de pé. Ela dobrou a revista embaixo do braço. — Não foi a primeira vez e não será a última. Já chega.

Debbie saiu e Vanessa fechou a porta com força. Em seguida, ela se sentou na cadeira que a amiga de Jenna estava ocupando.

— Me deixe ver o seu rosto — ela disse, baixinho.

Pouco depois, Jenna se virou para Vanessa. A metade direita do seu rosto estava inchada e vermelha. No dia seguinte, estaria toda roxa. Havia três lacerações na bochecha, uma no lábio e uma na sobrancelha. Apesar dos ferimentos, ela era uma garota muito bonita. Cabelo loiro com reflexos avermelhados, nariz arrebitado, olhos azuis brilhantes. A pele era de cor de porcelana. Com uma regata floral folgada e uma saia branca, Jenna parecia uma garota simples e simpática, e não alguém que Vanessa esperaria ver frequentando um clube de motoqueiros.

— É melhor você ir para o hospital e fazer um exame — Vanessa disse. — Você pode estar com uma concussão. Isso é sério.

— Odeio hospitais.

— Eu também, mas concussões são bastante sérias, não importa como aconteceram. Além disso, esses cortes parecem bem profundos. Pode ser que você precise de pontos. Se não forem tratados direito, você vai acabar com cicatrizes permanentes. Veja. — Vanessa virou um pouco o rosto e levantou o queixo, apontando para uma cicatriz rosa enrugada na região da mandíbula. Tinha uns três milímetros de espessura e cinco centímetros de comprimento. — Viu só? No ano passado, caí de uma das barras de musculação na academia. O corte infeccionou porque não procurei tratamento. Agora tenho isso no meu rosto para sempre. — Era uma mentira deslavada; quem dera o ferimento tivesse acontecido na academia, e não em casa, e por acidente, e não de propósito.

— O quê? Sério? — Jenna parecendo horrorizada. — Tá bom, eu vou.

— Que bom. Agora sabemos que você não caiu sem querer. Você está com medo de que o seu namorado possa te machucar de novo? Ele se chama Mike, não é? É verdade que não foi a primeira vez, como a Debbie disse?

Jenna cerrou os dentes e não respondeu. Ela pegou o travesseiro ao lado e o abraçou junto ao peito. Ela parecia muito jovem e bastante vulnerável.

— É complicado — ela finalmente disse.

— Vocês estavam discutindo, imagino. Talvez você tenha perdido a paciência e avançado na direção dele. — Vanessa manteve a voz baixa. — Talvez ele tenha empurrado você só para te forçar a se afastar. Você perdeu o equilíbrio. — Ela apontou para as sandálias de Jenna, que ainda estavam calçadas. — Saltos de quase oito centímetros. Tenho uma sandália parecida. Pisei numa pedrinha uma vez, escorreguei para o lado e cai no chão com tudo. Quem diria que saltos poderiam ser tão perigosos, não é?

Jenna desviou o olhar, agarrando o travesseiro com mais força.

— Eu queria bater nele.

— Por quê?

— Achei que ele estava me traindo. — Uma lágrima rolou pela bochecha que não estava inchada. — Tipo, ele está me traindo. Todo mundo aqui sabia disso. Eu fui a última a saber.

— Parece que é sempre assim — Vanessa disse com compaixão. — É humilhante, não é?

Jenna olhou para ela, parecendo tão desamparada que Vanessa quase não conseguiu se controlar para não abraçá-la.

— Eu estava gritando com ele. Ele gritou de volta, dizendo que eu não sabia do que estava falando, mesmo tendo visto o que ela escreveu para ele no Facebook. Ele esqueceu de sair da conta, e eu li todas as mensagens dela para ele. Eram mais ou menos uma dúzia. Eu tirei fotos da tela e tentei mostrar as provas para ele. Ele se recusou a olhar para elas e, em vez disso, me acusou de espionagem, dizendo que eu estava louca e paranoica. — Jenna balançou a cabeça, parecendo realmente confusa. — Por que os caras fazem isso? Por que eles sempre dizem que a gente é que está louca e paranoica quando são eles que estão traindo? Odeio isso.

— É o que eles fazem para afastar a gente da cola deles — Vanessa afirmou. — Eles fazem a gente acreditar que está enlouquecendo, que inventamos tudo.

— Eles devem fazer o mesmo curso de cafajestagem — Jenna disse, e Vanessa sorriu. — Enfim, ele me chamou de vadiazinha estúpida e paranoica. Foi quando eu perdi a cabeça. Fui pra cima dele, e ele me deu um soco na cara. Duas vezes. Foi quando eu caí. — Ela contorceu o rosto e começou a chorar, com os soluços escapando dolorosamente do seu peito.

— Não é legal ele ficar agredindo você, Jenna. Já aconteceu antes?

A jovem não respondeu. O seu silêncio falava por si só. Então, ela resolveu falar, baixinho:

— Mas é minha culpa. Acontece quando eu o desafio. Sei que isso deixa ele irritado e que eu não deveria pressionar desse jeito. Tipo, é... é complicado.

Falou como uma vítima de fato.

Vanessa deu um tapinha no tornozelo da garota.

— Não é sua culpa, tá bom? Nunca é sua culpa. Mas obrigada por me contar. Eu sei que foi difícil. — Vanessa tirou um lenço de papel da caixa sobre a mesa de cabeceira. — Quando você estiver pronta, vamos ao hospital. Tirar algumas radiografias. Cuidar de você. Vai ficar tudo bem.

— Você vai denunciar ele? — Jenna perguntou, assoando o nariz. Vanessa lhe entregou outro lenço.

— Se você não fizer isso, eu vou matá-lo — uma voz grave disse do vão da porta.

Vanessa e Jenna levantaram os olhos. Um homem alto estava parado ali, talvez com 1,93 de altura, com braços musculosos e apenas uma barriguinha discreta. As tatuagens se estendiam desde a extremidade das mangas da camiseta até os pulsos, com duas mãos enormes repletas de anéis de prata nos dedos. O cabelo desgrenhado salpicado de fios grisalhos e uma barba por fazer emolduravam um rosto moldado pela fúria. O seu tom de pele combinava com a camiseta vermelha. Por instinto, Vanessa enfiou a mão por baixo da jaqueta, na cintura, onde ela portava a sua pistola Glock, mas ele não fez nenhum movimento para entrar no quarto.

— Posso ajudá-lo? — Vanessa perguntou com a voz firme.

— Eu não preciso de ajuda, ela que precisa — ele respondeu com a voz retumbante e os olhos fixos em Jenna. — Meu deus do céu. Olha o que aquele animal fez com você.

— Eu estou bem — Jenna afirmou e, então, começou a chorar novamente.

— Achou mesmo que eu não ia ficar sabendo disso? — Seu peito arfava e, em seguida, ele apontou para Vanessa. — Você não vai prender aquele filho da puta?

— Senhor, eu só...

— Ou você prende aquele merdinha ou eu vou matar ele, entendido?

Vanessa se levantou, afastando um pouco a jaqueta do corpo para que ele visse que estava armada.

— Vou fazer de conta que não acabei de ouvir você ameaçar matar alguém. Perdão, mas quem é você?

— Tanner Wilkins. Este é o meu clube, o meu local de trabalho, e essa é a minha filha — ele disse, com a respiração intensa e uniforme. — E quem diabos é *você*?

Vanessa ficou tão surpresa com a agressividade na voz dele que levou um instante para responder. Ela continuou com a mão no coldre.

— Sou a chefe-adjunta Vanessa Castro da polícia de Seaside. Estou tentando ajudar a sua filha.

— Você é nova no pedaço, não é, *delegada*? Então deixa eu explicar para você como as coisas vão rolar. — Tanner deu um passo à frente, com os punhos cerrados. — Primeiro, você vai prender aquele merdinha do Mike Bruin. Segundo, ele vai *ficar* preso; tô pouco me lixando quem é o padrasto dele. Terceiro, ele vai para o presídio, onde vai ficar por um bom tempo. Sem aquela palhaçada de terapia para controle de raiva, sem aquela palhaçada de aconselhamento e nada de serviço comunitário. Entendido?

— A maior parte disso não depende de mim — Vanessa disse. — Entendo a sua posição, senhor, mas eu ainda estou conversando com a sua filha. Se não se importar…

— Claro que eu me *importo* — Tanner disse, com o rosto vermelho começando a ficar roxo. — E não esquece de dizer pro seu chefe que, se o Mike Bruin receber qualquer tratamento especial, eu vou processar o departamento. E também a cidade. Tá ouvindo? Estou falando sério. O seu chefe já prejudicou a minha família uma vez. Nem ferrando que ele vai fazer isso de novo.

— O meu chefe? — Vanessa ficou confusa. — Se você está se referindo ao Earl Schultz, ele…

— Você está certíssima, estou falando do Schultz — Tanner rosnou. Ele adentrou até o meio do quarto, que, imediatamente, pareceu menor. Ele sacudiu um dedo do tamanho de uma salsicha na cara de Vanessa e, com ou sem Glock, era tudo o que ela podia fazer para não recuar. — O querido e astuto enteado dele não vai escapar impune disso, entendeu?

Vanessa olhou para Jenna.

— O seu namorado é o *enteado* do chefe de polícia?

— Falei que era complicado. — A garota caiu no choro.

— Você nunca me escuta — Tanner disse para a filha. — Falei que um garotinho rico e mimado não era bom para você. E eu conversei com a Debbie. Ela me disse que não foi a primeira vez. Por que você não me contou? Por que você continuou vendo esse sujeito? Será que eu não te ensinei o suficiente? Como você pode achar que merece isso? — Com a voz trêmula no final, Tanner respirou fundo algumas vezes.

— Eu amo o Mike, pai — Jenna disse, baixinho, e então caiu no choro mais uma vez.

Que confusão, Vanessa pensou. O enteado de Earl Schultz havia agredido Jenna Wilkins. Isso explicava por que Mike Bruin não tinha sido algemado e não estava na viatura, e por que ela havia sido chamada ao clube para lidar com o que era basicamente uma ocorrência comum de violência doméstica. Ninguém queria assumir a responsabilidade de prender o enteado do chefe de polícia. Também explicava por que o prefeito Frank Greenberg havia concordado em recomendá-la para o cargo; uma forasteira era a única esperança que ele tinha de conseguir algum equilíbrio na polícia de Seaside. Tudo fazia sentido agora.

Wilkins parecia dividido entre consolar a filha e gritar um pouco mais com ela. Optando por não fazer nenhuma das duas coisas, ele direcionou a fúria de volta para Vanessa.

— Ouça bem o que vou dizer, delegada. Estou de saco cheio de como as coisas são feitas nesta maldita cidade. Finalmente elegemos um novo prefeito porque muitas pessoas, pessoas decentes que pagam impostos e que ficaram aqui mesmo quando a cidade estava caindo aos pedaços, sentem o mesmo que eu e querem ver mudanças. Isso não pode continuar, tá me ouvindo? O departamento não pode continuar escolhendo os casos. Schultz não vai cruzar os braços para esse caso, como fez com o caso do meu filho. Já chega.

— O seu filho?

— Papai, por favor, pare — Jenna disse, baixinho.

— O meu filho, Tyler. — Tanner tensionou a mandíbula. — Ele desapareceu há oito anos. Earl Schultz não fez merda nenhuma para encontrá-lo. Disse que o Tyler deve ter fugido. — Ele afundou, com os ombros curvados para a frente. — Tem ideia de como é passar ano após ano sem saber onde está o seu filho? Não saber se ele está vivo ou morto? E agora a minha filha foi agredida? Não estou nem aí que a mãe do Mike Bruin é casada com o chefe de polícia. Quero que ele seja preso, processado e condenado. Eu quero justiça para pelo menos um dos meus filhos. Acho que isso não é pedir demais.

Outro garoto desaparecido? O período não era compatível para que o filho de Tanner Wilkins fosse Harry Sem-Teto, mas *dois* garotos desaparecidos, mesmo que com um intervalo de cinco anos entre os desaparecimentos, parecia um exagero. E caso se confirmasse que Blake Dozier, o Garoto da Roda-Gigante, também estava desaparecido, então *três* casos beiravam o absurdo.

O que diabos estava acontecendo em Seaside?

— Em primeiro lugar, você precisa recuar — Vanessa disse a Wilkins. — Eu não me sinto à vontade quando estou encurralada e não gosto de que gritem comigo. Em segundo lugar, eu sou nova aqui em Seaside. Eu não dou a mínima para quem é o padrasto de Mike Bruin. Jenna me contou o que aconteceu, e nós vamos prendê-lo, não se preocupe com isso. E eu posso te garantir que ele não vai receber tratamento especial, não enquanto eu estiver no comando.

Wilkins olhou para Vanessa, relaxando um pouco. Ele recuou um passo.

— Sangue novo na polícia de Seaside — ele disse, num tom de respeito relutante. — Já era hora.

— E eu me importo com os seus dois filhos — Vanessa disse. — Quando resolvermos o caso de Jenna, venha conversar comigo sobre o seu filho.

15

A BOA NOTÍCIA ERA QUE MIKE BRUIN FOI INDICIADO POR acusações de agressão e lesões corporais. A má notícia era que ele tinha passado exatamente três horas em uma cela provisória e já foi logo liberado após o pagamento de uma fiança de dez mil dólares.

— Não quero ser pessimista, mas não se surpreenda se as acusações desaparecerem até o final da semana — Donnie disse, encostado no batente da porta da sala de Vanessa. — Na delegacia, Mike fez a única ligação permitida para a mãe, por isso ele ficou tão pouco tempo preso. A família dele é muita amiga do juiz. Earl joga golfe com o cara todo sábado.

Vanessa fez um gesto para que ele entrasse.

— Feche a porta — ela pediu. — Desculpa, mas isso é ridículo. Você não viu como ficou o rosto da Jenna Wilkins. Parece que ela disputou uma luta de três rounds com Joe Louis.

Donnie ficou impassível, e Vanessa teve que rir.

— Manny Pacquiao? — ela disse, tentando de novo.

— Ah, já sei. Boxe. Entendi.

— Meu deus, você é um bebê.

— Foi mal. Não posso evitar o fato de ter vinte e seis anos e só agora estar entrando na melhor fase da minha vida. — Ele abriu um sorriso largo. — E aí, você conheceu o Tanner, né? Espero que tudo tenha corrido... bem.

— Não vou mentir, ele é bastante intimidador. Para começar, ele é imenso, e além disso, estava furioso. Essa não é uma boa combinação. Consultei o prontuário dele. — Vanessa tamborilou os dedos na mesa. — Tanner tem um passado problemático. Contei 17 detenções por posse de drogas, comércio ilegal de armas e agressões ao longo de um período de 20 anos. Mas nada nos últimos oito anos.

— Dizem que ele se endireitou depois do sumiço do Tyler.

— Ele falou do Tyler — ela informou. — Você não vê que isso significa que dois garotos desapareceram em Seaside em cinco anos? Caso também se confirme o sumiço de Blake Dozier, aí serão três casos de desaparecimento nos últimos oito anos. É surreal.

— Partindo do princípio que o Garoto da Roda-Gigante esteja mesmo desaparecido — Donnie disse. — Ainda estou investigando. Ele pode dar as caras. Entrei em contato com alguns amigos dele, e o Blake já fez esse tipo de coisa antes. Ele sempre acaba voltando.

— Tomara que sim. Então, você conhecia o filho do Tanner?

— Conhecia. Eu e Tyler estudamos na mesma escola. Também trabalhamos no País das Maravilhas na mesma época, mas a gente não era do mesmo círculo social.

— Sei que já faz muito tempo, mas o que você acha que aconteceu com ele?

— Ele... simplesmente desapareceu. — Donnie passou a mão no cabelo recém-aparado. — Na verdade, não dei muita bola para isso no início. Aqui é Seaside, né? Uma coisa é crescer aqui. Não costuma ser uma escolha, mas não é incomum que os jovens fujam rapidinho daqui depois do ensino médio. Grande parte dos meus amigos não mora mais aqui. Foram fazer faculdade em outro lugar e nunca mais voltaram.

— Mas você voltou.

O investigador deu de ombros.

— Eu tinha uma namorada, estava apaixonado, ela queria ficar aqui, e isso firmou a minha decisão na época. Fui para a Puget Sound, mas voltava para casa todo verão. Depois que me formei, me candidatei para academia de polícia e entrei. Oito semanas depois, o departamento de polícia daqui me contratou. Se isso não tivesse acontecido, eu também poderia ter ido embora. Não tem muitas perspectivas de carreira aqui, a não ser o trabalho no País das Maravilhas. Não dá para julgar quem decide ir embora. Um dia, isso pode acontecer comigo.

— O que você achava do Tyler? Ele parecia o tipo de garoto que partiria sem se despedir?

— Difícil dizer. Eu o conhecia mais por causa do pai dele. Naquela época, Tanner era um filho da mãe assustador. Os Devil's Dukes estavam muito envolvidos com drogas e armas, e o Tanner era um fora da lei barra pesada...

O intercomunicador de Vanessa soou.

— Tanner Wilkins está aqui e quer falar com a senhora, delegada — a policial da recepção disse quase pedindo desculpas. — A senhora vai recebê-lo?

Donnie ergueu uma sobrancelha.

— Por falar no diabo. Será que o invocamos ao falar dele?

— Espertinho. — Vanessa pressionou o botão do intercomunicador. — Sim, vou recebê-lo. Obrigada.

— Prepare-se. — Donnie afastou a cadeira e se levantou. — Ele deve ter ficado sabendo que o Mike Bruin está circulando por aí, livre. O Tanner vai dar uma dura em você.

— Ele já fez isso antes. Será que pode ser? Me faça um favor — Vanessa disse antes da saída de Donnie. — Consiga o prontuário do filho dele para mim. Quero dar uma olhada.

— Está nos arquivos. Vou ter que vasculhar. Não dá para você pedir para a Claire? — Ele abriu um sorriso largo. — Estou brincando. Vou procurar, mas pode demorar um pouco.

— Fico te devendo um café. Obrigada.

Donnie cruzou com Tanner na recepção, e os dois se cumprimentaram com um aceno de cabeça cortês. Um instante depois, Tanner estava à porta da sala de Vanessa, parecendo ainda maior e mais zangado do que lá no clube.

Vanessa ficou de pé e estendeu a mão.

— Senhor Wilkins. Entre, por favor.

Seus dedos enormes apertaram a mão dela por um instante e soltaram. Vanessa tinha certeza de que ele poderia quebrar a sua mão se quisesse, sem muito esforço. Ele se sentou diante dela e cruzou as pernas, com a imensa bota de motoqueiro tocando o canto da mesa.

— Pagaram a fiança e Mike Bruin está solto — Tanner disse. — Faz só três horas que te conheço e você já mentiu para mim, delegada.

— Eu também não gostei nada disso. — Vanessa conteve um suspiro. — Preferia que ele passasse pelo menos uma noite na cela. Mas a boa notícia é que o juiz ordenou que ele mantivesse uma distância mínima de 30 metros da Jenna.

— Isso é tudo?

— Vai haver um julgamento. São acusações de lesão corporal qualificada contra o Mike. Ainda não acabou.

— Você só pode estar zoando. — Tanner assumiu uma expressão sombria. — Essas acusações vão desaparecer mais rápido do que você consegue dizer a palavra "nepotismo". Serão arquivadas ou rebaixadas a um delito menor, e aí o cara só vai prestar serviço comunitário. Seja qual for o desfecho, esse canalha não vai ver o sol nascer quadrado. Na verdade, eu vim aqui para falar com o Earl, e não com você, mas ele não está. E isso significa que vou ter que gritar com você, o que é muito menos gratificante porque você não grita de volta. E, como você fez questão de me lembrar antes, você é nova demais aqui para ter tido alguma coisa a ver com isso.

— Lamento, de qualquer forma — Vanessa disse. — Eu sou mãe. Tenho uma filha adolescente. Se uma coisa assim acontecesse com ela, eu me sentiria da mesma maneira que você. Como está a Jenna?

— Ela já teve dias melhores.

Um silêncio se instalou entre eles, não um silêncio embaraçoso, mas não foi exatamente agradável. Alguns momentos depois, Tanner deixou escapar um suspiro longo e vagaroso.

— Eu odeio esta porra de lugar. — A voz de Tanner estava baixa. Cabisbaixo, ele tirou um grão de sujeira da calça jeans desbotada. — Todos os anos, eu penso, este vai ser o ano em que vou vender a loja e fechar o clube. Depois, vou pegar a minha Harley, cair fora de Seaside de vez e nunca mais olhar para trás.

— Por que você não faz isso?

— Porque talvez o Tyler volte para casa — ele respondeu, levantando os olhos para ela. — E eu não quero que ele volte para casa e eu não esteja aqui. Não quero que ele volte para casa e encontre a casa em que cresceu habitada por outra família. Não quero que ele venha me procurar no clube e descubra que virou um maldito shopping. Eu e a mãe dele nos divorciamos há seis anos. Ela me trocou por um cara chamado Steve que dirige um Audi e vende vitaminas como ganha-pão. Eles se mudaram para São Francisco. Alguém precisa ficar aqui e esperar a volta do Ty para casa. — Sua voz ficou embargada na última palavra, e ele desviou o olhar.

Vanessa não viu necessidade de responder. Não havia nada que ela pudesse dizer para melhorar a situação; nada que ela fizesse aliviaria a dor de Tanner. Durante oito anos, a vida dele estava em suspenso, esperando por notícias — qualquer tipo de notícia — sobre o filho. Embora Vanessa pudesse imaginar a situação, ela não estava enfrentando isso, nem experimentando isso, como Tanner estava.

Ela se perguntou se deveria colocá-lo em contato com David Cole. Talvez os dois pudessem se apoiar e conversar sobre o que estavam passando. No entanto, Tanner não parecia ser o tipo que participava de grupos de apoio.

Donnie bateu à porta e entrou na sala de Vanessa com uma das pastas azul-marinho características do Departamento de Polícia de Seaside. Ele a colocou sobre a mesa dela e saiu sem dizer nada.

Tanner nem pareceu notar.

— Todo ano eu torço para que o Earl perca o emprego. — Sua voz ainda estava baixa. — Mas todo ano, lá está ele, sentado no trono como o todo-poderoso. Achei que a situação talvez mudasse quando elegemos o Frank Greenberg para prefeito no outono passado. Ele e o Earl não se bicam. É verdade o que dizem? Que você e o Greenberg são amigos?

— É.

— Amigos de verdade?

— Sim — Vanessa respondeu, ignorando as implicações. — O que foi que o Earl fez? Para você? Para o Tyler?

Tanner riu, mas não havia um pingo de humor.

— Está com tempo?

— Faça um resumo para mim.

— Por onde começo? — Tanner se recostou na cadeira. — Vejamos. Primeiro, ele colocou o imbecil do Carl Weiss no caso. Desde o início, o Weiss não acreditou que o Tyler estava desaparecido. Ele fez uma investigação meia-boca e, mais ou menos um dia depois, concluiu que o Tyler tinha fugido de casa. Quando eu disse que o Ty tinha dezoito anos e não *precisava* fugir, se ele quisesse ir embora, poderia ter ido com a minha bênção, Weiss nem ligou. Ele não dava a mínima para o que eu pensava.

Vanessa acenou com a cabeça. Ela pegou a pasta de Tyler Wilkins e a abriu, folheando-a rápido.

— Estou ouvindo — ela disse. — Continue, por favor.

— Aí procurei o Earl pessoalmente. Tivemos nossos desentendimentos ao longo dos anos. Já fiz algumas besteiras, e entendo que talvez eu e o meu clube tivéssemos sido uma dor de cabeça para ele por muito tempo, e que ele achava que eu fosse um fora da lei que não merecia ajuda. Mas não se tratava de mim. Se tratava do meu filho. Eu só queria era que ele tentasse encontrar o meu filho. A palavra-chave sendo "tentar".

— E o Earl não tentou?

— Ele deu razão ao chefe-adjunto. — Tanner tensionou o maxilar. — Apoiou aquele imbecil em tudo. Disse que não havia evidências de que o Tyler não tivesse ido embora por conta própria, que não havia indícios de qualquer tipo de crime, e que não haveria desperdício de tempo ou pessoal do departamento para procurar um garoto que provavelmente não queria ser encontrado. *Desperdício* — ele repetiu. — O nosso estimado chefe de polícia usou uma palavra bem escrota.

Vanessa fez careta. Ela não podia culpar Tanner por estar com raiva. A escolha infeliz de Earl foi o cúmulo da insensibilidade.

— Primeiro o Earl sacaneia o meu filho — Tanner disse. — E agora está sacaneando a minha filha. É uma verdadeira palhaçada, e ninguém faz nada a respeito. Nada mudou. Ninguém tem colhões para enfrentar vocês.

— Eu acabei de me mudar para cá. Eu estou incluída no "vocês"?

— Ainda não decidi. — Ele fixou o olhar nela sem titubear.

Pela primeira vez, Vanessa notou que os olhos dele eram azuis brilhantes e vívidos. Intensos. Penetrantes. A barba rala e grisalha o fazia parecer mais velho do que ele realmente era. Ele tinha só quarenta e seis anos, de acordo com o seu prontuário. A extremidade de uma das suas tatuagens era visível acima da gola da camiseta, e Vanessa se pegou imaginando como seria o resto dela.

— Mas você *é* uma policial — Tanner disse. — Usa o distintivo. E agora mora em Seaside. Dê alguns meses, delegada. Até o Natal, você vai estar obedecendo à política da empresa.

— E qual é essa política?

Ele se inclinou, sem tirar os olhos dela.

— O País das Maravilhas e Seaside estão casados um com o outro. Se você não se deu conta disso ainda, logo vai cair a ficha. E você conhece o ditado: esposa feliz, vida feliz. Você ouviu falar do shopping center que querem construir na Clove Street?

Vanessa fez que sim.

— Os incorporadores, com a bênção do Earl e o apoio do País das Maravilhas, continuam querendo me comprar para demolir o meu clube e a minha oficina, e construir um shopping chique bem naquele lugar. É uma localização privilegiada, bem perto da rua principal. Me fizeram uma proposta irrecusável e mais um pouco. Um negócio desses traria muita grana para Seaside. Tem até um ponto legal a poucas quadras na Clove para onde eu poderia me mudar e que é bem mais barato. Não prejudicaria o meu negócio nem um pouco. Sabe por que não vou aceitar a proposta?

— Por quê?

— Porque quero que eles se fodam. Que o Earl se foda, que o País das Maravilhas se foda, que Seaside se foda.

Refletindo, Vanessa olhou para ele por um momento. Ele continuou mantendo o olhar fixo nela.

— Que tal me falar do seu filho? — Vanessa perguntou, finalmente.

— Eu até poderia falar, mas pra quê? Você está com a pasta bem aí, não está?

— Quero ouvir de você — Vanessa pegou o seu caderno. — Porque eu me importo. Vamos começar do começo.

Outro silêncio voltou a se instalar entre eles. A princípio, Vanessa achou que Tanner não diria nada porque não confiava nela, e não podia culpá-lo por isso. Mas então ele começou a falar.

— Oito anos atrás, Ty era um colaborador temporário do parque. Que surpresa, não é? Todo mundo em Seaside já foi, alguma vez.

— Eu fui. — Vanessa sorriu. — Há muito tempo, quando ainda se chamava Mundo das Maravilhas.

Isso arrancou uma risadinha de Tanner.

— Então você é mais velha do que eu pensava. Mas eu nunca trabalhei no parque. Não tinha tempo para trabalho honesto. Estava ocupado demais sendo um fora da lei, arrumando encrenca por aí e construindo o Devil's Dukes. Mas eu queria que fosse diferente para o Ty. Porque *ele* era diferente. Era um artista. Diz alguma coisa sobre isso aí na pasta?

Vanessa fez que não com a cabeça.

— Ele sempre teve talento para pintura, desenho, escultura, esse tipo de coisa. Queria ir para uma escola de arte, ideia que não agradava a mãe dele. Ela queria que ele fizesse um curso de administração ou odontologia, alguma coisa que proporcionasse uma carreira. Mas eu gostava que o Ty curtisse arte. Ele ficava mais parecido comigo. — Tanner levantou o braço esquerdo, revelando uma bela tatuagem de dragão. As cores tinham desbotado um pouco, mas já tinham sido vívidas e maravilhosas. — Essas tatuagens aqui? Eu mesmo fiz.

— São incríveis — Vanessa disse, e ela não estava mentindo.

— Enfim, o País das Maravilhas sabia que ele era um artista. Aí pediram para o Ty pintar o mural na lateral da praça de alimentação.

— Aquele que é uma representação da área de entretenimento? — Vanessa conhecia o mural, surpresa ao saber que não tinha sido pintado por um profissional. — É lindo.

— Foi o Tyler que fez. — O orgulho paternal era óbvio. — Não pagaram nada a mais por isso, mas ele ficou todo alegre. Mas ele só podia trabalhar à noite, depois que o parque fechava. Às vezes, ele chegava em casa às três ou quatro da manhã. E aí numa noite, ele nunca mais voltou para casa.

— Ele sempre ficava sozinho no parque enquanto estava pintando?

— Em geral, sim. Às vezes, o pessoal da limpeza estava lá, mas fora isso, era só ele e quem estivesse encarregado da segurança.

Vanessa consultou a pasta.

— Glenn Hovey. Ele era o segurança escalado para aquela noite.

— Era. Ele é um esquisitão da porra, se já conheci um.

Você não é a primeira pessoa a dizer isso, Vanessa pensou, lembrando-se da conversa com Margie Hamilton, a vizinha dos Hovey.

— Em que sentido ele é esquisito?

— Ele faz a gente se sentir desconfortável. Tyler disse que ele ficava olhando muito para as crianças, para os meninos. Hovey negou ter qualquer envolvimento com o desaparecimento do Ty. Disse que nem sabia quando o Ty ia embora do parque. As imagens das câmeras de segurança daquela noite mostraram o Ty saindo do parque pelos portões laterais, sozinho. Aí o Weiss não pressionou Hovey sobre isso. E essa foi a última vez que alguém viu o meu filho.

— Quando você fez o boletim de ocorrência do desaparecimento?

— Só no final do dia seguinte. — Tanner deixou escapar um suspiro. — Trabalhei até tarde na oficina, e só me dei conta de que ele tinha desaparecido muito tarde na noite seguinte. Naquela época, eu e a minha mulher estávamos separados. Ela tinha se mudado para a Califórnia com a Jenna. Tyler ficou comigo. — Sua voz ficou embargada nas três últimas palavras.

— Não foi culpa sua. — Vanessa apoiou a mão no antebraço dele por um instante. — Não dá para a gente ficar com os nossos filhos o tempo todo. Alguma coisa estava faltando no quarto dele?

— Só consegui confirmar que a mochila dele não estava mais lá. Era uma mochila de lona velha e fedida que ele tinha comprado numa loja de artigos militares quando esteve em Seattle. Ele a levava para o trabalho todos os dias. Não a vi desde então.

— E as roupas dele? Estava faltando alguma delas?

— Sei lá. Por acaso pareço o tipo de cara que repara na roupa dos outros?

Não, não parecia. Ela voltou a consultar a pasta.

— E o celular dele?

— Ele tinha um BlackBerry Curve. Sei porque era o meu antigo celular, e aí eu dei para ele. Tyler devia estar com ele. Uma parte de mim espera…

— Espera o quê?

— Que o Ty tenha fugido mesmo, que ele esteja por aí em algum lugar, vivendo a vida e feliz. — A voz de Tanner estava embargada e os olhos, marejados. — Eu ficaria chateado por ele não ter dado notícias, mas superaria isso rapidinho se soubesse que ele estava por aí esse tempo todo e bem. Mas o meu instinto diz que não é verdade. Ty era um bom menino, um menino atencioso. Se ele quisesse fugir e seguir o próprio caminho por um tempo, teria contado para mim e para a mãe dele. Ele teria se despedido da gente.

O celular de Vanessa vibrou e ela o checou, proporcionando a Tanner o momento de que ele precisava para se recompor. Era uma chamada de David Cole. Ela pressionou a opção de recusar, enviando a chamada para a caixa postal. O pai de Aiden Cole tinha prometido enviar alguma coisa com as impressões digitais do filho, mas ela ainda não havia recebido, então a chamada poderia esperar. Assim que ela comparasse as digitais com as de Harry Sem-Teto, saberiam na hora se Harry era mesmo Aiden Cole. Em caso positivo, seria uma notícia terrível para o senhor Cole. E o que isso poderia significar para Tyler, o filho de Tanner? Será que ele teria sofrido um destino semelhante?

— O que foi? — Tanner perguntou, interrompendo os pensamentos de Vanessa. — Sua cara está estranha.

— Como assim? — Vanessa voltou a atenção para ele.

— Como se você estivesse pensando em alguma coisa ruim.

— Estou trabalhando num caso — ela disse, querendo ser o mais honesta possível com ele. — Quando eu descobrir, te informo. Mas vou ser honesta com você, Tanner... — Vanessa se deteve. Ela não tinha perguntado se podia chamá-lo pelo primeiro nome, mas ele nem piscou. — Não tem muitos detalhes à disposição.

— Eu sei. — O grandalhão estalou os dedos. — O detetive particular que contratei disse a mesma coisa. Mas, ao contrário da polícia de Seaside, pelo menos ele não ficou insistindo que o meu filho fugiu.

— Você contratou um detetive? — Vanessa ficou surpresa. Um bom detetive particular era caro. — Fez bem.

— Não deu em nada, mas eu precisava ter certeza de que tinha feito tudo o que podia. Era um policial aposentado da polícia de Seattle.

— Eu trabalhei na polícia de Seattle. Quem era?

— Ele é bem mais velho que você — Tanner respondeu. — Se chama Jerry Isaac. Na época, ele estava começando a própria agência de investigação particular. Conhece?

— Claro que conheço — Vanessa respondeu, sem conseguir evitar um sorriso. *Agência de investigação particular* devia ser um exagero. Jerry Isaac preferia trabalhar sozinho em um escritório de duas salas num prédio antigo no bairro de Fremont, em Seattle. — Conheço o Jerry muito bem. Ele foi o instrutor responsável pelo meu treinamento. Você fez uma boa escolha. Jerry deve ter feito todo o possível. Vou ligar para ele e ver se ele pode me ajudar em alguma coisa.

— Eu ficaria grato por isso. — Tanner consultou a hora no celular e ficou de pé. — Preciso ver como a Jenna está. Obrigado pelo seu tempo, delegada.

— Não precisa me agradecer. Só estou cumprindo o meu dever.

— Estou falando sério. Você demonstrou mais interesse no Tyler do que qualquer pessoa aqui quando ele sumiu. É muito importante ser levado a sério.

— Não sei até onde consigo chegar, mas prometo que farei o meu melhor. — Vanessa sorriu para ele. Tanner não precisava de frases feitas ou promessas vazias. Nenhum pai precisava.

— Caso precise de alguma coisa para o seu carro, me procura. — Ele retribuiu o sorriso, o que o fez parecer uns dez anos mais jovem. — Ou se você aparecer algum dia no Monkey Bar, que é bem perto do clube, as cervejas são por minha conta.

— Não é necessário — ela disse, dando uma risada. — Mas eu agradeço.

— Quer saber? — Os olhos azuis-claros de Tanner se fixaram no rosto dela. — Se você encontrar o meu filho, eu pago todas as suas cervejas e conserto o seu carro, todos os seus carros, de graça, enquanto eu viver. Que tal?

— Eu seria burra se não aceitasse uma proposta dessas. — Ela estendeu a mão para ele.

— Pois é. — Ele apertou a mão dela, segurando-a um pouco além do necessário. — Seria mesmo.

16

A FOTO DO GAROTO DA RODA-GIGANTE ESTAVA EM TODOS os telejornais. Enfim, Derek, pai de Blake Dozier, havia voltado para casa de sua viagem de negócios à China e concluiu que *era* mesmo estranho que o filho não estivesse retornando as ligações ou mensagens de ninguém. Naquela manhã, ele tinha feito um boletim de ocorrência do desaparecimento. A foto de Blake sorridente no alto da roda-gigante era a mais recente que a polícia de Seaside tinha, e havia migrado das redes sociais para a grande imprensa — com o dedo do meio desfocado, é claro.

Mas acredite se quiser, essa não era a notícia mais importante.

A grande notícia do dia era que a polícia de Seaside havia divulgado oficialmente a identidade de Harry Sem-Teto, mostrando que não era ninguém menos que Aiden Cole, o colaborador temporário do País das Maravilhas que tinha desaparecido havia três anos. A causa da morte foi traumatismo contundente. Aiden havia sido assassinado.

O País das Maravilhas estava, oficialmente, ferrado.

Oscar continuava assistindo à coletiva de imprensa na tevê, e o chefe de polícia Earl Schultz estava fazendo o possível para minimizar a situação.

— Chefe, há alguma ligação entre Harry Sem-Teto e o Garoto da Roda-Gigante? — um repórter gritou.

— Eu considero desrespeitoso tratá-los pelos apelidos dados pela mídia, Kurt, quando sabemos quais são os seus nomes verdadeiros — Earl disse ao repórter. — E não, não há nenhuma ligação entre Aiden Cole e Blake Dozier. Aiden Cole era um caso de desaparecimento não resolvido que agora é um homicídio, e Blake Dozier é um novo caso que será investigado a fundo e sem viés.

— É verdade que Blake Dozier era a única pessoa no parque na hora em que o corpo de Aiden Cole foi abandonado lá? — uma voz feminina perguntou.

— Ainda estamos investigando isso, Sarah. Não sabemos quem mais poderia estar no parque além de Blake naquele momento. Como sabem, o País das Maravilhas é muito grande e vai demorar um pouco para reduzir a lista de pessoas que poderiam estar no parque naquela hora da manhã. Próxima pergunta.

— Chefe, a polícia tem alguma hipótese sobre quem poderia ter matado Aiden Cole?

— Ele não foi morto no parque. Temos certeza disso, Jeff — Earl respondeu, com a voz firme. — Não há nenhuma evidência que sugira que qualquer tipo de crime tenha ocorrido em qualquer dependência do País das Maravilhas. Onde quer que Aiden Cole tenha sido morto, não foi no País das Maravilhas, e eu não posso fazer conjecturas sobre o motivo de o seu corpo ter sido deixado no parque. Quanto a Blake Dozier, não podemos confirmar se ele realmente desapareceu no parque. A foto que anda circulando por aí é enganosa. Se Blake Dozier foi alvo de um crime, não há nenhuma evidência que sugira que aconteceu nas dependências do País das Maravilhas.

Obrigado, Earl. Oscar se permitiu dar um sorrisinho na privacidade do seu escritório. Bianca ficaria satisfeita. Earl havia conseguido proteger o País das Maravilhas, ao mesmo tempo que foi transparente a respeito do que sabia sobre o Garoto da Roda-Gigante e Harry Sem-Teto. Não foi um feito fácil. Mas genial. Ele fez uma nota mental para agradecer ao Earl no evento de arrecadação de fundos do Hospital de Seaside dentro de alguns dias, supondo que não se encontrassem antes disso. Afinal, Seaside era um ovo.

Os comentários nas páginas do Facebook e do Twitter de Blake Dozier já tinha chegado a mais de mil. Os usuários, que a princípio expressaram admiração pela foto de Blake na roda-gigante, tornaram-se então solidários quando foi divulgada a notícia de que Blake era considerado desaparecido. Uma torrente de comentários como "Esteja bem, Blake" e "Volte para a gente, Blake" ocupava o meio da seção de comentários.

Mas agora, poucas horas depois, os comentários estavam começando a se tornar agressivos.

Alguém sugeriu que Blake não estava desaparecido coisa nenhuma, e que ele tinha encenado o próprio desaparecimento para chamar atenção para a foto. Outro cara, que pelo visto o conhecia do colégio, disse que Blake era um babaca que o tinha importunado, e que não ficaria surpreso se Blake estivesse morto numa vala depois de ter mexido com a pessoa errada. E ainda outro garoto, também praticante de escaladas, comentou que Blake não merecia o título de praticante de escaladas livres, porque a roda-gigante não tinha nem 50 metros de altura.

Um minuto, as redes sociais eram suas amigas, fazendo comentários amigáveis; e num piscar de olhos, viravam uma ingrata arrogante, dizendo o quão fracassado você era. Oscar se perguntava se o pai de Blake Dozier estava lendo esses comentários negativos.

Oscar tinha ido ver a roda-gigante mais cedo naquela manhã. A equipe de limpeza da cena do crime que Earl tinha enviado ao parque na noite anterior havia feito um trabalho excelente. Não restavam vestígios de Harry Sem-Teto, ou seja, Aiden Cole, ainda que Oscar tivesse certeza de que, se fosse usada uma luz azul especial no asfalto escuro, ainda seria possível ver vestígios dele ali. Mas isso pouco importava. O que importava era o que dava para ver, e tudo parecia normal. O muro espesso de papelão ao redor da base da roda-gigante havia sido finalmente retirado. Até o fedor tinha sumido.

Era como se nada tivesse acontecido.

Oscar continuou assistindo ao noticiário, enquanto Earl era interpelado com mais algumas perguntas, para as quais dava respostas vagas e profissionais. Em segundo plano, um pouco à esquerda do chefe de polícia, estava a chefe-adjunta Vanessa Castro. Oscar debruçou-se para enxergar melhor.

Caramba, Vanessa estava mais sexy do que nunca. Era um dia quente, e ela não estava usando jaqueta, de modo que a arma ficava visível no coldre em sua cintura. A blusa de seda se ajustava aos contornos do corpo atlético, mas curvilíneo, e o cabelo escuro até a altura dos ombros caía em ondas brilhantes e soltas em torno do rosto. A maquiagem era mínima, mas ela não precisava de nenhuma. Os olhos eram grandes e expressivos, e enquanto Earl falava, ela observava a plateia, prestando atenção em tudo.

Oscar estava investigando um pouco do passado dela, e com o fim da coletiva de imprensa, voltou a atenção para o computador. Uma rápida busca no Google encontrou diversas matérias ligando Vanessa Castro ao julgamento de Marcus Henry. Eram os seis primeiros resultados. Ao que tudo indicava, a nova chefe-adjunta da polícia de Seaside havia sido amiga íntima do traficante de drogas, uma amizade que remontava à época em que eles eram adolescentes e Henry ainda morava em Seaside. Durante o julgamento, foi mencionado que a investigadora Vanessa Castro tinha tido um envolvimento íntimo com Henry antes da morte do marido dela. Após a absolvição de Henry, ela deixou a polícia de Seattle e ingressou na polícia de Seaside, o que sugeria que ela havia sido pressionada a sair do seu antigo departamento de polícia.

Mais abaixo na página do Google estava o obituário do seu falecido marido. Datado de seis meses antes, dizia que o major John Castro, do exército americano, tinha morrido três dias antes do Natal, aos quarenta e um anos, deixando a mulher e dois filhos. Em vez de flores, doações deveriam ser feitas para a Fundação Magnólia. Oscar nunca tinha ouvido falar dessa fundação, e quando acessou o site, viu que a Fundação Magnólia era uma organização sem fins lucrativos que ajudava veteranos militares a receber tratamento para diversos transtornos de saúde mental, incluindo depressão, ansiedade e estresse pós-traumático.

Interessante. Oscar havia suspeitado que Vanessa tinha um passado conturbado — por qual outra razão alguém sairia de Seattle para ir parar em Seaside, se não para escapar de um passado conturbado? —, mas ele não havia previsto um marido morto recentemente e um relacionamento controverso com um importante traficante de drogas. Vanessa lhe havia dito que não estava disponível para um relacionamento, e Oscar estava começando a entender o motivo. Nesse sentido, ela e Bianca eram parecidas.

Ele voltou a se xingar mentalmente. Tinha que parar de comparar Vanessa — e cada outra mulher que conhecia — com a sua chefe e ex-amante. Com Bianca, sempre foi apenas sexo, mas com Vanessa, havia química em todos os níveis. Vanessa era inteligente e ambiciosa, mas também tinha uma família. Ela parecia mais centrada e mais amável em todos os aspectos que importavam. Ela fazia Oscar querer mais. E ele estava pronto para mais.

Depois de mais de 20 anos trabalhando no parque, Oscar queria sair do País das Maravilhas. Tendo crescido em Seaside, ele havia começado a trabalhar no parque como colaborador temporário quando estava no ensino médio. Era quase um rito de passagem para os jovens locais trabalharem no parque de diversões quando completavam quatorze anos. O Mundo das Maravilhas de Seaside, como era originalmente chamado, tinha sido criado e construído por Jack Shaw.

Pois é, *aquele* Jack Shaw, que tinha construído muitos dos prédios mais altos de Seattle. Jack Shaw, que era um dos homens mais ricos do Noroeste Pacífico, segundo a revista *Forbes*. Jack Shaw, que tinha um fraco por garotos adolescentes, e que havia construído o Mundo das Maravilhas só para ter uma razão legítima para estar perto deles. Jack Shaw, que acabaria sendo acusado de abusar sexualmente de mais de meia dúzia de jovens de quatorze a dezesseis anos. Jack Shaw, que morreu de modo trágico em um incêndio logo depois de ser formalmente acusado de abuso sexual e, em consequência, nunca foi levado à justiça.

Pelo menos, não segundo a forma legal de justiça.

Oscar tinha vinte e seis anos e havia acabado de concluir um período de cinco anos no exército quando a sua mãe lhe deu a grande notícia durante o jantar. Ela não havia ficado nada impressionada com a decisão de Nick Bishop de comprar o parque, e ficou muito satisfeita pelo fato de Oscar não ter tomado conhecimento, pois isso significava que ela poderia revelar a novidade pessoalmente, ao mesmo tempo que fazia os seus comentários sobre o assunto, que eram muitos.

— Você tem que ver o lixo que o parque está agora, Ozzie — Isabel Trejo havia dito ao filho, acendendo o terceiro cigarro seguido. — O Mundo das Maravilhas de Seaside. *Misericórdia.* O que diabos Nick tem na cabeça? Caramba, *eu* ainda me lembro do parque de quando era criança. Já era cafona até naquela época, mas é claro que quando a gente é criança, só liga para as atrações e o algodão-doce. Mas é um lixo de lugar. Se alguém deveria saber disso, esse alguém seria o Nicky. Ele disse que comprou o parque por uma bagatela, e tinha que fazer isso, porque quem mais se interessaria em comprar?

— Já fazia um tempo que estava à venda, não é? — Oscar perguntou, afastando a fumaça do rosto. A sua mãe nem percebeu. Eles estavam apenas na metade da refeição, e ela fumaria pelo menos mais dois cigarros ainda antes de terminarem. Oscar odiava como ela ficava quando fumava. A pele ao redor da boca de Isabel parecia papel, e se enrugava quando ela fazia um bico para dar uma tragada, envelhecendo-a 20 anos num instante.

— O parque ficou à venda durante anos. Achei que a viúva conseguiria se desfazer dele. Ela estava desesperada para se livrar da encrenca. Claro que não pelo dinheiro, aquela vaca está cheia da grana. Mas ela queria o parque fora da vida dela, sabe? Não queria estar *ligada* a ele. Não que eu a culpe.

— Não dá para acreditar que o Nick comprou. É verdade mesmo?

— Filho, só se fala disso na cidade. Acabei de falar com Betty no banco. — Isabel soltou uma grande nuvem de fumaça pelas narinas. — Parei para sacar um dinheiro e ela estava louca para me contar o quanto ele pagou. — Ela revelou a quantia, que era menor do que Oscar poderia imaginar. — O seu amigo maluco agora é o orgulhoso proprietário do parque de diversões mais feio do mundo. Meu deus, ele nem tem trinta anos. O que diabos ele tem na cabeça? — ela repetiu.

— Quem sabe ele não dá um jeito no lugar. — A mente de Oscar estava a mil. — Deixar tudo reluzente e novinho em folha. O Nick com certeza tem um plano.

— Com que dinheiro? Ele acabou de gastar tudo o que tinha para comprar o maldito parque. Ele finalmente recebe a grana que esperava e é *nisso* que ele torra tudo? Não dá nem pra acreditar.

Na época, tudo o que Oscar sabia a respeito das finanças de Nick eram os boatos que tinha ouvido filtrados através da mãe. Alguns anos depois que Oscar ingressou no exército, Nick havia sofrido um acidente de carro, que lhe causou uma perda parcial da função da perna, e ele tinha processado alguém e ganhado uma indenização. A história completa, que ele ficaria sabendo do próprio Nick mais tarde, era que um caminhão de 18 rodas tinha colidido com o seu carro após não ter parado no sinal vermelho. Nick foi levado às pressas para o hospital com uma perna fraturada em centenas de lugares (um provável exagero, mas tanto faz), além de um braço quebrado. No hospital, ele tinha contraído uma infecção, resultando numa lesão irreversível nos nervos e o forçando a mancar mesmo após a recuperação da perna fraturada. Nos dois anos seguintes, ele esteve envolvido num processo judicial tanto contra a empresa de transporte de carga (que estava ciente de que os freios do caminhão precisavam de manutenção), quanto contra o hospital (que não havia adotado as medidas de segurança correta para prevenir uma infecção por estafilococos). E ele tinha ganhado os dois processos. Quanto exatamente, Nick nunca havia revelado, mas sem dúvida tinha sido suficiente para comprar o parque à vista. A empresa de transporte de carga e o hospital tinham muito dinheiro.

O dinheiro para reformar o Mundo das Maravilhas acabou vindo do banco da cidade. O parque de diversões era um estorvo visual há tempos para Seaside, e com a morte de Jack Shaw, ninguém estava mais interessado em vê-lo limpo e próspero do que a própria cidade. Embora Nick Bishop não tivesse crédito significativo, o seu pedido de empréstimo foi aprovado. E, um ano e meio depois, Nicky reabriu o parque, mudando o nome e o rebatizando como País das Maravilhas. Agora, estava maior, com mais atrações, mais jogos e mais comida. Desde então, vinha obtendo um lucro significativo.

Mas algumas coisas permaneceram as mesmas. Nick não quis mudar tudo. "Parte do atrativo do País das Maravilhas são as lembranças", ele havia dito certa vez, quando Oscar havia sugerido substituir alguns dos brinquedos mais antigos por outros mais modernos. "Os adultos passam muito tempo aqui com os filhos, porque era mágico para eles quando eram crianças. Se a gente mudar demais, acaba com a magia."

Nick entendia que parte do apelo do parque era o estilo retrô; assim, muitas das atrações que fizeram parte do Mundo das Maravilhas original ainda estavam lá. Por exemplo, o quiosque Donuts do Pequeno Tom. A placa parecia exatamente a mesma de 1985, com o gato neon dançando enquanto segurava um donut na pata. De dois em dois anos, os fios entravam em curto-circuito e um eletricista era chamado para reparar o gato, mas ele ainda estava lá. A barraca de cachorro-quente Que Delícia!, o carrossel, a Montanha de Aventuras, o Teatro das Marionetes, a Casa dos Horrores, o Polvo Gigante, o Museu dos Palhaços eram todas atrações que estavam no parque desde o começo, desde que Oscar tinha quatorze anos e tinha sido um colaborador temporário de lá, desde que havia sobrevivido a Jack Shaw.

Nick nunca conseguiu explicar a Oscar por que quis reviver o lugar, ainda que os dois tivessem conversado a respeito disso algumas vezes. E Oscar também nunca conseguiu explicar por que havia concordado em trabalhar com o amigo. Mas agora, bem mais velho e experiente, tudo fazia sentido a respeito do motivo de os dois terem sido atraídos de volta ao Mundo das Maravilhas de Seaside.

Trabalhar no parque todos os dias, no lugar onde tantas coisas horríveis aconteceram com ele, permitia que Oscar se sentisse no controle da situação. De uma maneira estranha, mas eficaz, era algo bastante encorajador estar de volta ao lugar onde, como adolescente, ele tinha se sentido tão impotente. Trabalhar no novo País das Maravilhas, para ele e para Nick, e talvez até para Glenn Hovey, era como se fosse o definitivo "vá se foder" Jack Shaw. Uma maneira de mostrar ao pedófilo morto — e ao resto do mundo — que ele estava bem. *Vá se foder, você não conseguiu acabar comigo. Vá se foder, não estou traumatizado. Vá se foder, sou o segundo em comando do maior parque de diversões do Noroeste Pacífico, e aí, o que você acha disso, seu filho da puta patético e nojento?*

Mas agora era hora de seguir em frente. Ele vinha pensando nisso já algum tempo. Até Nick tinha chegado a um ponto em que quis deixar tudo para trás. Agora Oscar também queria isso, ainda que não tivesse a intenção de largar o parque nas mesmas circunstâncias que Nick. Bianca estava furiosa.

Havia um antigo bar e churrascaria na praia que estava vazio fazia muito tempo. Ter o seu próprio negócio sempre havia sido o sonho de Oscar. Como se fosse um sinal, o seu celular tocou.

— Oi, Oz, é a Wendy Kerse do banco Credit Union — a mulher do outro lado da linha disse. — Acabei de perceber que esqueci de pedir para você assinar alguns formulários na semana passada. Pode passar aqui hoje?

— Posso dar uma passada aí por volta do meio-dia. Tudo bem? — Oscar respondeu. — Obrigado, Wendy.

Oscar desligou e suspirou. Comprar o restaurante era a coisa mais arriscada que já havia feito. O local precisava de uma reforma completa para ficar do jeito que ele queria, e ele sabia muito pouco sobre como gerenciar um restaurante. Mas ainda assim, conseguia imaginar como seria quando tudo estivesse terminado. Música ao vivo nos fins de semana. Sanduíches de carne de porco desfiada ao estilo cubano. Mojitos. Frutos do mar frescos. *Tapas* no *happy hour*. Ele já tinha o nome para o lugar. Chamaria de El Mago. O Mágico. Porque ele era Oz, claro.

Ele estava se atrevendo a imaginar uma vida diferente. Era de dar medo.

Oscar já sabia o que Bianca diria quando ele contasse a ela. Ela diria: "Fique". Diria: "Não me deixe". Diria: "Não sei administrar este lugar sem você, Oz". Eram coisas que ela já vinha dizendo fazia anos, e tinham funcionado. Ele não tinha conseguido cair fora. Porque ele a tinha amado. Ainda a amava.

Porém, ele estava começando a se dar conta de que o amor era superestimado. O amor levava as pessoas a fazerem coisas idiotas. Coisas horríveis. Coisas terríveis. Coisas que sabíamos que eram muito erradas. Mesmo quando a pessoa que amamos não correspondia a nosso amor.

Porra, *ainda mais* quando a pessoa que amamos não correspondia a nosso amor.

17

O SOM DA TEVÊ NA SALA ESTAVA BEM ALTO, MAS VANESSA não estava a fim de pedir para a filha baixar o volume. Ultimamente, tudo tinha estado muito tenso entre elas, e o que Vanessa queria era tentar manter a paz o melhor que pudesse. Elas mal haviam conversado desde a grande briga, e Vanessa não sabia como Ava estava se sentindo. Ela não tinha a menor ideia se a filha estava gostando do trabalho no País das Maravilhas, se estava fazendo amigos, se as coisas estavam melhorando para ela em Seaside. Era uma péssima ideia forçar Ava a falar. Vanessa só podia torcer para que a filha a procurasse quando estivesse pronta.

Enquanto isso, Vanessa tinha várias coisas para fazer para se manter ocupada. Com Blake Dozier declarado oficialmente como desaparecido, agora ela tinha três casos de desaparecimento, e para ela, três era demais. Bem, agora o caso de Aiden Cole era tecnicamente um homicídio. A sua conversa com David Cole tinha corrido tão bem quanto possível, mas sempre era difícil ouvir um homem adulto chorar.

— Obrigado — ele disse, com a voz embargada. — Fico grato por você ter me informado.

— Na realidade, eu não fiz nada — Vanessa disse, o que era verdade. O corpo simplesmente havia aparecido. — Mas se houver alguma coisa que o senhor precisar, qualquer pergunta que eu seja capaz de responder, me ligue a qualquer hora, dia ou noite. A investigação ainda está em andamento e vou manter o senhor atualizado o máximo que eu puder.

— É verdade… — A voz de David Cole foi ficando trêmula. — É verdade que o rosto dele… o rosto dele foi devorado…

— O seu filho teve uma morte rápida, senhor Cole — Vanessa afirmou da forma mais delicada possível. — Ele foi golpeado com tanta força que deve ter perdido a consciência na hora. Ele não sentiu nem tomou conhecimento de nada depois disso.

Vanessa amaldiçoou o colaborador do parque que havia postado a foto de #HarrySemTeto no Twitter. Ele tinha sido rastreado e demitido, segundo Donnie, mas o dano que havia causado ao pai de Aiden Cole jamais poderia ser desfeito. David Cole deve ter seguido o caso de Harry Sem-Teto com interesse, como todo mundo, e deve ter sido um pesadelo quando ele ficou sabendo que o corpo encontrado era do seu filho desaparecido. Vanessa só podia esperar que ele não tivesse visto a foto real.

— Por que acharam que ele era um sem-teto? — David Cole perguntou. — Você acha que Aiden passou os últimos três anos morrendo de fome nas ruas de alguma cidade por aí? Por que ele simplesmente não voltou para casa?

— Não tenho as respostas para isso, senhor Cole — Vanessa respondeu. — Mas prometo que vou descobrir quem fez isso. Sinto muitíssimo por sua perda.

— Você sabia que mantive o quarto dele exatamente do mesmo jeito? Eu não tomo suco de laranja, mas o Aiden gostava, e eu continuava comprando laranjas a cada duas semanas, caso ele voltasse para casa... Mas agora sei que ele não vai voltar... — David Cole caiu no choro, soluçando, e, um momento depois, a ligação foi interrompida.

Vanessa tinha perdido o marido, mas nunca um filho, e a dor que David Cole estava sentindo era inimaginável.

As pastas dos casos de Aiden, Tyler e Blake estavam espalhadas diante dela, e Vanessa as encarava, tentando entender o significado de tudo aquilo. Todos os garotos eram colaboradores do País das Maravilhas quando desapareceram. Todos tinham dezoito anos. Todos eram brancos. Embora, à primeira vista, parecesse que eles tinham muito em comum, na verdade, não tinham, porque grande parte da população de Seaside era caucasiana. E a maioria dos colaboradores tinha menos de vinte e um anos.

Qual era a maldita *conexão*?

Donnie Ambrose havia se oferecido para ajudá-la a revisar os casos, mas ela estava ocupando demais o tempo dele ultimamente, e o investigador ainda tinha que trabalhar em outros crimes importantes. Ele a fez prometer que o chamaria se ela ficasse empacada em alguma coisa e, enquanto isso, Donnie continuaria fazendo o que pudesse para descobrir o paradeiro de Blake Dozier e também de Glenn Hovey.

Vanessa havia se irritado com a coletiva de imprensa de Earl Schultz, na qual ele tinha isentado com tanta astúcia o País das Maravilhas de qualquer responsabilidade em relação a Aiden Cole e Blake Dozier. Nenhuma evidência de crime nas dependências do parque? Podia ser tecnicamente verdade, mas não significava que o País das Maravilhas não tivesse nada a ver com o que havia acontecido com eles. E lá no fundo, Vanessa sentia que era o caso. Ela havia reclamado sobre isso com Donnie ao telefone mais cedo, que, naquele momento, era a única pessoa em quem ela confiava.

— Você está ensinando o padre a rezar, delegada — o investigador havia dito após ela ter passado dez minutos reclamando. — Eu entendo. Nunca gostei do tratamento especial recebido pelo País das Maravilhas, mas isso não vai mudar. Não enquanto o Earl estiver no comando. Quando ele se aposentar, aí talvez a polícia de Seaside não fique tão alinhada com os interesses do parque, mas até lá…

— A gente segue a linha do parque.

— Pois é. — Donnie abaixou a voz. — Só tome cuidado com quem você reclama sobre isso, tá bom? Tudo bem você desabafar comigo, mas não se esqueça, tudo acaba chegando ao Earl.

— Não é um problema, porque ninguém mais fala comigo — Vanessa disse secamente, mas ela sabia que Donnie tinha razão. — Mas valeu pelo lembrete.

O filho de Tanner Wilkins a encarava de uma foto que parecia ser da formatura dele do ensino médio. Ele parecia uma versão mais jovem e mais magra do pai. Cabelo loiro-escuro, os mesmos olhos azuis-claros, e com 1,93 de altura, de acordo com as anotações do resumo, ou seja, a mesma altura do pai, só que uns 18 quilos a menos de músculos. Ele tinha dezoito anos na época do desaparecimento, três meses antes de completar dezenove. A sua pasta continha o usual: o boletim de ocorrência oficial, depoimentos breves de meia dúzia de funcionários do País das Maravilhas, incluindo Oscar Trejo e o indefinível guarda de segurança Glenn Hovey, e entrevistas com os pais dele, Tanner e Beth Wilkins. Também havia uma observação que uma cópia da pasta de Tyler tinha sido enviada a um investigador aposentado da polícia de Seattle, que havia se tornado detetive particular, Jerry Isaac, a quem Tanner tinha contratado alguns meses após o desaparecimento do filho. A pasta de Tyler era tão pouco volumosa quanto a de Aiden.

Vanessa consultou o relógio. Ainda eram oito da noite. Não estava nada tarde. Ela pegou o celular e navegou pela lista de contatos até encontrar o número que procurava.

Ele atendeu no segundo toque com a mesma voz grave e rouca.

— Caramba, não acredito — ele disse, e ela quase podia ver o sorriso largo dele a pouco mais de 300 quilômetros de distância. — Senhora Vanessa Castro. Como está, querida?

Vanessa sorriu ao ouvir a voz dele, evocando no mesmo instante a imagem do ex-investigador de Seattle Jerry Isaac. Alto e incrivelmente magro, com a pele da cor de chocolate amargo, Jerry tinha um sorriso fácil que parecia não ter fim. Alguns anos atrás, a voz de Jerry não tinha nenhuma rouquidão, era uma voz de barítono profunda, que, se ele tivesse desejado mudar de carreira, poderia ter sido contratado como locutor de filmes. Um serial killer havia cortado a sua garganta, e as suas cordas vocais nunca mais foram as mesmas, ainda que ele soasse muito melhor agora do que da última vez que conversaram.

— Estou bem — ela disse com ternura, contente por estar falando com ele de novo. — Você deve ter ficado sabendo que estou em Seaside. Troquei a cidade grande por uma cidadezinha.

— Seaside? Você saiu da polícia de Seattle? Não, não fiquei sabendo. — A surpresa de Jerry foi óbvia. — Quando foi a última vez que a gente se viu?

— No enterro do John.

— Droga. — Houve uma pausa. — Claro. Meus sentimentos, querida. Como pude ser tão idiota? Com está se sentindo?

— Aguentando a barra. — Era a sua resposta-padrão. Se estivessem almoçando juntos, ela talvez tivesse entrado em mais detalhes com Jerry, que provavelmente entenderia melhor o que ela estava passando do que a maioria das pessoas. Porém, ela não queria perder o foco do motivo da ligação. — E você, como está?

— Aguentando a barra. — A alegria na voz de Jerry era evidente pelo telefone. — Então você está em Seaside, hein?

— Você não acompanha o noticiário? — Ela se pegou prendendo a respiração.

— Não sabia que uma mudança de emprego era de interesse do noticiário — Jerry disse e deu uma risada, mas foi gentil, e Vanessa começou a relaxar. — Não que isso importe para mim. Parei de acompanhar o noticiário há muito tempo. Nunca tem nada de bom. Tem muita merda deprimente acontecendo no mundo.

— É um comentário engraçado vindo de um investigador de homicídios.

— *Ex-investigador* de homicídios. Faz quase oito anos que estou aposentado.

— Sente falta?

— Nem um pouco. — Ele pigarreou. — Mas imagino que você não ligou para falar sobre isso. O que posso fazer por você, minha linda?

Em geral, Vanessa odiava ser chamada por apelidos carinhosos como "querida", "doçura" ou "linda", mas vindo de Jerry, nunca parecia desdenhoso ou desrespeitoso. Jerry Isaac havia sido um dos instrutores responsáveis pelo seu treinamento quando ela ingressou na polícia. Embora ele tivesse a reputação de ser um mulherengo na época, Jerry a tratava mais como se fosse uma filha do que qualquer outra coisa.

— Estou analisando um caso antigo em Seaside e o seu nome apareceu — ela disse. — Como detetive particular, e não como investigador da polícia.

— Um caso meu em Seaside? — Jerry fez uma pausa. — Então você deve estar ligando por causa do Tyler, o filho do Tanner Wilkins. Caramba. Foi há muito tempo. Foi um dos meus primeiros casos quando comecei a trabalhar por conta própria. Passei um bom tempo em Seaside. Não me diga que você o encontrou.

— Quem me dera — Vanessa afirmou. — Infelizmente, ele continua desaparecido. Na verdade, eu conheci o Tanner por causa de uma outra situação, mas o assunto do filho dele veio à tona. Prometi para ele que daria outra olhada.

Jerry deixou escapar um suspiro profundo.

— Não sei se você deveria ter feito isso, querida. O caso estava sem pistas naquela época. Já deve estar arquivado agora.

— Tem razão, mas veja só. Um garoto, da mesma idade que o Tyler, também desapareceu três anos atrás. Aiden Cole. Também tinha dezoito anos na época do desaparecimento, também trabalhava no País das Maravilhas e também desapareceu no final do verão. E ele acabou de aparecer. Um cadáver não identificado foi descoberto no parque de diversões e eis que o morto não era nada mais, nada menos que Aiden Cole.

— Caramba. Aiden Cole é o Harry Sem-Teto?

— Achei que você tinha acabado de dizer que não acompanhava o noticiário.

— Vi a *hashtag* no Twitter — Jerry disse. — Como foi que ele morreu?

— Traumatismo contundente. A legista acha que a arma talvez tenha sido um bastão de beisebol. Morto há seis dias, talvez mais, antes de o seu corpo aparecer no País das Maravilhas.

Jerry soltou um assobio baixo.

— Três anos desaparecido para acabar assim.

— Seaside é uma cidade pequena, Jerry. Dois garotos desaparecidos já pareciam muito para mim. Mas agora são três. Um rapaz chamado Blake Dozier também desapareceu.

— O Garoto da Roda-Gigante — Jerry disse. — Também vi essa *hashtag*. Quais são as suas hipóteses?

— Não tenho nenhuma. — Vanessa voltou a suspirar. — Só sei que a minha filha está trabalhando no parque agora, e não posso negar, trabalhar lá anda me deixando mais preocupada com a segurança dela.

— Tenho certeza de que você não tem nada com o que se preocupar — Jerry afirmou. — O parque é enorme. Tem, sei lá, uns mil funcionários durante o verão.

— Perto de 1200, acho.

— A probabilidade de alguma coisa acontecer com a senhorita Ava não é maior do que se ela trabalhasse em qualquer outro lugar. Mas você é mãe e policial, então entendo. Três garotos desaparecidos, e um deles aparece morto... — A voz de Jerry foi diminuindo no final.

— O que foi?

— Na verdade, melhor dizer *quatro* garotos desaparecidos.

— *Como é?* — ela exclamou.

A voz de Jerry saiu tensa.

— Três anos depois do desaparecimento do Tyler, recebi uma ligação do Tanner. Um garoto chamado... Qual era mesmo o nome dele?... Kyle alguma coisa... desapareceu. O caso dele era um tanto estranho. Ele trabalhava no País das Maravilhas, no Bandstand. Ele desapareceu no meio de um show.

O Bandstand era um anfiteatro dentro do País das Maravilhas. Todo verão, havia uma série de shows, em geral com bandas que ainda não eram famosas ou que tinham feito sucesso, mas 20 anos atrás.

— Continue.

— Uma banda estava tocando, não lembro qual agora. Alguma coisa deu errado e, nos bastidores, houve um incêndio na instalação elétrica. Um dos integrantes da banda ficou ferido. Ele não morreu, sofreu algumas queimaduras, mas com toda a confusão, o show foi interrompido na hora. Foi a última noite em que Kyle foi visto. A última lembrança de alguém era que ele estava trabalhando nos bastidores. E aí, de repente, sumiu.

— Ele teve alguma coisa a ver com o problema na fiação?

— Não, acho que não. Acho que ele não mexia com a preparação do palco. Era mais um faz-tudo para as bandas que passavam por lá, trazendo água, comida e coisas do tipo. Só mencionei isso porque a última vez que Kyle foi visto foi pouco antes de a confusão começar. Enfim, depois que alguns dias se passaram e o garoto não apareceu, Tanner me ligou, embora já fizessem alguns anos que a gente não se falava. Ele achava que era muita coincidência o fato de que o Kyle também tivesse desaparecido. Ele acreditava que o parque talvez estivesse envolvido de alguma forma.

— E você investigou isso?

— Não consegui — Jerry respondeu. — Naquela época, eu fiquei um tempo sem trabalhar, se você se lembra.

— Ah, é. — Vanessa imediatamente se sentiu como uma completa idiota. Agora, quem estava sendo idiota? Cinco anos atrás, Jerry estava batalhando pela vida no hospital. — Droga.

— Deixa disso — Jerry disse, com um tom despreocupado. — Parece que foi um século atrás. Enfim, quando eu tive a conversa com o Tanner, já tinha tido alta do hospital, mas não estava muito bem. Na época, achei que Tanner estava exagerando. Tanto o filho dele quanto Kyle tinham dezoito anos, idade suficiente para irem embora se quisessem, e a ideia de um parque de diversões ser a causa dos desaparecimentos era uma hipótese grande demais para tentar provar. Mas agora são mais dois desaparecimentos, totalizando quatro. Sei lá, pode ser que o Tanner tivesse razão.

Vanessa pensou por um momento.

— Quando você investigou o desaparecimento do Tyler, havia alguma coisa que não se encaixava?

Era uma pergunta sem uma resposta específica, do tipo que só um policial experiente faria a outro policial experiente. Não tinha a ver com algo quantificável; referia-se mais à intuição. Pressentimentos. Coisas que não pareciam certas, que não eram necessariamente explicáveis. Jerry sabia aonde Vanessa queria chegar.

— Quando eu aceitei o trabalho, disse para o Tanner que eu investigaria como um policial, sem viés — Jerry disse. — E foi exatamente o que eu fiz. E no final, tudo o que a polícia disse a princípio pareceu se confirmar. Eu quase me senti mal por pegar o dinheiro do Tanner, ainda que eu tivesse passado um bom tempo fazendo perguntas e investigando. Algumas testemunhas viram o Tyler no parque pintando o mural e tudo estava bem. Depois, o guarda, eu teria que confirmar isso, então não se fie na minha palavra ainda, disse que viu o Tyler um pouco mais tarde durante as rondas pelo parque. Mas foi tudo. Tyler nunca voltou para casa.

— E o Tanner disse que as imagens das câmeras de segurança não mostraram nada.

— O sistema de vigilância era uma piada naquela época.

— O parque ainda tem o mesmo sistema de vigilância agora.

Jerry bufou.

— A única peça que não se encaixa bem era o guarda. Glenn alguma coisa. Eu não consegui implicá-lo em nada, não havia nada que indicasse que ele tivesse feito alguma coisa para o Tyler, mas nunca gostei dele. Ele era um cara esquisito.

— Glenn Hovey — Vanessa disse. — Você conversou com ele?

— Algumas vezes. As respostas dele eram sempre vagas. Ele disse que devia estar fazendo as rondas pelo parque quando o garoto saiu. Ele não estava diante dos monitores e, portanto, não viu nada.

— O nome de Glenn Hovey continua aparecendo — Vanessa afirmou. — Ele era a única pessoa escalada para estar no parque na manhã em que Blake Dozier desapareceu, mas ele não apareceu para trabalhar. Ainda não conseguimos localizá-lo.

— Peraí. Você quer dizer que o cara ainda trabalha no País das Maravilhas?

— Até onde eu sei, ele não foi demitido.

— Que merda — Jerry disse com um tom monótono. — Se esse é o cara que o parque mantém na segurança, então pode ser que a senhorita Ava não deva trabalhar lá. Eu não gostaria que esse cara ficasse de olho em mim. Não esqueça que ele é supostamente amigo de longa data do dono do parque.

— Eu disse para a minha filha tomar cuidado com os guardas. — Vanessa mordeu o lábio. — Talvez eu deva voltar a falar com ela sobre isso. Glenn Hovey é próximo de Bianca Bishop?

— Mais próximo do tio dela, Nick Bishop.

— A sobrinha dele está no comando agora. Eu ainda não a conheci. Mas talvez eu devesse. Gostaria de saber o que ela pensa a respeito de três jovens desaparecidos.

— Não cheguei a conversar com ela, mas nos cruzamos uma vez quando eu estava saindo do prédio administrativo. Ela olhou para mim como se eu fosse uma barata, e me perguntou se eu estava perdido. Ela tinha muita atitude para alguém tão jovem. Devia ter vinte e poucos anos quando o Tyler sumiu. — Jerry deu uma risadinha. — O tio dela era muito mais simpático.

— Você acha que ela é racista?

— Mais para elitista. Ela estava lá em cima e eu, lá embaixo. — Jerry fez uma pausa. — Mas, pensando bem, pode ser que ela não gostasse da cor da minha pele. Se você falar com ela, não esqueça de usar o distintivo e a arma. Na certa eu era apenas um civil chato para ela, andando por lá e fazendo perguntas indiscretas. A minha impressão é que ela vai te respeitar mais do que me respeitou.

— Não tenho certeza sobre isso. Pelo que eu ouvi, o País das Maravilhas parece achar que a polícia de Seaside trabalha para eles. Uma postura assim vem de cima.

— Verdade. Ei, você quer as minhas anotações sobre o Tyler? Posso enviá-las pelo correio expresso amanhã. Pode não ter muito mais do que o que você já sabe, mas não custa dar uma olhada. Alguma coisa pode ajudar.

— Seria ótimo — Vanessa disse. — Mas você pode enviar o material para a minha casa? Eu meio que estou agindo por conta própria nisso. Não estou trabalhando oficialmente em nada relacionado ao filho do Tanner. O Garoto da Roda-Gigante e o Harry Sem-Teto são os meus únicos casos em andamento.

— Algumas coisas nunca mudam. — Jerry deu uma risadinha e anotou o endereço de Vanessa. — A propósito, o investigador Carl Weiss ainda está trabalhando aí?

— Não, ele se aposentou há um mês, mais ou menos, como chefe-adjunto. Eu o substituí. Por quê?

— Eles promoveram esse cara a chefe-adjunto? — A voz de Jerry ficou ainda mais rouca. Ele parecia quase furioso. — Ele foi o policial mais inútil e pouco prestativo que já conheci. O seu péssimo trabalho investigativo no caso do Tyler é o motivo por eu não ter tido esperança de encontrá-lo. Foram tantas pessoas com que ele não falou, tantas pistas que ele não seguiu…

— Tanner disse a mesma coisa. Assim como o pai do Aiden Cole.

Jerry assobiou.

— Caramba. Como você conseguiu esse emprego, afinal?

— Por meio do melhor amigo do John, o Frank Greenberg. Ele é prefeito de Seaside agora. Foi eleito no ano passado. Ele… me fez um favor.

— Ah… — Houve uma longa pausa. Ele sabia que não valia a pena perguntar; se Vanessa quisesse que ele soubesse dos detalhes, ela os teria revelado. — Bem, quem liga para como você conseguiu. Seaside precisa de você, com certeza.

— Estou com saudades de você, Jerry. Já faz muito tempo. Eu deveria ir visitar você assim que as coisas se acalmarem por aqui.

— Faça isso, senhora Castro. Seria ótimo ver você.

Eles se despediram e desligaram. Em seu caderno, Vanessa anotou três nomes:

Glenn Hovey, guarda de segurança.
Carl Weiss, ex-chefe-adjunto da polícia de Seaside.
Kyle??

Ela desenhou círculos ao redor de todos.

Destinatários: Todos os colaboradores do País das Maravilhas
Remetente: Nick Bishop
Assunto: O seu plano de carreira segundo o jeito País das Maravilhas de ser!

Caros colaboradores,

Eu tinha só quatorze anos quando consegui o meu primeiro emprego no Mundo das Maravilhas de Seaside, mais ou menos na mesma idade de muitos de vocês. Agora eu sou o proprietário do País das Maravilhas. Como vim de lá até aqui? Trabalhei duro, é claro, e segui as minhas paixões! E eu incentivo todos vocês a fazerem o mesmo.

As ofertas de trabalho que você vê em nosso site não são apenas para os futuros colaboradores. Também são para você, colaborador atual. Se você achar algum trabalho que o empolgue, candidate-se! Queremos que a sua experiência no País das Maravilhas seja a mais completa possível de acordo com a sua necessidade, e esteja em conformidade com os seus objetivos de longo prazo, quer estejam relacionados ao parque ou não.

Independentemente de onde eu esteja no mundo, estou comprometido tanto com o parque quanto com você. Se precisar de orientação sobre o seu plano de carreira, fale com o seu chefe de equipe hoje mesmo. Ele ou ela ajudará a garantir que você encontre a melhor opção no País das Maravilhas para VOCÊ. Esse é o jeito País das Maravilhas de ser!

Atenciosamente,
Nick Bishop
Proprietário do Parque de Diversões País das Maravilhas

18

AVA FICOU GRATA POR TER SIDO DESIGNADA PARA SERVIR cachorros-quentes. Não que ela quisesse trabalhar naquele carrinho de cachorro-quente para sempre, mas não era um trabalho ruim para começar no setor de alimentação. O colaborador não podia escolher o primeiro trabalho no País das Maravilhas, mas sempre podia solicitar uma transferência no futuro. Ava estava de olho na Rua dos Olmos, mas por enquanto, tudo bem servir cachorros-quentes.

Katya, a sua nova amiga, não teve a mesma sorte. Elas se conheceram outro dia, quando foram obrigadas a assistir a um vídeo sobre a importância da higiene e da segurança alimentar, e logo ficaram amigas por causa da paixão pelo One Direction, por cupcakes e pela vontade de tingir o cabelo de rosa, o que as duas queriam fazer algum dia, mas não agora. Katya tinha sido designada para o Teriyaki Delight, dentro da praça de alimentação. As duas garotas concordaram que era uma merda de trabalho, já que Katya seria obrigada a usar um quimono brilhante e cozinhar com o vapor junto ao rosto o dia todo — e em um lugar fechado, ainda por cima. Em comparação, preparar cachorros-quentes era moleza. As salsichas já vinham pré-cozidas e Ava só precisava grelhá-las um pouco e enfiá-las no pão. E o melhor de tudo? O seu carrinho estava situado bem na área de entretenimento, dando-lhe a chance de ficar de olho em Xander Cameron o dia inteiro.

Xander estava do outro lado da área de entretenimento agora, cumprindo a sua jornada de trabalho no estande de basquete, que era considerado o melhor jogo do parque. Exigia mais fichas para jogar e era um dos mais populares (e os grandes prêmios eram camisetas oficiais da NBA do time favorito do participante). Além disso, como a equipe de jogos era remunerada com base na quantidade de fichas que entregavam no final dos seus turnos, o basquete era o mais lucrativo de juntar dinheiro. Ava tinha ouvido alguns dos colaboradores temporários reclamando sobre o que Xander, um novato, havia feito para conseguir um trabalho tão bom. Mas não era culpa de Xander que ele tivesse feito a sua entrevista com a própria CEO. De vez em quando a sorte vinha.

— Dez fichas para jogar! Você sabe que quer tentar! — Xander chamava os frequentadores do parque pelo megafone. — Acha que consegue acertar um arremesso de três pontos como o Steph Curry? Venha me mostrar e eu te darei uma camiseta da sua preferência! Vamos lá, garotão, você sabe que consegue, venha aqui e ganhe alguma coisa que vai deixar a sua garota orgulhosa!

Ele era perfeito para aquele trabalho, estando sem dúvida muito à vontade para interagir com as pessoas. Um grupo de garotas da idade de Ava parou e o observou, rindo. Apesar do ciúme de Ava, ela não podia culpá-las. Ele era lindo. Ponto-final.

Os seus olhares se encontraram, e Xander sorriu para Ava e acenou. Ava retribuiu o aceno, com o rosto ficando vermelho de vergonha como sempre. Ela torcia para que ele estivesse longe o suficiente para não ver o seu sorriso bobo.

— Lixo? — alguém perguntou, interrompendo os pensamentos dela.

Ava se virou para ver um faxineiro de macacão cinza parado perto do seu carrinho. Ele era baixo e atarracado, com o cabelo escuro penteado para trás e cavanhaque. Atrás dele, havia uma grande lixeira sobre rodas.

— Lixo? — ele repetiu, e Ava viu que ele estava segurando um saco preto cheio de lixo que ele tinha acabado de retirar da caçamba grande a poucos metros de distância. Ela havia ficado tão concentrada em olhar para Xander que nem tinha notado que ele havia feito isso.

— Ah, desculpa. — Ava abriu a porta de metal na parte inferior do seu carrinho de golfe, onde havia um pequeno recipiente de lixo pessoal. Ela o entregou e ele trocou depressa. — Como vai o seu dia?

Surpreso, ele levantou os olhos, como se não estivesse habituado a ser abordado por alguma pessoa. O que provavelmente era verdade, pois grande parte dos colaboradores e frequentadores *não* conversava com ele; ele era um funcionário de limpeza, o que infelizmente o tornava invisível para todos.

— Vai bem — ele respondeu. — Obrigado.

— Meu nome é Ava — ela disse, sentindo-se tagarela e animada. Trabalhar ao ar livre sempre a fazia se sentir assim. Ela notou a tatuagem no pescoço dele: uma rosa vermelha com folhas pretas. — Adorei a sua tatuagem. Queria muito fazer uma, mas a minha mãe me mataria.

— Valeu — ele voltou a dizer, parecendo emocionado pelo fato de Ava estar conversando com ele. — Fiz a tatuagem depois da morte da minha mãe. As rosas eram as flores favoritas dela.

Ele sorriu para ela e acenou ao se afastar. Embora Ava não se atrevesse a dizer que tinha alegrado o dia dele, talvez tivesse feito isso. E era uma coisa boa.

Ava voltou a olhar para Xander, que estava incentivando um grupo de meninos a tentar a sorte no estande de basquete. Ele logo faria uma pausa, e Xander e Ava vinham fazendo as pausas juntos com frequência. Talvez fosse porque ela servisse cachorros-quentes de graça para ele, mas ela não achava que fosse isso. Ao contrário de Katya, que não entendia o fascínio da Rua dos Olmos, Xander apoiava o objetivo de Ava de trabalhar em uma — ou em todas — as atrações de terror. Ela tinha contado a ele sobre o fim de semana que havia passado no Festival do Terror com o pai dois anos antes, quando um palhaço maluco havia pulado de surpresa em cima deles dentro do Museu dos Palhaços e ela tinha gritado tão alto que o palhaço teve que tapar os ouvidos. Ela nunca tinha visto o pai chorar de tanto rir, e a história também fez Xander rir bastante.

Por isso, e por tantas outras razões, Ava adorava Xander.

Circulava o boato de que Bianca Bishop também adorava Xander. Em geral, Ava não dava muita importância a boatos — eram tão comuns quanto o desodorante Axe fedido que todos os garotos usavam —, mas esse a incomodava. Ela não queria imaginar Xander tendo um caso com outra mulher, muito menos com uma mulher bem mais velha.

Ele não teria um caso com a CEO, teria?

Por falar na Mulher Fatal, Bianca Bishop estava caminhando pela área de entretenimento. O cabelo ruivo vibrante, embora sempre preso num coque, facilitava a sua identificação a distância, e Ava foi logo se endireitando. Ela e Katya concordavam que não havia como o ruivo ser a cor natural do cabelo da CEO — o tom era vivo e atraente demais.

Bianca Bishop vivia aparecendo na área de entretenimento nos últimos dias, e sempre cumprimentava Xander. Isso só alimentava os boatos, mas é claro que Bianca se lembrava dele, pois foi ela quem o contratou. Embora Xander parecesse gostar dela, a Mulher Fatal deixava todos os outros colaboradores nervosos. Mesmo Ava, que tinha uma mãe alfa, sentia-se um tanto desconfortável sempre que a CEO estava por perto. Porque Bianca Bishop vivia de olho.

Ainda no dia anterior, por exemplo, Shane Cardiff havia reclamado sem rodeios para o seu supervisor de trabalhar no carrossel de criancinhas pelo terceiro dia seguido (sobretudo porque não havia oportunidade de conhecer garotas da sua idade lá). Bianca estava nas proximidades e tinha ouvido as reclamações dele. Sem pestanejar, ela o afastou daquele trabalho. Agora, Shane estava limpando o banheiro masculino na praça de alimentação, que era o mais utilizado — e, portanto, o mais sujo — de todo o parque. E não apenas por um dia. Shane estava escalado para lá a *semana inteira*.

Era melhor se manter invisível sempre que Bianca Bishop estava por perto. Manter-se invisível significava trabalhar com um sorriso no rosto e não fazer nada que pudesse chamar a atenção dela. Como ela não tinha convidados para atender no momento — sempre *convidados*, nunca *visitantes* —, Ava se dedicou a limpar as laterais da grelha. Não estavam sujas, mas como o seu vídeo de treinamento em serviços de alimentação havia declarado não menos que cinco vezes: *tempo de descanso, tempo de limpeza.* Ava imaginou que a Mulher Fatal passaria direto como sempre fazia, mas, dessa vez, ela parou.

— Olá — Ava disse com um sorriso tímido.

Bianca fixou o olhar no crachá preso na camisa polo roxa de Ava, que todos os colaboradores eram obrigados a usar nas dependências do parque. O crachá tinha o seu nome e foto.

— Olá, Ava Castro. Sou Bianca Bishop.

— Sim, sei quem é a senhora. É um prazer conhecê-la. — Do outro lado, Ava viu Xander olhando para elas. Por uma fração de segundo, os seus olhares se encontraram. De propósito, Xander fez uma cara engraçada para tentar fazê-la rir. Ela foi logo direcionando o olhar de volta para a CEO.

— Tem tido muito movimento? — Bianca perguntou.

— O movimento tem sido constante — Ava respondeu. Jamais se deve dizer que não está movimentado. Os gerentes e os chefes não gostavam de ouvir que estava devagar. Se estava devagar, de alguma forma era sua culpa e, de repente, você acabava tendo que limpar banheiros. — Tinha uma fila agora há pouco e aí acabei de reabastecer os condimentos. — A segunda parte era verdade; a primeira, não.

Agora, Bianca a estava examinando e, por reflexo, Ava ficou ainda mais ereta. A sua camisa polo roxa estava limpa, passada e bem ajustada? Conferido. A bermuda cáqui estava no comprimento aceitável (não mais curta do que dez centímetros acima do joelho)? Conferido. O seu cabelo longo estava preso e longe do rosto? Conferido. As suas unhas estavam limpas e sem esmalte (não era permitido o uso de esmalte no trabalho com alimentos)? Conferido.

— A sua mãe é a nova chefe-adjunta da polícia de Seaside, não é? — Bianca perguntou.

— Sim, senhora.

Bianca acenou com a cabeça.

— Foi o que eu pensei. Ainda não tive a chance de conhecê-la. Quando você falar com ela, peça para ela vir ao meu escritório da próxima vez que estiver no parque. Gostaria muito de cumprimentá-la e me apresentar. O parque sempre manteve uma relação próxima com o Departamento de Polícia de Seaside.

— Sim, senhora, farei isso. — Não pareceu apropriado mencionar que ela não estava exatamente em bons termos com a mãe, nem que pretendia começar a falar com ela tão cedo. A única pessoa que poderia guardar rancor mais tempo do que Vanessa Castro era Ava Castro. — Sem dúvida, ela vai vir muito aqui no verão. O meu irmãozinho gosta muito daqui, e tem insistido para que ela o traga.

— O que fez vocês se mudarem para Seaside? — Os olhos verdes da CEO pareciam não perder nada. — A sua mãe era investigadora em Seattle, não era?

— Bem... — Ava não sabia o que responder. Ela já tinha ouvido a pergunta sobre a mudança antes, feita por alguns colaboradores do parque que Ava havia conhecido até agora, e com certeza voltaria a ser feita quando começasse na Seaside Academy no outono. Ela ainda não tinha elaborado uma resposta. Então, Ava decidiu optar pela verdade. — O meu pai morreu há seis meses, aí a minha mãe achou que seria bom para a gente iniciar uma nova fase.

— Entendo. Bem, lamento saber disso. — A expressão de Bianca não se alterou. As palavras eram apropriadas, mas o tom de voz estava estranhamente inexpressivo. — E o que você está achando de fazer cachorros-quentes?

— Estou... — A mudança de assunto repentina pareceu quase rude. — Estou gostando.

A CEO nem piscou.

— Claro que você gosta. Mas se pudesse escolher, tem algum trabalho específico que você preferiria?

— Bem... — Ava engoliu em seco. — Quer dizer, alguma dia, seria legal conseguir um trabalho na Rua dos Olmos. Alguns anos atrás, eu estive aqui no Festival do Terror, e foi divertido demais.

— Você gosta desse tipo de coisa. — Deveria ter sido uma pergunta, mas acabou saindo como uma afirmação. — Que atração em particular?

— Eu... — Ava foi pega de surpresa. — Todas são ótimas.

— Mas se você tivesse que escolher uma.

— Acho que O Museu dos Palhaços — Ava disse, pois foi a primeira atração que veio à mente. — É... muito legal.

— Nem todos os colaboradores escolheriam o Museu dos Palhaços — Bianca disse. — Interessante.

— Eu *amo* o Museu dos Palhaços! — Em geral, ela se orgulhava de não exagerar, mas a falta de emoção de Bianca fez Ava querer ser efusiva em excesso, como se para compensar. — Seria incrível ajudar a montar as exibições, ou me vestir como palhaço maluco para assustar as pessoas. Mas sei que é preciso ter pelo menos dezesseis anos.

— Em geral, precisa mesmo. Mas o que mais importa é a aptidão e a maturidade. Você parece ter as duas. E o meu tio Nick acredita firmemente que é importante colocar os colaboradores nos trabalhos que eles amam.

— Sim, senhora. Li o e-mail dele hoje e pretendo me candidatar a um trabalho na Rua dos Olmos quando eu completar dezesseis anos. Ainda falta um ano e meio.

— Você já está pensando tão à frente assim?

— Sim, senhora. — Ava sorriu. — Eu gostaria muito de ficar no País das Maravilhas até ir para a faculdade, supondo que a gente permaneça aqui em Seaside.

— Entendo. Obrigada pela atenção. Tenha um bom dia, Ava.

A CEO continuou percorrendo a área de entretenimento, parando brevemente para cumprimentar Xander como sempre fazia. Ao redor, os colaboradores de camisa polo roxa cochichavam, e Ava se pegou desejando que Xander não fosse tão amigável com Bianca. Ele só estava dando mais corda para a fofoca dos outros.

Depois que a Mulher Fatal desapareceu de vista, Ava se apoiou na lateral do carrinho, tentando descobrir o que havia em Bianca que a estava incomodando. Não eram os boatos sobre ela e Xander; não passavam de boatos. Também não era a personalidade forte da CEO; Ada lidava com isso todos os dias em casa. E não era porque ela era má, severa ou megera, porque essas coisas não eram um problema desde que não a desagradasse.

A questão era que Bianca Bishop era… falsa.

Bianca conversava com as pessoas, mas não se interessava de verdade pelo que estavam falando. Ela dizia o que era esperado, mas as palavras não pareciam vir de um lugar genuíno. Ela parecia legal, mas Ava tinha certeza de que Bianca jogaria alguém debaixo de um ônibus se atrapalhasse algo que ela quisesse, e não sentiria culpa ou remorso por isso.

Sociopata era uma palavra com a qual Ava estava familiarizada, graças aos inúmeros episódios de *Lei & Ordem* e *Criminal Minds*. Não que Bianca Bishop fosse uma criminosa. Claro que não era. Ela era a CEO do País das Maravilhas.

Mas se ela *fosse* uma criminosa… se, digamos, ela fosse uma serial killer ou algo assim, isso resultaria num baita episódio de *Criminal Minds*, não é mesmo?

19

OSCAR HAVIA FICADO INCUMBIDO DE AGILIZAR A TRANSferência de Ava Castro dos serviços de alimentação para a Rua dos Olmos, um processo que em geral levava quatro semanas, desde que o colaborador se qualificasse para o novo trabalho. Mas Bianca Bishop tinha dado a ordem. Ava era filha da chefe-adjunta da polícia de Seaside, Bianca lembrou a Oscar, e era do interesse do parque manter a garota feliz.

Oscar estava mais preocupado em deixar a mãe da garota feliz. Ele não teve notícias de Vanessa desde o dia em que Harry Sem-Teto apareceu na área de entretenimento, e continuava pensando nela. Muito.

— Bianca acha que Ava vai se sair bem — Oscar estava dizendo agora para Anne-Marie Riker. Anne-Marie era uma das supervisoras da Rua dos Olmos, uma mulher muito ocupada, mas cordial, que sempre preferia escolher pessoalmente os próprios colaboradores. — Vou enviá-la para você amanhã às dez. Seria um favor para mim se você trabalhasse com ela todos os dias.

— Mas ela só tem quatorze anos, Oz — Anne-Marie disse, com óbvio tom de desagrado. — Não sei se tenho algo apropriado para ela.

— Você vai encontrar alguma coisa.

A mensagem nas entrelinhas era evidente. Não era um pedido. Anne-Marie, cinco degraus abaixo na hierarquia do País das Maravilhas, sabia muito bem que não tinha escolha. Se o vice-presidente de operações pedisse para fazer alguma coisa, o subalterno teria que fazer, sem discutir.

Com isso resolvido, Oscar girou a cadeira para a janela, vendo que a avenida abaixo estava com um movimento intenso. As paredes e janelas à prova de som impediam que qualquer ruído penetrasse no prédio administrativo, e era como se o botão de mudo tivesse sido pressionado no *País das Maravilhas: o Filme.* Não havia comparação entre o Mundo das Maravilhas original e o parque atual. O País das Maravilhas tinha evoluído consideravelmente nos últimos 20 anos, e a nova versão era maior, mais luminosa e mais movimentada. Nos anos 1980, não havia uniformes roxos, nem departamento de recursos humanos, nem manual do funcionário, nem e-mails motivacionais e semanais para os colaboradores. Sem dúvida, na época, não havia o anfiteatro Bandstand nem a série de shows de verão, e a área de entretenimento continha talvez 15 jogos, no máximo, todos de propriedade independente de qualquer "barraqueiro" que tivesse pagado para montar uma barraca no parque. No melhor dos casos, a visão de Jack Shaw para o Mundo das Maravilhas era desconexa, mas ninguém parecia se importar na época.

Mal sabia o público que ele havia construído o Mundo das Maravilhas como *isca.* Porque Jack Shaw era um monstro. E qual a melhor maneira de caçar garotos de uma certa idade do que construir um parque de diversões, que fazia *esses garotos* irem até *ele*?

O abuso não tinha acontecido logo de cara. Ah, não. E não tinha acontecido com todos os garotos que trabalharam para Shaw. De forma alguma. Jack Shaw era exigente em relação aos garotos que escolhia, e ele mirava apenas um certo tipo de garoto. Aqueles cujos pais estavam fora de cena. Aqueles cujas mães estavam ocupadas demais para perceber que algo estava errado. Aqueles que queriam — *ansiavam* — a sua atenção, que queriam se sentir especiais, que sentiam falta de uma figura paterna e que fariam qualquer coisa para agradar Shaw e ganhar a sua aprovação.

Garotos como Oscar.

A ideia tinha sido de Isabel Trejo. Ela havia sugerido que o filho se candidatasse a um emprego no Mundo das Maravilhas. Oz não tinha demonstrado interesse a princípio. Quem tinha tempo ou energia para um emprego? Ele tinha quatorze anos, e o beisebol era tudo para ele. Pôsteres de Cal Ripken Jr. cobriam as paredes do seu quarto. Oz jogava em ligas durante todo o ano e era um novato no time júnior do segundo ano do ensino médio, com sonhos de ascender ao time principal no ano seguinte. O seu treinador lhe garantiu que era provável que acontecesse, desde que ele mantivesse o foco.

Então, quando chegou a notícia de que o magnata dos negócios Jack Shaw estava voltando a Seaside para construir um parque de diversões, Oz considerou aquilo apenas como uma ideia legal. O Mundo das Maravilhas poderia ser um bom lugar para ele e os seus amigos se divertirem, porque não havia muitas coisas para fazer em Seaside. E de vez em quando era necessário uma pausa do beisebol, não é?

É claro que Isabel Trejo tinha muitas opiniões sobre o novo parque de diversões.

— Vai ser a coisa mais incrível ou a coisa mais feia que Seaside já viu — ela dissera ao filho adolescente durante o café da manhã. Ela virou o rosto de lado para não soprar a nuvem de fumaça no rosto de Oz enquanto ele comia ovos. — A cidade está mesmo precisando de um estímulo. Um parque de diversões vai atrair turistas, que vão precisar de lugares para comer, dormir e festejar. Caramba, quem sabe finalmente vamos ter um shopping center. Ou um cinema que exiba mais do que dois filmes. Mas tudo isso também pode dar errado.

— Por que daria errado? — Oz perguntou, servindo-se do último pedaço de omelete.

— Porque é um risco, meu ursinho Ozzie. Aqui é Seaside. Com uma praia bonita ou não, estamos a três horas ao sul de Seattle, a duas horas a oeste de Tacoma, e a três horas e meia ao norte de Portland. Estamos no meio do nada. Termine a sua omelete. Eu quero você na fila às oito e meia.

— Mas, mãe, eu já disse que não quero trabalhar lá. Vou jogar em duas ligas de beisebol no verão.

Isabel observou o filho através de uma nuvem de fumaça.

— Você acha que eu ligo para beisebol? Beisebol não paga as contas. Você tem quatorze anos e é hora de arranjar um emprego. A prestação da casa não vai ficar mais barata, e o seu pai não está dando a mínima. A gasolina não é de graça. As roupas não são de graça. O beisebol não é de graça. A comida não é de graça, e só deus sabe que você come mais por semana do que um vilarejo na África. A vida não é de graça, meu ursinho Ozzie.

E cigarros não são de graça, Oz pensou. *Nem o vinho. Quanto você gasta por semana com bebidas e cigarros, mãe?*

— Você não tem nenhuma experiência profissional, e um emprego no parque de diversões é a sua melhor oportunidade de conseguir um trabalho. Li no jornal que estão querendo contratar no mínimo 100 pessoas para o verão. Não tem motivo para que uma delas não seja você. — Isabel deu outra tragada no cigarro. — Agora termine o seu leite e eu te levo até lá. Coloque a sua capa de chuva. Pode ser que você tenha que ficar na fila por um tempo.

Na primeira segunda-feira das férias de março, o Mundo das Maravilhas começou a realizar uma feira de empregos que duraria toda a semana. O candidato podia preencher o pedido de emprego na fila, e ser chamado para uma entrevista na hora. Se gostassem dele, era contratado. Simples assim. Oz conhecia pelo menos cinco outros garotos da sua idade que estavam planejando se candidatar. O parque contrataria durante toda a semana até preencher as vagas, e a feira começava às nove da manhã. Ele entrou na fila às 8h45. Já havia 60 pessoas a sua frente, a maioria delas com menos de vinte e um anos.

Às onze da manhã, Oz saiu do parque com alguns formulários de declaração de impostos para preencher e um emprego de verão garantido. O treinamento começaria uma semana antes das aulas terminarem em junho, e não se importavam que ele jogasse beisebol.

— Queremos garotos como você — dissera o gerente de recrutamento. — Garotos cheios de energia e divertidos. Se você entregar para o seu supervisor o seu calendário de beisebol, vamos ajustar o seu horário.

O primeiro verão no parque foi o melhor da sua vida. Oz não esperava gostar tanto do trabalho, mas todos os dias eram incríveis. O Mundo das Maravilhas era pequeno o suficiente para parecer acolhedor, mas grande o bastante para atrair um grande número de turistas das localidades próximas. Cada dia trazia novas aventuras, e Oz teve oportunidades de trabalhar com alimentação, serviços ao cliente e, certa vez, quando Colin Brace se ausentou por causa de uma gripe, o seu supervisor permitiu que ele operasse a roda-gigante.

E o próprio Jack Shaw estava sempre por perto. Todos os jovens, garotos *e* garotas, o adoravam. Quando Jack Shaw parava para conversar, era como se fosse a única pessoa do mundo que existisse naquele momento. Ele conversava com os jovens como uma pessoa de verdade. Ele pedia opinião. Ele ria das piadas. Quando um dos gerentes mencionou que Oz jogava beisebol em uma liga de verão, Shaw apareceu no jogo, trazendo pipoca para todos. Oz ficou impressionado, e ainda mais impressionado quando o seu treinador lhe disse que o Mundo das Maravilhas era agora o patrocinador oficial do time.

No segundo verão, Seaside era uma cidade diferente. Para lidar com o aumento do turismo no verão, diversas pousadas foram abertas, assim como dois novos hotéis. Vários novos restaurantes também surgiram. Isabel Trejo, camareira de longa data da pousada White Oaks, finalmente tinha sido promovida a chefe das camareiras. Um novo conjunto habitacional, logo depois da rua principal, foi proposto, e houve boatos de que o prefeito estava se reunindo com os incorporadores para renovar o centro da cidade. Também circularam boatos sobre a construção de um complexo de cinemas. Earl Schultz tinha acabado de ser promovido a chefe-adjunto, e finalmente havia dinheiro para contratar novos policiais. Os índices de criminalidade diminuíram. A vida em Seaside estava ótima.

E então tudo mudou.

Os boatos começaram a circular. Um garoto de quatorze anos chamado Danny Moskowitz tinha ficado bêbado em uma festa perto do fim do verão e, ainda embriagado, havia contado aos amigos que Jack Shaw, o morador mais importante de Seaside e dono do Mundo das Maravilhas, havia abusado sexualmente dele no interior de uma masmorra sob o parque.

Claro que ninguém acreditou nele. A história era absurda. Danny era um festeiro conhecido e usuário de drogas, filho de pais separados, que havia sido visto mais de uma vez seguindo Jack Shaw como se fosse um cachorrinho. A ideia de que Jack Shaw faria algo assim era ridícula e injuriosa demais para ser levada a sério. E uma masmorra? Sério? O que Danny andava fumando?

Quando os seus amigos — todos funcionários do parque e todos fervorosamente leais ao Mundo das Maravilhas e a Jack Shaw — o acusaram de mentir, Danny retratou-se de imediato. Ele alegou que devia estar bêbado e chapado, e que nada havia acontecido. Admitiu ter um problema de dependência química para o qual precisava de ajuda urgente. Alguns dias depois, ele saiu do parque para se internar numa clínica de reabilitação, ainda que ninguém soubesse qual.

Mas então algumas semanas depois, Peter Allred, de quinze anos, fez acusações semelhantes. Supostamente, ele havia surtado no meio de uma relação sexual com a namorada. Ele também contou que havia um túnel sob o Museu dos Palhaços que levava a uma masmorra, onde coisas terríveis aconteceram com ele. A namorada acreditou nele. Ela contou ao irmão mais velho (exceto a parte do sexo, é claro), que por acaso era um policial novato na polícia de Seaside. O irmão levou o caso ao conhecimento dos seus superiores. Riram dele. Então, o irmão — o policial Carl Weiss, que se aposentaria como chefe-adjunto do Departamento de Polícia de Seaside uns 30 anos depois — riu também. Porque *era* um loucura, não era?

Só que não era. E Oz sabia que não era, porque ele também tinha estado na masmorra. Jack Shaw, o seu chefe, o seu *amigo,* o havia embriagado e, em seguida, o atraiu para a masmorra a pretexto de lhe mostrar o túnel subterrâneo que havia construído, e que apenas algumas poucas pessoas sabiam que existia, dizendo-lhe que era um lugar secreto e legal para se reunir. Jack Shaw tinha entupido Oz com drogas, primeiro oferecendo-lhe maconha e, depois, dando-lhe substâncias mais fortes, as quais o haviam deixado incapaz de se defender do homem que ele considerava um mentor e figura paterna. Incapaz de dizer não, de que não queria, de pedir para parar.

Ou Oz *tinha* desejado isso? Ele havia pedido por isso? Tudo parecia muito confuso. Afinal, Oz amava Jack. Todo mundo amava. Ele havia confiado em

Jack, o homem que lhe dizia todos os dias o quanto ele era importante para o parque, o quanto ele era valioso, e que não conseguia imaginar o lugar sem ele. Oz teria feito qualquer coisa por Jack.

E assim era fácil para Oz dizer a si mesmo que não havia sido abuso. E quando voltou a acontecer, era fácil fingir que ele estava dormindo. Que ele não tinha consciência de que estava sendo tocado. Que ele não sabia que estava sendo filmado. O álcool e as drogas tornavam tudo nebuloso, de qualquer forma. Era mais fácil dizer a si mesmo que talvez ele tivesse permitido que acontecesse, porque a alternativa era simplesmente horripilante. Porque quando ele havia perguntado a Jack sobre isso mais tarde, Jack havia demonstrado surpresa genuína.

— Achei que estávamos na mesma sintonia — ele dissera a Oz. — Achei que você gostasse. Te acho incrível. E fique tranquilo, o vídeo é só para nós. Podemos assisti-lo sempre que você quiser. Mas pense bem antes de contar para alguém sobre nós dois, está bem? Não iria gostar nem um pouco que as pessoas entendessem mal o que aconteceu. Se elas acharem que você não queria que isso acontecesse, que de algum modo eu te forcei, o que nós dois sabemos que não é verdade, então elas sem dúvida iriam querer ver o vídeo. E você não iria querer que ninguém mais visse, não é? As coisas que você fez? Afinal, você é um astro do esporte, e ninguém iria gostar de ficar sabendo desse seu lado. Mas fique tranquilo, eu com certeza não vou contar a ninguém. Pode continuar sendo o nosso segredinho.

Não, Oz não tinha planos de contar para ninguém. Ele preferiria morrer a deixar qualquer pessoa assistir ao vídeo. A vergonha, a humilhação... seria insuportável. Jack tinha razão, ninguém entenderia. Nem os seus colegas de trabalho, nem os seus amigos da escola, nem os seus companheiros de equipe.

Assim, Oz nunca disse nada. E por algum tempo, ele deixou que continuasse. Os privilégios de ser o favorito de Jack eram grandes demais. Ele ganhava mais. Ele conseguia os melhores trabalhos. Podia escolher o próprio horário. O seu time de beisebol ganhou novos uniformes, bastões e bolas. Os outros garotos se submetiam a Oz, e ninguém jamais queria contrariá-lo, porque ele era importante para Jack e para o parque.

Então talvez certas coisas tivessem acontecido na masmorra. Talvez não fossem bem aceitáveis. Quem acreditaria nele sem provas? Quem acreditaria que ele não consentiu? Oz tinha quinze anos quando tudo começou. Tinha idade suficiente para saber o que fazer, idade suficiente para impedir se ele tivesse mesmo vontade.

E idade suficiente para querer que ninguém descobrisse o que estava acontecendo.

E, ei, não era que ele estivesse sóbrio quando isso acontecia. Afinal, ele estava sempre bêbado e drogado. Na maioria das vezes, parecia um pesadelo.

Só que era real.

20

GLENN HOVEY ESTAVA OFICIALMENTE DESAPARECIDO. ATÉ a sua mãe parecia um pouco preocupada.

— Isso não é típico do Glenny — Sherry Hovey disse quando Vanessa voltou a passar na casa dela. — Ele perdeu uma das minhas consultas médicas e tive que pedir para a Margie, a vizinha da casa ao lado, me levar. Ela tem uma visão péssima. Margie quase bateu num poste de luz.

— A senhora quer fazer um boletim de ocorrência do desaparecimento? — Vanessa perguntou. — Já se passaram alguns dias. Imagino que a senhora esteja preocupada.

Sherry Hovey hesitou.

— Acho que não precisamos entrar em pânico por causa disso. Glenny sempre voltou para casa antes.

O guarda de segurança, que era oficialmente um suspeito no caso de Henry Sem-Teto, nunca havia se ausentado do trabalho por tanto tempo. Donnie tinha colocado os policiais Nate Essex, Pete Warwick e Claire Moran em turnos de vigilância rotativa em frente à residência dos Hovey, mas até agora Glenn não tinha aparecido. Vanessa gostava bastante de Nate e Pete e sentia um pouco de pena deles por terem sido escalados para uma missão tão chata, mas Claire ainda estava na sua lista negra em razão da atitude dela no primeiro dia de Vanessa no departamento.

Agora estava claro para Vanessa que havia muito poucas pessoas na polícia de Seaside que eram imparciais. Todos no departamento pareciam proteger demais o País das Maravilhas, e exceto as suas conversas com Donnie Ambrose a portas fechadas, ela nunca tinha ouvido alguém falar mal do parque. Isso não era normal. Mesmo agora, com quatro garotos desaparecidos, um dos quais havia sido encontrado morto com o rosto devorado, ninguém parecia disposto a dizer algo negativo sobre o País das Maravilhas.

Até mesmo a sua filha estava começando a cair na conversa, como Donnie havia dito uma vez. Ava estava nas nuvens com a sua transferência para a Rua dos Olmos, e para a garota de quatorze anos, o País das Maravilhas era quase tão bom quanto um show do One Direction.

— Aconteceu bem assim, mãe — a sua filha disse, estalando os dedos. — Recebi o e-mail hoje de manhã. Bianca Bishop, a CEO — acrescentou, como se Vanessa já não soubesse —, deve ter ficado com uma boa impressão de mim. Não vejo a hora de contar para a Katya e a McKenzie. E quer saber a melhor parte?

— Qual é?

— Não preciso mais usar o uniforme roxo — Ava disse, com os olhos brilhando. — Na Rua dos Olmos, os colaboradores usam um uniforme todo preto, com as camisetas com a estampa de uma cara de palhaço branca na frente. Tipo, eu usaria a camiseta de *qualquer jeito*. Ela é muito bacana.

— Que incrível, querida. — Vanessa estava muito feliz pela filha, ainda que suspeitasse que Oscar tivesse algo a ver com isso. Mas era melhor guardar isso para si, pois Ava finalmente voltou a falar com ela. — Quem é Katya?

— Minha amiga do trabalho. — Ava estava quase saltitando de empolgação e hormônios juvenis. — Ela também começa na Seaside Academy em setembro. Aliás, ela vai dormir aqui hoje. O turno dela acaba na mesma hora que o meu e aí você pode pegar a gente. Você vai gostar dela. Os pais dela são russos, e são ainda mais controladores do que você. Só estão deixando ela dormir aqui porque a Katya contou para eles que você é a chefe-adjunta da polícia. — Ela fez uma pausa. — Quem diria que o seu trabalho traria alguma coisa boa para a minha vida social?

Com a situação em casa muito melhor, Vanessa decidiu que era melhor não complicar ainda mais a sua vida adicionando um homem à equação. Oscar Trejo havia ligado mais cedo, perguntando educadamente sobre o disco rígido da segurança do País das Maravilhas, que ainda estava em posse do departamento. Vanessa ponderou se deveria enviar um e-mail ou ligar para ele. O e-mail seria muito menos íntimo, mas um telefonema parecia mais profissional.

Oscar atendeu no primeiro toque, e sem rodeios, Vanessa informou educadamente que a polícia precisava reter o disco rígido, pois o investigador ainda o estava analisando. As imagens das câmeras de segurança não tinham sido úteis no caso de Harry Sem-Teto — que foi o motivo pelo qual ela havia solicitado a princípio —, mas ela agora precisava do disco rígido para o caso do Garoto da Roda-Gigante. Oficialmente, Blake Dozier era uma pessoa desaparecida, e o parque foi o último lugar onde ele havia sido visto. Oscar disse que entendia e perguntou a respeito do andamento das investigações. Vanessa respondeu que ainda era cedo para dizer. Então, a conversa tomou outro rumo.

— Quero ver você de novo — Oscar deixou escapar.

Vanessa fechou os olhos.

— Já discutimos isso...

— Vamos voltar a discutir — ele disse. — Quero ver você. Vamos jantar. A gente come, conversa, não exagera na bebida, se conhece melhor.

— Tenho muitos problemas, Oz. Mais do que você imagina.

— Deixa que eu decido com o que eu consigo ou não lidar. Você acha que eu não tenho problemas? Quem não tem?

— O caso do Garoto da Roda-Gigante está em andamento. Seria inadequado me encontrar com você. No nível pessoal, quero dizer.

— Agora sou suspeito do desaparecimento dele?

— Claro que não — ela disse, pega de surpresa. — Você estava comigo na madrugada em que ele escalou a roda-gigante.

— Então, por que é inadequado?

— Porque... — Vanessa não conseguia encontrar um bom motivo. — Porque é.

— Vanessa...

— Foi mal, Oz. — Ela desligou o telefone antes que pudesse mudar de ideia.

A melhor maneira de tirar Oscar Trejo dos pensamentos era Vanessa mergulhar de cabeça no trabalho. Se ela estava usando o trabalho como desculpa para não se envolver com ele, então era melhor fazê-lo *bem*, mesmo que fosse o seu dia de folga e ela estivesse em casa. Vanessa dirigiu a atenção para Kyle Grimmie, o garoto que o seu velho amigo Jerry havia mencionado durante a conversa telefônica da noite anterior. Kyle tinha desaparecido em um show no Bandstand do País das Maravilhas, três anos depois de Tyler Wilkins e dois antes de Blake Dozier.

De acordo com a pasta do caso, uma banda chamada The Philosopher Kings estava se apresentando naquela noite, e a última vez que alguém se lembrava de ter visto Kyle foi pouco antes da confusão causada pelo incêndio na instalação elétrica nos bastidores. Os seus pertences, normalmente guardados em um armário na sala dos funcionários, haviam sumido. Isso sugeria — tal como Aiden e Tyler — que Kyle havia deixado a cidade por conta própria. Carl Weiss tinha realizado alguns interrogatórios rápidos com as pessoas que trabalharam com Kyle naquela noite, mas nenhuma pista havia surgido.

Era porque não havia pistas? Ou porque o ex-chefe-adjunto Carl Weiss tinha feito mais um trabalho medíocre na investigação a respeito do desaparecimento do garoto? Vanessa já tinha pensado em falar com ele, mas sempre acabava se distraindo com outras coisas. Ela não podia adiar mais. Estava ficando ridículo.

Vanessa estava trabalhando em quatro casos ao mesmo tempo, e havia passado grande parte do dia anterior fazendo ligações para colaboradores do parque que tinham conhecido Blake, Aiden, Kyle e Tyler. Até agora, nada havia dado certo. Já era bastante complicado localizar funcionários que tinham ido embora de Seaside havia muito tempo e, quando conseguia falar com algum deles por telefone, não conseguiam se lembrar de muita coisa ou simplesmente não havia muito o que lembrar.

Por razões óbvias, policiais aposentados não tinham números de telefone disponíveis publicamente, mas Vanessa conseguiu os dados de contato de Carl Weiss com facilidade depois de acessar o sistema da polícia de Seaside pelo seu laptop de casa. Alguns instantes depois, ela ligou para ele, preparando-se finalmente para ouvir a voz do homem cujo nome estava em três dos quatro casos que ela estava investigando no momento.

Para sua decepção, o ex-chefe-adjunto não estava em casa. Porém, a mulher dele estava, e ela informou a Vanessa que o marido estava em Cabo San Lucas, pescando com dois amigos. Era a viagem anual deles, e ele ainda levaria alguns dias para voltar para casa.

— Você gostaria de deixar uma mensagem? — a senhora Weiss perguntou. — Imagino que tenha algo a ver com Harry Sem-Teto. Carl estava cuidando do caso, sabe. O pai de Aiden Cole vivia ligando para Carl por causa do progresso lento da investigação. Mas simplesmente não havia informações. Era como se o garoto tivesse evaporado. Puf. Sumido. Então, do nada, ele aparece no parque todo *mutilado*? Por algum animal? Nem consigo imaginar. Como o pai dele reagiu à notícia? Na certa, ele…

— Obrigada, senhora. Não vou tomar mais do seu tempo. Ligo de novo para o seu marido em alguns dias.

— Precisamos marcar um almoço algum dia — a senhora Weiss disse. — Você é sócia do Tênis Club de Seaside? Eu jogo tênis lá duas vezes por semana, e a cafeteria prepara uns wraps de alface maravilhosos caso você esteja seguindo uma dieta *low-carb*. Você acabou de chegar a Seaside, não é? É importante que você conheça as pessoas certas. Você recebeu um kit de boas-vindas quando se mudou?

— Não, não recebi.

— Foi por isso mesmo que me demiti do cargo de chefe do comitê de boas-vindas, porque ninguém parece estar comprometido com o trabalho — a senhora Weiss disse e fez um som de desaprovação. — Também faço parte de um grupo semanal que joga mahjong. Se você estiver interessada...

— Desculpe, o meu outro telefone está tocando — Vanessa disse, é claro que não estava. — Foi ótimo falar com a senhora. Com certeza vamos voltar a nos falar. — Ela desligou às pressas.

Ela precisava de um descanso. Talvez não fosse a pior coisa deixar os casos de lado por um tempo e aproveitar o dia de folga pra valer. Pela primeira vez em muito tempo, ela não tinha lugar para onde ir e não precisava estar em lugar nenhum. John-John estava passando o dia no acampamento de verão. Ava estava em seu primeiro turno em algum lugar na Rua dos Olmos. Talvez fosse melhor sair e fazer algo normal. Ir às compras. Tomar um café. Fazer as unhas na manicure. Ou ligar de volta para Oscar Trejo, dizer que ela tinha mudado de ideia e que estava a fim de um pequeno prazer vespertino, se ele também estivesse.

A campainha tocou, e o seu pensamento insano evaporou.

— Salva pelo gongo — ela disse com seus botões e deu uma risadinha.

Ela se dirigiu até a porta para ver quem era. Nessa hora da tarde, devia ser uma entrega. Talvez o material de Jerry finalmente tivesse chegado. Ela puxou a cortina para espiar pela janela e soltou um grito de alegria.

O homem que estava na varanda era magro, tinha 1,93 de altura e um cabelo afro curto e bem aparado. O seu braço estava erguido como se estivesse prestes a tocar a campainha de novo. Os olhares deles se encontraram, e ele abriu um sorriso largo, com os dentes brancos e reluzentes contrastando com a pele escura. Ela abriu a porta de supetão e se jogou nos braços dele.

— Achei que você não fosse atender — Jerry Isaac disse com a voz de barítono rouco, dando risinhos. — A minha próxima parada era a praia.

Vanessa recuou para olhar o amigo. Fazia seis meses que ela não o via, e o ex-investigador da polícia de Seattle parecia muito bem. Pela primeira vez em anos, ele não estava usando gola rolê. A cicatriz em seu pescoço, exposta pela camiseta folgada que estava usando, ainda era visível, mas havia desbotado, virando uma linha reta e um pouco rosada.

— Será que estou sonhando? — ela perguntou, sem conseguir conter a empolgação na voz. — O que você está fazendo aqui?

— Eu disse que ia mandar o material referente ao Tyler Wilkins para você pelo correio expresso. — Ele mostrou uma pasta antiga. — Pode me considerar o correio expresso, minha linda.

Vanessa voltou a abraçá-lo.

— Nossa, que bom que veio. Eu estava prestes a fazer uma grande besteira, e você acabou de me salvar.

— Nem vou perguntar.

— Entra. Tem comida, tem bebida, podemos sentar, conversar e matar as saudades...

— Calma aí — ele disse, rindo. — Vou ficar aqui a semana toda, querida. Decidi que merecia um tempo na praia e reservei um quarto na White Oaks. Houve um cancelamento de última hora e eu liguei na hora certa.

— Na White Oaks? — Ela lançou um olhar de reprovação para Jerry. — Como assim? A minha casa não é boa o suficiente para você? Cancele a sua reserva. Você pode ficar no quarto do John-John e ele pode dormir na sala. Aliás, ele adora isso.

— Se eu fizer isso, as pessoas vão dizer que estamos apaixonados. — Jerry abriu um sorriso. — Caramba, até eu sei como os boatos se espalham rápido em Seaside, e eu nem moro aqui. Não ligo de ficar no hotel, querida. Dá para ir a pé até a praia e, pelo que eu lembro, servem uma salsicha e waffles maravilhosos no café da manhã. — Ele deu uma palmadinha na barriga lisa. — Acho que pode me ajudar a engordar um pouquinho.

— Então, pelo menos entre e me deixe preparar um almoço para você.

— Eu estava pensando que a gente podia sair. Pensei em passar no Devil's Duke e dar um abraço no Tanner. Por que você não vem comigo? Acho que ele vai gostar de ver você. — Havia um brilho nos olhos de Jerry.

— Gostar de me ver? — Vanessa perguntou, pegando a bolsa. — Você está sendo sarcástico? Nas duas vezes que eu o vi, ele gritou comigo.

— Acho que isso significa que ele gosta de você.

— Para com isso, Jerry.

— É muito cedo? — Jerry pareceu envergonhado de repente. — Droga! Não estou aqui nem há cinco minutos e já dei bola fora. Não faz tanto tempo desde que o John...

— Não seja bobo — Vanessa disse com um sorriso. Ela seguiu Jerry até a entrada da garagem. — Não foi isso o que eu quis dizer. Eu sou policial. Ele é motoqueiro e ex-fora da lei. Não é bem uma combinação legal.

— Se você diz...

— Eu dirijo. — Ela abriu a porta do carro descaracterizado. — Você vai mesmo ficar aqui uma semana?

— Sim, senhora. Conversar com você me fez ficar quebrando a cabeça com o Tyler de novo, e me sinto mal por nunca ter investigado o caso de Kyle

Grimmie quando Tanner me pediu. Talvez eu pudesse ter impedido os outros dois garotos de desaparecerem. Ou talvez não, sei lá. Só sei que não volto para casa até descobrir o que aconteceu com o Tyler Wilkins, de uma vez por todas.

21

EM SUA SALA NO PAÍS DAS MARAVILHAS, OSCAR OLHOU para o número que havia anotado no bloco de papel diante dele. Wendy Kerse, a responsável por empréstimos do banco em Seaside, tinha lhe deixado uma mensagem de voz pedindo que ele retornasse a ligação. Era, claro, a respeito do empréstimo que ele tinha pedido para comprar o restaurante à beira-mar. Porém, pelo tom de voz dela, ele não conseguia determinar se a notícia ia ser boa ou ruim, e estava com receio de descobrir.

Tomando fôlego, Oscar ligou para ela.

— Oz, boas novas. O seu empréstimo foi aprovado — Wendy Kerse disse. — Lamento pela demora, mas consegui uma taxa de juros menor do que eu havia mencionado a princípio.

— Que… ótimo! — Oscar não conseguiu falar por alguns instantes enquanto assimilava a notícia. — Obrigado. Muito obrigado mesmo.

— A papelada vai estar pronta em uma hora mais ou menos. Então, passe por aqui quando quiser para assinar toda a documentação. A escritura será lavrada em pouco tempo e, assim, você vai receber as chaves em 30 dias, no máximo. Parabéns.

— Obrigado, Wendy.

— Estou à disposição. — Ela fez uma breve pausa, e quando voltou a falar, o seu tom soou um pouco mais suave. — Olha, se você passar por aqui por volta do meio-dia, podemos cuidar da papelada durante o almoço. A cafeteria ao lado tem um sanduíche de atum excelente.

— Eu… — Oscar ficou sem jeito. Será que Wendy estava sugerindo um encontro? Ela era alguns anos mais nova do que ele, e um tanto atraente. Em geral, ele teria se interessado. Porém, Vanessa não saía da sua cabeça, e ele tinha a sensação de que, se fosse visto com a funcionária do banco, algo inevitável, acabaria com qualquer chance de rolar alguma coisa com a chefe-adjunta.

— Desculpe, mas não vai dar, tenho um almoço de negócios. Mas posso passar no final do dia, se for conveniente para você. — Oscar evitou sugerir almoçar em outra ocasião.

Wendy captou a mensagem.

— Claro — ela respondeu um pouco rápido demais. — Nos vemos mais tarde, então.

Oscar desligou e, pouco depois, um sorriso bobo se espalhou pelo seu rosto.

Caramba, ele estava prestes a ter o seu próprio restaurante. Comida cubana e espanhola, música ao vivo, um terraço amplo para jantares de verão arejados, quem sabe até uma pequena pista de dança. Já dava para imaginar tudo isso. O El Mago seria o início de uma nova vida.

Ele girou a cadeira na direção da janela e observou o parque abaixo. Será que ele finalmente estava pronto para deixar o lugar? Ele estaria abrindo mão de um bom salário, benefícios generosos e um trabalho que conhecia tão bem que poderia fazê-lo até de olhos fechados. Mas esse era o problema, não era? Será que ele conseguiria passar os próximos 20 anos da sua vida em um trabalho que podia fazer tudo sem ter que pensar?

O seu intercomunicador tocou.

— Que bom que você está aí — Bianca disse quando ele atendeu. Num piscar de olhos, a empolgação de Oscar desapareceu. — Preciso falar com você na minha sala. Agora.

— É urgente? Estou prestes a… — Mas não fazia sentido terminar a frase. Ela já tinha desligado.

Xingando, ele saiu da sala e entrou na sala de espera principal, onde Jamie estava sentada à mesa de recepção. A recepcionista levantou os olhos, com os seus óculos de armação preta e grossa equilibrados na ponta do nariz.

— Quando foi que a Bianca chegou? — ele perguntou, baixinho.

— Acabou de chegar.

— Como ela está?

Jamie revirou os olhos e endireitou os óculos.

— A mesma de sempre. Apressada, mandona e meio irritada.

Oscar reprimiu um suspiro.

— Valeu pelo alerta.

— Por que ela quer ver você?

— Eu ia te perguntar isso.

— E por que eu saberia? Ela não me conta nada. — Jamie franziu a testa. — Não fique aí parado. Vá logo. Ou você quer adicionar o "puta da vida" à lista?

Jamie tinha razão. Um momento depois, Oscar atravessou o corredor e chegou à sala de Bianca.

A CEO estava sentada no sofazinho perto da janela mais distante, com as pernas cruzadas de forma recatada, com a vista do parque desimpedida atrás dela. Claro que o seu escritório tinha a segunda melhor vista do País das Maravilhas, só perdendo para a do seu apartamento no último andar.

Não que ele tivesse estado no apartamento dela recentemente.

— Feche a porta, Oz.

Ele obedeceu.

— Tudo bem aí? — ele perguntou.

Bianca fez um gesto para que ele se sentasse, e Oscar se acomodou na extremidade oposta do sofá, o mais longe possível dela. Ela sempre o deixava um pouco nervoso, ainda que ele achasse que fazia parte da atração. Mas tudo isso era passado. Agora havia uma mulher nova, e ele não conseguia parar de pensar nela.

— Acabei de falar com o Earl Schultz pelo telefone e recebi uma atualização sobre o caso do Harry Sem-Teto — ela disse. — Ainda estão investigando, Oz.

— Claro que estão. Agora se trata de um homicídio.

— E o caso do Garoto da Roda-Gigante? — Bianca o encarou, com a expressão indecifrável. — Ainda estão investigando também. Earl está se esforçando ao máximo para desviar a atenção do parque, mas está ficando cada vez mais difícil, considerando que as fotos viralizaram na internet.

— Tenha paciência — Oscar disse, fazendo o possível para soar tranquilizador. — Vai passar.

— Quando uma coisa cai na internet, não desaparece mais. — A CEO semicerrou um pouco os olhos. — Earl me disse que a nova chefe-adjunta vem trabalhando nos dois casos. O que você acha dela?

— Não sei nada sobre ela. — Oscar se remexeu um pouco. Bianca não sabia nada sobre a noite que ele passou com Vanessa, e Oscar pretendia manter assim o máximo de tempo possível. — Por que eu saberia?

— Você conversou com ela por um tempo outro dia, não foi? Quando ela esteve aqui no parque. Qual foi a sua impressão dela?

— Ela é… — Oscar pensou bem para não dizer o que não deveria. — Ela é muito profissional. Parece saber o que está fazendo.

— Mas as imagens das câmeras de segurança não mostraram nada, não é?

— Eu assisti antes de entregar. Mostrava só o garoto escalando a roda-gigante. Nada mais.

Ela deixou escapar um suspiro.

— Eu detesto que a polícia esteja com o nosso disco rígido. Isso me faz sentir bastante... exposta.

Só Bianca Bishop poderia levar algo assim para o lado pessoal.

— Eu tive que entregar para ela. É melhor cooperar e, de qualquer forma, ela teria conseguido um mandado.

— Fiz uma pesquisa sobre ela — Bianca disse. — Ela é muito atraente. Ficou viúva recentemente. Tem dois filhos. É nova na cidade. Imagino que esteja sozinha. Não seria a pior coisa do mundo se você... fizesse amizade com ela. Com certeza você usou seu charme nela como sempre ao conhecê-la, mas por que você não a convida para almoçar? Ou jantar? Vocês dois estão solteiros. Não é uma má ideia.

Oscar franziu a testa.

— Você está tentando me arranjar uma mulher?

— Santo deus! — Bianca lhe lançou um olhar reprovador. — Porra, não seja tão sensível. Não estou dizendo que você deve transar com ela. Só estou dizendo para você se aproximar dela. Ela não deve conhecer muita gente aqui. Talvez ela fique grata pela amizade, e aí a gente pode vigiar como estão caminhando as investigações dos casos do Harry Sem-Teto e do Garoto da Roda-Gigante.

— Achei que Earl estava mantendo você informada.

Bianca fez beicinho.

— O bom e velho Earl parece ter dado um passo para trás. Ele tem demorado a retornar as minhas ligações. Quando nos falamos mais cedo, ele até sugeriu que eu falasse diretamente com a nova chefe-adjunta. Sei que ele anda ocupado com toda essa conversa de revitalização urbana com o conselho da cidade, mas não gostei de não poder contar com ele para me dar atualizações em tempo real agora. Será que ele está de saída do departamento? Sabia que o motivo que o fez contratar Vanessa Castro foi porque ela e o Frank Greenberg são amigos?

— Não, não sabia.

— Parece que o nosso prefeito e o falecido marido dela serviram no exército juntos. O prefeito Greenberg deixou bem claro para o Earl que se ele não a contratasse, o emprego dele estaria ameaçado. Isso é um exemplo clássico de pedir um favor, pois parece que ela deixou a polícia de Seattle sob alguma controvérsia. Parece que um dos antigos namorados dela é um traficante de drogas. E o marido dela talvez tenha se suicidado, embora o laudo oficial diga que ele se deu um tiro acidental. E até acho que seja compreensível. Ela tem filhos. O estigma do suicídio seria terrível.

— Todo mundo tem um passado, Bi. — O olhar de Oscar estava firme ao encontrar os de Bianca. — Até você.

— Só estou sugerindo. Aproxime-se dela. Não vai doer.

Oscar suspirou. Ele não sabia por que estava se dando ao trabalho de discutir. Bianca insistiria até conseguir a concordância dele. Oscar poderia se livrar da dor de cabeça e simplesmente dizer que já tinha um relacionamento — de certa forma — com Vanessa, mas, por algum motivo, ele estava se sentindo bastante protetor em relação ao que quer que tivesse com a nova chefe-adjunta. E ele não queria contar para Bianca sobre isso porque não queria que a sua ex-amante menosprezasse ou desvalorizasse isso, o que provavelmente faria.

Ironicamente, a última mulher pela qual ele havia se sentido tão protetor foi a própria Bianca.

— Vou ver o que posso fazer — ele finalmente disse.

— Ela sabe que eu estava aqui no parque naquela noite?

Oscar fez que não com a cabeça.

— Nunca mencionei isso. Para ninguém.

— Que bom, vamos manter assim. — A CEO sorriu. — De qualquer forma, não é só por isso que eu queria falar com você. Toma — ela disse, entregando-lhe um envelope. Devia ter estado na mão dela o tempo todo, mas ele não havia notado. — Surpresa. Você merece.

Sem entender, Oscar pegou o envelope lacrado e o abriu com um rasgo. Dentro, havia um cheque em seu nome, e o valor era de milhares de dólares. A assinatura ilegível de Nick Bishop estava no canto inferior direito. Ele ficou olhando para o cheque, completamente confuso. Fazia anos que ele não via essa assinatura. No País das Maravilhas, todos eram pagos eletronicamente; o parque possuía uma equipe de contadores para isso.

Oscar levantou os olhos.

— O que é… — ele disse, mas Bianca o interrompeu.

— É um bônus. Sei que os nossos lucros estão um pouco baixos, mas não é culpa sua. Deposite o cheque, você merece. Sei que poderíamos fazer isso eletronicamente, mas é uma certa cerimônia depositar um cheque, não é? Além disso, quando você for ao banco e depositar o seu bônus pessoalmente, as pessoas vão saber que o parque está indo bem, e precisamos que as pessoas acreditem nisso. Temos enfrentado um grande desgaste na mídia ultimamente.

Oscar a encarou. Será que Bianca tinha perdido o juízo?

— Não estou entendendo.

— Fala sério, Oz! — Bianca inclinou um pouco a cabeça. — Não se faça de bobo comigo. Eu passei no banco hoje de manhã. Estou sabendo do restaurante. O seu empréstimo foi aprovado, não foi?

Porra. Não havia nada confidencial em Seaside? Oscar endireitou a postura.

— Foi, mas não tomei nenhuma decisão ainda. Achei que valia a pena sondar. Não disse que ia fazer isso mesmo. E se eu fizer, não significa que vou deixar o parque. Seria uma coisa secundária, sabe como é.

Assim que ele disse essas palavras, soube que era uma mentira. Ele queria sair. Naquele momento, mais do que nunca.

Oscar já estava de saco cheio.

— Oz, ninguém entende mais do que eu o que é trabalhar aqui por tanto tempo. — Bianca se virou e observou a vista do País das Maravilhas. — Mais de 20 anos para você, 19 para mim. Eu só tinha dezessete anos quando comecei aqui. Era para ser um trabalho de verão. Você acha que eu pensei que ainda estaria aqui quase duas décadas depois, administrando o lugar? Às vezes, acho que a melhor coisa seria vender o parque.

— Então venda.

Bianca voltou a dirigir o olhar para ele.

— Sempre é uma possibilidade, Oz. A Six Flags liga todos os anos para ver se estamos interessados em negociar, e fiquei sabendo que a Cedar Fair também pode estar interessada. Sinto que qualquer ano poder ser o nosso último aqui no parque... pelo menos, o parque como o conhecemos. Se uma grande empresa assumir, não vão continuar com a gente. Os caras vão fazer uma limpa e contratar uma nova equipe. E aí, o que eu faria?

Bianca era inacreditável. Como sempre, tudo girava em torno dela.

— Com certeza você poderia chegar a um acordo para que você, pelo menos, conseguisse ficar. Caso contrário, você se dedicaria a outra coisa. Assim como eu.

— Que coisa? Eu nunca fiz faculdade. Só conheço o parque — Bianca disse em um tom inexpressivo. — Você está comprando um restaurante, pelo amor de deus. É um trabalho em tempo integral, Oz. Já passei por isso com o tio Nick. Sei reconhecer uma estratégia de saída quando vejo uma.

Oscar permaneceu calado, porque não havia nada que ele pudesse dizer a respeito.

— Mas eu ainda não estou pronta para ir embora — Bianca continuou. — Talvez um dia, mas não agora. E enquanto eu estiver aqui, quero que você fique aqui, comigo. Com o tio Nick fora, não dou conta de cuidar disto aqui sozinha. Você sabe o quanto é difícil para mim admitir isso.

Mais uma vez, Oscar não sabia o que dizer. Nada do que ele estava pensando naquele momento era algo que pudesse compartilhar com Bianca.

Ele tinha os próprios segredos, assim com ela tinha os dela.

Por um tempo, eles ficaram em silêncio. Voltando a olhar pela janela, Bianca ergueu a mão e soltou o coque característico, deixando o cabelo ruivo cair sobre os ombros em ondas. Num instante, isso a fez parecer anos mais jovem, não que ela fosse velha. Com trinta e seis anos, ele era 12 anos mais nova que Oscar, e muito bonita. Várias vezes, as pessoas não notavam o quanto ela era atraente por causa da postura rígida e da maneira recatada como se vestia e prendia o cabelo.

Passando os dedos pelas mechas, Bianca massageou o couro cabeludo, fazendo a tensão sumir pouco a pouco do rosto. O seu cabelo chegava quase à cintura, algo que a maioria das pessoas não percebia. Raramente, ela deixava que a vissem com o cabelo solto.

Com o sol do fim da manhã no rosto, Bianca parecia vulnerável. E triste. Oscar ainda sentia afeição ao olhar para ela, para essa garota rebelde que concordou em trabalhar no parque só porque o tio a convenceu. Ele a viu crescer e amadurecer, até a noite insana em que se conhecerem de maneira física e íntima, que o mudou para sempre.

Mas Oscar não a amava mais. Não daquela maneira. Por fim, felizmente, tudo tinha acabado.

— Bi... — Sua voz estava suave. — Não vou mentir, está bem? Eu quero mesmo o restaurante. Já estou aqui há muito tempo e preciso de algo... mais. Não estou ficando mais jovem, e se eu não correr o risco agora, jamais vou correr. — Oscar colocou o cheque de volta no envelope e o ofereceu a ela.

— Vou dobrar — Bianca afirmou, sem pegar o envelope.

— O quê?

— O seu bônus. Vou dobrar. E vou adicionar mais 10% ao seu salário.

— Bi, isso é...

— Tudo bem, então 15%. E participação nos lucros. Já falamos a respeito disso antes. Você merece uma fatia deste lugar. Eu sou a CEO, posso dar um jeito. — Ela confundiu o silêncio dele com hesitação. — Tudo bem então, 20%. Faça as contas, Oz. São 20% a mais do que você ganha agora. Onde você conseguiria ganhar tanto dinheiro?

— Em nenhum lugar. Mas não é uma questão de dinheiro, droga. — Frustrado, Oscar ficou de pé e começou a andar de um lado para o outro. — Eu não preciso mais disso. Mais importante, eu não *quero* mais isso.

— E eu? — Bianca o encarou com os olhos verdes cheios de tristeza. — Você vai mesmo me deixar?

— Eu deveria ter ido embora há muito tempo.

Se fosse qualquer outra pessoa, essas palavras poderiam machucar, mas a pessoa em questão era Bianca Bishop. Ela não sentia as coisas como as outras pessoas. Porque ela não era como as outras pessoas.

— Venho pensando muito a nosso respeito. — Ela tentou sorrir, mas parecia um sorriso desesperado e nada sincero. — Sei que quando a gente conversou no ano passado, você disse que esperava mais de mim, e eu não fui capaz de te dar o que você queria. Mas acho que consigo agora. Acho que eu e você podemos ser...

— Eu conheci outra pessoa.

— Ah. — Ela ficou em silêncio por alguns instantes, e então a sua tristeza se transformou em raiva. — Já entendi. Então é isso o que você quer de verdade. Você conheceu uma pessoa e agora, do nada, quer uma vida totalmente nova. Depois de tudo o que o tio Nick fez por você. Depois de tudo o que *eu* fiz por você.

— O que significa isso? — Agora Oscar também estava ficando com raiva. — Tudo o que você fez por mim, tudo o que Nick fez por mim, eu paguei de volta. E com juros. Sempre fui leal a vocês dois e ao parque...

— Você não seria nada sem a gente. — Bianca semicerrou os olhos. — Nada!

— Não faça isso. Não diga coisas das quais você vai se arrepender depois. Não piore as coisas. — Oscar jogou o cheque na mesa. — Fique com o seu dinheiro. Eu vou ficar aqui até a gente encontrar alguém para me substituir.

— Achei que você me amava, Oz. — Bianca estendeu a mão para ele.

Oscar parou de andar.

— Eu te amava. Mas agora vejo que você nunca me amou. Tudo o que eu fiz, fiz pelas razões erradas. E você nunca reconheceu nada disso. Você estava ocupada demais transando com os seus garotos de estimação.

— *O quê?*

— Você acha que eu não sei? — Oscar soltou a mão da dela. — Sei que você tinha um caso com o Blake Dozier. Você estava no último andar, no seu apartamento, a noite toda naquela noite. Você ficou com o Blake antes de ele desaparecer?

— Eu... — Bianca parecia completamente atordoada. — Não, claro que não. Eu nunca... quer dizer, nós... Eu não tive nada a ver com o desaparecimento dele.

— Eu não perguntei se você teve. Mas valeu por confirmar que você estava dormindo com ele.

Bianca ficou vermelha.

— Não é da sua conta.

— Puta merda — Oscar disse. Ele deu um passo para trás, caindo em si. — Foi por isso que o Blake escalou a roda-gigante. Foi por isso que ele fez isso usando o uniforme. Ele sabia que uma performance assim faria ele ser demitido. Mas ele não estava nem aí. Foi para *você* que ele mostrou o dedo. Foi o jeito dele de mandar você se foder. Você é o motivo por ele estar desaparecido? — Oscar parou e ergueu a mão. — Quer saber, não precisa responder. Eu não estou a fim de saber.

— Você está muito bravo comigo. — Bianca abriu um sorriso melancólico. — Oz, por favor. Vamos tentar de novo. Me dê mais uma chance.

Oscar retribuiu com um sorriso também melancólico.

— Já dei o suficiente para você — ele disse. — Cansei.

22

IMPACIENTE, VANESSA ESTAVA SENTADA EM SUA SALA no departamento, esperando que o chefe de polícia terminasse uma ligação. Earl Schultz havia marcado uma reunião de atualização com ela, mas estava 15 minutos atrasado, o que em geral não seria um grande problema, mas Vanessa tinha planos de se encontrar com Jerry para um jantar no início da noite. Eles iriam até o País das Maravilhas para fazer uma surpresa a Ava, que ainda não tinha visto Jerry, e então os três iriam pegar John-John no acampamento de verão.

Desde o dia anterior, Vanessa vinha sentindo uma leve dor de cabeça. Ela e Jerry passaram a tarde com Tanner Wilkins, primeiro no Devil's Dukes e depois no Monkey Bar para um almoço tardio, um estabelecimento local para o qual Vanessa nunca havia ido e onde comeu o melhor hambúrguer da vida. Se Tanner gostava dela do jeito que Jerry havia sugerido, ela nem notou. Sem dúvida, ele foi mais gentil com ela do que quando se conheceram, mas a conversa havia se concentrado no filho dele. Os três revisaram as anotações de Jerry e o prontuário policial de Tyler, analisando cada detalhe relacionado ao desaparecimento do garoto e tentando encontrar alguma coisa — qualquer coisa — que pudesse ter escapado. Eles não conseguiram chegar a novas hipóteses, e isso era desanimador.

Vanessa ouviu uma batida à porta da sua sala.

— Encontrei uma coisa, delegada — Donnie disse.

Ela se animou.

— Você encontrou Glenn Hovey?

— Não, foi mal, sem novidades a esse respeito. — O jovem investigador entrou e fechou a porta. — Tem um minutinho?

— Earl vai me chamar a qualquer momento, mas ele já está atrasado. Então, sim, tenho. — Ela sorriu para ele. — O que foi?

— Sei que você falou para mandar as imagens das câmeras de segurança do parque para um especialista forense externo, mas não é mais necessário. Assisti às gravações várias vezes e estava quase desistindo, mas uma coisa não saía da minha cabeça e então reassisti tudo. — Donnie deixou um pen drive na mesa dela. — Oscar Trejo te explicou como funciona o sistema de segurança deles?

— Não exatamente. — Vanessa pegou a caneca de café e tomou um gole. — Só sei que é um sistema velho e ridículo, e Oscar não discordou.

— É isso mesmo. — Donnie se sentou. — As câmeras são um desastre. Algumas até funcionam, mas não o tempo todo. Outras simplesmente não funcionam. A qualidade da imagem, como você sabe, é um lixo. Os computadores deveriam estar registrando e armazenando tudo de todas as câmeras o tempo todo, mas o sistema não funciona direito, aí só registra e armazena de vez em quando. O sistema também está configurado para apagar as imagens a cada 24 horas…

— A cada 24 horas? — Vanessa quase se engasgou com o café. — Então, qual é o objetivo do sistema?

— Salvar as imagens gravadas durante 24 horas — Donnie respondeu. — O que significa que se você não tivesse pegado o disco rígido quando pegou, talvez tivéssemos perdido tudo o que aconteceu na manhã em que Blake Dozier tirou aquela foto infame.

— Mas, no fim das contas, não serviu para nada. — Vanessa franziu a testa. — Não conseguimos ver nada. E a gravação sofreu uma interrupção.

— Na verdade, acho que não sofreu uma interrupção. Acho que alguém parou a gravação. De propósito.

Ela o encarou.

— Não brinca comigo.

— Não sei o quanto você entende de computadores…

— Muito pouco. Você vai ter que me explicar como se eu fosse uma criança de cinco anos, e não entre em detalhes técnicos, porque não vou conseguir entender.

— Tudo bem. — O investigador se inclinou para a frente, coçando a nuca como sempre fazia quando estava pensando, um sinal claro de que o seu cérebro estava funcionando a todo vapor. — Então, quando um arquivo é apagado de um disco rígido, não significa necessariamente que ele está perdido. Muita coisa pode ser recuperada sabendo onde procurar. Quando analisei a gravação de novo, e quero dizer, analisei de perto, como um especialista, descobri três coisas. Primeiro, a câmera na área de entretenimento, que estava direcionada para a roda-gigante, não sofreu uma interrupção. Caso contrário, ela teria continuado gravando ruídos estáticos ou não mostrando nada. Acho que alguém parou a gravação, de propósito. O que revela que alguém com acesso à sala de vigilância estava no parque naquela noite.

— Glenn Hovey.

— Seria o mais lógico, mas na verdade pode ser qualquer pessoa com acesso ao prédio administrativo — Donnie disse, ficando empolgado. — Segundo, o sistema não funcionou direito quando a pessoa pressionou o botão de parar. A gravação travou por um tempo, tipo um tombo, e depois simplesmente continuou. E gravou por mais ou menos uma hora.

Vanessa estava começando a ficar animada.

— Por favor, pelo amor de deus, me diga que você conseguiu recuperar essa hora.

— Infelizmente, não.

— Droga.

— Quem quer que tenha sido voltou para a sala de vigilância e verificou por precaução, e isso foi inteligente, e aí apagou esse trecho adicional. E, só para garantir, apagou de novo.

— Sabia que era bom demais para ser verdade.

— É, exceto por dois minutos e meio.

— *Como assim*? — Vanessa perguntou.

— Consegui recuperar dois minutos e meio do trecho adicional — Donnie respondeu, exultante. — Por causa daquele tropeço idiota, quem tentou apagar o trecho adicional do disco rígido se esqueceu dessa parte. E isso significa que o sistema de segurança de merda, apesar de toda a sua ridícula obsolescência e antiguidade, é o motivo por termos esses dois minutos e meio. Eles foram apagados, mas não eliminados, e aí eu consegui recuperá-los.

— Excelente trabalho, Donnie. — Vanessa abriu um sorriso largo. — E aí? Não me deixe no escuro. O que você viu?

— Encaixa no seu computador. — Donnie contornou a mesa e ficou ao lado dela. Vanessa inseriu o pen drive no computador e o vídeo começou a ser exibido. — Eu copiei apenas essa parte para você ver rapidinho.

Os dois observaram o monitor. O vídeo começou com a repetição de Blake Dozier chegando ao alto da roda-gigante e tirando fotos, com os braços estendidos enquanto usava o celular.

— Sempre sinto tontura vendo essa cena — Donnie afirmou. — Foi mal, mas esse garoto é pirado.

— Com toda certeza.

O vídeo então deu uma ligeira travada, bem como o investigador disse, e passados alguns segundos, continuou.

— Beleza, estamos no tempo adicional. Presta atenção.

Vanessa prestou. No início, era mais do mesmo. Blake parecia estar digitando no celular, agora com as duas mãos. Dois minutos se passaram.

— Com base no registro da hora, é o momento em que ele deve ter postado as fotos nas redes sociais — Donnie disse. — É agora. Espere... espere... aí. O vídeo ficou preto. — Você viu?

— Que ele perdeu o equilíbrio? — Vanessa disse, confusa. — Porque foi o que pareceu para mim. Fiquei com a impressão de que ele estava prestes a cair.

— Pois é, mas você viu *por que* ele perdeu o equilíbrio? Vamos ver de novo. — O investigador retrocedeu o vídeo cerca de 20 segundos. — Presta atenção. Não olhe para o Blake. Observe os raios da roda-gigante. Facilita perceber o que está acontecendo.

Vanessa se concentrou nos raios da roda-gigante, conforme a orientação de Donnie, e alguns segundos depois, ela viu.

— Caramba. A roda-gigante se *moveu*?

— Acho que pelo menos uns 30 centímetros. — O investigador parou o vídeo. — Nessa altura, pode ter sido o suficiente para fazê-lo escorregar. As barras entre os raios em que ele estava são finas e inclinadas. Seria difícil manter o equilíbrio com a roda-gigante se movendo.

— Mas o Blake não caiu. — Vanessa encarou a tela. — Se tivesse caído, o corpo dele teria se desmembrado e ficaria espalhado por toda a área. E se isso tivesse acontecido, ninguém conseguiria limpar tão rápido. Teríamos encontrado vestígios dele quando examinamos o corpo do Harry Sem-Teto.

— Com certeza. Se o Blake morreu, a morte dele foi de outra maneira. Mas esse vídeo prova que alguém ligou a roda-gigante enquanto ele estava nela. — Donnie contornou a mesa e voltou a se sentar. — Quando trabalhei no parque, era necessário uma chave para ligar o motor da Roda-Gigante Mágica. Quem matou o Blake tinha acesso a essa chave, que, pelo que me lembro, ficava numa caixa no galpão de manutenção.

— Que fica bem ao lado da área de entretenimento, não é? Um galpão de tijolos cinza?

— Esse mesmo. Quem estiver encarregado da manutenção dos brinquedos precisa inspecionar a roda-gigante primeiro. Se estiver tudo certo, a chave é entregue ao operador que estiver trabalhando no primeiro turno.

— E a chave fica na roda-gigante o dia todo?

— Em geral, sim. Quem opera o último turno precisa devolver a chave para a manutenção.

— Então, você está dizendo que, para a roda-gigante se mover, alguém teve que *fazê-la* se mover, e para fazer isso, teria que saber onde conseguir a chave. O peso do próprio Blake não poderia ter feito ela girar? — Vanessa disse, quebrando a cabeça.

— De jeito nenhum. Essa roda-gigante pesa, tipo, mais de 110 toneladas. — Ao ver a expressão de Vanessa, Donnie deu de ombros sem jeito. — Eu pesquisei.

— Ótimo trabalho. Sem dúvida, isso representa um avanço significativo no caso. Parece que alguém estava tentando matar o Blake. — Vanessa tamborilou os dedos na mesa. — Só pode ser o Glenn Hovey. Ele era a única pessoa escalada para estar lá naquela noite. Ele tem acesso total ao parque após o expediente e à sala de vigilância, claro, sabendo muito bem quais câmeras funcionam e quais não. Glenn também deve saber como apagar as gravações dos discos rígidos. Deve até saber como operar os brinquedos. Sem contar que fica vendo vídeos pornôs durante os turnos e a vizinha dele acha que ele é esquisitão. E por último, e isso é o mais importante, *por onde ele anda*? Tudo se encaixa. No mínimo, posso acusá-lo pelo assassinato de Aiden Cole.

— Parabéns, Hovey, onde quer que você esteja — Donnie disse. — Você acabou de se tornar o suspeito oficial.

O intercomunicador de Vanessa tocou, e a voz de Earl ecoou pelo alto-falante.

— A sua espera.

Ela olhou para Donnie.

— Bem, isso vai ser divertido. Eu estava preocupada de não ter nada novo para relatar.

— O chefe não vai gostar de saber que alguém matou o Blake Dozier no querido parque dele. — Donnie coçou a cabeça. — Não queria estar no seu lugar para contar isso para ele.

— Não vai ser eu. — Vanessa abriu um sorriso doce para Donnie. — Vamos lá, meu nerd. Anda logo. Vou deixar você ganhar todo o crédito.

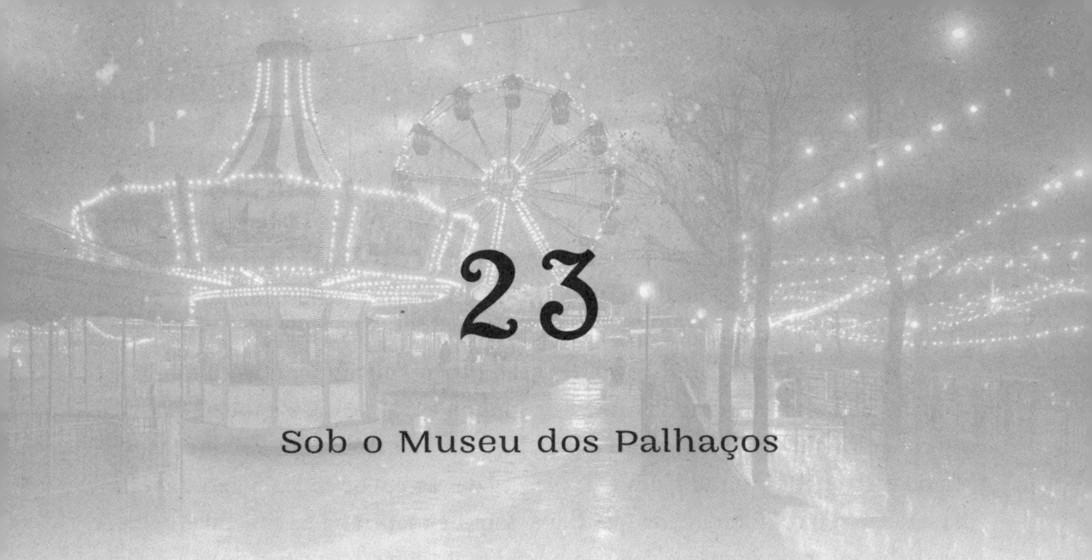

23

Sob o Museu dos Palhaços

BLAKE JÁ ESTAVA SEM COMIDA HÁ UM BOM TEMPO. QUANTO tempo, exatamente, ele não sabia dizer, mas sabia que cada parte do seu corpo estava doendo. Ele fazia o possível para se manter hidratado, bebendo o máximo de água possível sempre que podia, mas não era suficiente. As barras de chocolate, os biscoitos e os sanduíches não duraram mais do que alguns dias, e ele estava sofrendo novamente.

Comida e fuga eram tudo o que ele pensava, o dia todo. Ele agora entendia por que uma solitária era uma punição eficaz. Privado de tudo, exceto do básico, era possível enlouquecer só de ficar sentado sozinho o dia todo, sendo forçado a focar nos próprios pensamentos. Não havia nada para distraí-lo, nada para impedi-lo de morrer mentalmente, e o tempo se arrastava com tanta lentidão que parecia que o mundo tinha parado de girar em torno do seu eixo.

Mas pelo menos os caras na prisão tinham uma hora por dia ao ar livre, onde havia sol. Pelo menos os caras na prisão podiam ler livros para passar o tempo. Pelo menos os caras na prisão — assassinos, pedófilos, traficantes de drogas — tinham três refeições por dia, roupas limpas, chuveiros e cobertores quentes. Eles não eram submetidos a horas intermináveis no escuro, onde não havia nenhuma noção de dia ou noite, onde tinha apenas o fedor do próprio corpo para companhia.

Blake foi acometido por outro espasmo. Ele segurou a barriga e gemeu. Puta merda, a fome era terrível. Era quase como se todo o seu corpo estivesse se consumindo para se manter vivo, e nenhuma quantidade de água faria os espasmos cessarem. Ele voltou a gritar quando a dor o dominou e, depois, começou a chorar no colchonete sem nada.

Qualquer coisa era melhor do que isso. Qualquer coisa.

Um som baixinho chamou a sua atenção, um farfalhar de algum tipo. Blake fez um esforço para se acalmar e poder ouvi-lo. A única luz no túnel vinha de um corredor à direita da sua cela, e ele supôs que era uma lâmpada que ia se apagando, com base no jeito que ficava piscando. Às vezes, ele também ouvia sons vindo daquela direção, como o *jingle* do País das Maravilhas que havia tocado quando ele acordou ali pela primeira vez. Porém, como ele nunca mais o tinha ouvido, achou que talvez tivesse imaginado.

Mas o som farfalhante agora era real. Procurando ignorar as câimbras nas pernas, Blake se levantou da cama e caminhou até as barras de metal. No chão de cimento, uma garrafa térmica de um litro estava rolando em sua direção, vinda do mesmo lugar onde a lâmpada piscava de vez em quando. A garrafa térmica não era muito diferente da que Blake sempre mantinha na mochila. Feita de plástico azul transparente, ele viu na hora que ela não estava cheia de água. Tampouco parecia estar vazia.

Agachando-se, ele estendeu o braço entre as barras da cela e pegou a garrafa. Algumas barrinhas de chocolate estavam guardadas em seu interior, as mesmas que haviam sido jogadas para ele pelo sequestrador no outro dia. Ele desenroscou a tampa e sacudiu a garrafa. Havia cinco barrinhas. Desembrulhou uma delas e a comeu às pressas, e depois comeu outra.

Forçando-se a parar de comer, ele olhou para o túnel, para a parte escura.

— Tem alguém aí? — Blake chamou, sem ver necessidade de gritar. Ele procurou manter o volume da voz moderado; de onde quer que as barrinhas de chocolate tivessem vindo, não poderia ter sido de muito longe. No entanto, a sua voz ecoou de leve pelo túnel. — Tem alguém aí?

Nenhuma resposta.

— Tem alguém aí? — Ele não se atreveu a falar mais alto, com medo de que quem o havia trazido ali voltasse e levasse a comida que, possivelmente, ele não tinha permissão de ter. — Se você está aí, por favor, diga alguma coisa. Hein?

Ainda nenhuma resposta. Ele esvaziou a garrafa térmica, colocando as barrinhas de chocolate no bolso. Recolocou a tampa da garrafa térmica e a deixou no chão, do lado de fora da grade. Não havia rolado muito rápido quando tinha aparecido na frente da cela e, assim, ao rolá-la de volta, fez o possível para imprimir a mesma velocidade.

— Meu nome é Blake — ele disse. — Obrigado pelos chocolates. Seja quem for, eu queria muito conversar com você.

Mais um momento de silêncio se passou, e então, baixinho, a música começou a tocar. Estava vindo da mesma direção de onde a garrafa térmica tinha vindo, e foi quando Blake se deu conta de que a luz fraca e piscante que ele havia visto não era de uma lâmpada prestes a queimar. Era de uma tevê.

Então a ficha caiu, e Blake se sentiu um idiota por não ter percebido isso antes. Havia *outra* cela ao lado da sua, a tevê funcionava ali, para quem estivesse nela. Uma comédia estava passando, a julgar pelos sons fracos das gargalhadas artificiais. No mesmo instante, Blake sentiu inveja. Uma tevê funcionando faria toda a diferença ali embaixo. Para ter certeza, ele estendeu o braço para cima e voltou a pressionar o botão da sua própria tevê, mas ela continuou desligada.

Outra câimbra de fome o dominou, e Blake desembrulhou a terceira barrinha de chocolate. Ele precisava tentar preservar as outras duas, porque não sabia quando voltaria a receber comida. Quem estava na cela ao lado devia ter a sua própria comida, e Blake teria que se sair melhor na próxima vez que o seu sequestrador chegasse com comida.

Blake encostou o rosto nas frias barras de metal, esperando que a sua cabeça coubesse para que ele pudesse ter um vislumbre de quem estava na cela ao lado… ou pelo menos dar uma olhada na tevê. A luz continuava piscando, iluminando fracamente o trecho do corredor a sua direita, que em geral estava escuro.

A luz piscante revelou algo no corredor. Curioso, Blake se esforçou para identificar o que era. Semicerrou os olhos. Perdeu de vista. Voltou a semicerrar os olhos. Viu. Então, sentiu seu espanto crescer, ameaçando engasgá-lo, ameaçando liberar o pouco de comida que tinha acabado de consumir, e ele não podia se dar ao luxo de vomitar.

Um corpo sem vida estava estendido a cerca de três metros de distância.

As roupas estavam em farrapos, havia uma careta macilenta esculpida no rosto putrefato, e os espaços ocos onde os seus olhos estiveram encaravam Blake, sem ver nada.

Blake gritou.

24

A CAIXA DE PIZZA ESTAVA NAS MÃOS DE AVA QUANDO VAnessa desceu a escada, e ela sentiu o escrutínio da filha.

— Algum encontro especial? — A voz de Ava estava seca.

— Isso significa que estou bonita? — Vanessa perguntou, esperançosa.

A filha deu de ombros.

— Tá bonita. Essas sandálias são novas?

Vanessa olhou para os pés. Ela estava usando sandálias de tiras pretas com saltos de quase oito centímetros, legging preta e túnica cinza folgada.

— Acho que comprei um ano atrás. Não usei até agora. Que tal? Gostou?

— Tá legal — Ava repetiu. — Qual é o número delas? — perguntou a contragosto.

— São 37 — Vanessa respondeu. — Daria para você usar. Você anda melhor de salto do que eu.

— A Katya pode dormir aqui?

— De novo? — Vanessa franziu a testa. — Por que você não passa um tempo com o John-John hoje? Ele estava louco por isso.

— A Katya é filha única. Ela também deve adorar passar um tempo com o John-John.

— Valeu a tentativa. Vocês duas têm passado muitas noites juntas. Reserve hoje para curtir um tempo só você com o seu irmãozinho. Por favor.

— Tá bom — Ava respondeu e levou a pizza para a cozinha sem dizer nada. Vanessa permitiu-se um sorriso discreto e pegou o batom na bolsa para retocar os lábios. Era sempre imprevisível como as coisas iam rolar com garotas adolescentes.

Por outro lado, com os garotinhos as coisas rolavam muito mais fáceis. John-John saiu saltitando da cozinha, com uma fatia de pizza de pepperoni na mão. Ele tinha tirado todos os cogumelos, porque um menino no acampamento de verão disse a ele que os cogumelos eram fungos, e que um fungo era como uma doença.

Seu rosto se alegrou ao ver a mãe.

— Você está bonita! Para onde você vai?

— Eu já disse. Jerry ainda está na cidade. A gente vai jantar e conversar sobre coisas de trabalho.

— Posso ir também? Eu gosto do Jerry.

— Ele também gosta de você, mas dessa vez não dá, querido. Você vai ficar em casa com a sua irmã, comer pizza e assistir a algum filme. Comporte-se e faça o que ela disser, tá bom?

John-John franziu a testa e coçou a cabeça com a mão livre. O seu rostinho estava tão fofo que Vanessa teve que se conter para não beijá-lo. Ele estava começando a se esquivar dos seus beijos, o que partia o seu coração. Ele estava crescendo rápido demais.

— A gente pode ver *Batman*? Está passando na Netflix.

— Pergunte a sua irmã. Se ela concordar, eu também concordo.

— Avie, a gente pode ver *Batman*? — ele gritou.

— Pode ser — ela respondeu da cozinha. — Mas você não pode ficar falando durante o filme. A regra é essa.

— Tá bom. — Virando-se para a mãe, ele sussurrou: — Ela é mandona.

— É mesmo. — Vanessa deu uma risada. — Na cama até às nove, tá bom?

— Por quê? — Sua voz de menino de sete anos de idade foi logo ficando com um tom choroso. — O Jaden pode ficar acordado até às dez.

— Por isso é que o Jaden não consegue acordar para ir para o acampamento — Vanessa disse. — Lembra como a mãe dele não conseguiu acordá-lo outro dia e ele perdeu a aula de natação?

— Lembro. Por que a Avie não precisa ir para o acampamento?

— Porque a Ava já é uma mocinha e tem um emprego — Vanessa respondeu. — Quando você crescer, também vai ter um emprego de verão.

— Queria muito passar o dia todo no País das Maravilhas. Vou trabalhar lá quando tiver quatorze anos — John-John disse, como se fosse uma novidade para Vanessa. — Acho que é o melhor lugar do mundo. Mas não gosto do Museu dos Palhaços como a Avie. É muito assustador. Quero trabalhar na montanha-russa. Fazer ela andar na velocidade máxima. O Jaden disse que o irmão mais velho dele opera ela. Ele aperta o botão para a montanha-russa funcionar. Aparentemente é muito divertido.

— O Museu dos Palhaços também é muito divertido — Ava gritou da cozinha. — Posso usar uma fantasia e assustar as pessoas o dia todo. É muito melhor do que usar aquele uniforme roxo fuleiro como todo mundo.

— O que é fuleiro? — Vanessa perguntou ao filho.

— É brega — John-John respondeu.

— Ah. — Vanessa não tinha entendido. E a ficha só caiu alguns instantes depois, e ela suspirou. *Fuleiro* foi o jeito de Ava não dizer *fodido*.

Vanessa se abaixou e deu um beijo na testa do filho. Ele até ficou parado enquanto ela fazia isso, mas só um pouquinho, e não sem fazer careta.

— Não quero que você fique usando essa palavra, não é legal.

John-John se esquivou e voltou a comer a sua fatia de pizza.

— Vou trancar a porta. Devo estar em casa por volta das dez. Ouviu, Ava? — Vanessa gritou.

— Ouvi — Ava respondeu, já na sala de estar, mal ouvindo a voz da mãe por causa do som da tevê.

— Estou com o celular. Manda uma mensagem ou ligue se alguma coisa acontecer.

— Estamos numa boa, mãe — Ava afirmou. — Não vai acontecer nada.

— Você sabe do que estou falando, Ava. — O tom de Vanessa foi severo. Mais cedo naquele dia, elas tiveram outra discussão sobre a segurança da filha no parque. — Você sabe o que estou investigando agora. Não abra a porta. Se alguém ligar, não diga que não estou em casa.

— Eu *sei*!

Numa inspeção final, Vanessa se olhou no espelho de corpo inteiro. Em seguida, cheirou o buquê de rosas cor-de-rosa que havia colocado mais cedo na mesa do vestíbulo. Então, ela saiu, trancando a porta e a forçando para garantir que estivesse realmente fechada. Ela costumava fazer a mesma coisa quando moravam em Seattle, e jamais teria pensado que teria as mesmas preocupações em Seaside, a menor e mais bonita cidade do sudoeste do estado de Washington.

As luzes no interior do Tango Bar deixavam o ambiente na penumbra. Por um momento, Vanessa parou perto da entrada e percorreu com os olhos o salão. Estava quase dois terços cheio, e ela não viu ninguém que conhecesse. O público era todo de turistas, todas as pessoas estavam apenas de passagem. Por isso, ela tinha escolhido o lugar.

Vanessa havia mentido para os filhos. Ela não ia se encontrar com Jerry para jantar; o seu velho amigo tinha outras coisas para fazer.

Sentando-se junto ao balcão, ela pediu uma cerveja. Já tinha tomado meia garrafa quando as portas se abriram e Oscar Trejo entrou. O seu coração disparou e, em seguida, bateu com força, quase com dor, para tentar recuperar o ritmo normal.

Ele estava sozinho, conforme o combinado, usando calça jeans azul-escura e uma camisa de colarinho abotoado com as mangas arregaçadas. Oscar caminhou até ela, ignorando os olhares de admiração de várias clientes. Ele estava bonito, e o perfume era ainda mais agradável.

— Obrigado por ter vindo — Oscar disse. — Eu não tinha certeza se você apareceria.

— Bem, você não desiste, isso eu tenho que admitir. — Vanessa deu um sorriso discreto. — Três mensagens de voz, seis mensagens de texto e uma dúzia de rosas cor-de-rosa. Eu deveria ter esperado o telegrama animado.

— Enviaria amanhã se você tivesse dito não para este encontro. — Oscar deu um sorriso largo, sentando-se na banqueta ao lado dela. O barman se aproximou. — Quero o mesmo que ela.

Logo em seguida, os dois estavam brindado com as garrafas.

— A nós — ele disse.

— Eu não sabia que havia um nós — Vanessa disse. — Eu mal te conheço, Oz. Você mal me conhece. A gente se divertiu aqui na outra noite, e era só isso que deveria ser.

— Ai. — Oscar fingiu que Vanessa tinha acabado de apunhalar seu coração. — Você não é a mulher que eu me lembro daquela noite. Ela era bem mais descontraída do que você.

— Ela também era a "Lynn", lembra? — Vanessa disse, brincando com a garrafa de cerveja. — Lynn, que não falava nada sobre a sua vida pessoal. Lynn, que não era a chefe-adjunta da polícia de Seaside. Naquela noite, eu só queria um pouco de companhia. Assim como você.

— Eu gosto de você. — Oscar girou a banqueta para ficar de frente para ela. — Não estou nem aí para o seu nome. Não estou nem aí para o que você faz da vida. Eu gosto de *você*. Sei que a gente acabou de se conhecer. Mas e daí? Quando acordei na manhã seguinte e você tinha sumido, fiquei decepcionado, e eu nunca fico decepcionado. Costumo ficar é aliviado. E aí, quando eu voltei a te ver, ainda que as circunstâncias fossem horríveis, não consigo explicar... Eu fiquei muito feliz mesmo ao ver você.

Oscar tocou no braço de Vanessa. Ela se retraiu um pouco, e ele retirou a mão.

— Sei que estou indo com tudo — Oscar disse. — Mas tenho a sensação de que, se não for assim, você não vai me levar a sério. E a vida é curta. Eu perdi muito tempo fazendo coisas que não me deixam feliz e não quero continuar fazendo isso. Quero fazer o que me faz bem. Quero confiar na minha intuição. E a minha intuição me diz que, se eu não me esforçar ao máximo para te convencer a me dar uma chance, vou me arrepender. E não sei o que você acha, mas não posso me dar ao luxo de ter mais arrependimentos.

Vanessa olhou Oscar nos olhos. Cada palavra que ele tinha dito fazia sentido. Ela sabia muito bem do que ele estava falando. Vanessa tinha muitos arrependimentos, coisas que ela desejava poder mudar, coisas que faria de novo num piscar de olhos se pudesse.

Mas ela não podia. Na vida, não havia como voltar atrás. Havia apenas o aqui e o agora.

— Tudo bem — ela disse. — Vou abrir o jogo, e quero que você preste atenção, tá certo?

Oscar se retraiu.

— É tão sério assim?

— Cabe a você decidir. Não é o momento certo para eu me envolver com alguém. O meu marido morreu há seis meses, de repente e de forma trágica. O nosso casamento não era bom, faz tempo que não era bom. Então, ele morreu, e tem sido difícil para os meus filhos e para mim também. Eu deixei o meu último emprego prestes a ser demitida porque um garoto que amei na adolescência cresceu e se tornou o maior traficante de drogas do Noroeste Pacífico. Ele usou o nosso relacionamento para manipular o julgamento dele, e isso foi ótimo para ele, já que ele foi absolvido, e péssimo para mim, já que manchou a minha reputação. Eu tive que pedir um favor para conseguir esse emprego em Seaside, o que envolveu muita súplica, e não gosto e nem sou particularmente boa nisso. Tirei os meus filhos de uma casa e de uma cidade que eles amavam porque havia muitas lembranças ruins lá, porque a gente precisava de um recomeço, do contrário não iríamos chegar a lugar nenhum. Tive mais transas sem compromisso do que consigo contar; uma foi enquanto eu ainda estava casada, e houve várias desde então. A primeira me torna uma adúltera, e a última me transforma numa vagabunda. Nada disso deve ser atraente para você, que parece estar procurando um relacionamento mais profundo do que sou capaz de oferecer. Eu não confio em ninguém e, em geral, acho que as pessoas são mentirosas e trapaceiras, porque eu sou, e não é justo exigir de ninguém um padrão mais alto do que o que exijo de mim mesma. Estou entre as piores pessoas com quem você poderia se relacionar, só se for algo sem compromisso, e se você for esperto, é melhor sair correndo daqui.

Um silêncio se instalou entre eles.

— Já terminou? — Oscar finalmente disse. — Porque esse foi um monólogo muito bom e eu queria ser tão articulado quanto você, mas não sou. Você acha que eu não tenho problemas? Acha que pode me intimidar assim? Eu não estava atrás da sua autobiografia. Não dou a mínima para o seu passado. Todo mundo tem um. Tudo o que me importa, tudo o que conta, é como você se sente. Em relação a mim. Agora. Supondo que você sinta alguma coisa.

— Eu não sei como me sinto. Até porque passei muitos anos tentando não sentir nada, porque os sentimentos complicam as coisas. Mas sei que não consegui parar de pensar em você desde aquela noite. Isso também nunca aconteceu comigo. E eu só quero parar de falar agora, ir para a sua casa e ficar pelada com você. É só o que sei.

Por um instante, Oscar hesitou e então disse:

— Nem se preocupe em terminar a sua cerveja. Tenho em casa.

Ele deixou uma nota de 20 dólares no balcão, pegou a mão de Vanessa e a levou até a saída.

— Não posso passar a noite aqui — Vanessa disse dez minutos depois. Eles estavam de volta à casa dele, cara a cara no quarto dele, ambos vestidos. Ao contrário da última vez, os dois estavam sóbrios, e a luzes estavam acesas. — Preciso ir para casa cedo dessa vez.

— Tudo bem.

Por mais um momento, ele ficou encarando Vanessa e, então, puxou-a para perto e a beijou com fervor, com a língua invadindo sua boca. O beijo não foi rude, mas também não foi suave; foi apaixonado e urgente. Num instante, ela se sentiu excitada. Não se comparava em nada à primeira vez. Embora ainda estivessem se conhecendo, já não eram mais estranhos.

Oscar moveu as mãos pela cintura de Vanessa até as nádegas dela, que ele apertou. Por sua vez, ela enfiou as mãos por baixo da camisa dele e as deslizou pela parte inferior das costas dele, até o tufinho de pelos logo acima do traseiro dele, que era agradavelmente macio. O beijo se intensificou, e ela esfregou o corpo no dele.

De repente, Oscar retrocedeu.

— Não — ele disse. — Não quero que a gente se apresse. Não temos a noite toda, mas temos tempo suficiente para ir devagar. Você disse que queria ficar pelada comigo. — Ele deu mais um passo para trás. — Então tira a roupa. Eu quero te ver.

Sorrindo, Vanessa tirou a túnica pela cabeça. Sob a luz suave do quarto, seus olhos se deleitavam com ela. Vanessa soltou as tiras das sandálias e, em seguida, enfiou os polegares em cada lado da cintura da legging. Lentamente, foi puxando para baixo. E então simplesmente ficou ali, só de sutiã e calcinha, deixando que Oscar visse tudo o que queria ver.

— Meu deus, você é linda — Oscar disse.

Vanessa estendeu a mão para as costas e abriu o fecho do sutiã, deixando os seios caírem um pouco e se acomodarem na posição natural. O mamilos eram rosados e estavam eretos. Ele lambeu os lábios ao vê-los. Então, lentamente, ela foi deslizando a calcinha para baixo, deixando que ele visse tudo. Sem inibição, Vanessa o encarou, enquanto Oscar percorria com os olhos o corpo nu dela, parando nos seios, depois no umbigo e, em seguida, na região entre as pernas, recém-depilada no chuveiro uma hora antes.

— Deita na cama — ele disse com a voz grave.

Vanessa obedeceu, deitando-se com a cabeça apoiada no travesseiro dele e os joelhos um pouco afastados. Oscar não tirou os olhos dela ao se despir, primeiro desabotoando parcialmente a camisa e, depois, arrancando-a com pressa pela cabeça. Então, retirou a calça e depois a cueca boxer. O membro dele já estava todo ereto, e Vanessa o encarou com desejo.

Porém, antes de se pôr em cima de Vanessa, Oscar agarrou os tornozelos dela e a puxou para a extremidade da cama até o traseiro ficar posicionado na beira. Após abrir as pernas de Vanessa, ele se ajoelhou, e as costas dela arquearam de prazer quando a língua dele a encontrou.

Ela atingiu o orgasmo apenas alguns minutos depois, e então ele se levantou e a penetrou. O orgasmo dele não demorou a chegar. Ofegante, ele caiu sobre ela.

— Eu queria que tivesse durado mais — ele disse, enterrando o rosto no pescoço dela.

— Foi o suficiente. — Ela afirmou e beijou a cabeça dele. — Foi incrível.

— Por favor, me diga que vai haver uma próxima vez. Eu preciso ver você de novo.

— A gente tem que tomar cuidado — Vanessa disse, acariciando o cabelo dele. — Ainda estou trabalhando no caso do desaparecimento de Blake Dozier e no caso do homicídio de Aiden Cole. Enquanto os casos não estiverem concluídos, não podemos ser vistos como amigos. As pessoas vão comentar, e Seaside é um ovo, como estou aprendendo.

— O que acabamos de fazer foi mais do que amizade.

— Eu posso acabar perdendo o emprego.

— Entendo. — Oscar fez uma pausa. — Então, como anda a investigação a respeito do Blake?

— Não tão perto quanto eu gostaria. Mas é bem provável que ele esteja morto. Estamos tratando do caso como se fosse um homicídio, porque parece ser para onde as evidências estão apontando.

— Que evidências?

— Eu não devia estar falando sobre isso com você — ela disse. — Não devo discutir casos em andamento, ainda mais agora que há uma probabilidade de que ele tenha sido morto nas dependências do parque. Você é o vice-presidente de operações. Isso complica as coisas.

— Não serei mais o vice-presidente por muito tempo. Vou cair fora em breve. Comprei um restaurante e vou reformá-lo.

— Caramba. — Vanessa ficou impressionada. — Você não estava brincando quando disse que estava seguindo um rumo diferente. Com certeza o parque vai sentir a sua falta.

— Pode ser que sim. Mas grandes mudanças também andam acontecendo lá. Bianca está achando que talvez seja hora de vender o parque. Mas guarde isso para você, tá bem? Isso não pode vazar de jeito nenhum. — Oscar tocou nos lábios dela com um dedo.

— Nem um pio. Mas Bianca pode tomar essa decisão? Achei que o tio dela era o dono do parque.

— E é. Mas, a essa altura, só no papel. Ele não passa de uma assinatura. Bianca toma todas as decisões — Oscar explicou, com a expressão se tornando sombria, mas foi logo voltando ao normal quando ele tornou a beijar Vanessa. — Então, posso fazer alguma coisa para te ajudar a encontrar o Garoto da Roda-Gigante? Ou alguma coisa que você precise saber sobre Aiden Cole?

— Tem um mandado de prisão contra Glenn Hovey — Vanessa disse. — E estamos conseguindo um mandado de busca para a casa dele amanhã de manhã. Mas guarde isso para você, tá bem? Isso não pode vazar.

— Nem um pio — Oscar disse, e ela sorriu. — Conheço Hovey há muito tempo. Trabalhamos juntos no tempo do Jack Shaw. Nicky também. Todos nós tivemos problemas por causa disso. Principalmente Hovey. Então, não posso dizer que é uma grande surpresa para mim você querer prendê-lo.

— Jack Shaw… — Vanessa não sabia como perguntar, mas foi Oscar que trouxe o assunto à tona. — Você foi um dos…

— Todos nós fomos.

— Meu deus, eu sinto muito. E mesmo assim você voltou para o parque?

— Todo mundo tem a própria maneira de lidar com os demônios. Algumas pessoas escolhem fugir, mas a gente escolheu enfrentá-los.

— Shaw morreu antes de ir a julgamento, não foi?

— Num incêndio. A casa pegou fogo. Foi considerado um acidente, mas acho que não foi, não — Oscar disse. — Jack Shaw prejudicou muita gente. Muita gente gostaria de dar o troco.

— E acho que você não sabe quem pode ter feito isso.

Ele ergueu a sobrancelha.

— Se eu soubesse, não contaria para a chefe-adjunta da polícia. O canalha teve o que mereceu. Todo mundo ficou aliviado com a morte do Jack Shaw.

— Carma.

Oscar fez um gesto negativo com a cabeça

— Justiça.

— Então é por isso que você nunca demitiu o Glenn Hovey? — Vanessa perguntou. — Com toda essa história que vocês têm em comum?

— Nicky acreditava de coração em lealdade — Oscar disse. — Só não sei o que ele pensaria sobre isso agora. Sem dúvida, Hovey ficou mais esquisito nos últimos anos, ainda mais desde que Nicky se foi. Nicky sempre foi o mais forte, a rocha. Bianca tenta, mas ela não é como o tio. Ela tem os próprios demônios. Ela é que mantém Hovey.

— Você acredita que o Hovey pode ser um assassino?

— Qualquer um não poderia ser? — Oscar disse.

Assim, uma imagem da cabeça ensanguentada do seu falecido marido assaltou a mente de Vanessa. A arma, quente e fumegante, na mão dela. O peso das ameaças furiosas de John ainda pairando no ar, o seu temor de que ele a machucasse dando lugar a um medo ainda mais profundo ao se dar conta do que ela tinha acabado de fazer. Os gritos em seu peito se acumulando rápido, tentando escapar, mas ela não conseguia emitir nenhum som, nem mesmo um pio, porque John-John estava dormindo em seu quarto no terceiro andar da casa. Frank Greenberg, o melhor amigo de John, entrava na garagem naquele exato momento, entendendo logo de cara o que havia acontecido, entendendo que Vanessa não teve escolha, e que ser presa era a última coisa que os filhos dela precisavam, depois de tudo o que já haviam passado. Frank ajudou a arranjar a cena para parecer que John havia atirado por acidente em si mesmo, o que oficialmente o tornava um cúmplice. Os seus filhos acreditaram que o pai tinha sido descuidado ao limpar a arma, enquanto todos os outros acreditavam lá no fundo que se tratava de um suicídio. O que, considerando a maneira como John vinha se comportando, poderia muito bem ter sido.

Porém, técnica e legalmente, não era. Tratava-se de um encobrimento de um encobrimento, uma mentira em cima de outra mentira. Vanessa sabia tudo a respeito de demônios. E como sabia.

— Ei, está aí ainda? — Oscar perguntou.

Em vez de responder, ela estendeu a mão e puxou a cabeça dele para si. As suas bocas se encontraram e, alguns minutos depois, os dois estavam mais uma vez ofegantes.

— Quanto tempo você ainda tem? — Ele ofegou junto ao ouvido dela, com as mãos ocupadas sob os lençóis.

Vanessa consultou o relógio.

— Não mais do que meia hora.

— Não vou precisar de tanto tempo.

Pouco depois, Oscar voltou a penetrar Vanessa, embora a mente dela estivesse em outro lugar. John vivia presente em seus pensamentos, e Vanessa o imaginava olhando para ela agora de onde ele estivesse, culpando-a por tudo, profundamente decepcionado porque ela não havia sido uma esposa melhor ou uma mãe melhor, e porque ela não tinha sido capaz de ajudá-lo, mesmo tendo tentado.

E como ela tentou.

Destinatário: Todos os colaboradores do País das Maravilhas
Remetente: Nick Bishop
Assunto: Amizades e relacionamentos ao estilo País das Maravilhas!

Caro colaborador,

Parte da experiência no País das Maravilhas inclui a camaradagem que você cria com os seus colegas colaboradores. Nada se compara a passar um verão inteiro ao lado de pessoas trabalhadoras e divertidas, sendo natural querer confraternizar com os seus amigos após o expediente.
No entanto, amizades que se estendem para além do platônico são tão complicadas quanto arriscadas. Embora não haja uma regra definida no Manual do Funcionário a respeito da convivência entre colegas de trabalho de níveis hierárquicos iguais (isto é, colaborador temporário com colaborador temporário), um namoro pode ser embaraçoso para os seus colegas. Se você decidir seguir em frente com um namoro, abstenha-se de demonstrar afeto físico durante o trabalho e reserve todas as conversas de caráter pessoal para depois do expediente.
Os relacionamentos românticos de qualquer tipo entre funcionários de níveis hierárquicos diferentes (isto é, colaborador temporário com chefe de equipe) são considerados uma infração, e podem resultar em demissão. O País das Maravilhas acredita em proporcionar

um ambiente de trabalho seguro e justo para todos. Esse é o jeito País das Maravilhas de ser!

Atenciosamente,
Nick Bishop
Proprietário do Parque de Diversões País das Maravilhas

25

AS COISAS ESTAVAM MELHORES ENTRE AVA E A MÃE. NÃO estavam perfeitas — ela não conseguia imaginar que algum dia seriam perfeitas —, mas estavam melhores, e isso era bom por enquanto. Dito isso, se a mãe tivesse alguma ideia de onde ela estava agora, isso destruiria quase toda a boa vontade que elas haviam conseguido reconstruir nos últimos tempos.

Ava tinha saído do trabalho mais cedo, mas havia enviado uma mensagem para a mãe dizendo que tinha sido solicitada a ficar até mais tarde no parque, e que um dos colaboradores a levaria para casa. A mãe não a questionou; Vanessa estava toda concentrada no trabalho ultimamente e parecia distraída o tempo todo, o que não era diferente de como as coisas haviam sido em Seattle. De qualquer forma, não havia por que Ava dizer não quando Xander Cameron a convidou para ir a seu quarto no dormitório para passar um tempo juntos.

Porque era *Xander*. Que tinha *dezoito anos*. O garoto com cabelo loiro e bronzeado dourado, cujos olhos se enrugavam quando ele ria, havia convidado Ava para ir ao quarto dele no dormitório. Ela tinha enviado uma mensagem para Katya e McKenzie um tempinho atrás para contar, e as duas reagiram com entusiasmo (tanto quanto uma pessoa consegue usando *emojis* e pontos de exclamação).

Ava estava sentado na pequena cama de Xander, e ele estava a seu lado, com as pernas longas estendidas e apoiadas no chão. Ele não tinha um colega de quarto e, assim, eles tinham o aposento todo só para si. Um saco aberto de salgadinho estava entre eles, e os dois estavam tomando cerveja sem álcool e assistindo a *Candyman* no *laptop* de Xander, um filme de terror de 1992 que tinha apavorado Ava quando ela o havia assistido com o pai anos atrás.

— Que filme velho — Xander disse. — Olha só os cabelos e as roupas. É de antes de eu nascer.

— É um clássico — Ava afirmou. — Te desafio a dizer *Candyman* cinco vezes.

— Nem fodendo.

— Vai, diz — Ava pediu, cutucando-o. A premissa do filme era que, se alguém dissesse *Candyman* cinco vezes diante de um espelho, invocaria um homem das profundezas do inferno que havia sofrido uma morte horrível como escravo. Então, ele mataria a pessoa de uma maneira igualmente horrível. — Vai, medroso.

— *Candyman, Candyman, Candyman, Candyman*... — Xander parou e caiu na gargalhada. — Eu não consigo. Me proteja. Estou apavorado. — Ele puxou Ava para mais perto de si.

Ava se aconchegou nele de bom grado, ficando toda arrepiada. Parte dela, não conseguia acreditar que ela estava ali mesmo, no quarto de Xander, sozinha. Sim, eles eram amigos e, sim, conversavam e passavam o tempo juntos nas pausas do trabalho, mas ele era quatro anos mais velho do que ela. O que Ava sentia por ele ia muito além de amizade. O que ele sentia por ela era... bem, a verdade era que ela não sabia. Às vezes, ele a tratava como uma amiga. Outras vezes, como uma irmãzinha. E agora, com os seus corpos se tocando e os braços dele a enlaçando, parecia algo bem diferente.

Ava olhou para ele, e Xander olhou para ela e deu um sorriso largo. Ela retribuiu, com o coração batendo forte. Por um momento, ele a ficou encarando, em seguida, desviou o olhar para baixo

— Você tem um nariz fofo — ele disse.

— Você acha? Eu estava até pensando em colocar um piercing. A minha mãe iria surtar, mas eu não colocaria um piercing muito grande. Um bem pequeno, só para dar um pouco de brilho.

— Você devia mesmo. Ficaria legal em você. — Xander manteve o abraço, e seu olhar desceu um pouco mais. — Você também tem uma boca bem bonita. Alguém já te disse isso?

— Sempre achei que era muito pequena.

— Não é, não — ele disse com a voz rouca. — É perfeita.

Xander inclinou a cabeça na direção de Ava, e ela se preparou.

Caramba, isso vai mesmo acontecer, ele vai mesmo me beijar, o meu primeiro beijo vai ser com Xander Cameron, caramba, vou desmaiar, não consigo acreditar que está acontecendo...

E então Xander encostou a boca na dela. Ava sentiu que estava derretendo. No começo, ele a beijou com delicadeza e, depois, com um pouco mais de intensidade. Ava foi tomada por um turbilhão de emoções.

Era muito melhor do que Ava havia imaginado. Os beijos de Xander tinham o gosto adocicado da cerveja sem álcool, e o seu rosto cheirava a sabonete e água. Ela entreabriu a boca, sentindo a língua dele deslizar para dentro, quente, macia e delicada. Sim, Ava gostou disso. Gostou muito. Depois de abrir a boca um pouco mais, ela encontrou a língua dele enroscada na sua, e sentiu todo o seu corpo ficar mais quente em questão de segundos.

Então, Xander foi movendo as mãos da cintura para o peito dela. Ela só percebeu quando sentiu o seu seio na mão dele. Apesar de estar gostando, Ava se contraiu no mesmo instante. Xander notou a mudança e parou na hora, afastando-se para olhar para ela.

— Desculpa — ela disse, um pouco sem fôlego. — Desculpa, eu só… eu não estava esperando por isso.

— Rápido demais?

— Hum… um pouquinho. Desculpa — ela repetiu, sentindo-se uma idiota completa.

— Não, eu é que peço desculpas. — Xander se afastou completamente dela. O laptop escorregou da cama, e ele o pegou pouco antes de cair no chão. — Às vezes, esqueço de como você é nova.

— Não sou tão nova — Ava disse, recriminando-se mentalmente. — É só que, sabe como é…

Xander sorriu para ela.

— Relaxa. Você não precisa explicar. Enfim, não sei o que me passou pela cabeça. Somos só amigos.

— É… claro. — Ava ficou em silêncio por alguns instantes, sem saber mais o que dizer. Só porque as coisas avançaram um pouco mais rápido do que ela esperava, não significava que ela não quisesse que as coisas avançassem. O beijo tinha sido bom. Melhor, o beijo tinha sido *ótimo*.

Sua idiota!, ela se repreendeu mentalmente. *Você está estragando tudo. Dê um jeito nas coisas! Agora.*

Ava pigarreou.

— É só que… E se fôssemos mais do que amigos? Tipo, tudo bem para mim.

Xander voltou a sorrir e pegou a cerveja sem álcool.

— Você é muito fofa. Mas é melhor que a gente continue sendo só amigos, sabe? Não quero complicar as coisas.

— Tudo bem. — Ava perdeu um pouco o entusiasmo. Ela não conseguia se lembrar da última vez que se sentiu empolgada em um momento e tão derrotada no seguinte. — Tipo, claro que eu gosto da nossa amizade.

— Eu também. — Xander deu uma tapinha na perna de Ava. Assim, rapidinho, eles voltaram a ser como irmão mais velho e irmã mais nova. — Além disso, e eu não devia contar isso para você, mas... eu estou meio envolvido com uma garota.

Xander poderia muito bem tê-la esbofeteado. Pelo amor de deus, a língua dele tinha tocado a dela há menos de um minuto, e Ava ainda sentia o gosto da cerveja sem álcool na boca.

— Ah, é? — ela disse, esforçando-se para manter a compostura. — Com quem?

— Pode guardar um segredo?

— Claro.

— Com a Bianca Bishop.

Ava achou que não tinha ouvido direito.

— Como é?

— A Bianca Bishop — ele disse e sorriu. — Pois é, uma loucura. Mas... eu gosto dela. E ela gosta de mim.

— *Como é?* — Ava repetiu, olhando para ele. — Você está tendo um caso com a Bianca Bishop? Mas ela é... velha. E ela é... a chefe. Tipo... de todo o parque. Como assim? — Ava não conseguia assimilar o que ele tinha acabado de dizer. — Como isso é possível? Você está de sacanagem comigo? Está dizendo isso só para me magoar?

— Claro que não — Xander respondeu. — Sabe como é, eu e ela estamos juntos. Tipo, é algo sério. Estamos mesmo um a fim do outro.

— Não acredito. — Furiosa, ela se levantou da cama e olhou ao redor às pressas em busca da sua mochila. Ela a avistou no canto do quarto e a jogou sobre o ombro.

— É por isso que a Bianca me disse para não falar nada. — Xander pareceu querer dar um tapa em si mesmo. — Ela disse que as pessoas não entenderiam, e tinha razão. Mas achei que talvez você fosse entender. Achei que você fosse madura o suficiente para lidar com isso. Além disso, eu precisava muito contar para alguém.

— Lidar com isso? — Ava repetiu, encarando Xander. Agora ela entendia o que as suas amigas queriam dizer quando falavam que os garotos podiam ser uns verdadeiros babacas. — Sério, isso está mesmo acontecendo? Você acabou de enfiar a língua na minha boca e agora me diz que está envolvido com a *Bianca Bishop*?

— Desculpa. — Xander olhou para ela da cama, onde ainda estava sentado. — Não estou querendo te magoar. Te acho uma garota legal. De verdade. Só que me empolguei um pouco por um instante.

— Com ela ou comigo? — Ava perguntou. Quando Xander não respondeu logo de cara, ela fez um som de desgosto. — Quer saber, não se dê ao trabalho de responder. Que tipo de relacionamento é esse, afinal? Com a Mulher Fatal?

— Não chame ela desse jeito. — O tom de Xander foi incisivo. — Ela odeia. A gente... sei lá. Somos próximos.

— Vocês se beijaram?

— Sim.

— Vocês transaram?

Ele hesitou, mas respondeu:

— Sim.

— Mais de uma vez?

— Algumas vezes.

— Minha nossa, que nojo! — Ava disse. — Ela tem, sei lá, a idade da minha mãe.

— Não é essa coisa feia que você está tentando fazer parecer. — Xander se levantou da cama. Ele estava começando a ficar irritado. — A Bianca que você conhece não tem nada a ver com a pessoa que ela é de verdade. Quando estamos sozinhos, ela é bem diferente. Não sei como explicar isso. A gente se importa um com o outro.

— E faz quanto tempo que isso vem rolando?

— Já faz um tempo. — Xander desviou o olhar. — Desde que comecei a trabalhar no parque.

— Caramba. — Ava não sabia se ria ou chorava. — Então os boatos são verdadeiros.

— Que boatos?

— As pessoas andam dizendo que vocês dois sempre parecem bem íntimos. Ela sempre cumprimenta você na área de entretenimento, e não fala com mais ninguém, a não ser para reclamar de alguma coisa. Você sabe o que as pessoas andam dizendo a seu respeito? Estão dizendo que você é o brinquedinho dela, que você só conseguiu o trabalho no estande de basquete porque a Mulher Fatal está a fim de você. E agora descobri que você também está a fim dela. — Ava fez um gesto negativo com a cabeça e se dirigiu para a porta. — Preciso dar o fora daqui.

— Fique, por favor — Xander pediu. — Você não disse para a sua mãe que só ia chegar em casa mais tarde? Vamos pelo menos terminar de ver o filme. *Candyman*, *Candyman*, *Candyman*, *Candyman*, *Candyman* — ele acrescentou com um sorriso esperançoso.

Ava se recusou a rir.

— Por que você não vai curtir a sua namorada?

— Ela está ocupada hoje.

— Então, eu sou o seu plano B.

Em frustração, Xander levantou os braços para cima.

— Não é nada disso. Eu gosto de você. Achei que éramos amigos.

— Eu não sou o seu prêmio de consolação. — Ava tinha ouvido essa frase num filme, mas não conseguia lembrar qual naquele momento. No entanto, foi gratificante dizê-la. — Te vejo no trabalho, acho.

— Por favor, não conta para ninguém sobre o meu envolvimento com a Bianca — Xander pediu. — Ela acabaria comigo.

Ava saiu do quarto dele, batendo a porta ao passar. Isso também foi gratificante.

26

O MANDADO DE BUSCA PARA REVISTAR A CASA DE GLENN Hovey tinha chegado, e Sherry Hovey não estava tão disposta a colaborar.

— Vocês não podem aparecer aqui e ficar perambulando pela minha casa e pela minha propriedade. — Ela foi seguindo Vanessa com um cigarro em uma das mãos trêmulas e uma xícara de café na outra. Havia algo além de café na xícara, a julgar pelo cheiro. — Tenho coisas de valor aqui. Peças de coleção que são da época da fundação dos Hawks. Se vocês quebraram qualquer coisa, não poderá ser substituído. Esta é a minha casa, e eu não dou permissão para vocês revistá-la.

— Não precisamos da sua permissão, senhora Hovey — Vanessa disse. — Mas eu entendo as suas preocupações. Vamos tomar cuidado com as suas coisas, prometo.

Ela acenou com a cabeça para os policiais Nate Essex e Pete Warwick, que estavam começando pelos quartos do andar principal. Donnie e Vanessa iriam ao porão, onde Glenn Hovey dormia. Ela tinha enviado o jovem investigador na frente.

Era a primeira vez que Vanessa punha os pés dentro da casa dos Hovey. O interior era tão ridículo quanto o exterior. Tudo tinha a ver com o Seahawks. As mantas do sofá possuíam o logotipo do Seahawks. As almofadas do sofá — que pareciam de fabricação caseira — eram feitas de velhas camisetas do Seahawks, com a numeração dos jogadores bem no centro. Havia quatro cartazes do Seahawks emoldurados nas paredes da sala de estar e da de jantar. Uma foto recente de uma radiante Sherry Hovey, ao lado de Russell Wilson, atual *quarterback* do Seahawks, estava emoldurada acima da prateleira da lareira, logo ao lado de uma bola autografada por Matt Hasselbeck, antigo *quarterback*.

— Nem sei o que você está procurando — Sherry Hovey disse. — Você acha que Glenny matou o tal do Harry Sem-Teto? Glenny nem estava na cidade.

— Está tudo no mandado de busca, senhora. Estou autorizada a procurar tudo relacionado com os casos de Aiden Cole e Blake Dozier.

— Quem?

Vanessa reprimiu um suspiro.

— Harry Sem-Teto e o Garoto da Roda-Gigante.

— Por que o Glenny saberia algo sobre eles? Eu já disse da última vez, o meu Glenny é um bom menino. Só porque ele perdeu alguns dias de trabalho, isso não o torna um assassino. — Sherry Hovey olhou para Vanessa. Ela era miúda, e os seus dentes estavam à mostra, parecendo um chihuahua bravo, segundo Vanessa. — A Margie, da casa ao lado, te contou alguma coisa sobre o Glenny? Acho que vi você entrar na casa dela na primeira vez que você esteve aqui. Ela nega, mas sei que vi.

— Não posso comentar nada a respeito disso, senhora Hovey — Vanessa disse. — Mas o quanto antes a senhora me deixar fazer o meu trabalho, mais cedo todos nós sairemos daqui e a senhora poderá retomar... o que a senhora estava fazendo.

— Maldita Margie. — Os tremores nas mãos de Sherry Hovey fizeram com que o café finalmente transbordasse, manchando a frente do seu moletom com capuz, que era rosa dessa vez, mas ainda estampado com o logotipo do Seahawks. — Aquela intrometida precisa ficar de boca fechada. Ela nunca gostou do meu Glenny. Ela o mantém longe dos netos, mas está tudo bem se o Glenny levar a gente de carro para fazer compras ou ir ao cinema.

O celular de Vanessa vibrou. Donnie Ambrose estava mandado uma mensagem do porão. ENCONTREI UMA COISA.

— Com licença, senhora Hovey. — Vanessa tirou um par de luvas de borracha sintética do bolso. — Preciso falar com o meu investigador.

— Não toque em nada lá embaixo! — a mulher gritou enquanto Vanessa descia a escada para o porão. — Glenny detesta que mexam nas coisas dele!

Com alegria, Vanessa não podia mais ouvi-la assim que chegou ao final da escada. O porão era habitável, mas parecia saído direto dos anos 1970, com aquele carpete verde felpudo. As paredes com lambris de madeira absorviam a pouca luz natural que havia, já que a única janela, localizada na parte mais alta da parede, estava bloqueada por um dos arbustos de hortênsia azul de Sherry Hovey. Embora antiquado, o porão estava limpo e tinha pouca mobília, nada parecido com o excesso de extravagância do Seahawks do andar principal relacionado.

— Delegada? — A voz de Donnie veio dos fundos do porão. A porta estava aberta, e Vanessa viu as lascas de madeira do lugar onde o investigador as tinha chutado. — Tive que arrombar a porta. Hovey deixou ela trancada. Eu ia perguntar para a mãe dele se ela tinha a chave, mas aí me dei conta de que se ela tivesse, Hovey não precisaria ter trancado.

— Tudo bem, o mandado cobre isso. — Vanessa entrou no quarto. — O que você encontrou?

Como a área externa do porão, o quarto de Glenn Hovey tinha pouca mobília. Uma cama de casal estava centralizada na parede dos fundos, ladeada por uma mesa de cabeceira de um lado e uma pequena cômoda do outro. Um armário sem porta revelava que Hovey não tinha muitas peças de roupa. Metade delas eram constituídas do seu uniforme do País das Maravilhas — várias camisas polo roxa, várias calças e bermudas cáqui, um colete de lã sintética do País das Maravilhas e dois moletons com capuz com o logotipo do País das Maravilhas — e a outra metade era uma mistura deprimente de camisetas, camisas, cardigãs e calça jeans amarrotados, todos de cores sem graça.

Donnie havia colocado uma caixa sobre a cama. Era de metal e tinha um cadeado.

— Achei isso atrás da mesa de cabeceira — ele disse. — Quase não notei. Estava escondida na parede, mas uma foto caiu. Quando fui atrás da mesa de cabeceira para pegá-la, reparei que um dos lambris de madeira parecia diferente. Isso estava escondido dentro.

A foto que Donnie havia derrubado era uma imagem emoldurada de 10x15 centímetros de Glenn Hovey em dias melhores. Em comparação com a foto atual do seu crachá de funcionário, esse Glenn Hovey era uns 30 anos mais novo, 15 quilos mais magro e tinha cabelo farto. Ele estava em pé na entrada principal do parque ao lado de outros dois garotos, e a grande placa colorida acima deles DIZIA MUNDO DAS MARAVILHAS. Com um olhar mais atento, Vanessa percebeu que o garoto à direita era um jovem Oscar Trejo. Oz não tinha mudado muito; a única diferença significativa era que o seu cabelo estava mais longo, desgrenhado e repartido ao meio à la Scott Baio, famoso pelo *Happy Days*.

— Alguma ideia de quem é o terceiro garoto? — ela perguntou a Donnie, que deu uma olhada na foto.

— Nick Bishop — ele respondeu. — Se algum dia você for ao quinto andar do prédio administrativo, onde ficam os escritórios, verá fotos antigas como esta emolduradas e penduradas na parede da recepção. Mas nunca vi esta aqui antes.

— Eles se conhecem mesmo há muito tempo. — Vanessa nunca tinha visto uma foto do proprietário do País das Maravilhas. Ele era elegante e atraente, com um sorriso irônico que sugeria que era meio debochado. Ela voltou a atenção para Donnie. — E o que temos na caixa?

— Também tive que forçar para abri-la. — Donnie levantou a tampa que estava agora com o fecho quebrado. — Sem dúvida, Glenn Hovey gostava de manter as coisas trancadas.

Vanessa olhou para baixo.

— Dá para ver o motivo. — A caixa estava cheia de identidades de pessoas ligadas ao País das Maravilhas. Ela foi pegando uma por uma e examinando com atenção. Eram 24 no total, todas pertenciam a garotos adolescentes. — Caramba!

Das duas dúzias de identidade, Vanessa reconheceu os nomes em cinco delas, sentindo um arrepio percorrer a espinha. As cinco identidades cujos nomes ela reconheceu pertenciam a Tyler Wilkins, Kyle Grimmie, Aiden Cole, Blake Dozier e Jack Shaw.

— É isso aí — ela disse, baixinho. — Peguei você, desgraçado.

Vanessa observou a identidade de Jack Shaw. Era o único sob a forma de um cartão de visita. As demais eram crachás de plástico branco contendo a foto do colaborador estampada e uma fita magnética na parte de trás. O cartão de Shaw tinha o nome completo e a foto. A data abaixo da foto indicava 24 de maio de 1985, devia ser a data de emissão.

— Se isso está aqui com os outros — Vanessa disse, mostrando o cartão de Shaw — e assumindo que são recordações de Glenn Hovey, então acho que já sabemos quem incendiou a casa de Jack Shaw.

— São muitas vítimas — Donnie afirmou. — Quase o suficiente para encher um ônibus escolar. Você acha que Glenn matou todos eles?

Vanessa voltou a examinar os crachás, enfileirando-os na cama lado a lado, segundo as datas de emissão mostradas embaixo das fotos. O mais antigo remontava a 1995, o ano em que o parque reabriu como País das Maravilhas. O mais novo era o de Blake Dozier.

— Já faz tempo que ele vem fazendo isso. E todos são loiros. Como eu não notei isso antes? — Vanessa franziu a testa. — Quero saber se esses outros garotos também estão desaparecidos. Ou se apareceram mortos em algum lugar fora de Seaside.

— É fácil verificar isso. Vou pedir para o Nate Essex cuidar disso. — Donnie fez uma pausa. — Se estiverem mortos ou desaparecidos, quer apostar que o Carl Weiss trabalhou em alguns dos casos? Ou quem sabe em todos?

— Droga, tem razão. — Vanessa encarou o investigador. — Não se trata só de Hovey. Weiss também é um ponto em comum em tudo isso. Quase me esqueci dele. Ele está em Cabo. Será que já voltou?

— Será que ele trabalhou no Mundo das Maravilhas naquela época? Sob o comando do Shaw?

— Pode ser que sim — Vanessa respondeu. — Muitos dos veteranos aqui em Seaside trabalharam. Mas ele é mais velho. Oscar Trejo, Glenn Hovey e Nick Bishop estão todos com quarenta e tantos anos agora. Carl Weiss deve estar com uns sessenta e poucos. Mas isso não significa que ele não conheça o Glenn pessoalmente.

— Você acha que eles estão juntos nisso? Serial killers trabalhando em conjunto?

Por um momento, Vanessa refletiu e, então, fez um gesto negativo com a cabeça.

— Eu não gosto de fazer esse tipo de suposição. Seja qual for a conexão, ainda não está clara para mim. Mas vai ficar. A minha intuição me diz que Weiss sabe mais do que está naquelas pastas.

Os celulares deles vibraram ao mesmo tempo. Checaram e então se entreolharam.

— Você recebeu a mesma mensagem que eu acabei de receber? — Vanessa perguntou.

— A que diz que o Glenn Hovey está detido em Las Vegas? — Donnie sorriu. — O filho da mãe esteve fora do estado todo esse tempo.

— Os federais estão trazendo Glenn de volta no primeiro voo. Ele vai estar aqui em algumas horas. — Vanessa consultou o relógio. — Você acha que terminou aqui? Quero falar com o Weiss, descobrir o que ele sabe, de uma vez por todas. Se ele já estiver em casa.

— Falta pouco para terminar. A propósito, você devia dar uma passada na loja de bebidas e comprar uma garrafa de uísque. Vai ajudar.

— Eu não bebo uísque.

— Não é para você, é para o Weiss. — O investigador deu uma risadinha. — Ele fica mais falante se você servir uma bebida para ele. Ele adora um uísque. Mas não deixa a mulher dele ver. Ele não pode beber quando ela está em casa.

— Tudo bem, vou comprar uma garrafa de… — Vanessa franziu a testa. — Que uísque é bom?

— O bom e velho Macallan — Donnie respondeu. — Mas não desperdice o seu dinheiro. Jim Beam, de 20 paus, está mais do que bom.

— Valeu pela dica. — Vanessa se dirigiu para a escada. — Te devo uma.

— Pode me pagar me chamando quando Glenn Hovey chegar. E toma cuidado quando falar com Weiss, delegada. Não esquece do que eu sempre digo.

— Tudo acaba chegando ao Earl — Vanessa disse por cima do ombro. — Já entendi.

27

A CAMINHO DA CASA DE CARL WEISS, O CELULAR DE VAnessa tocou. Ela atendeu pelo *bluetooth* do carro descaracterizado, e um monte de estática soou pelos alto-falantes.

— Castro.

— Oi… aqui é Jacob Wei. Recebi uma mensagem sua. — A voz do outro lado era jovem, educada e hesitante. — Perdão por não ter conseguido dar um retorno antes. Só agora consegui sinal de celular para verificar a minha caixa postal.

Vanessa precisou de um momento para se lembrar do nome. Ah, sim. Jacob Wei era colega de quarto de Aiden Cole, e ela havia tentado ligar para ele duas vezes no dia anterior. Ela parou o carro no acostamento. Vanessa já tinha percorrido metade do caminho até a casa de Weiss, mas ela não queria dirigir e falar ao mesmo tempo. Após pegar a bolsa, ela tirou o seu caderno e uma caneta.

— Oi, Jacob. Obrigada por retornar a ligação.

— Sem problema. Estou trabalhando num barco de pesca, aí só consegui sinal de celular ao voltar para o Alasca. Bem… as suas mensagens de voz disseram que você estava ligando por causa do Aiden. Vocês o encontraram?

— Sim, encontramos — Vanessa respondeu. — Sinto muito, Jacob, mas Aiden está morto.

Houve um longo silêncio do outro lado da linha. Quando Jacob voltou a falar, a sua voz soava como se ele estivesse chorando.

— Eu achei… tipo, é claro que eu sabia que esse poderia ser o desfecho, mas quando você ligou, a sua mensagem dizia que ele ainda estava desaparecido.

— Naquele momento, ele tecnicamente ainda estava desaparecido. Meus sentimentos.

— Droga — Jacob disse. — Preciso ligar para o pai dele. O que aconteceu?

— A investigação ainda está em andamento. Então, ainda não tenho todos os detalhes, mas o corpo dele foi encontrado no País das Maravilhas.

— O Aiden é o Harry Sem-Teto? — Jacob pareceu horrorizado. — Que loucura!

— Você ficou sabendo?

— O barco tem Wi-Fi. O sinal é meio ruim, mas apareceu no meu Twitter. É sério? É o Aiden? O que aconteceu com ele?

— Estamos investigando, juro. Quando foi a última vez que você viu o Aiden?

— Na festa de fim de verão do parque — Jacob respondeu. — Ele não ficou lá por muito tempo. Queria voltar para Seattle naquela noite para encontrar uma amiga antes de voltar para Bainbridge no dia seguinte.

— Você sabe o nome da amiga?

— Só o primeiro nome. Caitlin.

Vanessa piscou. Ela não estava esperando que Jacob dissesse um nome, muito menos o de uma garota. Na pasta, Carl Weiss havia anotado que o plano de Aiden era ficar um tempo em Seattle e depois pegar a balsa de volta para Bainbridge Island, mas o nome da amiga era desconhecido. Vanessa presumiu que era porque Weiss tinha perguntado para algumas pessoas, mas ninguém sabia. Isso estava muito além de um trabalho policial desleixado. Era o resultado de quem não estava se esforçando nem um pouco… ou de quem não estava nem tentando *não* chegar à verdade. A sua avaliação a respeito do ex-chefe-adjunto, que ela ainda não conhecia, piorou ainda mais.

— Aiden te disse quem era Caitlin? — ela perguntou. — O sobrenome dela? Como eles se conheceram?

— Não faço ideia do sobrenome. Mas eles se gostavam. Tipo, de um jeito que vai além da amizade. Aí ele estava indo se encontrar com ela. Ele estava bem animado com o encontro.

— Eles estavam namorando?

— Estava se encaminhando para isso — Jacob respondeu. — Mas ela morava em Seattle, e ele estava trabalhando em Seaside. Aí eles não se viam muito e eles mantinham discrição a respeito das coisas.

— Quando eles se conheceram?

— Lá para meados de agosto, talvez algumas semanas antes do final da temporada.

— Eles se conheceram no País das Maravilhas?

— Isso, ela foi passar um fim de semana lá com a família. Acontece que eles se conheciam desde a escola primária. Aiden passou um tempo com ela na praia depois do trabalho no sábado, e o resto, como dizem, é história.

Vanessa anotou as informações no caderno.

— E por que eles mantinham discrição?

— Bem… Aiden meio que estava namorando outra garota — Jacob respondeu. — Tipo, não quero que ele pareça um cretino, mas ele tinha que manter em segredo o relacionamento com a Caitlin. Mas o Aiden estava planejando terminar com a outra garota. Ele estava muito a fim da Caitlin. Ele não era um babaca. Estava só, qual é a palavra… dividido.

— Aiden contou tudo isso para você?

— Contou. Ele era o meu colega de quarto e um dos meus melhores amigos. Contei tudo isso para o outro investigador.

— Você contou para o Carl Weiss que o Aiden estava envolvido com duas garotas? O que mais contou para ele?

Meu deus, Weiss, será que você investigou alguma coisa, seu escroto inútil?, Vanessa pensou, sentindo uma pontinha de raiva.

— Basicamente as mesmas coisas que você está me perguntando agora. Se eu achava que ele era do tipo que fugiria, se eu sabia de algum lugar onde ele poderia estar. Mas cá entre a gente, parecia que o outro cara estava apenas cumprindo tabela. Achei que ele não dava a mínima para Aiden. Senti que ele poderia ter feito mais, sabe? Sei que o senhor Cole também achava isso.

— Lamento que você se sinta assim — Vanessa disse. — Me fale sobre o outro relacionamento do Aiden. Quem era ela?

— Desculpa… mas não está na pasta?

— Confirme para mim.

— Bem, era a própria Mulher Fatal — Jacob disse. Houve uma pausa, como se ele estivesse esperando uma reação de Vanessa. Depois que não houve, ele repetiu: — A Mulher Fatal. Tipo, a Bianca Bishop.

— O quê? — Vanessa não sabia se tinha ouvido direito. — Você está falando da CEO do País das Maravilhas?

— O caso começou no início daquele verão — Jacob revelou. — A princípio, quando Aiden me contou, eu fiquei impressionado, tipo, porque ela era bem mais velha. Ela tinha, tipo, uns *trinta* anos. Mas Aiden me disse que ela ficava na cola dele, que estava louca por ele. Eu falei para ele que não era uma boa ideia entrar num lance desses, mas ele não ouviu. Não pensou duas vezes e foi lá se envolver com a coroa. Não era só a diferença de idade, sabe? Tipo, ela era a CEO. Dá pra imaginar se fosse o contrário? Tipo, um CEO de meia-idade e uma colaboradora adolescente? As pessoas iriam pirar.

Uma mulher de trinta e poucos anos não era uma mulher de meia-idade, mas Vanessa não ia corrigi-lo.

— Então, Aiden e Bianca Bishop estavam transando?

Jacob deu uma risada rápida.

— Rolava *todo* tipo de sexo entre eles. Aiden passava quase todas as noites no apartamento dela lá do parque. Tipo, ele não dormia mais no nosso quarto. E era bom para mim, porque aqueles quartos eram minúsculos. Sério, eram quatro ou cinco noites por semana, toda a semana, que ele passava com ela. Aiden passava a noite em claro. Mas acabou não sendo um problema, porque ela quase sempre deixava ele definir os próprios horários. Tipo, esse era um dos motivos de ele estar com ela. Ela deixava o Aiden fazer o que quisesse no parque.

— Volte um pouco. Tem um apartamento *dentro* do País das Maravilhas?

Como tudo o mais, isso era uma novidade para Vanessa. Um apartamento dentro de um parque de diversões era algo incomum. Por que ninguém havia mencionado isso para ela? Por que Oscar não tinha dito? Sua cabeça estava começando a doer.

— É, tipo, no último andar do prédio administrativo. É bem estiloso, pelo que o Aiden me contou. A Mulher Fatal fica lá durante a alta temporada. Facilitava bastante para o Aiden e ela se encontrarem. Tipo, eles fo... — Jacob pigarreou. — Eles transavam na hora do almoço dele. Aiden dava um pulo no prédio administrativo para uma rapidinha.

— Além de você, alguém mais sabia que eles tinham um caso?

— Duvido. Aiden nem deveria ter me contado. A Mulher Fatal não queria que ninguém ficasse sabendo da vida pessoal dela. Ela era muito paranoica com isso. Certa vez, Aiden tirou uma foto dos dois, só para ter, para poder ficar olhando, sabe? Ela descobriu e surtou. Apagou a foto e destruiu o celular dele, aí teve que comprar um aparelho novo para ele. Acho que foi aí que as coisas começaram a mudar para o Aiden. Parece que ele se deu conta de que talvez todo aquele sexo selvagem não valesse a pena. — Jacob deixou escapar um suspiro. — Por que as loucas são sempre as que mandam bem na cama, hein? Enfim, você quer que eu te mande a foto?

Vanessa quase deixou a caneta cair.

— Você tem a foto?

— Ele me mandou pouco antes de ela surtar. Não tem nada de obsceno nela. — Jacob pareceu quase decepcionado. — Pelo que me lembro, não dá para ver muita coisa, mas estava claro que eles estavam envolvidos. Quase certeza de que ainda está no meu celular. É um aparelho novo, mas tudo deveria ter sido transferido. Eu não apago nada.

— Mande a foto para mim agora, por favor. Não embarque no pesqueiro antes disso, está bem? — Vanessa fez uma pausa para pensar um pouco. — Então, como foi que o relacionamento terminou?

— Bem... foi a Mulher Fatal que terminou — Jacob respondeu. — Não fiquei sabendo dos detalhes, mas o Aiden me contou que ela pôs um fim antes que ele tivesse a oportunidade de fazer isso. Ele ficou meio chateado, mesmo que fosse o que ele queria. Acho que ninguém gosta de ser rejeitado. Do jeito que ele descreveu, foi como se Bianca tivesse conseguido o que queria dele e decidido que tinha acabado. Aiden se sentiu meio... usado. Eles brigaram, ela disse coisas, ele disse coisas. Aí, num certo momento, Aiden ameaçou ir ao departamento de recursos humanos e fazer uma denúncia de assédio sexual. — Uma sirene de neblina soou ao fundo. — Aiden nunca teria feito isso, mas ele estava puto, sabe? Eu contei tudo isso para o Weiss.

É, mas, ele não colocou por escrito. Com raiva, Vanessa parou de anotar e cravou a ponta da caneta no papel.

— Olha, tenho que embarcar agora e só tenho mais alguns minutos. Você está planejando conversar com o pai de Aiden de novo? — Jacob perguntou.

— Em algum momento, sim. Agora, o caso do Aiden é considerado homicídio. Então, vou atualizar o pai dele quando puder. Por quê?

— Quando você fizer isso, não conta para ele sobre o caso do Aiden com a Bianca Bishop. Eu nunca falei disso para o senhor Cole. Eu não podia, porque teria sido uma violação direta do código de camaradagem, sabe? Aiden não gostaria que o pai soubesse que ele tinha se envolvido com uma mulher mais velha e, ainda por cima, CEO do País das Maravilhas. Isso deixaria ele envergonhado.

— Posso não dizer nada sobre isso por enquanto — Vanessa disse. — Mas não posso prometer que nunca vou contar para o senhor Cole. Você acha que a Bianca Bishop pode estar envolvida no desaparecimento ou até mesmo no assassinato do Aiden? Ele falou alguma vez que ela era violenta? Ou era de fazer ameaças?

— Além de quebrar o celular dele, você quer dizer? — Jacob deu uma risada sarcástica. — Não, não aconteceu nada do gênero. Aiden teria me contado. E foi ela quem terminou, então por que ela machucaria ele?

— As pessoas têm todo tipo de justificativa para machucar os outros — Vanessa afirmou. — Quer façam sentido para a gente ou não.

— É, pode ser. Enfim, tenho que ir. Ainda quero ligar para o pai do Aiden. Ele pode ser um pouco intenso, mas na verdade é um cara bem legal. Quis entrar em contato com ele várias vezes, mas andei ocupado... — Jacob voltou a ficar com a voz embargada.

— É normal. Você era um bom amigo do Aiden. Você sabe disso, não sabe? — O instinto materno foi tomando conta dela enquanto ela fazia o possível para consolá-lo. — Você esteve lá para ele. Isso é óbvio.

Os dois se despediram e Vanessa desligou a chamada, fervendo de raiva. Caso se comprovasse que Weiss havia sabotado de propósito os casos de Aiden, Tyler e Kyle, ela não se importaria em ser a testemunha principal das famílias deles quando processassem o canalha e o departamento de polícia por negligência grave.

O seu celular vibrou. Jacob Wei fez o que havia prometido, enviando a foto de Aiden com Bianca Bishop. Ela clicou na imagem para que ocupasse toda a tela do celular.

Nítida e sem edição, a foto mostrava Bianca deitada de lado, completamente nua. Aiden Cole também estava nu, abraçando-a por trás. Sem dúvida, a foto foi tirada após uma relação sexual, pois os corpos estavam cobertos de suor. O cabelo da CEO, ruivo e vibrante, estava espalhado sobre a fronha do travesseiro, e os olhos estavam fechados. Aiden sorria para a câmera, um sorriso naquele jovem rosto.

Como Jacob havia dito, não era tão obscena, mas, caramba, era bastante íntima. Ela salvou a foto no celular e, em seguida, enviou um e-mail para si mesma por precaução. Então, ligou para Donnie Ambrose.

— Que rapidez. — Donnie pareceu surpreso. — Já falou com Weiss?

— Nem cheguei na casa dele ainda. Olha, caso tudo esteja sob controle na casa dos Hovey, preciso que você vá falar com a Bianca Bishop no País das Maravilhas.

Houve uma breve pausa do outro lado da linha.

— A Mulher Fatal? Estou até com medo de perguntar o motivo.

— Acabei de falar com o colega de quarto do Aiden Cole da época — Vanessa informou. — E ele me contou que Aiden estava transando com Bianca. Ele até me mandou uma foto dos dois pelados que Aiden havia mandado para ele. Vou encaminhar para você. Quero que você fale com ela e descubra o que ela sabia a respeito do desaparecimento dele. Ei, sabia que ela tinha apartamento dentro do parque? Ela devia estar lá na madrugada em que Blake Dozier escalou a roda-gigante.

— Não sei se quero ver a foto. — Donnie soou desgostoso. — Você sabe como eu me sinto em relação ao País das Maravilhas.

— Eu também sei que você é um excelente investigador, que vai conseguir manter o seu viés sob controle — Vanessa afirmou. — Pergunte se ela se envolveu com Aiden e veja o que ela diz. O meu palpite é que ela vai mentir a respeito, mas temos provas.

— Você não prefere fazer isso você mesma?

— Não posso estar em dois lugares ao mesmo tempo, e neste momento estou tão puta com o Carl Weiss que não consigo nem pensar direito. O trabalho dele no caso do Aiden, em todos os casos, foi muito desleixado, sendo gentil. — Quando Donnie não respondeu, ela continuou: — Qual é, vai ser divertido. Essa é a sua chance de dar uma lição na própria Mulher Fatal. E se trata de uma ordem direta.

— Fazendo valer a sua autoridade, né? — Donnie suspirou. — Beleza. Vou cuidar disso.

28

O EX-CHEFE-ADJUNTO CARL WEISS MORAVA NOS ARREDORES de Seaside, longe da praia, da agitação do centro da cidade e do País das Maravilhas, num bairro mais antigo na avenida Lakeshore. Vanessa tinha ouvido falar do bairro, conhecido por suas pequenas mansões e moradores endinheirados, mas aquela era a sua primeira vez ali.

A avenida Lakeshore contornava o lago Belle, um pequeno, mas bonito lago ovalado, cuja água reluzia com intensidade ao sol forte. Earl Schultz, Frank Greenberg e Nick Bishop também tinham casas ali, e ainda que Vanessa conseguisse entender como esses três podiam se dar ao luxo de morar ali, ela não conseguia imaginar como Carl Weiss conseguia manter uma casa no bairro com o salário de chefe-adjunto de uma cidadezinha.

A residência dos Weiss se situava em um terço de um terreno de quatro mil metros quadrados com um gramado perfeitamente cuidado. Era uma casa estilo Craftsman, antiga e espaçosa, com árvores centenárias e um jardim florido. Ao entrar com o seu carro descaracterizado no generoso acesso de veículos, um jardineiro filipino, que estava aparando as sebes perto da garagem, olhou para ela com curiosidade. Vanessa estacionou ao lado de uma Mercedes prata e acenou para o jardineiro ao sair do carro, jogando a bolsa sobre o ombro e se dirigindo para a porta da frente. Ela tocou a campainha e esperou.

Uma empregada filipina atendeu.

— Posso ajudá-la? — A sua voz era suave, com um leve sotaque. Ela era jovem, quase trinta anos, talvez, com um rosto bonito. Ela estava usando calça jeans e camiseta, e tinha um avental pequeno com estampa florida amarrado na cintura.

— O ex-chefe-adjunto Carl Weiss está em casa? — Vanessa perguntou, exibindo as suas credenciais.

— Como devo identificar a senhora?

— Vanessa Castro. A *atual* chefe-adjunta.

A jovem arregalou um pouco os olhos. Antes que ela pudesse responder, uma voz feminina chamou de algum lugar atrás dela.

— Jade, quem está aí?

Uma mulher, que Vanessa presumiu ser a senhora Carl Weiss, apareceu no corredor. Mesmo a distância, Vanessa percebeu que ela estava bem conservada. De repente, a casa fez mais sentido. Ela tinha cabelo loiro com luzes feitas em salão que emolduravam um rosto bronzeado e firme. Estava usando um traje de ioga coral, da cabeça aos pés. Começou a se dirigir à porta de entrada, carregando um cachorrinho de pelo cacheado em um braço e uma esteira de ioga debaixo do outro.

— Quem é ela, Jade? — A voz da mulher era vibrante. O gloss labial rosa combinava com as unhas do pé recém-pintadas. Graças ao Botox e aos preenchimentos, era impossível dizer a idade dela. O palpite de Vanessa era que ela tinha entre quarenta e sessenta anos.

— É a nova chefe-adjunta da polícia de Seaside, senhora Melanie. — Jade deu um passo para o lado.

— Olá, tudo bem? — Os olhos cinza examinaram Vanessa de uma só vez, passando do rosto para o distintivo, depois para o coldre da arma, e de volta para o rosto. — Que maravilhoso você aparecer por aqui. Nós nos falamos ao telefone outro dia, não foi? Sou Melanie Stratton-Weiss. Como posso ajudá-la?

— Olá, senhora Weiss — Vanessa disse. — Sou Vanessa Castro, a nova chefe-adjunta do Departamento de Polícia de Seaside. Eu gostaria de falar com o seu marido. Ele está disponível?

— É *Stratton-Weiss* — a mulher disse, sempre sorrindo. — Mas, por favor, me chame simplesmente de Melanie.

— Perdão, senhora. O seu marido está?

— Sim, está. Chegou tarde ontem e está bem cansado hoje. Ele está tirando um cochilo. Mas posso dizer que você passou...

— O senhor Carl já acordou, senhora Melanie — a empregada interveio. Ela estava um pouco afastada da porta da frente, atrás da patroa. — Faz 15 minutos que ele acordou. Eu estava preparando um lanche para ele. — Jade deu a Vanessa um sorriso rápido e cúmplice.

— Bem, obrigada, Jade. — O sorriso de Melanie ficou meio tenso. — Mas ele não estava esperando visitas hoje, então acho que é melhor ele...

— Quem está aí, Mel? — uma voz masculina ecoou de algum lugar no segundo andar. — Tem um Dodge descaracterizado da polícia na entrada da garagem. Quem está aí?

— A chefe-adjunta Castro, senhor — Vanessa gritou antes que a esposa conseguisse responder. — Eu gostaria de falar com o senhor a respeito de um dos seus antigos casos.

Melanie Stratton-Weiss franziu os lábios e deu um passo para o lado.

— Estou atrasada para a aula de ioga — ela disse. — Senão, eu ficaria. Estou estudando para conseguir a minha certificação. Você pratica ioga? Tem um estúdio maravilhoso...

— Mel, pelo amor de deus, convide-a para entrar — Carl Weiss disse, descendo a escada. Ele estava usando calça de moletom larga e uma camiseta desbotada do Wisconsin Badger. O seu cabelo ainda estava úmido de um banho.

Franzindo a testa, Melanie passou por Vanessa e se encaminhou até o Mercedes.

— Chefe-adjunta — Weiss disse, dando um sorriso largo. — Que bela surpresa!

Weiss tinha uma aparência muito semelhante à do seu retrato na parede do Departamento de Polícia de Seaside, que ninguém se deu ao trabalho de retirar. A diferença era que ele estava bastante bronzeado, tinha a cabelo mais grisalho e ostentava uma barba que parecia ter umas duas semanas. Ele levou Vanessa até o escritório, onde se sentaram um de frente para o outro. Jade trouxe uma bandeja com dois sanduíches, uma jarra de chá gelado e dois copos. Weiss olhou para a jarra e fez careta. Em seguida, pegou um dos sanduíches e deu uma mordida.

— Perdão por incomodá-lo em casa — Vanessa disse. — Tentei ligar para o senhor na semana passada, mas a sua mulher disse que o senhor estava viajando.

— Pode me chamar de Carl. — Ele deu mais uma mordida no sanduíche. Algumas migalhas caíram na camiseta dele, e ele se livrou delas, distraído, jogando-as no carpete, algo que só alguém com uma empregada que faz toda a limpeza da casa faria. — Agora, você é a chefe-adjunta.

— Me chame de Vanessa, por favor.

— Então, como andam as coisas por lá? Vocês ainda estão trabalhando no caso do Harry Sem-Teto? Ouvi algo a respeito hoje de manhã. Deus do céu, que situação. Fazia quanto tempo que o garoto estava morto?

— Alguns dias, com base no estado de decomposição — Vanessa respondeu. — Ele morreu de seis a oito dias antes de o corpo aparecer. Você ficou sabendo que o Harry Sem-Teto era o Aiden Cole? Ele era um dos seus casos. O rapaz desapareceu três anos atrás.

Weiss fez que sim.

— Pois é, também li essa parte. Não é assim que queremos que um caso de pessoa desaparecida se resolva, com certeza. Como o David Cole recebeu a notícia?

— Não muito bem.

Weiss deu mais uma mordida no sanduíche, tomou mais um gole de chá gelado, fez outra careta e deixou escapar um longo suspiro.

— Bem, obrigado por vir até aqui para me contar. Encerrar um caso é sempre bom, mesmo que o resultado não seja o esperado. David Cole ligava quase todo mês para mim. Ele nunca me deixou esquecer que o filho dele estava por aí.

Vanessa enfiou a mão na bolsa e tirou a garrafa de Jim Beam que tinha comprado no caminho.

— Preciso de um drinque. E você?

— Mel sabe que você trouxe isso?

Vanessa quase podia ver a boca dele salivando.

— Deixei na bolsa.

Weiss deixou o sanduíche de lado e pegou dois copos.

— Abra a garrafa. Temos pelo menos duas horas. Ela sempre toma um café depois da aula com as colegas de ioga. Vamos beber.

Vanessa serviu o uísque e eles fizeram um brinde. Vanessa tomou um gole bem pequeno, mas Weiss, não. Enxugando a boca com o dorso da mão, ele se recostou e sorriu para ela. Embora não fosse um homem inteiramente sem atrativos, parecia um pouco grosseiro para alguém como Melanie Stratton-Weiss. Vanessa ficou curiosa em saber porque ela se sentiu atraída por ele.

— Então o que mais você pode me contar sobre o caso do Cole? — ele disse. — Imagino que é por isso que você está aqui, não?

— Não conseguimos muita coisa até agora. O suspeito foi detido em outro estado e está sendo trazido para cá neste momento.

— Vai me dizer quem é? Alguém de Seaside?

— Glenn Hovey.

— Santo deus — Weiss disse. — Esse esquisito de novo.

— De novo?

Ele tomou mais um gole de uísque.

— O nome dele surgiu em algumas outras coisas ligadas ao parque.

— Kyle Grimmie e Tyler Wilkins — Vanessa disse.

O homem mais velho ergueu uma sobrancelha.

— Então, você está explorando essa possibilidade. Não posso te culpar.

— Que possibilidade é essa?

— De que existe uma ligação entre eles?

— Com o devido respeito, Carl, eu não acho que isso seja uma possibilidade. Nesse momento, acho que é um fato. — Vanessa se preparou. — David Cole não ficou nada satisfeito com a maneira como o caso do filho dele foi conduzido. Tanner Wilkins também não. Os dois pais me disseram que faltou empenho da polícia.

— Você viu as pastas dos casos dos dois garotos? — Weiss se serviu de mais uma dose de uísque. — Não havia muita coisa para se trabalhar.

— Sim, mas o nosso trabalho é investigar. E quando encontramos algo, ou se algo cai em nosso colo, aproveitamos e seguimos em frente.

— Com o devido respeito, Vanessa, não preciso que você me ensine como ser um policial. — Weiss virou mais uma dose. — Eu já era policial quando você ainda usava fraldas.

— Então por que você não interrogou Bianca Bishop sobre o relacionamento sexual dela com Aiden?

— Quem disse que eu não interroguei?

Vanessa piscou. Não era o que ela esperava que ele dissesse.

— Não está na pasta.

— Muitas coisas não estão na pasta — Weiss disse. — Mas eu sabia. Claro que sabia. E eu interroguei. Claro que interroguei.

— O que estou deixando passar? — Vanessa perguntou, desorientada. Ela colocou a bebida na mesa. — Se você fez isso mesmo, por que não existem anotações na pasta do Aiden? Por que você não anotou isso?

— Porque eu não pude. Você é novata em Seaside para entender como as coisas funcionam aqui. E eu sou velho demais e estou cansado demais para explicar em detalhes para você. O que eu posso dizer é que os Bishop, tanto Bianca quanto o tio dela, o Nick, fizeram esta cidade reviver de um estado de quase morte. Eles têm muito prestígio em Seaside, e é merecido. Eu não coloquei o que eu sabia sobre Bianca e Aiden na pasta porque essas pastas podem ser acessadas por qualquer um no Departamento de Polícia de Seaside, a qualquer momento. Eu não queria correr o risco de que os boatos começassem. Aí mantive tudo aqui. — Weiss deu uma tapinha na lateral da cabeça. — Se surgisse algo que revelasse que Bianca Bishop teve alguma coisa a ver com o desaparecimento de Aiden, eu teria investigado a fundo. Mas não existia. Eles tiveram um caso. Fim da história.

— Earl Schultz ficou sabendo?

— Quem você acha que me disse para não colocar nada por escrito?

Vanessa deixou escapar um longo suspiro. O grau de acobertamento em Seaside ia ficando cada vez maior.

— O que mais eu deveria saber? Com quem mais Bianca andou transando?

— Tyler Wilkins — Weiss respondeu, fazendo Vanessa quase cair da cadeira. — Quando eu fiz uma busca no quarto do garoto depois que Tanner comunicou o desaparecimento do filho, eu encontrei um desenho. Um esboço feito com lápis de cor, dobrado debaixo da cama dele. Tyler era um artista. Sabia disso?

— Sabia, mas esse esboço não estava na pasta do caso dele — Vanessa disse, sem conseguir evitar a alfinetada.

— E artista dos bons — Weiss disse, ignorando a provocação. — No desenho, Bianca aparecia dormindo, nua da cintura para cima. Era ela, com aquele longo cabelo ruivo. Eu levei o desenho comigo e questionei Bianca a respeito. É claro que tudo isso foi antes do Aiden. Ela negou que algo tivesse acontecido entre eles, disse que Tyler costumava segui-la, que ele parecia estar a fim dela, e que o desenho era apenas uma expressão da imaginação dele. Eu não acreditei nela. — Ele se serviu de outra dose. Weiss estava começando a falar de forma arrastada. — Earl me disse para manter em segredo, que, a menos que eu soubesse com certeza que Bianca tinha feito algo contra Tyler, o fato de ela dormir com os colaboradores não era o suficiente para acusá-la de um crime. Afinal, Tyler e Aiden já tinham dezoito anos.

— O desenho ainda existe?

— Earl pegou. É claro que ele não queria que fosse incluído na pasta do caso.

— E Kyle Grimmie?

— Eu nunca consegui confirmar se Bianca teve um relacionamento com ele, mas você sabe como essas coisas funcionam. — Weiss voltou a pegar a garrafa de uísque. Vanessa havia perdido a conta de quanto ele já havia bebido. — Se ela dormiu com dois, deve ter dormido com uns 20.

— De policial para policial, você acredita que ela é capaz de matar alguém?

Weiss deu um suspiro longo e cansado.

— Detesto essa pergunta. Com certeza você também detesta, ainda que precise fazê-la. Você já sabe a resposta.

— Que é?

— Todo mundo é capaz de matar — ele afirmou. — Todo mundo. Nas circunstâncias certas, no lugar e na hora certos, qualquer um pode matar qualquer um. Qualquer policial que se preze sabe disso.

Weiss tinha toda a razão, é claro.

— O que mais você pode me dizer? — Vanessa perguntou. — Estou lidando com quatro casos de garotos desaparecidos. Um já apareceu morto. Os outros três devem estar mortos. Outras 19 vítimas em potencial. Todos adolescentes, todos loiros, todos trabalharam no País das Maravilhas. Os crachás deles estavam em poder de Glenn Hovey, e vou interrogá-lo ainda hoje. Mas será que eu também deveria investigar Bianca Bishop? Porque, ao contrário de você, eu não dou a mínima para quem ela é ou o que ela fez pela cidade. Sou muito nova aqui para sentir qualquer tipo de lealdade. Eu só quero que esses casos sejam resolvidos.

Carl Weiss se levantou e caminhou até a janela, cambaleando um pouco. As persianas estavam fechadas. Ele pegou o cordão e puxou. A luz do sol invadiu o lugar, e a vista do seu escritório era linda. O lago Belle cintilava.

— Se dependesse de mim, eu me mudaria. — O ex-chefe-adjunto falou devagar. A sua fala estava embaralhada. — Mas a minha mulher adora morar aqui. A casa é dela, sabia? O primeiro marido dela era um cirurgião plástico, que ganhou muito dinheiro até cair morto de um ataque cardíaco no campo de golfe. Você sabe por que ela se casou comigo?

— Não faço ideia. — Vanessa permaneceu sentada na poltrona. Com ele de costas para ela, ela não fazia ideia por que o casamento de Carl Weiss tinha algo a ver com o fato de Bianca Bishop possivelmente ter se aliado a Glenn Hovey para matar os seus amantes adolescentes.

— Porque mesmo que eu seja desleixado, velho e não tão inteligente, eu tinha algum poder na cidade como chefe-adjunto da polícia. Jantávamos na casa do prefeito, não do Frank Greenberg, o que veio antes dele, e também na casa de Nick Bishop, que fica do outro lado do lago. Ela gostava do fato de eu ser uma autoridade pública; Melanie já tinha muito dinheiro e, assim, o que ela queria era status. Eu conhecia todas as pessoas certas. Mas, por mim, eu iria embora. Compraria um apartamento pequeno em Cabo, teria um barquinho de pesca e passaria os meus dias no mar.

— Então, por que não faz isso?

— Porque é Seaside. É como na música "Hotel California". Toda vez que tento ir embora, acabo sendo trazido de volta. E, para ser sincero, é tudo o que eu conheço. — Weiss se virou para ela. — É verdade que você foi contratada por causa do Greenberg?

— É.

— Ele devia um favor a você?

— Ele não me devia nada. Ele devia ao meu falecido marido. Eram amigos de longa data.

— Então agora você deve um favor para ele?

Vanessa não respondeu. Ela nem tinha visto Frank desde que se mudou para Seaside, e não tinha planos de vê-lo. O que eles tinham feito com John naquela noite poderia destruir os dois, e fazia sentido manter distância.

— Acho que estamos quites.

— Que bom. Continue assim. Isso de não querer ficar devendo nada a ninguém em Seaside. É um preço muito alto a pagar quando essa gente cobra os favores. Esse é o único conselho que eu posso te dar. — Carl Weiss se voltou para a janela. — Pode ir agora, delegada. Deixe o uísque.

Ela obedeceu. No caminho de volta ao departamento, ligou para Jerry, na White Oaks. Sem rodeios, contou para ele que Tyler Wilkins tinha transado com a Mulher Fatal do País das Maravilhas, e que Carl Weiss havia excluído de propósito esse fato na pasta do caso. Então, ela ouviu pelos alto-falantes do carro o descontraído detetive particular deixar escapar uma sequência de obscenidades que fariam um marinheiro corar.

29

BIANCA BISHOP SABIA COMO OS COLABORADORES A CHAmavam pelas costas: Mulher Fatal. Blake Dozier, também conhecido como o Garoto da Roda-Gigante, contou para ela uma vez quando eles estavam na cama juntos. Ele tinha achado aquilo engraçado, e deu uma risada ao dizer isso. Por outro lado, Bianca não tinha achado a mínima graça, embora supusesse que havia apelidos piores.

Blake achava muitas coisas estúpidas engraçadas. Certa vez, ele tirou fotos deles deitados na cama juntos, no pós-sexo, lençóis bagunçados, os corpos nus. Bianca ficou furiosa quando acordou um pouco mais tarde e Blake lhe mostrou as fotos, que ele já havia postado no Instagram. Por que os garotos adolescentes viviam fazendo isso? Não importava que na foto o rosto dela não aparecesse, ainda que fosse possível ver o seu cabelo ruivo característico e parte do seu seio, e a ideia de que ela estava exposta de alguma forma era abominável para Bianca. A única salvação era que ele havia postado as fotos no Instagram no meio da noite, e assim quase ninguém as tinha visto. Ela exigiu que ele as apagasse na hora e, em seguida, ameaçou quebrar o iPhone dele se também não as apagasse de lá.

Bianca já deveria saber que era melhor não confiar a sua privacidade a alguém que se orgulhava de documentar tudo o que fazia nas redes sociais. Blake implorou pelo perdão dela, e ela o perdoou, mas o celular dele nunca mais foi visto na presença dela depois daquela noite. Quando Aiden havia tentado tirar fotos dela três anos atrás, ela tinha destruído o celular dele. E nem tinha sido uma tarefa fácil, considerando que os smartphones foram projetados para suportar impactos.

O caso com Blake durou mais do que a maioria dos outros casos, o que devia explicar por que ele ficou tão mal quando ela disse que o relacionamento havia chegado ao fim. Durante semanas, ele a ficou seguindo como um cachorrinho faminto, tratando de cruzar com ela em lugares que sabia que ela estaria, tentando falar a respeito do relacionamento deles. Isso se tornou irritante. E a discrição era importante. Já era ruim o bastante que Oscar soubesse que ela tinha dormido com Blake, mas ela não estava preocupada com o fato de o seu vice--presidente contar para alguém. Ela tinha os seus segredos, ele tinha os dele, e se ela dançasse, ele também dançaria.

A culpa foi toda de Patrick.

Mesmo pensando nele agora, ela ainda sentia aquele friozinho na barriga familiar. Patrick Voss tinha sido o seu primeiro amor, um garoto prodígio de dezoito anos, loiro como areia de praia e olhos da cor do céu logo antes do crepúsculo. Ela se apaixonou loucamente por Patrick quando ela tinha apenas dezessete anos. Eles trabalhavam juntos no parque e tinham grandes planos para as suas vidas.

Embora o tio Nick desaprovasse que ela tivesse um relacionamento tão sério naquela idade, ela não ligava. Patrick havia prometido levá-la para longe de Seaside. Patrick havia prometido uma nova vida para ela.

Mas Patrick acabou não cumprindo essa promessa. E então ele partiu o coração dela. E depois fez a pior coisa de todas: ele tentou deixar o País das Maravilhas. Ele tentou ir embora de Seaside. *Sem* ela.

Dezenove anos se passaram, e a lembrança ainda a fazia querer quebrar alguma coisa. Porque ela ainda não havia superado. Porque ela ainda não conseguia se desapegar dele.

Quando o tio Nick comprou o parque de diversões, Bianca não ficou nem um pouco interessada em trabalhar lá. Era um parque de diversões sem graça, e ela tinha coisas mais importantes com que se ocupar. Ela estava no meio do último ano do ensino médio e tinha acabado de receber a sua carta de admissão prévia para a Stanford no outono. Ela não só estava indo para a sua primeira opção em termos de faculdade — *claro* que ela iria para a sua primeira opção —, como também tinha uma bolsa de estudos. Não era uma bolsa acadêmica, porque, sob uma perspectiva realista, ela era inteligente, mas não brilhante. Era uma bolsa em esportes, mas ela tinha batalhado a vida toda exatamente por isso.

Bianca havia sido uma tenista de alto nível.

Ela tinha sonhado em vencer um grande torneio algum dia, mas sabia que isso talvez nunca acontecesse. Ela era uma tenista muito boa — competitiva, determinada e extremamente focada —, mas como os seus treinadores costumavam lembrá-la, faltava-lhe aquele talento inato adicional que separava os bons jogadores dos grandes jogadores. Ou nascemos com isso ou não nascemos, e Bianca sabia que não valia a pena se iludir achando que trabalho duro ou dedicação — que ela tinha de sobra — faria diferença. Ela nunca venceria um torneio como Wimbledon ou o Open. Ela nunca seria uma Steffi Graf ou uma Martina Navratilova.

Mas tudo bem. Ela era boa o suficiente para conseguir uma bolsa de estudos para a Stanford e boa o suficiente para talvez passar alguns anos no circuito da ATP depois de se formar, disputando torneios e viajando pelo mundo. Os Jogos Olímpicos eram uma certeza. E quando encerrasse a carreira de tenista, ela iria fazer uma pós-graduação em direito ou administração. Ela tinha tudo planejado.

O tênis era o passaporte de Bianca para sair de Seaside.

Mas então, no último ano do ensino médio, ela se machucou durante as férias de primavera. Bianca foi andar a cavalo num rancho em Raymond, algo que havia feito centenas de vezes, e o cavalo — o mesmo que ela havia montado centenas de vezes — assustou-se com um avião voando baixo. Ele a derrubou. Ela caiu feio no chão, em um ângulo estranho, e sentiu algo se quebrar nas costas.

Deitada no chão, esperando alguém vir ajudá-la, ela entrou em pânico pela primeira vez na vida. Naquele momento, o seu medo superou a dor.

Ela passou por três cirurgias. Depois da terceira, por causa de sua idade e condição física excepcional, os médicos tinham certeza de que ela voltaria a andar normalmente. Porém, a sua carreira como tenista havia chegado ao fim. As suas costas não conseguiriam suportar a severidade das sessões de treinamento de seis horas na quadra e de exercícios de força e aeróbicos de duas horas na academia todos os dias. Então, adeus, Stanford. Olá, Universidade de Puget Sound.

E olá, País das Maravilhas.

O tio Nick sempre cuidou de Bianca. Foi com ele que ela jogou tênis pela primeira vez quando era pequena. Foi ele quem a incentivou a seguir os seus sonhos. Quando o pai deixou Bianca e a mãe dela, foi o tio Nick quem assumiu o papel de pai. O tio Nick era para quem ela ligava quando a mãe estava bêbada demais para levá-la ao treino de tênis. O tio Nick assumiu a sua guarda quando a mãe morreu de cirrose após Bianca completar dezesseis anos. O tio Nick estava sempre presente.

Assim, quando o tio Nick sugeriu que Bianca viesse trabalhar no País das Maravilhas no verão para distrair a mente dela do tênis, ela concordou. Bianca nunca tinha curtido parques de diversões, mas sabia que precisava de algo para mantê-la ocupada enquanto se esforçava para aceitar que os seus sonhos nunca se realizariam, e que a sua vida nunca mais seria a mesma.

— Vai ser divertido — o tio Nick lhe disse logo após a sua formatura no ensino médio. — Você é a minha sobrinha, então você pode fazer o seu horário e escolher as suas tarefas. Basicamente, você pode fazer o que quiser no parque até as aulas da faculdade começarem. Juro que vai ser bom para você, Bi.

E o tio Nick tinha razão. Foi bom para Bianca. Era exatamente do que ela precisava.

Em seu primeiro verão no País das Maravilhas, Bianca se sentiu como uma adolescente normal pela primeira vez. Pela primeira vez desde criança, ela não tinha uma rotina exaustiva. Nada de treinos de tênis às seis da manhã, nada de dieta rígida, nada de ter que escolher entre dever de casa e dormir. Nada de pressão intensa dos torneios. Nada de treinadores gritando com ela.

Bianca podia simplesmente... ser ela.

E então ela conheceu Patrick: alto, loiro e incrivelmente bonito. Deram uma boa olhada um no outro e se apaixonaram da maneira que só acontecia com dois adolescentes. Era um filme romântico, cheio de angústia, paixão, discussões, risadas e sussurros no quarto dele à tarde, durante o horário de trabalho do colega de quarto. Antes de Patrick, Bianca nunca tinha beijado alguém, mas uma semana depois de se conhecerem, ela já tinha perdido a virgindade. Havia sido a melhor noite da vida dela; Bianca não achava que fosse possível se sentir tão próxima e tão conectada a outro ser humano. Eles não conseguiam mais ficar longe um do outro.

Juntos, fizeram planos. Patrick também iria para a Universidade de Puget Sound no outono. Eles morariam no *campus* durante o primeiro ano e, depois, no segundo ano, iriam morar juntos, alugando um pequeno apartamento no bairro universitário em Seattle. Patrick se dedicaria aos estudos, comporia músicas, tocaria violão e se apresentaria em cafeterias. Bianca também se dedicaria aos estudos, ensinaria tênis e se prepararia para cursar direito. Eles fizeram planos. Todos os tipos de grandes planos.

Stanford nunca tinha parecido tão abençoadamente longe.

Porém, perto do fim do verão, Patrick começou a se afastar. No começo, Bianca não ligou muito para isso. Tudo bem, ele havia desmarcado alguns encontros, e houve algumas vezes em que Bianca passou pelo quarto dele depois do turno dela e Patrick não estava lá. Mas logo ele parou de retornar as ligações dela, e o colega de quarto dele sempre era vago a respeito de onde ele estava. Quando eles conseguiam conversar, as conversas eram mais curtas, mais apressadas. Quando ela o via, ele parecia distante. Preocupado. Distraído.

Mesmo assim, Bianca não estava muito preocupada. Por que estaria? Eles estavam apaixonados. Assim, quando Patrick finalmente terminou o namoro com ela em agosto, duas semanas antes do início da faculdade, Bianca não esperava por isso.

— Você conheceu outra pessoa? — ela perguntou, tentando não chorar. Eles estavam do lado de fora do quiosque Donuts do Pequeno Tom, no centro da Avenida. Era o fim do turno da noite e o parque tinha acabado de fechar, e os donuts não vendidos podiam ser comidos de graça pelos colaboradores. Sempre havia um pouco de aglomeração, e Bianca o puxou para o lado para que ninguém pudesse escutar. — Alguma outra garota?

— Não é nada disso — ele respondeu, olhando para os pés. — É só que... tudo parece tão sério, Bi. Digo, eu e você. E vamos começar a faculdade em breve. Você não quer começar a faculdade namorando, quer? Não quer conhecer outros caras?

— Outros caras? — Que história era aquela? — Não, claro que não. Você é o único para mim. Eu te amo, Patrick. Você é tudo para mim. E você também me ama.

— Eu gosto muito de você. — Ele deu um sorriso amarelo. — Você é legal, e tomara que a nossa amizade continue. Mas eu simplesmente quero ir para a faculdade e me divertir, sabe? Quero me filiar a uma fraternidade. Ver se consigo montar uma banda. A faculdade já vai ser bastante difícil sem incluir um namoro no meio. Você entende, não é? Acho que é melhor assim, para nós dois.

Bianca não entendia. Ela não entendia de jeito nenhum.

E Patrick havia mentido quando disse que a separação não tinha nada a ver com outras garotas. Duas semanas depois, após uma festa havaiana de fim do verão, em que ele a evitou e se manteve cercado pelos amigos, ela esperou por ele do lado de fora do dormitório dele. Bianca precisava falar a sós com ele, sobre uma coisa extremamente importante. Quando o ônibus dos colaboradores estacionou, ela respirou fundo e deu um passo à frente. Mas ele não desceu sozinho do ônibus. Desceu acompanhado de uma *garota.*

Bianca só a conhecia pela reputação. O nome dela era Connie Shepherd, e ela era um ano mais velha. Tinha cabelo ruivo que parecia vibrante mesmo no escuro, o que fazia garotas como Bianca — cuja cor natural do cabelo oscilava entre o castanho-claro e o loiro queimado, dependendo da estação — se sentirem sem graça. Ela era linda, confiante e nada tímida socialmente, como Bianca costumava ser. Connie era uma paqueradora nata, e todos os garotos gostavam da sua companhia, embora Bianca não achasse que Patrick tivesse prestado muita atenção nela antes.

Bem, Patrick estava prestando atenção nela agora. Após saírem do ônibus juntos, ele pegou a ruiva pela mão e a beijou. Em seguida, levou-a para o interior do prédio do dormitório, rindo. E embora Bianca não pudesse ver o que aconteceu a seguir, ela podia imaginar os seus corpos nus pressionados um contra o outro, esfregando-se e se contorcendo. Patrick beijando todo o corpo de Connie, fazendo coisas com a língua que ele havia feito com Bianca, coisas que a fizerem se sentir especial, coisas que alguém só faria em uma pessoa que amasse de verdade. E Patrick devia estar dizendo que amava Connie, que ela era a única garota que ele amava, e eles provavelmente passariam a noite toda na cama, fazendo grandes planos.

Bianca nunca foi de perder a cabeça. Os seus treinadores sempre a elogiaram pela capacidade de se manter focada e tranquila em situações difíceis, o que lhe rendeu muitos pontos em jogos, e talvez fosse a sua maior virtude como tenista. Raramente ela perdia por causa dos nervos. Raiva — quando ela sentia, o que não era frequente — sempre começava como uma combustão lenta. Primeiro, havia uma pequena faísca, e depois surgia uma chama, e se a chama queimasse tempo suficiente, a fúria se manifestaria.

Uma fúria pura, incandescente, bruta, sem remorsos.

Bianca não tinha tido uma menstruação e havia feito um teste de gravidez naquela manhã, após uma visita furtiva a uma farmácia de uma cidade vizinha. Ela não queria ser vista por ninguém que conhecesse. O teste deu positivo, e o filho era de Patrick. Claro que era. Ela nunca tinha transado com mais ninguém.

O seu plano era ir até o quarto de Patrick e contar a novidade pessoalmente. Ela não sabia como ele se sentiria a respeito — *ela* mesma ainda não sabia como se sentia —, mas tinha certeza de que Patrick a abraçaria e diria que estavam juntos nessa, e que tudo daria certo. Ele faria um cafuné nela e garantiria que ela não estava sozinha, que a amava e que sempre a amaria.

Mas isso foi antes de Bianca descobrir a respeito daquela vadia da Connie Shepherd. Ah, como Bianca a odiava.

Dois dias depois, Connie Shepherd, de dezoito anos, foi encontrada morta na floresta a três quilômetros a leste do País das Maravilhas. Havia uma trilha perto do rio Falls onde Connie gostava de correr de manhã antes do trabalho. O seu corpo foi avistado por um corredor mais tarde naquela manhã, bem onde o rio desaguava na baía. Após uma rápida investigação e alegando falta de evidências, Earl Schultz, o chefe-adjunto da polícia de Seaside, concluiu que Connie devia ter tropeçado na trilha, rolado barranco abaixo até o rio e se afogado. Havia um corte profundo logo acima do joelho e outro na têmpora, ambos em conformidade com uma queda, mas qualquer evidência que pudesse sugerir um crime tinha sido levada pela água. A morte de Connie Shepherd foi considerada um acidente.

Uma semana depois do enterro, o tio Nick providenciou o aborto da sobrinha. Ele sabia que o pai era Patrick, e também sabia que Patrick tinha trocado Bianca por Connie, e que Connie agora estava morta. Porém, ele nunca fez perguntas a Bianca sobre isso. Simplesmente acompanhou a sobrinha até a consulta, pagou a conta, trouxe-a de volta para o parque, onde ela se recuperou no apartamento dele dentro do prédio administrativo.

No outono, Bianca optou por ficar no País das Maravilhas, o lugar onde ela se sentia mais segura. Aliás, ela nunca cursou a Universidade de Puget Sound, ou qualquer faculdade.

E Patrick também não.

Bianca se serviu de uma taça de vinho tinto e esperou pela batida à porta do seu apartamento que sabia que viria. A lembrança de Patrick, mesmo depois de todos aqueles anos, tomava conta dela com uma mistura de emoções que ainda era perturbadora; emoções que só se aquietavam quando ela estava com alguém novo. Ela nunca amou ninguém como amou Patrick, e era fácil fazer de conta que ela estava transando com ele ali no apartamento, com o parque de diversões logo abaixo. Os outros garotos, todos escolhidos a dedo, ajudavam a preencher o vazio que Patrick havia deixado, e durante o curto tempo de duração daqueles relacionamentos, ela voltava a se sentir quase inteira.

Assim como agora, com Xander Cameron. Não levou muito tempo para seduzi-lo. Nunca levava. Os garotos de dezoito anos tinham as suas desvantagens, mas o apetite voraz por sexo não era uma delas.

No pôr do sol, o País das Maravilhas estava animado, com as luzes cintilando como estrelas cadentes. As janelas do prédio administrativo eram à prova de som e, assim, Bianca não ouvia a música de carnaval retumbando, os gritos de alegria das criancinhas ou o zumbido das montanhas-russas. Olhar pela janela era como assistir a um filme com o som desligado. Mesmo sem as luzes acesas dentro do apartamento, estava claro com a luminosidade do País das Maravilhas projetando cores e formas em movimento nas paredes brancas. A iluminação espetacular podia ser vista com facilidade da autoestrada, e funcionava melhor do que qualquer outdoor, com o seu brilho intenso prometendo diversão, emoção e alegria a quem trafegava. A Roda-Gigante Mágica, na extremidade norte da área de entretenimento, girava devagar, e Bianca a observava com um ar pensativo.

Bianca estava familiarizada com os pensamentos de suicídio; ela já havia pensado seriamente em se matar duas vezes antes. A primeira depois que foi informada de que a sua carreira no tênis tinha acabado. A segunda depois de ter abortado o filho. Até hoje, ela ainda não conseguia decidir qual experiência foi mais dolorosa. Se ela considerasse o suicídio uma terceira vez, sabia exatamente como faria isso.

Bianca embarcaria na roda-gigante e, quando a sua cadeira atingisse a altura máxima, ela se jogaria de lá num mergulho audacioso. Eram quase 50 metros do ponto culminante da roda-gigante até o chão. Com certeza, a morte seria rápida. Bianca se perguntava se ouviria o barulho do seu corpo se chocando no concreto na fração de segundos antes de morrer, e acreditava que, se ouvisse, o som seria muito gratificante.

Uma batida de leve atrás de onde Bianca estava interrompeu aquele pensamento. Então, ela se virou e se afastou da janela. Lambeu os lábios, na expectativa de tudo o que estava por vir depois que abrisse a porta do apartamento, e tomou um último gole de vinho para se preparar.

Ela cumprimentou o seu convidado com um sorriso acolhedor. Não era Xander, o seu amante atual. Mas tudo bem; ela não estava à espera dele.

— Entra, Oz — ela disse.

30

DONNIE AMBROSE RECEPCIONOU VANESSA EM SUA VOLTA ao departamento. Ela tinha muito a contar ao jovem investigador, mas, por enquanto, não era urgente.

— Eles estão na sala de interrogatório número três — Donnie informou.

— Eles?

— Glenn Hovey e a mãe dele. Ela insistiu em acompanhá-lo. — Ele fez careta. — Já estou com vontade de torcer o pescoço dela. Ela é como um cachorrinho que não para de latir e a gente fica com vontade de dar um chute, mas não pode.

— Faça o possível para se conter — Vanessa afirmou, seca. — Fico surpresa que o Glenn ainda não tenha contratado um advogado. Vamos torcer para que ele não peça um. Será que o Nate conseguiu verificar todas as identidades que encontramos?

— Ele consultou o Cadastro Nacional de Pessoas Desaparecidas para verificar os 19 nomes que não reconhecemos. Não apareceu nada. Ele checou as certidões de óbito, também não apareceu nada lá. É claro que isso não prova que todos estão vivos. Nate teria que investigar cada um mais a fundo para confirmar se estão bem. Mas até agora parece que só os cinco estão mortos, incluindo Jack Shaw. — Donnie pareceu decepcionado. — Eu tinha tanta certeza de que a gente tinha pegado o Glenn.

— Ainda temos uma chance — Vanessa afirmou. — Cinco dos 24 estão mortos, e Glenn estava na posse das identidades deles. Quem sabe os outros não eram vítimas em potencial. Dá para fazer alguma coisa com isso. Agora, não me deixa na expectativa. Como foi no País das Maravilhas?

— Bianca Bishop não estava no parque — Donnie respondeu, seguindo Vanessa pelo corredor. — A recepcionista disse que ela tinha saído, não sabia para onde, mas tive a impressão de que, mesmo que soubesse, não me diria. Fui até a casa de Bianca, mas ela também não estava lá. Como eu não tinha um mandado, não pude fazer a busca.

— E quanto ao apartamento que fica no prédio administrativo? — Vanessa lançou um olhar para ele. — Aliás, você não me falou nada a respeito dele.

— Achei que você já soubesse. — Donnie pareceu surpreso. — Não é segredo. É meio que de conhecimento geral.

— De quem? Das pessoas que passaram a vida toda em Seaside e que trabalharam no parque durante anos?

— Tem razão.

— Tudo bem. Relaxa. Oscar Trejo também não me falou nada — Vanessa disse. — Eu perguntei sem rodeios se havia mais alguém no parque na madrugada em que Blake escalou a roda-gigante, e a resposta foi não.

— Talvez ele tivesse falado a verdade. Só porque a Mulher Fatal tem um apartamento no parque não significa que ela estava lá naquela noite.

— Você também sabe o apelido dela?

Donnie sorriu e, fingindo, abaixou a cabeça para se proteger, como se ela estivesse prestes a golpeá-lo.

— Foi mal. Mais uma vez, é de conhecimento geral, menos para você.

Ela revirou os olhos.

— Aliás, Earl ligou procurando você. Ele quer uma atualização de tudo. Disse que sente que está sendo deixado de fora das coisas. Falei que você ligaria assim que pudesse.

Vanessa suspirou, pois o fato de Earl estar sendo deixado de fora não era um acaso.

— Como ele estava?

— Meio distraído. Estressado com o acordo de construção do shopping center. Pelo visto, ele teve uma discussão com Tanner Wilkins na reunião do conselho da cidade mais cedo, porque o Tanner não quer vender a propriedade dele na rua Clove. Além disso, o lance do evento de arrecadação de fundos é hoje à noite.

— Caramba, o nosso chefe de polícia é um homem muito ocupado — Vanessa murmurou. — Fazendo de tudo, *menos* o trabalho dele.

Eles chegaram à sala de interrogatório número três, mas antes que ela pudesse abrir a porta, o seu celular vibrou. Ao fazer uma verificação rápida, Vanessa viu que era uma mensagem de Ava. VOU TRABALHAR ATÉ TARDE HJ DE NOVO. TD BEM SE EU DORMIR NA CASA DA KATYA?

Vanessa franziu a testa. Ela não gostava que Ava trabalhasse até tarde, não enquanto houvesse um serial killer em potencial assombrando o País das

Maravilhas, e essa era a terceira vez na última semana que Ava dormiria na casa da amiga.

— Só um instante — ela disse a Donnie. — É a minha filha. Pode ir entrando, mas não comece sem mim.

Donnie entrou na sala, e Vanessa permaneceu no corredor e respondeu a Ava. QUEM MAIS ESTÁ COM VOCÊ HOJE? NÃO QUERO QUE VOCÊ SAIA DO TRABALHO SOZINHA.

Ava respondeu de imediato. O SUPERVISOR TRABALHA ATÉ O PARQUE FECHAR. O PAI DA KATYA VAI BUSCAR A GENTE. VAI TER MUITA GENTE POR PERTO. RELAXA.

Vanessa considerou que estava tudo certo. Jerry, que ainda permaneceria em Seaside por mais alguns dias, tinha se oferecido para ficar com John-John até ela voltar para casa, e já tinha pegado o menino de sete anos no acampamento. Com base nas circunstâncias, parecia que a noite seria longa com Glenn Hovey. Ter Ava na casa da amiga, onde havia vigilância dos pais, era melhor do que deixá-la sozinha em casa com John-John. Vanessa respondeu. OK, TUDO BEM. AVISA QUANDO CHEGAR NA CASA DA KATYA. DIVIRTAM-SE. TE AMO.

TB TE AMO.

Vanessa guardou o celular e abriu a porta da sala de interrogatório. Donnie estava sentado diante de Sherry e Glenn Hovey.

— Senhor Hovey, é um prazer vê-lo finalmente. Estávamos à sua procura — ela disse. — Senhora Hovey, também é uma prazer revê-la.

— Posso fumar? — Sherry Hovey perguntou, sem se dar ao trabalho de retribuir a saudação de Vanessa. Em suas mãos enrugadas, havia um maço de cigarro e um isqueiro de plástico rosa. Ela fuzilou Donnie com o olhar. — Esse idiota disse que não posso fumar.

— Lamento, senhora, mas é proibido fumar aqui — Vanessa respondeu. — Mas tem um fumódromo do lado de fora. Na verdade, a senhora nem deveria estar aqui. Seria preferível se pudéssemos conversar com o seu filho sem a sua presença.

— Daqui eu não saio. Tudo o que você disser para ele, pode dizer na minha frente. Do contrário, vou chamar um advogado. — Sherry se virou para Donnie. — Posso pelo menos tomar um café?

— Desculpe, mas acabou — o investigador disse com um sorriso.

Glenn Hovey não se parecia em nada com a foto antiga que Vanessa havia visto no quarto dele mais cedo naquele dia, nem com a foto do crachá, que devia ter pelo menos cinco anos. O Glenn Hovey sentado diante dela era um homem de estatura mediana, talvez 1,75 de altura, com quase 30 quilos de sobrepeso, em grande parte em torno da cintura. O cabelo estava rareando e o couro cabeludo rosado era visível sob os poucos fios castanho-claros que restavam. Ele estava usando uma camisa polo bege, curta demais e justa demais, e havia uma mancha bem onde a sua barriga começava a se projetar. No silêncio da sala de interrogatório, Vanessa conseguiu ouvir um leve chiado, e achou que ele devia sofrer de asma.

Sherry Hovey batucava as unhas na mesa.

— Eu disse para o Glenny que vocês estavam aqui para falar do Garoto da Roda-Gigante e do Harry Sem-Teto. Mas ele não sabe nada a respeito de nenhum dos dois.

Vanessa a ignorou.

— Por onde você andou esse tempo todo? — ela perguntou para Glenn.

— Pelo amor de deus, ele estava em Vegas — Sherry Hovey disse. — Foi onde ele foi preso. O carro dele ainda está lá. Aliás, como vamos trazê-lo para casa? E quem vai pagar por isso?

— Se a senhora quiser ficar na sala, terá que fazer silêncio — Vanessa disse com firmeza. — Se trata de uma investigação policial e, se a senhora voltar a interromper, pedirei a este jovem investigador aqui que chame um táxi para a senhora.

A mulher abriu a boca para voltar a dizer algo, mas o seu filho a encarou, e ela a fechou.

— O que você estava fazendo em Las Vegas, senhor Hovey? — Vanessa perguntou.

— Jogando pôquer. — Glenn arrancou um fio solto da camisa. — Um grande torneio. É como eu complemento a minha renda.

— Como você se saiu dessa vez?

— Muito bem. — Um sorriso se espalhou pelas suas bochechas rechonchudas. — Oito mil.

— Oito mil! — Sherry Hovey deu um tapa na barriga do filho, que balançou, quase comicamente. — Por que você não me contou? Finalmente, vamos poder comprar um fogão novo. — Ela tirou um cigarro do maço. Na frente dele, Donnie fez um gesto negativo com a cabeça. Praguejando, ela o colocou de volta.

— Eu gastei parte desse dinheiro. — Glenn se afastou um pouco da mãe. — Não sei quanto sobrou.

— Você foi para Las Vegas com amigos? — Vanessa perguntou. — Ou foi sozinho?

— Fui sozinho, mas eu encontrei uns amigos lá — ele respondeu, desviando o olhar para o rosto da mãe. — Por quê?

— Que amigos? — a senhora Hovey perguntou. — Você não tem amigos. E quanto dinheiro sobrou?

— Eu tenho amigos. — O rosto de Glenn foi ficando vermelho. — Eu tenho muitos amigos, mãe. Só porque você não conhece todos…

— Vou precisar dos nomes e sobrenomes deles — Vanessa afirmou, pegando o seu caderno de capa preta. — Preciso ligar para eles para confirmar onde você estava.

— Quanto dinheiro sobrou? — Sherry Hovey voltou a perguntar, estendeu a mão para pegar o maço, lembrou-se e o empurrou para longe. — Você torrou oito paus em uma semana?

— Além dos nomes e sobrenomes, vou precisar dos endereços — Vanessa disse. — Em que hotel você ficou? Alguém ficou com você?

— Eu… — Glenn fez uma pausa, desviando o olhar da mãe para a chefe-adjunta, claramente indeciso quanto a quem ele deveria se dirigir. Por fim, decidiu-se por Vanessa. — Os nomes são mesmo necessários?

— Diga logo para ela. — Sherry Hovey bateu o isqueiro com impaciência na mesa. Uma tremedeira havia tomado conta ela, um sinal claro de abstinência do tabaco. — Responda para que ela pare de fazer perguntas sobre o Garoto da Roda-Gigante. Você está atrás do álibi dele, não está? — ela perguntou para Vanessa.

O chiado no peito de Glenn ficou um pouco mais alto.

— Eu nem estava no parque naquela noite.

— Pois é, e por isso você vai se encrencar — a mãe dele disse. — Quantos turnos você perdeu? Você sabe que a gente precisa que você mantenha esse emprego.

— O meu emprego não está em perigo, beleza, mãe? — Glenn voltou a olhar para Vanessa. — Eu não estava no parque quando o corpo do garoto apareceu. E eu não estava lá quando o outro garoto escalou a roda-gigante.

— Las Vegas fica bem longe de Seaside — Vanessa disse. — Sem dúvida você sabia que ficaria fora por um tempo. Por que não avisou ninguém no parque?

— Eu me enganei com o meu horário. — Glenn coçou a cabeça. — Eu não sabia que estava escalado para trabalhar naquela noite.

— E em que hotel você disse que ficou? — Vanessa teve a impressão de que estava repetindo as mesmas perguntas. — Você tem uma fatura, algo que comprove que você se hospedou lá? E quanto a recibos de refeições ou gasolina?

— Eu não fiquei em hotel, fiquei com amigos. Não guardei nenhum recibo. Não achei que fosse precisar.

— Você deu o seu dinheiro para essas pessoas? — O rosto enrugado de Sherry Hovey foi ficando sombrio. — Você não precisa pagar as pessoas para serem suas amigas, Glenny...

— Senhora Hovey, *por favor* — Vanessa disse, frustrada. Ela olhou para Donnie, que parecia, ao mesmo tempo, estar se divertindo com os dois e se sentindo fascinado por eles. — Vou precisar dos nomes dos seus amigos. Daí, podemos seguir em frente.

— Espero que você não tenha gastado todo o dinheiro que ganhou — a velha disse. — Você sabe que a gente precisa daquele novo fogão. Três das quatro bocas não funcionam. Como vou cozinhar desse jeito?

— Você não cozinha nada. Massa com molho de queijo de caixinha não é cozinhar — Glenn retrucou.

— É a única que tem gosto — a mãe rebateu. — A quimio acabou com o meu paladar.

— Não foi a quimio, foram os cigarros.

— Você compra os maços para mim!

— Você me enche o saco se eu não comprar!

Desistindo, Vanessa recostou-se e cruzou os braços. Não fazia sentido intervir. Sherry Hovey estava pilhada demais, e apesar da advertência anterior da chefe-adjunta, ela não podia correr o risco de a mulher chamar um advogado para o filho se fosse convidada a se retirar.

— Você sabe que a gente precisa de dinheiro para o fogão, mas, em vez disso, fica gastando dinheiro com pessoas que só estão te usando — a senhora Hovey disse ao filho.

— O dinheiro é meu e eu gasto como quiser — Glenn afirmou, em voz alta. — Você tem a sua aposentadoria por invalidez e a pensão do papai, que é mais do que suficiente para pagar as contas da casa.

— Pois é, a *minha* casa, e eu decido quem mora nela — Sherry Hovey disse, também em voz alta.

— Você não quer que eu more lá? Eu não preciso morar lá! — Glenn retrucou, com a voz chegando ao auge da histeria. — Eu iria embora sem nenhum problema, mãe! Aí você iria ter que pedir para os vizinhos te levarem para as suas consultas...

— Com licença — Vanessa pediu, mas nem mãe nem filho a ouviram.

— Você tem sorte de eu deixar você morar comigo — Sherry Hovey gritou.

— *Me* deixar morar com você? Você não sobreviveria lá sem mim! Eu pago todas as contas!

— Não paga, *não*! Você paga a conta da tevê a cabo para poder ficar vendo os seus filmes pornôs.

— Eu também pago a internet...

— Pois é, para poder ver mais filmes pornôs! Eu não uso internet! Nem e-mail tenho!

— Você devia ter e-mail! Quem, hoje em dia, não tem e-mail?

— *Com licença!* — Vanessa golpeou a mesa com o punho várias vezes. Ela se perguntou se as pessoas no departamento estavam ouvindo a gritaria, mas em seguida se perguntou se era possível não estarem ouvindo. — Senhor Hovey, não podemos fugir do assunto. Quero saber com quem você estava em Las Vegas...

— O nome dele é Sergio, beleza? — Glenn disse, dirigindo-se a Vanessa, mas ainda fuzilando a mãe com os olhos. — Não sei o sobrenome dele.

Sherry ficou boquiaberta.

— Sergio? — ela repetiu. — Quem é esse Sergio?

— Você tem o número de telefone dele? — Vanessa perguntou.

— A gente se fala mais por e-mail — Glenn respondeu. — Mas eu tenho o número dele, se você quiser. E também o endereço. Ele é que me hospedou.

Sherry Hovey respirou fundo e voltou a dar um tapa na barriga do filho, propagando ondulações no ventre dele.

— Quem é esse Sergio? Ele está passando a perna em você para ficar com o seu dinheiro? Eu já te disse mil vezes, Glenny, você é ingênuo demais...

— Ele é um michê, mãe. — Vanessa viu o horror se espalhar pelo rosto de Sherry Hovey. — Ele é um prostituto, e eu pago para ele, beleza? Está feliz agora?

— Você paga um *homem* em troca de *sexo*? — A velha colocou a mão sobre o peito, com os olhos ainda mais arregalados do que um momento atrás. — Meu deus, Glenny... você é *gay*?

— Sou — Glenn respondeu, e foi impossível negar o tom de satisfação em sua voz. — Eu já contei isso para você antes, mãe, mas você nunca escutou porque se fez de surda. — Ele olhou para Vanessa e Donnie. — Fiquei com Sergio o tempo todo. Fiquem à vontade para ligar para ele. Mais alguma dúvida?

— Sim, tem mais uma coisa. — Vanessa foi direto ao ponto. — Por que você guarda 24 crachás de garotos do País das Maravilhas no seu quarto, lá no porão, numa caixa trancada dentro da parede?

— Eu... — Pego completamente de surpresa, Glenn olhou de Vanessa para a mãe, depois para Donnie, para a mãe de novo e voltou a olhar para Vanessa. Pela primeira vez, a mãe permaneceu quieta. Ela também não estava esperando essa pergunta. — Eu... Você encontrou esses... Eu... coleciono.

— Você coleciona? — Vanessa se inclinou para a frente e empurrou o seu caderno para o lado para dar a impressão de que não havia barreiras entre eles. — Quer dizer, você os guarda como recordações? Eles são as suas vítimas, senhor Hovey? Aiden Cole é uma das suas vítimas? Porque o crachá dele também estava lá. Assim como o de Blake Dozier. Por que você guarda os crachás do Harry Sem-Teto e do Garoto da Roda-Gigante? Você os matou? Você matou Blake Dozier antes de ir para Las Vegas?

— Não é... não é nada disso... — Glenn olhou frenético ao redor, mas até a sua mãe parecia não saber o que dizer. — Eu achei os crachás no parque. São só cartões perdidos. Dos garotos que eu conhecia. Dos garotos que eu... curtia.

— Curtia?

— Sabe como é — ele disse. — Garotos que eu via por lá e ficava a fim.

— Eles eram todos parecidos — Vanessa afirmou. — Todos loiros e bastante bonitos. Você gosta de um tipo específico?

— Eu... chamo isso de visual País das Maravilhas. — O peito de Glenn Hovey estava chiando mais alto agora. — Garotos que têm essa aparência sempre são contratados no parque. Eles são um colírio para os olhos das garotas adolescentes que passam o verão no parque. Eu gosto de ficar olhando para eles. Só isso.

— Meu deus, Glenny — a sua mãe disse, consternada.

— Então, o que você está dizendo é que todos esses garotos deixaram cair os crachás por acaso em algum lugar, e você passou por acaso e os pegou? Incluindo do garoto que sabemos que está morto e do que sabemos que está desaparecido?

— Bem, eles... nem todos perderam. Alguns deles... pode ser que eu tenha pegado alguns deles.

— Porque você os matou e queria uma lembrança?

— Não! — Glenn estava começando a suar. O seu odor corporal já era perceptível. Até a sua mãe estava torcendo o nariz. — Eu não matei eles. Eu só... queria alguma coisa deles. Quando são bonitos, eu pego os cartões. Eles vivem deixando em qualquer lugar e, não é grande coisa, eles podem fazer novos, leva só cinco minutos. Eu nem olho os nomes deles. Se eu peguei o do Blake, deve ter sido no verão passado, porque não pego nenhum cartão desde... — Ele olhou para a mãe. — Desde que conheci o Sergio.

— Ah, fala sério. — Vanessa deixou a sua repulsa transparecer. — É isso mesmo que você está dizendo? Tenho cara de idiota?

— É a mais pura verdade — Glenn disse, com o chiado no peito parecendo alarmante agora. Ele enfiou a mão no bolso e tirou uma bombinha para asma.

Colocou o bocal entre os lábios e pressionou o botão. — Se vejo um cartão, e o garoto é bonito, eu pego.

— Você se dá conta de que essa é a desculpa mais esfarrapada que eu já ouvi? — Vanessa revirou os olhos. Ela se levantou e Donnie fez o mesmo. — Temos o que precisamos por ora. Mas você não vai a lugar nenhum. Temos que fazer várias ligações para checar o que você está nos dizendo. Fique à vontade. Você vai ficar aqui por um tempo.

Glenn e sua mãe ficaram em silêncio enquanto Vanessa e Donnie saíam da sala. Mas assim que a porta se fechou, a gritaria recomeçou.

— Pelo amor de tudo o que é sagrado, que merda foi *essa*? — Donnie perguntou, com os olhos arregalados.

— Isso, meu amigo, é o que acontece quando se vive com a mãe tempo demais. — Vanessa suspirou. — Amo o meu filho, mas deus me livre se ele ainda estiver morando em casa na meia-idade.

A gritaria ficou mais alta, e então houve o barulho de uma cadeira caindo.

— Será que devemos voltar? Só para checar se os dois estão bem?

— Espera um pouco. — Vanessa inclinou a cabeça em direção à porta. Um minuto depois, a gritaria diminuiu. Ela dispensou com a mão. — Eles estão bem. Devem fazer isso todos os dias.

— Você acreditou nele? Glenn Hovey, o salvador dos crachás perdidos dos funcionários do País das Maravilhas?

— Não sei nem o que pensar — ela respondeu. — A desculpa dele pelo fato de estar de posse dos crachás é tão ridícula que estou quase acreditando.

Vanessa verificou o celular ao percorrer o corredor de volta para a sua sala. Ainda nenhuma mensagem de Ava, o que fazia sentido, já que a filha ainda estaria no trabalho por mais algumas horas antes de ir para a casa da Katya. Mas também não havia mensagens de Oscar, e ela ficou decepcionada.

Ela se perguntou onde ele estava.

Depois de abrir uma nova janela de mensagem, enviou um texto para Oz. ESTOU COM SAUDADES.

31

COMO O TIO NICK COSTUMAVA DIZER, A HABILIDADE ACIMA do normal de Bianca era fazer com que as pessoas fizessem o que ela desejava. Ela gostou de ver a expressão de Oscar Trejo quando o seu vice-presidente de operações contemplou sua figura, vestida apenas com um robe de seda vermelho.

— Você vai entrar? — ela perguntou com um sorriso.

À porta, Oscar titubeou, segurando os relatórios que ela havia pedido para ele. Oscar estava se deleitando com todas as partes do corpo dela que não estavam cobertas pelo robe. Já fazia algum tempo desde que ele a tinha visto usando — na verdade, bem mais de um ano —, mas o olhar dele lhe dizia que Oscar se lembrava exatamente do que o robe de seda vermelho significava, e que ela nunca usava nada por baixo dele.

Bianca tinha certeza de que estava deslumbrante. O seu longo cabelo ruivo, em geral preso num coque durante o dia, caía até a parte inferior das costas. Eram poucos os que tinham a chance de vê-la com o cabelo solto — era um privilégio que ela reservava apenas para os especiais. Os pés estavam descalços, com as unhas pintadas de vermelho. Combinavam com o robe de seda que ela estava usando.

— Achei que você estava querendo discutir negócios — ele disse, com uma perda de fôlego evidente.

— E vamos. Mas estava com saudades de você. Ficamos tão distantes um do outro neste último ano. Chegou a hora de a gente se reaproximar.

— Bi, eu achei que tinha deixado bem claro…

— Eu sei. Você está saindo com alguém. E eu também. Isso nunca foi um problema antes. Aqui, neste momento, somos só eu e você. Ninguém mais existe.

— Bianca… — As palavras ficaram presas em sua garganta. Seus olhos foram direto para a fenda entre os seios dela, que estava exposta agora.

— Lembra-se da primeira vez que a gente transou? — Ela recuou um passo para que ele pudesse vê-la por completo. — Foi na noite em que fiz vinte e oito anos. Eu te procurei porque estava triste, assustada e sozinha, e você fez tudo o que pôde para me fazer sentir melhor. Você sempre cuidou de mim, Oz.

— Não é mais a minha função.

— Você sempre me fez sentir segura. É por isso que sempre volto para você.

Bianca abriu completamente o robe, revelando a sua nudez. Ela deixou que a seda escorregadia caísse dos ombros. Levou uma das mãos até o seio e acariciou o mamilo, já duro. Deslizou a outra mão entre as coxas, onde se tocou com suavidade.

— Senti tanto a sua falta, Oz. Tem coisas que só você fez comigo. Você é o único homem de verdade na minha vida agora. Você sabe disso, não sabe? Você é o único que importa. — Ela levou os dedos aos lábios.

Isso foi o suficiente. Os homens eram tão previsíveis.

— Meu deus. — Oscar deixou cair os relatórios, agarrou-a com força e passou a beijá-la no rosto, na nuca e no ombro, arranhando-a com a barba por fazer. Ao mesmo tempo, começou a percorrer todo o corpo dela com as mãos.

Alguns momentos depois, na sala, encostados na janela, Oscar estava a possuindo. Abaixo deles, as luzes do País das Maravilhas reluziam. Ainda havia pessoas no parque, mas não importava. À noite, as janelas do prédio administrativo refletiam um brilho dourado, impedindo que alguém do lado de fora visse alguma coisa. E mesmo que vissem, não fazia diferença.

— Você vai acabar comigo, Bianca — Oscar grunhiu junto ao ouvido dela, penetrando com força. Ele ia fundo e com firmeza, mas ela tinha esperado por isso o dia todo e estava pronta para ele. As costas dela escorregavam pela janela, que estava fria ao toque, mas bem umedecida por causa do suor deles. Já fazia um tempo que Bianca não era fodida assim. Ela estava ensinando muita coisa para Xander, assim como havia ensinado a todos os outros garotos, mas nenhum deles chegaria nem perto de igualar a força, resistência e agressividade natural de Oscar. — Sempre que tento me afastar, você me puxa de volta. Você está acabando comigo, sabia? Eu te odeio. E odeio o que eu fiz por você, sua vadia.

— Que bom — Bianca disse, erguendo os quadris para encontrar os de Oscar, com as unhas cravadas nas costas dele. — Mais forte. Me foda como se me odiasse. Quanto mais você me odeia, melhor fica, e você sabe que é assim que eu gosto.

Bianca não gostava de falar sobre a vida pessoal, mas os homens precisavam disso de vez em quando. Então, ela se forçou a ouvi-lo.

— Por que é que eu vim parar aqui? — Oscar perguntou.

Sem inibições, Bianca estava deitada no carpete, com a cabeça apoiada numa almofada do sofá e as coxas cobertas por uma manta. O resto do corpo estava exposto. Ela sabia que ele gostava de olhá-la. Olhar para ela nua tornava muito difícil para ele lhe negar qualquer coisa.

— Porque eu cometi um erro — Bianca respondeu. — Todos esses anos, Oz, eu cometi um erro. Eu quero ficar com você.

— Você só está dizendo isso porque não quer que eu vá embora do parque.

Bianca virou o corpo na direção dele.

— Por um momento, vamos fazer de conta que você acredita em mim. Qual seria a sua resposta?

Deixando escapar um suspiro profundo, Oscar estendeu o braço e enrolou um dedo em uma mecha de cabelo dela.

— Estou me relacionando com outra mulher, e quero ver onde isso vai dar. Ela é... é... diferente desta vez.

— Você não me quer?

Oscar se deitou no carpete e cobriu o rosto com as mãos.

— Não — respondeu, com a voz abafada. — Não quero. Não mais. Não posso voltar a fazer isso.

Bianca o encarou. Na certa Oscar só a estava testando. Na certa ele não estava falando sério. Porque o que ela faria sem ele? Ela jamais tinha se permitido considerar a possibilidade de ficar no País das Maravilhas sem ele, e agora ele a estava abandonando. Assim como Patrick. Assim como o tio Nick. Ingratos e egoístas, todos eles.

Ela manteve a calma e a razão ao falar.

— Tudo bem. Eu entendo. Acho que foi necessário você conhecer outra mulher e decidir ir embora para que eu finalmente percebesse o quanto eu sempre te amei.

— Não diga isso. — Oscar se sentou e procurou as suas roupas. A calça estava no sofá e a camisa, no chão. — Tenho que ir. Isso nunca deveria ter acontecido. Vou deixar os relatórios com você e, se você ainda quiser, a gente pode discutir a venda do parque amanhã.

— Não vá. — Bianca pôs a mão na coxa dele. — Por favor. A gente não precisa transar de novo, mas tudo está prestes a mudar, e estou assustada, Oz. O parque é tudo o que eu conheço. Eu só quero ter esta última noite com você. Não vou conseguir dormir se você for embora. Por favor, fique!

— Você nunca me pediu para ficar aqui antes. — Oscar olhou para ela, franzindo a testa. — Você sempre me mandava embora. Que estranho.

Bianca ficou de pé, pegou a mão dele e o levou para o quarto. Ela se deitou junto a ele, apoiando a cabeça no travesseiro ao lado dele.

— Durma um pouco. De manhã, seremos simplesmente dois velhos amigos que trabalharam juntos por muito tempo. Mas por enquanto, hoje, fique aqui comigo. Tudo bem?

Oscar parecia cansado. Ele abriu a boca para falar, mas então mudou de ideia.

— Está bem — disse e fechou os olhos.

Enquanto Oscar adormecia, Bianca observava as luzes da área de entretenimento abaixo projetarem padrões interessantes nas paredes, no teto e no bastão de beisebol do Seattle Mariners autografado, que estava protegido por uma caixa de vidro e colocado junto à parede oposta à cama. Bianca não era fã de beisebol, mas o bastão era do tio Nick, e ela gostava que ficasse ali. O bastão era a primeira coisa que ela via todas as manhãs e a última que via à noite, lembrando-lhe do tio.

Bianca não queria que Oscar a deixasse, mas, lá no fundo, sabia que ele faria isso. Todos eles acabavam fazendo isso. No final do verão, Xander a deixaria para ir para a faculdade, mas o relacionamento deles já teria terminado até lá. Bianca sempre terminava os relacionamentos muito antes de chegarem ao fim. Assim, jamais doeria.

Ela não lidava bem com pessoas que a deixavam.

Anos atrás, havia sido uma conversa horrível quando o tio Nick tinha comunicado os seus planos de ir embora, dizendo que queria conhecer a África, a Austrália, a Europa… e que estava pensando seriamente em vender o parque.

— Chegou a hora, Bi — ele disse, e Bianca sabia muito bem o que aquilo significava sem precisar perguntar. — Eu quero fazer tantas coisas, e quero fazer tudo isso enquanto ainda sou jovem o suficiente para aproveitar.

Era meia-noite, e o parque estava fechado. Oficialmente, outra alta temporada tinha ficado para trás e as comemorações haviam terminado. Eles eram as duas únicas pessoas ainda nas dependências do País das Maravilhas, e tinham acabado de comer o último pedaço do bolo de aniversário de Bianca. O seu aniversário sempre caía perto do fim de semana do Dia do Trabalho, e não costumava ser um momento feliz, já que não havia nada a esperar, exceto um longo inverno e um parque silencioso. Os colaboradores temporários começariam o êxodo em massa, e apenas uma equipe reduzida de funcionários em tempo integral permaneceria até o próximo verão.

— Para onde você pretende ir? — Bianca perguntou, sentindo o medo se apossar dela. O estômago embrulhava e a boca tinha um gosto amargo apesar do bolo doce. — Quando você vai voltar?

— Não sei. — O tio Nick deu de ombros, parecendo mais cansado do que ela jamais o tinha visto. O fadiga se estendia da cabeça aos pés. Ele estava balançando o bastão de beisebol de um lado para o outro. O bastão continha os autógrafos de uma dúzia de jogadores do Seattle Mariners, e era o seu bem mais querido. — Só sei que estou exausto. Preciso de um tempo. Você vai ser a nova CEO do País das Maravilhas.

Bianca deveria se sentir exultante. CEO antes dos trinta anos? Mas, em vez disso, ficou ainda mais apavorada.

— Você não pode ir embora, tio. Não consigo administrar o lugar sozinha.

— Você não vai ficar sozinha, Bi. — Ele sorriu para ela. Um sorriso condescendente, do tipo *Ei, sua bobinha, vai dar tudo certo.* Ele voltou a balançar o bastão. — Você tem o Oscar, tem o Scottie, tem toda a equipe administrativa para te ajudar. Eu não administrei este lugar sozinho, e você também não vai precisar fazer isso. Além do mais, você já sabe como fazer o meu trabalho. Você tem acesso a todas as contas e envia os e-mails motivacionais todas as semanas em meu nome. Caramba, você até assina o meu nome melhor do que eu. Você já está praticamente administrando o lugar. Eu só pretendo vender o parque quando receber uma oferta irrecusável. E em algum momento a oferta vai aparecer, e quando isso acontecer, vou abrir mão do País das Maravilhas.

— E quando isso acontecer, o que é que eu faço? — Bianca perguntou. — Para onde eu vou?

— Para onde você quiser.

A indiferença e a facilidade com que ele conseguia ter essa conversa muito importante eram irritantes. O tio Nick ficava batendo o bastão no chão, e o som começou a irritá-la. Bianca estendeu a mão e o pegou dele.

— Mas a gente trabalhou tanto... — Ela encarou o bastão suado em suas mãos, porque era difícil demais olhar para o tio naquele momento.

— Sim, trabalhamos mesmo, e isso é o melhor que dá para ser. — Ele se virou para olhar o parque lá embaixo. Reluzindo. Sempre reluzindo. — Eu ressuscitei este lugar, tornei o maior parque de diversões do Noroeste americano. Transformei Seaside na cidade pequena mais lucrativa ao sul de Seattle. Ganhei dinheiro, muito dinheiro. E, mais importante, fiz as pazes com o passado. Jack Shaw não me venceu. — Nick se virou e olhou de volta para a sobrinha. — Assim como o Patrick não te venceu. Nem a sua lesão. Olha só para você agora, o sucesso que você alcançou. Olha só para a gente. Não *precisamos* mais disso, Bi. E sei que não quero mais isso.

— Então dê o parque para mim. — As palavras saíram da boca de Bianca antes mesmo que ela pudesse pensar bem, mas assim que disse isso, soube que era o certo. — Me dê o parque. Ou eu… vou comprar de você.

Ele sorriu, mais uma vez com condescendência.

— Ser CEO não é suficiente para você?

— Não se você vai vender o parque e me deixar desempregada. — Ela quase disse "me pondo para fora de casa", mas se conteve a tempo. — Não faz sentido ser CEO de coisa nenhuma.

— Eu bem que queria. — Ele voltou a sorrir. — Mas eu mereço um valor bem alto por este lugar, e nenhum banco daria um crédito desse montante para você. Fica tranquila, você vai encontrar o seu caminho. Isso foi só uma etapa na sua jornada.

— E se eu for viajar com você? Vamos vender o parque e viajar juntos. A gente vivia dizendo que queria ir para a Itália e Paris. Então vamos fazer isso.

O tio Nick fez um gesto negativo com a cabeça.

— Eu preciso seguir com esta próxima fase da minha vida sozinho, Bi. É a minha jornada, a minha aventura. Você vai encontrar a sua. Só dê tempo ao tempo. Quando você estiver pronta, vai…

Foi o mais longe que ele conseguiu chegar, pois naquele momento Bianca o golpeou com o bastão de beisebol. A pancada rachou a lateral do rosto dele com um impacto surpreendentemente seco. De imediato, o sangue começou a jorrar do ferimento na maçã do rosto. O tio olhou para Bianca, atordoado e em choque, e abriu a boca para dizer alguma coisa. Mas não foi capaz de falar nada, porque Bianca voltou a golpeá-lo.

E de novo.

E de novo.

O sangue dele respingou no sofá, no teto, nas paredes e nas lâmpadas. Bianca continuou a golpeá-lo até que ele parasse de se mexer.

E então ela fez uma ligação, para alguém que a amava, e o corpo do tio Nick foi tratado de maneira discreta e eficiente.

A mobília e o carpete foram trocados. As paredes e o teto foram repintados. Parecia que nada de ruim tinha acontecido ali, e isso era tudo o que importava. Desde então, a vida seguiu em frente, sem que ninguém soubesse que o amado dono do País das Maravilhas estava morto.

Bianca devia muito a ele. Talvez fosse hora de abrir mão dele. Talvez fosse hora de abrir mão de todos eles.

Na cama, ao lado dela, Oscar se mexeu, e Bianca tocou o rosto dele com delicadeza. O rosto dele, embora marcado pelo trabalho duro e pelo sol, era atraente, com o cabelo espesso e escuro tendo apenas um pouco de fios brancos nas têmporas. Para um homem de quarenta e oito anos, Oscar estava em excelente forma, sem uma grama de gordura, e com os músculos ainda firmes e definidos. Alguns pelos finos e emaranhados cobriam os braços e o tronco. Ele esboçou um leve sorriso durante o sono, mas não acordou.

Bianca deslizou um dedo pelo peito dele até onde o lençol cobria os quadris e, então, afastou-o para expor o corpo dele. Por um breve momento, ela ficou olhando para ele e, em seguida, inclinou-se para a frente. O seu cabelo se espalhou sobre a barriga de Oscar, e ela engoliu o membro dele, voltando a excitá-lo.

Ele despertou com um gemido e disse o nome dela.

Depois de montá-lo, Bianca guiou o membro dele para dentro dela. Eles se olharam nos olhos. A expressão de Oscar era uma mistura de desejo, espanto e desprezo por si mesmo. Ela sabia o poder que tinha sobre ele e ia explorá-lo uma última vez, antes que ele partisse para sempre.

— Diga o meu nome mais uma vez — ela disse, traçando os lábios dele com o dedo.

Oscar obedeceu, repetindo-o várias vezes.

Enquanto mexia os quadris, Bianca pensou, e não era a primeira vez, como tudo seria muito mais fácil se ela pudesse simplesmente amá-lo.

32

A PIOR PARTE DE TRABALHAR NO MUSEU DOS PALHAÇOS? O faxineiro sinistro que sempre a ficava encarando. A melhor parte? Todo o resto.

Ava se reposicionou sobre a plataforma de madeira em que se encontrava, satisfeita que a sala fosse mantida numa temperatura agradável. Se não fosse, ela estaria transpirando em seu figurino, e isso não seria bom, já que tinha levado cerca de uma hora para aplicar a maquiagem no início do seu turno. Os vídeos do YouTube a que havia assistido na noite anterior a ajudaram a obter o visual perfeito.

No começo, Ava havia branqueado o rosto com uma base teatral e, então, sombreado e contornado com três tons diferentes de pele. Em seguida, aplicou blush rosa brilhante para realçar as maçãs do rosto. Depois, colou cílios postiços enormes e esvoaçantes nos próprios cílios naturais, o que, de longe, tinha sido a parte mais difícil. Por fim, pintou os lábios de vermelho-escuro, na forma de um generoso arco de cupido.

Na cabeça de Ava, havia uma peruca cheia de cachos castanhos, com laços amarelos colocados a cinco centímetros acima das orelhas de cada lado. A peruca dava coceira, exigindo um esforço considerável para que ela não coçasse a cabeça e deslocasse a peruca. O vestido amarelo estilo século XIX, com mangas bufantes rígidas e uma anágua, também dava coceira, mas tinha um caimento perfeito nela. Um colar dourado com um grande pingente de safira amarela falsa completava o conjunto. O colar era tão pesado que parecia ter mais de dois quilos ao redor do seu pescoço.

Mas valeu a pena. Ao vê-la pela primeira vez, a sua supervisora ficou sem palavras. Ava parecia exatamente uma boneca de porcelana em tamanho real, o que, claro, era o objetivo.

— Você está incrível — Anne-Marie disse, batendo palmas de alegria. — Como você conseguiu fazer uma maquiagem tão perfeita?

— YouTube — Ava respondeu, abrindo um sorriso largo. — Vou conseguir fazer mais rápido com a prática. Tomara que você não ligue se eu mudar o visual da próxima vez. Tenho várias ideias.

— Desde que você se pareça com uma boneca, não ligo. Use a sua criatividade como quiser. Tudo bem, não esquece de prestar atenção na luz. Sempre cuidamos para espaçar todo mundo da melhor forma possível, mas, a menos que a luz esteja vermelha, considere que você precisa estar pronta. Mas quando estiver vermelha, aproveite o tempo livre e se movimente, faça o sangue circular nas pernas. Ficar imóvel é muito mais difícil do que parece. Pronta?

— Pronta.

— Fiquei na dúvida se deveria contratar você, sabia? Achei que você era muito nova. — Anne-Marie deu um sorriso. — Que bom que eu estava enganada.

Era tão divertido que Ava mal conseguia acreditar que estava sendo paga para fazer isso. A sua mãe poderia estar preocupada com um serial killer em potencial rondando o País das Maravilhas, mas era o trabalho dela se preocupar com coisas desse tipo. Ava só sabia que adorava o lugar; tudo na Rua dos Olmos e no Museu dos Palhaços parecia perfeito. Agora, quem dera se o faxineiro parasse de ficar à espreita, olhando para ela.

Ela sabia que o nome dele era Carlos Jones, porque, como todos os funcionários do País das Maravilhas (com exceção dos artistas, como Ava era no momento), ele era obrigado a usar o crachá o tempo todo. Eles já tinham se encontrado antes, quando ela havia sido designada para o carrinho de cachorro-quente na área de entretenimento, e tinha cometido o lamentável erro de se apresentar a ele depois que ele esvaziou a sua lixeira. Ela havia perguntado como estava o dia dele e até elogiado a tatuagem no pescoço dele, uma rosa vermelha com folhas pretas. Carlos Jones tinha dado a impressão de ter ficado chocado com o fato de alguém ter notado a sua presença, e a partir daquele dia, ele fez questão de estar por perto sempre que Ava estava trabalhando. Como ele sabia os seus horários, Ava não fazia ideia, mas sentia que estava sendo punida por ter sido gentil. Ela havia reclamado para Anne-Marie sobre ele, que garantiu que ele era inofensivo.

— Que eu saiba, ninguém nunca reclamou dele antes, mas, por outro lado, ninguém conversa com ele mesmo — Anne-Marie explicou. — Ele costuma ser muito quieto. Apenas ignore como todo mundo faz. Caso vire um problema sério, vou falar com o supervisor dele.

O que era considerado um problema sério?, Ava se perguntou. Ela não sabia, mas estava determinada a seguir o conselho de Anne-Marie de simplesmente fazer de conta que o faxineiro não estava lá. Porém, não era fácil. Carlos Jones não era muito mais alto do que ela, mas tinha um físico de boxeador, e sempre que estava por perto, a sala ia logo ficando menor.

Ava foi designada para a Casa das Bonecas a semana toda, que era uma sala dentro do Museu dos Palhaços dedicada apenas a bonecas. Anne-Marie havia explicado que o parque já tinha pertencido a um homem chamado Jack Shaw, cuja mãe idosa tinha sido uma colecionadora apaixonada de bonecas de porcelana. Pouco antes de morrer, ela havia deixado toda a coleção para o filho, que considerou que o lugar perfeito para exibi-la era dentro do Museu dos Palhaços.

Ao longo do tempo, Shaw tinha ampliado a coleção. Bonecas de diversos tamanhos, desde o de Barbie até o de Ava, em todos os tipos de vestidos e penteados, estavam expostas no interior da sala mal iluminada, com os olhos vidrados encarando o vazio. As menores e mais valiosas estavam protegidas por vidros, mas a maioria estava posicionada em exposições concebidas para parecer um cômodo de uma casa de bonecas de verdade. Diversas placas com os dizeres OLHE, MAS NÃO TOQUE estavam espalhadas por toda parte.

Havia uma lampadazinha no canto superior da sala, acima da porta por onde o público entrava, e Ava tinha que ficar de olho nela. Quando a luz estava vermelha, significava que ela tinha pelo menos três minutos antes de o público entrar na Casa das Bonecas. A luz vermelha era a oportunidade para Ava dar uma voltinha, alongar-se e tomar um gole de água da garrafa escondida atrás da sua plataforma. Quando a luz mudava para amarela, ela tinha 30 segundos até alguém entrar na sala. Quando a luz ficava verde, era hora do show.

Ao olhar para cima, a luz no canto mudou de vermelha para amarela. Reposicionando-se na plataforma, Ava respirou fundo e ficou toda imóvel, relaxando o rosto num semblante desprovido de emoção. Alguns instantes depois, a luz ficou verde, e um garoto com uns dezessete anos entrou, seguido pela namorada. Assim que entraram, uma música de carnaval melodiosa começou a tocar.

— Que sinistro — a namorada disse, baixinho. — Não estou achando nenhuma graça nisso. Essas bonecas são ainda mais assustadoras do que os palhaços.

— Por que alguém colecionaria essas coisas? — o namorado perguntou, parecendo igualmente apavorado. — Elas parecem meninas mortas.

— Né? É sinistro. Vamos cair fora daqui.

— De qualquer jeito, temos que percorrer toda a sala para sair. Melhor a gente aproveitar e tirar umas fotos.

Eles foram examinando as bonecas sem pressa. Leram algumas placas ao acaso, tirando fotos aqui e ali.

— Essa boneca é do século XVIII — a namorada afirmou. — Foi de uma duquesa francesa. É bem legal.

— As bonecas em tamanho real são *bizarras*. — O namorado parou para ler a placa da boneca bem ao lado de Ava. Ela estava entre duas bonecas de verdade e nem se atrevia a se mexer. Todos os músculos do seu corpo permaneciam imóveis. — Essa aqui se chama Genevieve e foi feita sob encomenda na França para Evelyn Shaw, a mãe do fundador do parque. Custou 25 mil dólares. É muita grana para uma boneca. Vem ver, Bree. Ela é do seu tamanho.

A namorada se colocou ao lado dele.

— Bizarro — ela disse. — É inacreditável que alguém faça isso como ganha-pão. Que tipo de pessoa faz isso?

— Deve ser o mesmo tipo de gente que exibe cabeças de animais na parede. Gente é um bicho muito esquisito. — O namorado estendeu a mão e pegou no traseiro dela. — Mas você ficaria um tesão nesse vestido de boneca, sabia? O que será que ela está usando por baixo?

— Tarado. — A namorada deu uma risadinha. Ela puxou o namorado para perto e eles se beijaram. Ava não conseguiu ver se foi um beijo de língua, já que não podia olhar direto para eles, mas imaginou que sim, pois conseguiu ouvir o som de sucção.

Eles terminaram de se beijar e se colocaram diante de Ava.

— Nossa! — a namorada exclamou, visivelmente arrepiada. — Essa aqui parece quase de verdade, Sean. Juro que ela está respirando.

— É porque é assim que o seu cérebro espera que seja. É como quando você está numa escada rolante quebrada. Ela não está se movendo, mas você acha que está, porque sabe que deveria estar. — O namorado se inclinou na direção de Ava. O hálito dele tinha o cheiro de maçã do amor recém-comida, o que ele provavelmente tinha acabado de fazer. — Caramba! Posso jurar que vi ela piscando. Mas é tudo coisa da minha cabeça. Cara, isso dá medo.

— "*Feito sob encomenda especialmente para o País das Maravilhas*" — a namorada leu, observando a placa colocada perto do cotovelo de Ava. — O nome dela é Ava. Escuta só, Sean: "*Olhe para o pingente dela. Veja seu rosto, tão limpo e claro. Faça um pedido e não tenha medo, pois o que você deseja está muito próximo*". Diz que 17 desejos foram atendidos para pessoas que olharam para o pingente.

Ambos se inclinaram, encarando a joia amarela falsa. Os rostos deles estavam pertinho do pescoço de Ava.

— Olá — Ava disse com uma voz agradável, no momento certo.

O rapaz deu um salto de quase um metro para trás, e a namorada gritou tão alto que Ava achou que as vitrines de vidro poderiam quebrar.

— Puta merda! — o namorado gritou. — É de verdade! Nossa, acho que acabei de mijar na calça.

Com uma expressão de horror, a garota estava com a mão sobre a boca, embora o som que ela estava fazendo sugerisse uma risada.

— Meu deus, meu deus, meu deus!

— Eu sabia que isso podia acontecer. Li na internet — o namorado disse, gargalhando. — Mas ainda assim, foi *bizarro*.

— Saída pelas portas à direita — Ava disse com a sua voz agradável, ainda sobre a plataforma. Ela levantou o braço e apontou a direção. Em seguida, deixou o braço cair de volta ao lado do corpo. — E permitam que o público atrás de vocês curtam a mesma surpresa que vocês acabaram de ter. Obrigada por visitarem a Casa das Bonecas. Aproveitem o restante do seu dia.

O casal saiu dando risadas, e quando se foram, Ava relaxou a postura. Depois que a luz no canto ficou vermelha, ela desceu da plataforma e se alongou. Nunca tinha passado pela cabeça dela que ficar toda imóvel fosse tão difícil, mas era como um treino numa academia. Ava continuaria na plataforma pelos próximos 30 minutos, e então a sua colega Kristie, que também estava vestida como boneca e recebendo o público quando entrava no museu, a substituiria. As duas se revezariam a cada 30 minutos até o final da jornada. Ah, como ela gostava do trabalho. Era muito melhor do que fazer cachorros-quentes.

Quando Ava contou para McKenzie, de Seattle, sobre a sua transferência para a Rua dos Olmos, a sua melhor amiga ficou muito empolgada. As duas concordaram que trabalhar no País das Maravilhas era uma das duas únicas vantagens de morar em Seaside, sendo a outra a praia. Porém, quando Ava contou para Katya sobre a transferência, a sua nova amiga do trabalho pareceu ter ficado com um pouco de inveja. Afinal, Katya ainda estava presa ao Teriyaki Delight, usando um quimono grosso e cozinhando com o vapor na cara. Ava tinha a chance de se fantasiar e assustar o público. Não havia comparação.

— Não sei nem por que você quer esse trabalho — Katya disse quando Ava contou a novidade. — Aquele lugar é assustador demais para mim. E ouvi falar de umas coisas a respeito do Museu dos Palhaços.

— Tipo o quê?

— Tipo, já teve gente que morreu lá — Katya respondeu. — Tem um monstro que vive embaixo do museu, que vai aparecer e pegar você.

— Você anda lendo muito Stephen King — Ava disse, recebendo um olhar inexpressivo da amiga. Ava suspirou. — Deixa pra lá.

— Acho que você é mais corajosa do que eu — Katya disse, com uma expressão incerta. — Vou ficar de olho no Xander por você. Vejo ele na praça de alimentação todos os dias. Agora que você não está mais falando com ele, ele sempre me pede teriyaki de graça.

— Você dá teriyaki para ele?

— Claro que sim.

Ava ainda estava chateada com o que aconteceu entre Xander e ela no quarto dele, e tinha que admitir que sentia falta dele. Ele sempre havia apoiado o amor de Ava por tudo relacionado ao terror, e se ele a visse agora com a sua fantasia de boneca, acharia muito legal. Ela vinha pensando que talvez quisesse voltar a ser amiga dele; quer dizer, depois que tivesse um tempo para curar o seu ego ferido. Mas ela nunca, jamais, entenderia ou aprovaria o relacionamento dele com Bianca Bishop.

— Oi — uma voz disse do canto, e Ava se assustou. Ela se virou e viu Carlos Jones parado ali, segurando uma vassoura em uma das mãos. Ela não o tinha ouvido entrar na sala. Ele havia entrado pela porta exclusiva dos funcionários, que era pintada de preto para combinar com as paredes. E agora ele estava se aproximando, sem tirar os olhos do rosto dela.

— Eu estou trabalhando — Ava disse, ríspida. — Se você falar comigo e a gente for visto pelo público, vai estragar a surpresa.

Bem na hora, a luz do canto da sala mudou de vermelho para amarelo. Com um suspiro de alívio, Ava apontou para a luz, e Carlos Jones deu de ombros e saiu pela mesma porta por onde havia entrado.

Ava voltou para a plataforma, fazendo uma anotação mental para contar à mãe sobre o faxineiro. Talvez a mãe pudesse checar o nome dele ou algo assim. Bem, não que Carlos Jones tivesse feito alguma coisa de fato, mas era bem possível haver algum tipo de psicopata assombrando o parque. Não havia motivo para que não fosse o sinistro Carlos Jones.

Quando a luz mudou de amarelo para vermelho, Ava não pôde deixar de pensar como era legal que a sua mãe fosse a chefe-adjunta da polícia de Seaside. Se algo ruim acontecesse com ela, a mãe nunca desistiria de procurar, e levaria toda a força policial com ela.

O pensamento era reconfortante.

33

Sob o Museu dos Palhaços

SE BLAKE TIVESSE CANETA E PAPEL, ELE ESCREVERIA PARA a pessoa da cela ao lado. Ele tinha muitas perguntas para o colega de cativeiro. Qual era o seu nome? Era homem ou mulher? Há quanto tempo estava ali? O sequestrador já havia dito algo sobre libertá-lo em algum momento? E por último — e isso era meio importante — como havia conseguido fazer a tevê funcionar? Blake tinha feito essas perguntas várias vezes, mas ficou sem resposta, e só podia supor que a outra pessoa não conseguia falar.

Estava claro que o seu sequestrador não matava todo mundo, ou pelo menos não matava de imediato. Blake queria saber o que esperar. O colega de cativeiro, quer percebesse ou não, estava mantendo-o vivo. Não tanto por causa da partilha de comida — Blake estava muito melhor em racionar os alimentos agora — e, sem dúvida, não porque conseguiam manter uma conversa para passar o tempo, o que claramente não conseguiam. Era o simples conhecimento de que alguém estava *ali*. Alguém estava *perto*. Às vezes, Blake falava durante uma hora seguida, e embora o seu colega de cativeiro nunca respondesse, ele conseguia ouvir um som de uma batida ocasional, como se a pessoa estivesse dizendo: "Estou ouvindo". Isso fazia toda a diferença.

Certa vez, Blake havia encontrado barrinhas de chocolate dentro da garrafa térmica. Eram Snickers, e ele não gostava muito, mas achou que havia sido um gesto de boa vontade, considerando que a pessoa tinha lhe enviado cinco barrinhas quando Blake estava tendo espasmos de fome. Um tempo depois, a garrafa térmica havia voltado para ele com uma barrinha de Twix dentro dela. Eles já tinham feito isso algumas vezes, trocando barrinhas de Snickers por Twix, e ele supôs que isso, por si só, era uma forma de comunicação.

O sequestrador havia voltado para reabastecer os suprimentos deles duas vezes. Blake ainda não tinha ouvido a voz do homem. Ele estava sempre vestido com roupas pretas disformes, sempre usando uma máscara de esqui e, na escuridão da masmorra, era impossível distinguir quaisquer características físicas. Blake só tinha certeza de que se tratava de um homem. Uma vez, Blake tinha achado que os olhos dele pareciam azuis, mas isso poderia ter sido apenas o reflexo da luz da tevê da cela ao lado.

Passos se aproximaram mais uma vez e Blake se sentou no escuro. Provavelmente, naquela altura, ele estava dormindo 16 horas por dia, talvez mais. Não havia mais nada para fazer; não havia luz do dia para regular o seu ciclo de sono. Ele esfregou os olhos e, um momento depois, o sequestrador apareceu com uma caixa. Blake sentiu o estômago roncar ao ver aquilo. Barrinhas de chocolate eram legais, mas ele estava louco pelo sanduíche de peru e queijo suíço que esperava que estivesse lá dentro.

— Com a roupa de sempre, não é? — Blake fez uma tentativa tímida de soar como seu antigo eu. — Você devia mesmo pensar em usar algo além de preto. Acho que azul é a cor da moda agora. Se você me deixar sair, a gente pode ir fazer compras, e eu te ajudo a escolher algumas peças.

Nenhuma resposta.

— Mas eu até gosto da máscara, viu. As máscaras voltaram a ficar na moda agora, é? Eu estava pensando em conseguir uma para cobrir a espinha no meu rosto. Ou você acha que é um exagero?

Mais uma vez, nenhuma resposta. Blake desistiu. Não valia a pena o esforço.

— Olha, cara. Eu não sei quem você é, mas todo mundo está me procurando agora. Você não pode me manter aqui para sempre. Vão acabar me encontrando. Eu não faço ideia da sua aparência. Então por que não me solta?

Nenhuma resposta. Em vez disso, o sequestrador começou a jogar a comida, tudo igual à última vez e à vez anterior, e logo havia uma variedade de *junk food* e sanduíches espalhados pelo chão.

Blake se aproximou lentamente das grades e colocou as mãos no metal frio.

— Deve existir alguma forma de a gente negociar. O que você quiser, é só pedir. É dinheiro? O meu pai tem de sobra. Ele vive trabalhando e vai muito bem. Se você disser para ele o que quer, ele vai dar um jeito de pagar.

Mais uma vez, silêncio.

— Ou quem sabe não seja algo que você queira de mim? — A voz de Blake foi ficando desesperada. — Se você me disser, quem sabe eu não... Quem sabe eu não possa te dar. — Ele se arrependeu das palavras assim que as deixou escapar. Quem imaginaria que coisas doentias esse psicopata poderia obrigá-lo a fazer?

O homem de preto deixou escapar uma risada curta, pegando Blake de surpresa. Depois de erguer um braço, ele apontou para o corpo em decomposição no canto.

— Você sabe por que ele está aqui? — o sequestrador perguntou. A sua voz era tão baixa que Blake teve que se esforçar para ouvi-la. Soava como uma voz normal, e assim como o resto dele, também não havia nada de distintivo nela. — Porque ele falava demais. Então, continue falando. Sei que eles treinam você para fazer isso. Todos vocês, garotos do País das Maravilhas, acham que têm muito a oferecer para o mundo. Você se acha jovem e bonito. Que é especial. Nunca passa pela sua cabeça que as coisas não vão sair como o planejado, e que não vai conseguir o que quer. Bem, eu tenho algo para te dizer. Você não é especial, e tem uma centena de outros garotos bem acima de você, neste momento, que têm exatamente as mesmas coisas para oferecer que você. Então, continue falando. Continue falando, e me encha o saco. Veja como isso acaba para você. — Ele voltou a apontar para o corpo sem vida. — Pergunte para o Tyler como isso acabou para ele.

Ele sumiu da vista de Blake e, alguns instantes depois, Blake conseguiu ouvir a comida sendo jogada na cela ao lado. E em seguida, o sequestrador desapareceu.

Ao se agachar para pegar a comida do chão, Blake começou a chorar novamente. Era mesmo desesperador; ele nunca mais sairia dali. Não tão cedo. Ele não sabia quem era Tyler, mas Tyler estava morto, e Blake também acabaria morto. Ninguém viria buscá-lo, porque ninguém acreditava que essa masmorra existia de verdade.

Na cela ao lado, a tevê passou a apresentar um comercial e, de novo, pela centésima vez desde que ele estava ali, o *jingle* do País das Maravilhas começou a tocar. *Bem-vindo ao País das Maravilhas! Ou, como a gente gosta de chamar, o Mundo da Diversão! Tem algo aqui para todo mundo...*

Aproximando-se das grades, Blake pediu ao seu colega de cativeiro com a voz embargada de tanto chorar:

— Desliga essa merda! — A música continuou tocando. A luz da tevê continuou piscando. — *Porra, desliga isso!* — Blake gritou o mais alto que pôde e, um instante depois, a tevê silenciou.

Pela primeira vez, o silêncio foi um alívio.

34

VANESSA ACHOU MELHOR NÃO CONTAR PARA TANNER Wilkins que o seu filho desaparecido tinha transado com a CEO do País das Maravilhas, não até que soubessem de fato se Bianca Bishop tinha estado envolvida no desaparecimento de Tyler. Jerry concordou.

— Tanner se acalmou ao longo dos anos, mas ele ainda vai de zero a oitenta em três segundos sempre que se trata dos filhos — Jerry disse para Vanessa naquela manhã. Ela percebeu que ele estava massageando a nuca e supôs que ele sentia uma torção porque tinha dormido no sofá na noite anterior enquanto tomava conta de John-John. Vanessa só tinha chegado em casa bem depois da meia-noite. — Se Bianca for culpada, vamos contar tudo para o Tanner. Se foi apenas um caso e nada mais, não vamos dizer nada, porque se o garoto quisesse que o pai soubesse, ele mesmo teria contado. Droga, que dor no pescoço.

— É o sofá, já está bem velho — Vanessa disse. — Desculpa por você ter ficado preso bancando a babá do meu filho, Jerry. Posso pelo menos te pagar pela noite passada?

— Sério, garota? — Jerry pareceu ofendido como ela nunca tinha visto. — O seu filho é a criança mais legal que eu conheço. Assistimos ao filme *Vingadores*, pedimos pizza e fizemos pipoca. Foi a melhor noite que tive nos últimos tempos. Se você precisar que eu volte a cuidar dele, é só me avisar.

— John-John vai ficar bem. Hoje à noite, ele vai dormir na casa de um amigo do acampamento de verão — Vanessa disse, ainda se sentindo culpada em relação a Jerry. — Mas esse não é motivo para você ter vindo. Você veio para Seaside para me ajudar a resolver o caso do Tyler Wilkins.

— Pois é, e isso é o que estou fazendo, não é? — O detetive particular deu um sorriso. — Estou te ajudando com o que é necessário, e aí *você* pode se dedicar ao máximo para solucionar o caso. No final, dá tudo na mesma. Além disso, o progresso que você fez desde que cheguei aqui mostra que eu fui um bom professor, novata. Então, siga em frente e tenha sucesso onde eu não consegui. Se eu sair daqui sabendo que o caso do Tanner finalmente vai ser resolvido, vou ficar em paz.

— Obrigada, Jerry. — Vanessa conseguiu sorrir, sentindo um certo alívio para a culpa.

— A propósito, fiz uma verificação dos antecedentes do nome que você me deu, do faxineiro de que a senhorita Ava se queixou. Carlos Jones.

— E?

— Nada. Ficha limpa. Nenhuma prisão, nem mesmo uma multa de estacionamento proibido. Consegui convencer alguém do departamento de recursos humanos do parque a dar uma olhada na ficha dele como funcionário. Ele trabalha como faxineiro há dois anos, nunca se atrasou, faz hora extra quando pedem, nem mesmo tirou um dia de licença por doença. Recebeu aumentos salariais por mérito nos dois anos. Algumas pessoas são só esquisitas mesmo. Mas a Ava fez bem em pedir para checar se ela não estava se sentindo bem com isso.

— Bom saber. Vou contar para ela.

Vanessa também tentou se desculpar com Oscar por estar tão ocupada, mas era difícil de fazer isso quando ele não respondia a nenhuma das suas mensagens. Ela estava começando a se sentir como se tivesse levado um pé na bunda. Não era necessário ser especialista em relacionamentos para dizer que ele simplesmente não estava mais a fim.

Vanessa não sabia o que tinha feito ou deixado de fazer, e suspeitava que não era nada em particular, além de ter se permitido ser pega. Os homens adoravam caçar. Gostavam da caça, gostavam do sexo, e quanto tinham certeza de que a possuíam, caíam fora. Ela havia enviado três mensagens para ele, duas a mais do que lhe parecia razoável, e todas tinham ficado sem resposta.

Tudo bem. Que se dane. Foi isso que ela ganhou por ter dado trela para ele.

Claro, sempre havia a possibilidade de Oscar a ter usado para obter detalhes sobre os casos envolvendo o parque. Ainda que Oscar estivesse saindo do País das Maravilhas — supondo que isso fosse mesmo verdade —, ele com certeza ainda era leal ao parque, e iria querer contar o máximo possível para a CEO sobre as investigações da polícia de Seaside. Vanessa tentou não pensar no fato de que o escritório dele ficava no mesmo corredor do de Bianca Bishop, em cujo espaço luxuoso ela estava naquele momento.

Donnie Ambrose não havia sido capaz de rastrear Bianca no dia anterior e, em retrospectiva, talvez tenha sido melhor assim. Na verdade, cabia a Vanessa colocar Bianca Bishop contra a parede, porque, quando Earl Schultz ficasse sabendo do que aconteceu naquele dia, haveria consequências sérias. Durante toda a semana, Earl havia se ocupado com reuniões do conselho da cidade e com o planejamento do evento beneficente, e Vanessa havia tirado proveito disso, já que a distração do seu chefe permitia que ela realizasse o trabalho sem se sentir sob vigilância.

Bianca estava sentada recatadamente diante de Vanessa, com o cabelo em coque, a blusa fechada até o último botão, avaliando-a com os olhos verdes que não revelavam nada. Durante o tempo de Vanessa na polícia de Seattle, ela tinha interrogado prostitutas, namoradas de membros de gangues, mães abusivas e uma mulher que havia afogado o seu recém-nascido de propósito. E, ainda assim, ela nunca tinha conhecido alguém como Bianca Bishop.

Anos atrás, Vanessa tinha lido um livro muito interessante intitulado *O Teste do Psicopata,* no qual o autor, Jon Ronson, sugeria que até 4% de todos os CEOs podiam ser classificados como psicopatas. Entre os traços da personalidade psicopática, incluíam-se o narcisismo e a falta de empatia pelos outros. Nesse sentido, Bianca Bishop parecia se encaixar muito bem nessa definição. A CEO do País das Maravilhas parecia completamente autocentrada e emocionalmente distante. E encantadora, quando precisava ser.

— Que bom que você veio — Bianca disse. — Eu não via a hora de conhecer a nova chefe-adjunta do Earl. Devo dizer que me agradou o fato de ele ter contratado uma mulher. Poucas mulheres são autoridades públicas aqui em Seaside.

— Obrigada — Vanessa respondeu. — Não esperava ter tanto trabalho logo de cara, estava esperando ter um tempo para me ambientar melhor. Mas corpos sem vida são notoriamente indiferentes às necessidades pessoais de um policial. — Ela fez uma pausa à espera de uma risada, ou pelo menos um sorriso, que a piada deveria ter gerado, mas a expressão da CEO permaneceu impassível. — Enfim, o meu filho é um grande fã do País das Maravilhas, e eu prometi trazê-lo aqui desde que nos mudamos. Ainda não consegui fazer isso.

— Quantos anos tem o seu filho?

— Sete. Ele não vê a hora de ter idade suficiente para andar na Legião do Mal.

Bianca cruzou as pernas.

— Se você estiver interessada, eu gostaria muito de oferecer a ele uma visita especial ao parque. Se ele puder vir aqui bem cedo numa manhã antes de o País das Maravilhas abrir, posso pedir a um mecânico das atrações para mostrar para ele como é a manutenção da Legião do Mal. Ele poderá operar o painel de controle para fazer a montanha-russa andar.

— Ele ficaria louco por isso.

— Ligue direto para mim e vou cuidar disso — Bianca falou de maneira educada, mas a sua expressão permanecia imperturbável. — Eu conheci a sua filha outro dia. Ela está curtindo a Rua dos Olmos? Ouvi dizer que ela está se saindo muito bem.

Ah, isso explicava a transferência repentina.

— Você faz questão de acompanhar as atividades dos novos colaboradores? — Vanessa sorriu. — Não imaginava que você tivesse tempo para isso.

— Não costumo fazer isso — Bianca respondeu. — Mas a sua filha me surpreendeu pelo entusiasmo, maturidade e ambição. É uma combinação rara nas garotas da idade dela. Eu queria garantir que ela estivesse no trabalho certo para aproveitar ao máximo essas qualidades. Mas você tem razão, costumo estar ocupada demais para ter contato pessoal com os colaboradores.

— Então, suponho que você não considere sexo como contato pessoal.

Bianca piscou.

— Como?

— Você manteve relações sexuais com Aiden Cole, não foi? — Vanessa perguntou sem hesitar. — Também conhecido como Harry Sem-Teto?

— *O quê?*

— Aiden Cole — Vanessa disse, calma. — Você transou com ele três anos atrás, pouco antes de ele desaparecer. Você acabou de dizer que não tem muito contato pessoal com os colaboradores. Então, suponho que isso significa que você não considera sexo como contato pessoal. Ou talvez os colaboradores com quem você transou sejam exceções a essa regra. Qual dos dois?

Bianca ficou com o rosto vermelho.

— Posso garantir que jamais tive um relacionamento sexual com algum dos meus colaboradores. Como você se atreve a entrar no meu escritório e me acusar...

A CEO fez uma pausa. Vanessa estava mostrando a foto no celular com Bianca e Aiden Cole nus, a que Jacob Wei havia enviado para ela.

— Eu até perguntaria se essa é você, mas considerando que consigo ver muito bem o seu rosto na foto, não acho que seja necessário. Aliás, o seu cabelo é maravilhoso. Você deveria usá-lo solto mais vezes.

Bianca soltou um suspiro e se recostou na cadeira. A sua postura, que a princípio havia sido educada, mas estranhamente distante, mudou para rígida e gélida.

— Onde você conseguiu isso?

— Não posso dizer. E peço desculpas por ter que mostrar, mas eu queria te poupar do trabalho de mentir para mim.

— Por que você está aqui, delegada? — Bianca perguntou, encarando-a. — É para me constranger? Porque, se for esse o caso, devo dizer que você cometeu um erro colossal. O chefe de polícia é um grande amigo meu e, assim que eu contar para ele como você me tratou, ele vai ficar muito decepcionado.

— E o prefeito é um grande amigo meu — Vanessa afirmou. — E quando ele souber da decepção de Earl em relação a mim, bem... — Ela estendeu as mãos vazias. — Ele não vai dar a mínima.

A CEO ficou em silêncio. Alguns instantes depois, tendo recuperado a compostura, ela disse:

— Você é sempre tão agressiva e rude?

— Só quando mentem para mim. — Vanessa guardou o celular. — Não tenho paciência para gente mentirosa. Se você não me enrolar, isso vai ser muito rápido. Pessoalmente, não estou nem aí se você transou com Aiden Cole, porque ele tinha dezoito anos e estava dentro da lei. Pode ser inadequado, considerando que você é a chefe de tudo, mas não cabe a mim julgar. E ele parecia muito feliz naquela foto.

— Vou precisar de um advogado?

— Por quê? Você o matou?

— Claro que não! — Bianca respondeu enfaticamente.

— Então, por que você precisaria de um advogado? Aiden está morto. Ele não pode abrir um processo por assédio sexual contra você, ele já ameaçou fazer isso, não é?

Bianca cerrou os dentes. Ela parecia não saber o que dizer.

— O seu envolvimento sexual com Aiden durou quanto tempo? — Vanessa perguntou.

— Seis semanas. Sete. Não lembro bem.

— E por que acabou?

— Cumpriu o seu ciclo — Bianca respondeu. — Como é comum nos relacionamentos. Ele não ficou surpreso. Ele já tinha até seguido em frente. Mas ficou chateado, e algumas coisas indelicadas foram ditas. Eu não levei para o lado pessoal.

— Tyler Wilkins também ficou chateado quando você terminou o relacionamento com ele?

Bianca endireitou-se na cadeira.

— Tyler Wilkins? Do que você está falando?

— Você também transou com ele — Vanessa afirmou. — Eu também tenho uma prova disso. Quer ver ou podemos pular essa parte e seguir direto para a verdade?

Bianca a encarou, tentando avaliar se Vanessa estava blefando. Vanessa não tinha o desenho de Bianca nua que Carl Weiss havia encontrado debaixo da cama de Tyler, mas ela tinha certeza da existência dele.

— Também foi um caso passageiro — Bianca disse finalmente. — O que eu fiz de tão errado? Vivo no parque. Moro em Seaside, pelo amor de deus. Tem noção como é difícil conhecer homens aqui? São todos casados ou são adolescentes. Você nunca transou com alguém com quem trabalhou?

— Quantos colaboradores do parque no total? — Vanessa perguntou.

— Foram... vários.

— Kyle Grimmie?

— Sim.

— Blake Dozier?

Depois de cinco segundos, a CEO afundou um pouco na cadeira.

— Sim.

— Você os matou?

Bianca se sobressaltou.

— Eles estão mortos?

— Achamos que sim. — Vanessa ficou surpresa com a reação de Bianca. Ela pareceu realmente chocada. — Ainda não os encontramos, mas as evidências sugerem que Blake, Tyler e Kyle estão todos mortos.

A CEO afundou mais na cadeira e deixou escapar um longo e lento suspiro.

— Eu não os matei.

— Supondo que eu acredite em você, preciso fazer a próxima pergunta que é óbvia. Você transou com esses meninos; desculpe, rapazes. Todos desapareceram. Você não ficou preocupada com isso?

— Eu... — Bianca olhou ao redor, indefesa. Aparentava ser a primeira emoção genuína, além do choque, que ela havia manifestado desde que Vanessa tinha começado a falar com ela. — Claro que eu fiquei preocupada. Mas você tem que entender os garotos dessa idade. Eles não ficam por aqui. Os que são da região, que cresceram em Seaside, querem ir embora. Na primeira oportunidade que aparece, eles vão para a faculdade ou se alistam no exército. Vão embora. Os que ficam em Seaside no verão para trabalhar no parque mal podem esperar para voltar para o lugar de onde vieram assim que a temporada acaba. Eles também vão embora. — A sua expressão ficou distante. — Alguns se mandam e fazem coisas incríveis. Outros nunca mais dão notícias. Eu não procuro saber para onde eles vão. Quando desaparecem, desaparecem para sempre.

Havia um fundo de verdade no que Bianca Bishop estava dizendo, mas é claro que Vanessa não podia deixá-la se safar com tanta facilidade.

— Muito bem, vamos voltar ao Blake — ela disse. — Você o viu antes de ele morrer?

Bianca fez um gesto negativo com a cabeça.

— Não. Eu estava tentando evitar um encontro com ele, na verdade. Blake não reagiu bem ao fim do relacionamento. Ele queria que voltássemos.

— Você estava no seu apartamento aqui na noite em que ele morreu?

— Sim.

— Você não viu ou ouviu nada incomum?

— As janelas são à prova de som. Eu não ouviria nada.

— Você estava sozinha?

— Sim.

— Esse é um álibi nada convincente. Por que você não contou para ninguém que estava aqui?

— Ninguém perguntou.

Infelizmente, Vanessa estava disposta a acreditar nisso. Ela mesma não sabia que havia um apartamento particular dentro do País das Maravilhas, porque Oscar não tinha mencionado isso, e Earl também não. Por falar nisso, Carl Weiss também não mencionou. Ela ficou sabendo por Donnie, que lhe contou com atraso.

— Me fale sobre o seu relacionamento com Glenn Hovey.

Mais uma vez, Bianca pareceu surpresa.

— Bem, ele trabalha aqui há muito tempo. Desde o começo, na verdade.

— Quando o parque ainda era o Mundo das Maravilhas?

— Sim. Ele e o meu tio Nick eram amigos. Os dois tiveram experiências muito ruins... — Ela fez uma pausa. — Com Jack Shaw.

— Você está ciente de que o Glenn foi capturado e está detido? — Vanessa perguntou.

— Meu deus. Não, eu não sabia. Earl não me contou.

— Não faz parte do trabalho de Earl contar para você. — Vanessa se inclinou para a frente. — Glenn Hovey tinha diversos itens pertencentes a Blake, Aiden, Kyle e Tyler escondidos na casa dele.

— Ele os matou? — ela perguntou, encarando Vanessa.

— Ainda estamos montando o quebra-cabeça. Você tem algum relacionamento pessoal com Glenn Hovey?

— Eu... ai, meu deus. — Bianca semicerrou os olhos, como se uma dor de cabeça tivesse acabado de começar, e ela tirou os grampos e o elástico que mantinham o coque preso.

O cabelo dela era mais longo do que Vanessa esperava, e tinha um tom vibrante de ruivo que não podia ser natural. Mas, mesmo assim, era deslumbrante, e enquanto ela aliviava a tensão do couro cabeludo com uma massagem, Vanessa finalmente conseguia entender o apelo que ela podia exercer sobre um jovem colaborador do País das Maravilhas.

— Eu costumava atormentá-lo muito tempo atrás — Bianca disse. — Eu tinha dezenove anos, e estava no parque há uns dois anos. Eu era uma pessoa raivosa. Naquela época, Hovey estava com trinta e poucos anos, e ele era muito desajustado socialmente. O tio Nick só o mantinha por perto porque tinha uma lealdade extrema para com aqueles que ele considerava que o ajudaram. Naquela época, eu não conhecia toda a história do Jack Shaw, e basta dizer que eu não era a pessoa mais gentil do mundo. Eu vivia provocando o Hovey a respeito da timidez dele com as garotas, sem me dar conta de que ele estava bastante confuso sexualmente naquela época. Certa noite, só para me divertir, eu dei em cima dele. Não chegamos a transar. Ele teve... problemas de ereção. E isso o deixou envergonhado.

— Como Glenn Hovey ajudou o seu tio Nick?

Bianca fechou os olhos, continuando a massagear o couro cabeludo com movimentos circulares.

— O tio Nick me disse que o Hovey matou Jack Shaw — ela finalmente respondeu. — Ele foi à casa dele quando a mulher não estava. Jogou gasolina sobre o Shaw enquanto ele dormia e acendeu um fósforo.

— Você está falando sério? — A mente de Vanessa voltou à conversa que teve com Oscar enquanto estavam na cama, quando ela tinha perguntado se ele sabia quem havia matado Jack Shaw. Oscar tinha dito que, se soubesse, não diria a ela.

— Eu não sei se é verdade — Bianca disse. — Eu não fiz perguntas. Depois que a casa do Shaw pegou fogo, sei que o tio Nick teve muitas conversas com o Carl Weiss, cujo irmão mais novo foi uma das vítimas do Shaw. Carl falou com o chefe dos bombeiros, e o incêndio foi considerado um acidente, apenas uma explosão de gás natural. Ninguém lamentou a morte do Jack Shaw. Ninguém quis saber como aconteceu. Ficaram até contentes.

Vanessa também começou a sentir dor de cabeça ao tentar avaliar isso. Se Nick Bishop e Carl Weiss sabiam a verdade, então é claro que Oscar também sabia. Todos eles encobriram isso.

— Talvez você não seja capaz de entender, mas a morte do Shaw foi boa para todo mundo — Bianca disse. — Entendo se você pretende prender o Hovey por causa da morte de Aiden Cole e de outros colaboradores do parque, mas por causa da morte do Jack Shaw? Mesmo que ele tenha feito isso, nenhum júri num raio de 300 quilômetros de Seaside o condenaria por isso.

— E então o seu tio comprou o parque alguns anos depois. Transformou o lugar. Transformou Seaside.

— Com a ajuda dos bancos aqui da cidade, o apoio da polícia de Seaside e do antigo prefeito. Todo mundo queria que o tio Nick tivesse sucesso com o País das Maravilhas.

— Então, quem sabe a verdade sobre a morte de Shaw? — Vanessa perguntou, querendo saber até onde chegava o conluio.

— Ou seja, quem sabia a respeito do que o Hovey disse para o tio Nick? — Bianca escolheu as palavras com cuidado. — Só o Earl, o chefe dos bombeiros, eu... e o Oscar Trejo.

Vanessa fez o possível para não esboçar reação.

— Não há nada que Oscar não saiba — Bianca afirmou. — E não há nada que ele não faria para apoiar o tio Nick, o parque ou a mim pessoalmente. Somos bastante próximos, eu e ele.

Vanessa sentiu o coração disparar.

— De que forma?

— Nos conhecemos há muito tempo. — Bianca finalmente deu um sorriso discreto. — No começo, éramos amigos, e aí virou algo mais. Tivemos os nossos altos e baixos, e nos envolvemos com outras pessoas durante esse tempo, mas acho que estamos no caminho certo agora.

— Em termos românticos, você quer dizer? — Vanessa se pegou prendendo a respiração.

— Isso mesmo. Temos passado muito tempo juntos. Ontem, nós dois cancelamos tudo e passamos um tempo a sós, nos reconectando. Passei muitos anos o afastando, mas parei de fazer isso. Ele é o meu par, e é disso que preciso. Chega de colaboradores do parque. Quero um relacionamento estável e normal com alguém que me conheça e me ame, apesar dos meus defeitos.

Não é o que toda mulher quer? Vanessa precisou se conter para não dizer em voz alta. Bem, isso explicava por que Oscar não se deu ao trabalho de responder a nenhuma das suas mensagens. Ela ficou surpresa pela maneira como estava se sentindo naquele momento. Estava mais triste do que esperava e mais ciumenta do que em qualquer outro momento da sua vida. Com grande esforço, ela se obrigou a deixar de lado os seus sentimentos e se concentrar no motivo pelo qual estava ali: desvendar uma série de assassinatos.

— Se você estava aqui no parque quando Blake Dozier escalou a roda-gigante e quando o corpo do Aiden Cole apareceu, como é possível que você não tenha visto nada? — Vanessa apontou para a janela. — Olha essa vista. Você tem uma visão panorâmica de toda a área de entretenimento. Não sei como você não pode ter notado alguém escalando a roda-gigante, ou alguém deixando um cadáver em estado parcial de decomposição.

Bianca fez careta.

— Eu não vi nada. Estava dormindo.

— Você não viu o Glenn Hovey? Ele estava escalado para trabalhar naquela noite.

— Eu estava dormindo — Bianca repetiu. — Se eu tivesse visto o Glenn, teria dito alguma coisa.

— Como eu já disse antes, não é um álibi convincente. — Vanessa se levantou. — Acho que devemos terminar esta conversa no departamento de polícia.

— Como assim? Por quê? — Bianca também se levantou. — Eu fiquei aqui a noite toda. E você acha mesmo que sou forte o suficiente para arrastar um cadáver pelo parque? Se alguém matou o Aiden, foi o Hovey.

— E já prendemos o Hovey porque ele é o nosso principal suspeito — Vanessa disse. — Ainda mais levando em conta as evidências que encontramos e do que você acabou de me contar a respeito de ele ter matado o Jack Shaw. Mas essa não é a história completa, e acho que você sabe mais do que está contando.

— Por que eu iria mentir? — Bianca perguntou. — Acha que eu não quero que quem matou esses garotos seja pego? Claro que quero. É uma publicidade péssima para o parque. — Ela fez uma pausa, dando-se conta do que tinha acabado de dizer. — Sem dúvida, é uma tragédia. Mas eu não tive nada a ver com isso. Hovey sempre foi obcecado pelos garotos que não estavam ao alcance dele, e eu devo ter sido responsável, em parte, por essa obsessão.

A CEO já tinha confessado ter transado com cada um dos garotos desaparecidos, o que por si só era motivo suficiente para causa provável. Porém, ela estava escondendo alguma coisa. Vanessa podia sentir isso.

— Até que eu possa confirmar a sua inocência, você é uma suspeita — Vanessa afirmou. — Quem sabe você não tenha ajudado Hovey. Quem sabe você não estivesse chateada pelo fato de os seus garotinhos estarem te deixando, e você mandou o Hovey fazer o trabalho sujo. Você não tem álibi a respeito de onde estava...

— Tudo bem. Você quer um álibi melhor? Eu estava tentando protegê-lo, mas... — Bianca tomou fôlego. — Eu não estava sozinha naquela noite, tá bem? Eu estava com um cara, e ele vai confirmar que eu não estava perto da roda-gigante quando o Blake Dozier a escalou e quando o corpo do Aiden Cole foi abandonado.

— Vou precisar de um nome.

— Oscar Trejo.

Vanessa piscou.

— Como?

— Eu estava com o Oscar naquela noite — Bianca afirmou. — A noite toda. Pode perguntar para ele. Eu não quis dizer antes para não envolver o Oscar. Ele já estava pensando em cair fora do parque, e algo assim… Eu queria mantê-lo fora disso. Mas eu estava com ele, e é fácil verificar isso.

Claro que era. Era fácil verificar porque Bianca Bishop tinha *tanta certeza* de que Oscar Trejo a acobertaria. Mesmo que fosse uma mentira descarada. Oscar não esteve com Bianca naquela noite. Ele não poderia ter estado; ele esteve com Vanessa. Mas a CEO obviamente não sabia disso. O que quer que ela dissesse, Bianca tinha certeza de que o seu vice-presidente de operações a acobertaria.

Porque Oscar devia ter feito isso sempre. E se eles estavam juntos outra vez, então ele provavelmente sempre faria.

O que mais Oscar tinha feito por Bianca Bishop?

— Me acompanhe — Vanessa ordenou. — Prefiro não te conduzir algemada, mas farei isso se você resistir.

— Você está me prendendo? Por quê?

— Obstrução de justiça. Fazer declarações falsas. Conluio. Faça a sua escolha.

— Fale com o Oscar! Ele está logo ali no corredor. — O pânico começou a surgir no rosto de Bianca. — Earl não vai aceitar isso.

Vanessa pegou as algemas.

— Bianca Bishop, você tem o direito de permanecer em silêncio. Tudo o que você disser ou fizer será usado contra você em um tribunal. Você tem direito a um advogado…

Vanessa conduziu a CEO do País das Maravilhas até a porta do prédio administrativo e depois até o carro descaracterizado, em meio a uma torrente de sussurros e olhares. Depois de deixar Bianca no banco de trás, ela pegou o celular e ligou para Donnie Ambrose.

— Acabei de prender Bianca Bishop. Estou a caminho do departamento com ela agora.

— Puta merda! — O investigador quase engasgou com o que quer que estivesse comendo. — Perdeu o juízo? O Earl já sabe?

— Ainda não falei com ele. Olha, preciso que você venha até o parque imediatamente e leve mais alguém.

— Quem?

— Oscar Trejo — Vanessa disse. — Eu teria feito isso por conta própria, mas só tenho um par de algemas.

Destinatários: Todos os colaboradores do País das Maravilhas
Remetente: Nick Bishop
Assunto: Aviso sobre a política de assédio sexual

Caros colaboradores,

O conceito de assédio sexual é complicado, e embora todos vocês tenham assistido a um vídeo sobre o assunto durante a sessão de apresentação, eis como a Comissão de Oportunidades de Empregos Igualitárias do governo federal o define:
O assédio sexual inclui investidas sexuais indesejadas, pedidos de favores sexuais e outras formas de assédio verbal ou físico de natureza sexual.
Nós, do País das Maravilhas, fomos um passo além. Como definido no Manual do Funcionário, assédio sexual envolve qualquer tipo de comportamento que faz a outra pessoa se sentir desconfortável. Isso inclui piadas ou insinuações de caráter sexual, elogios indesejados, comentários sobre a aparência física de uma pessoa (quer positivos ou negativos), e qualquer tipo de toque para o qual a outra pessoa não deu consentimento.
Se alguma das situações acima acontecer com você, informe imediatamente o seu supervisor.
Estamos sempre buscando um ambiente de trabalho apropriado, saudável e profissional.
Esse é o jeito País das Maravilhas de ser!

Atenciosamente,
Nick Bishop
Proprietário do Parque de Diversões País das Maravilhas

35

O FAXINEIRO ESQUISITO ESTAVA JUNTO À PORTA DO CAMARIM de Ava dentro do Museu dos Palhaços. Ela se sentia presa, e não podia ligar para ninguém para pedir ajuda. O Wi-Fi do parque não funcionava dentro do museu, e o sinal do celular, mesmo num dia bom, era inexistente. Talvez quando Xander aparecesse mais tarde, ele pudesse lançar um olhar ameaçador para Carlos Jones, e o faxineiro parasse de olhar para ela de uma vez por todas.

Sim, Ava tinha finalmente decidido perdoar Xander. Mais cedo naquela manhã, ela havia recebido uma longa e sincera mensagem dele sobre o quanto ele estava arrependido pelo desenrolar dos acontecimentos. Por causa da diferença de idade entre eles, não era certo que fossem mais do que amigos, mas a amizade deles era importante para Xander, e ele sentia saudades dela. As coisas com a "outra pessoa" tinham esfriado, e, embora ele se sentisse decepcionado, provavelmente era a melhor solução.

Na mesma hora, Ava respondeu a Xander, e algumas mensagens depois, eles tinham feito as pazes. Ela não perguntou o que havia acontecido com Bianca Bishop; ela não tinha certeza se queria saber. O que sabia era que estava louca para voltar a ver o amigo. Xander a tinha convidado para uma festa com fogueira na praia que começava às oito da noite, e Anne-Maria havia concordado em deixá-la sair mais cedo.

Ava não tinha contado para a mãe que ia a tal festa. Na certa a mãe não aceitaria que ela ficasse na praia à noite com um garoto de dezoito anos. Então, ela havia dito que trabalharia até o fechamento do parque e que dormiria na casa de Katya. Ela não se sentia bem mentindo, mas não era diferente do que Ava vinha fazendo a maior parte da semana. A mãe andava tão envolvida com o trabalho que parecia quase grata por sua filha não ficar em casa sozinha. Mais uma vez, John-John passaria a noite na casa do amigo Jaden, cujos pais sabiam que

Vanessa Castro era a chefe-adjunta da polícia de Seaside e se sentiam satisfeitos em ajudar.

Vanessa Castro, Mãe do Ano, especialista em terceirizar a criação dos filhos para outras pessoas. Quando era mais nova, Ava odiava isso. Ela odiava ficar presa na casa de outras pessoas enquanto o pai estava servindo no exército e a sua mãe estava trabalhando, mas agora que tinha quatorze anos, isso meio que funcionava a seu favor.

Um rangido do lado de fora da porta do seu camarim a deixou paralisada. Ela colou o ouvido à porta, que, de repente, se abriu, fazendo Ava dar um pulo para trás, mas não passava de Anne-Marie.

— Kristie ficou doente — a supervisora disse. — Pegou uma virose e foi para casa com um surto de diarreia.

— Hum, informação demais. — Embora fosse nojento, ela ficou desolada. Ela já sabia aonde isso ia dar.

— Vou precisar que você trabalhe o seu turno completo — Anne-Marie comunicou com um olhar compreensivo. — Desculpa. Mas a fogueira na praia vai até a meia-noite, não vai? Se você sair daqui às dez em ponto, vai ter tempo de sobra para comer marshmallow assado.

— Não tem problema — Ava disse. — Posso ficar. Aquele faxineiro ainda está lá fora? Ele estava perto da porta quando cheguei aqui no camarim.

— Eu não vi ele. Ele ainda está te perturbando?

Ava ergueu a sobrancelha.

— Na verdade, pedi para a minha mãe consultar o nome dele no banco de dados da polícia. Então, sim, sem dúvida, ele me dá arrepios.

— O que a sua mãe descobriu?

— Não encontrou nada. Mas isso não deixa ele menos assustador.

— Continue ignorando ele — Anne-Marie sugeriu. — A propósito, vou sair às nove e meia em ponto para pegar a minha sogra no aeroporto. Então, você vai ficar encarregada de fechar. Mas, antes de sair, vou passar na bilheteria. Se não houver mais público, pode ir embora.

— Então, eu vou ficar sozinha depois das nove e meia? — Ava franziu a testa, pensando em Carlos Jones.

— Claro que não. As garotas da recepção vão ficar sabendo que você está aqui. Elas não vão embora sem você.

— O meu amigo Xander deveria me encontrar aqui às oito para a gente ir para a fogueira. Se você topar com ele, pode pedir para ele voltar às nove e meia em ponto para me pegar?

— Ah, aquele pedaço de mau caminho? — Anne-Marie deu uma piscadela. — Pode deixar.

Ava terminou de aplicar a maquiagem junto à pequena penteadeira e, em seguida, tirou a roupa às pressas, ficando de olho em qualquer sinal de Carlos Jones à espreita do outro lado da porta.

O camarim, originalmente uma despensa de suprimentos sem uso, era pequeno, mas funcional. Uma fileira de figurinos estava pendurada em ganchos ao longo de uma parede, e um espelho de corpo inteiro estava aparafusado na outra. Ela pegou o vestido amarelo de boneca rotulado com "Ava" e o vestiu. Apesar de ficar justo e sempre dar coceira, ela gostava bastante de como ficava com ele — ultrafeminina e com os seios avantajados —, coisas que não sentia quando usava as suas roupas normais.

Ava ficou diante do espelho e fez ajustes no vestido até que estivesse perfeito. Em seguida, colocou a peruca, modelando os cachos para que ficassem em espirais do seu gosto. Os sapatos de salto baixo — de cetim amarelo para combinar com o vestido — eram grandes demais, mas era melhor do que se fossem pequenos demais, e pelo menos ela não precisava andar muito com eles.

Dando um passo para trás, Ava ficou satisfeita com a sua aparência. Ela tinha tentado algo novo com a maquiagem, e o seu rosto de boneca de porcelana parecia ter rachaduras antigas. O efeito, em combinação com a peruca e o vestido, era estranho e perfeito.

Ava saiu do vestiário e fechou a porta com força. Depois de percorrer o corredor escurecido — tudo no Museu dos Palhaços era escuro ou pouco iluminado, o que contribuía para a ambientação —, entrou na sala preta da Casa das Bonecas e se posicionou sobre a plataforma.

— Você está muito bonita — uma voz disse do outro lado da sala.

Mais uma vez, Ava se assustou. Carlos Jones a estava encarando e, assim como da última vez, ela não o ouviu entrar. Por que nunca havia ninguém por perto quando o faxineiro estava ali? Os olhos dele pareciam dois buracos negros brilhantes e, embora ele fosse baixinho, os ombros largos dele ocupavam a largura da porta.

— Eu não estava querendo ficar bonita — Ava disse em um tom ríspido. — Estava tentando ficar estranha e perturbadora. Mas, obrigada, de qualquer forma.

— De nada. — O faxineiro pareceu alheio ao sarcasmo dela. A luz amarela sobre a cabeça dele fazia o seu rosto parecer pálido e reluzente. — Então, você gosta de trabalhar aqui?

— Gosto — Ava respondeu. Ele estava se aproximando dela. Ava estava sobre a plataforma, sem ter para onde ir. — A luz vermelha vai acender a qualquer instante. É melhor você ir.

— O parque costuma contratar jovens de dezesseis anos para as atrações da Rua dos Olmos — Carlos Jones disse, cofiando o cavanhaque. Foi a maior quantidade de palavras que ele já havia dito a ela de uma vez. — Mas você parece um pouco mais nova. Ainda tem essa aparência de menininha.

— Talvez seja porque estou vestida como uma boneca de porcelana — Ava respondeu. — Agora, por favor, vá embora para eu poder trabalhar.

— Ouvi a sua supervisora dizer que vai sair mais cedo. Vou me encarregar de ficar de olho em você.

Ava reprimiu um calafrio.

— Não precisa. O meu namorado *e* a minha mãe vão vir me buscar no final do meu turno. Talvez você já saiba, mas a minha mãe é a chefe-adjunta da polícia de Seaside. — Ela disse a última frase o mais alto e claro que conseguiu.

— A minha mãe já morreu, lembra? — Carlos Jones esticou o pescoço e apontou para a tatuagem. — Eu tenho esta rosa aqui para me lembrar dela sempre.

A luz acima da cabeça dele ficou vermelha. Ava fez questão de olhar para cima.

— É melhor deixar você trabalhar — ele disse, saindo pela porta bem a tempo dos próximos visitantes entrarem.

Como Ava não podia fazer nenhum movimento físico, o suspiro de alívio dela foi só mental.

Às nove e meia da noite, uma das funcionárias da bilheteria apareceu para avisar que não havia mais público para a atração. Então, o Museu dos Palhaços fecharia mais cedo. Isso soou positivo para Ava, que correu de volta para o camarim para trocar de roupa.

Ela estava tirando a peruca quando a porta do camarim bateu de repente. Assustada, Ava se virou, mas se viu ainda sozinha ali.

— O que foi isso? — ela disse em voz alta, e foi então que ouviu a porta da antiga despensa ser trancada. E estava sendo trancada da única maneira que uma porta de despensa poderia ser trancada.

Do lado *de fora.*

36

A CULPA MATERNA ERA ALGO MUITO REAL. AVA HAVIA PEdido para dormir mais uma vez na casa de Katya, e Vanessa tinha concordado no modo automático, sem nem pensar a respeito. John-John também estava dormindo na casa de um amigo, convertendo-a oficialmente na pior mãe do mundo. Depois que tudo isso acabasse, ela iria pedir transferência para turnos diurnos, desligar o celular à noite e passar um tempo de verdade com os filhos, fazendo o que *eles* quisessem.

Porém, até lá, era hora de voltar ao trabalho.

Naquele momento, Earl Schultz estava participando do evento de arrecadação de fundos para o Hospital de Seaside — para o qual vinha se estressando havia algum tempo —, onde, sem dúvida, estava interagindo com o prefeito Greenberg, todo o conselho da cidade, Carl Weiss e Melanie Stratton-Weiss, três jogadores aposentados do Seahawks e o restante da elite de Seaside. Bianca Bishop e Oscar Trejo também tinham pretendido ir, mas com os dois em salas de interrogatório diferentes no departamento, nenhum deles iria a lugar algum tão cedo. O convite para Vanessa deve ter se perdido no correio, ainda que ela não teria comparecido mesmo se tivesse sido convidada. Os ingressos custavam 500 dólares por pessoa.

Bianca Bishop havia tentado falar com uma advogada, mas sem sucesso, pois ela também estava no evento beneficente. Oscar também tinha ligado para uma advogada, que, de acordo com Donnie, era a única advogada criminalista disponível de última hora em um raio de 50 quilômetros de Seaside. Ao que tudo indica, Oscar havia hesitado em contratá-la, mas sentiu que não tinha escolha.

— Oz ficou bastante chateado por você não ter falado com ele primeiro, delegada — Donnie disse para Vanessa do lado de fora das salas de interrogatório. — Ele pareceu ter levado para o lado pessoal o fato de você não ter avisado. Agiu como se vocês fossem amigos.

— Não somos amigos.

— Olha, quer que eu participe dos interrogatórios? — Donnie perguntou. — Eu adoraria, caso você precise de alguém para usar a estratégia do policial bom e do mau. Mas a Bianca não vai falar até o advogado dela chegar, e eu tenho a impressão de que o Oz talvez se abra mais com você se eu não estiver por perto. E a decisão é sua, claro. Eu faço o que você mandar.

Vanessa olhou para o jovem investigador e, pela primeira vez, percebeu o quanto ele estava cansado. Apesar de sua atitude otimista, ele estava com olheiras e três dias de barba por fazer no rosto. Meu deus, ela o estava fazendo trabalhar duro desde que chegou a Seaside, e ele nunca fez uma reclamação. Vanessa sabia que ficava obcecada quando estava trabalhando, mas já estava ultrapassando o limite do razoável. Todo mundo se tornava vítima de Vanessa quando ela estava em uma missão: primeiro, os filhos; depois, Jerry, e agora Donnie, o único amigo de verdade que ela tinha em Seaside.

— Vá para casa — ela disse. — Descanse um pouco. Você tem razão, Oscar pode falar mais se eu estiver sozinha. E, por enquanto, Bianca não vai falar nada.

— Tem certeza?

— É uma ordem. Está tudo certo com o Glenn Hovey para a noite?

— Sim, ele está no centro de detenção. A audiência de fiança é amanhã.

— Perfeito. Amanhã também vamos acusá-lo pelo assassinato de Jack Shaw. — Vanessa atualizou Donnie rapidamente. — Os corpos não param de se acumular, não é? Agora suma daqui.

Donnie saiu com um sorriso cansado, dizendo para ligar para ele se ela precisasse de alguma coisa.

Ao se dirigir para a primeira sala de interrogatório, Vanessa enviou uma mensagem para Ava. SÓ UM LEMBRETE PARA VOCÊ ME AVISAR QUANDO CHEGAR NA CASA DA KATYA. SABE COMO É. TE AMO.

Vanessa esperou. Nenhuma resposta. E então a mensagem — normalmente envolta numa bolha azul, indicando que fora enviada — ficou verde. Isso significava que o celular de Ava estava desligado — e nunca deveria estar desligado quando Ava não estivesse com a mãe, uma das condições para ter um celular — ou ela estava em algum lugar sem sinal ou Wi-Fi.

Vanessa franziu a testa. Se ela não recebesse uma resposta de Ava após terminar de interrogar Oscar, talvez pedisse a um dos policiais para passar pela casa de Katya para garantir que as meninas estavam bem.

Oscar e sua advogada estavam esperando na sala de interrogatório quando Vanessa entrou. Ela tinha visto o nome da advogada no registro de entrada, mas nada poderia tê-la preparado para Jane Cartwright.

Alta, com 1,90 de altura em sapatilhas de balé, a advogada de Oscar tinha o corpo de uma campeã de natação. Por volta dos quarenta anos, ela usava um vestido longo de verão creme e um cardigã rosa jogado sobre os ombros bem definidos. O cabelo loiro-claro emoldurava um rosto de queixo quadrado, suavizado por uma maquiagem aplicada com perfeição. Jane Cartwright estendeu a mão, e os lábios rosa brilhantes se entreabriram num sorriso enquanto elas se cumprimentavam. O seu aperto de mão foi suave, mas os seus dedos eram o dobro do tamanho dos de Vanessa.

— Jane Cartwright — a advogada se apresentou com uma voz grave. Ao telefone, seria muito difícil identificar de imediato o gênero de quem estava falando. — Prazer em conhecê-la, chefe-adjunta Castro.

— Igualmente. — Vanessa se esforçou para não demonstrar o quanto estava surpresa. Ela tentou encontrar o olhar de Oscar, mas ele se recusou a fazer contato visual com ela.

— Eu achava que a nova chefe-adjunta de Seaside estaria no evento beneficente — Jane comentou. — Todo mundo parece ter ido.

— Eu não fui convidada — Vanessa informou.

— Eu também não.

As duas mulheres trocaram um sorriso.

— Então, quais são as acusações, delegada? — Jane entrelaçou as grandes mãos sobre a mesa. — O meu cliente não foi claro a esse respeito.

— Ele não está sendo acusado de nada — Vanessa respondeu. — Só tenho algumas perguntas.

— Então se trata de uma missão de coleta de informações — Jane disse. — Sobre o quê, exatamente?

— Harry Sem-Teto e o Garoto da Roda-Gigante.

A advogada deixou escapar uma risada que soou como um latido. E foi logo cobrindo a boca com as mãos.

— Desculpe — disse. — É que... isso pareceu o título de um filme. Tipo, *Butch Cassidy and the Sundance Kid.* Harry Sem-Teto e o Garoto da Roda-Gigante, e a moral da história é: "Tratem todo mundo bem, crianças, mesmo que sejam diferentes de vocês". Desculpe, não é engraçado, mas... — Ela voltou a tapar outra risada com as mãos. — Perdão, não consigo me conter.

Vanessa também riu. Ela também não conseguiu se conter. As risadinhas de Jane Cartwright eram contagiantes.

No entanto, Oscar não achou graça e fuzilou a advogada com os olhos.

— Sério? Estou pagando 200 dólares por hora para você ficar contando piadas para a amante rejeitada que me prendeu?

— Eu não prendi você — Vanessa disse. *Isso doeu*, pensou. *Amante rejeitada?*

Finalmente, Jane Cartwright conseguiu controlar as risadinhas.

— Vocês têm um relacionamento pessoal? Você não mencionou isso — ela disse para Oscar.

— *Tínhamos* — ele disse. — No pretérito. Acaba com o clima quando a mulher de quem você gosta manda um lacaio lá no seu trabalho para te conduzir para um interrogatório.

— Sim, mas isso não tem nada a ver com o motivo de estarmos aqui — Vanessa disse. Ela se pegou pensando que deveria ter deixado Donnie ficar. Isso poderia ter equilibrado as coisas no final. — Só tenho algumas perguntas.

— Vá em frente e pergunte — Jane disse. — Mas o senhor Trejo não é obrigado a responder se não se sentir à vontade, ou se eu orientá-lo a não responder.

— Pelo amor de deus, me chame de Oz — Oscar repreendeu a advogada. — Da última vez que vi você, o seu nome era James.

— Muito bem — Vanessa continuou, encarando Oscar com um olhar sério. — Então vamos começar.

Ele se sentou mais ereto e cruzou os braços.

— Tenho motivos para suspeitar que Glenn Hovey, funcionário de longa data do País das Maravilhas, matou pelo menos quatro colaboradores adolescentes do parque. — Vanessa não tirou os olhos do rosto de Oscar. — Blake Dozier, Aiden Cole, Kyle Grimmie e Tyler Wilkins. Talvez existam mais 19 possíveis vítimas. Ainda estamos investigando. — Ela relatou a última parte com uma expressão impassível. A verificação preliminar de Nate Essex havia mostrado que todos estavam vivos.

— Dezenove? — Oscar piscou. — Você está brincando?

— Por acaso estou rindo? — Vanessa disse.

— E de que maneira Oz pode ajudar com isso? — Jane perguntou.

— Também temos motivos para acreditar que Bianca Bishop, CEO do País das Maravilhas, tramou com Glenn Hovey a morte desses garotos — Vanessa respondeu. — Se não tramou, então ela disse para ele matá-los, ou talvez insinuou que ele devesse fazer isso ou, no mínimo, ela sabia de tudo o que ele estava fazendo e não disse nada.

— São muitas possibilidades, delegada. É óbvio que você está tentando fazer uma pescaria de informações. — Jane se virou para o seu cliente. — Não diga nada até eu pedir. — Ela se voltou para Vanessa. — Que provas você tem contra Bianca Bishop? E por que Oz saberia alguma coisa sobre isso?

— Porque Bianca transou com eles. — A voz de Oscar foi apática. — E porque eu transei com a Bianca.

— Oz, caramba, fique de boca fechada. — A exasperação de Jane era evidente.

— Isso pouco importa. — O olhar de Oscar se fixou em Vanessa. — É disso que se trata, não é? Você descobriu a respeito de mim e da Bianca, e está fazendo isso para se vingar de mim.

Vanessa não conseguiu conter o riso.

— Você se superestima, Oz. Estou investigando um homicídio confirmado e um monte de casos de pessoas desaparecidas, e o seu nome veio à tona. Essa é a única razão para você estar aqui.

— Eu não amo a Bianca — Oscar disse. — Apesar do que ela contou para você, eu não amo, e não estamos juntos. Jamais estivemos juntos, não de uma maneira real. Eu não retornei a sua ligação porque sabia que havia feito besteira com ela e fiquei envergonhado por isso, mas eu não quero ela. Eu quero você.

— Estou confusa — Jane disse. — Parece que todo mundo está transando com todo mundo, menos eu.

— Ah, cala a boca, James — Oscar retrucou. — Isso não tem nada a ver com você. Se qualquer outro advogado estivesse disponível, vai por mim, eu teria chamado.

— O meu nome é Jane, e pare de agir como um imbecil — a advogada disse. — Sou uma advogada de alto nível e você está pagando metade do valor que eu costumo cobrar. Então, considere-se um homem de sorte. Estou aqui para te proteger e garantir que você não diga nada que te incrimine.

— *Vocês* se conhecem bem? — Vanessa perguntou, olhando de um para o outro.

— Jogamos beisebol juntos, só isso — Oscar respondeu. — Lá no ensino médio.

— Na verdade, éramos amigos até a minha transição — Jane afirmou.

— Você está usando maquiagem, pelo amor de deus — Oscar disse. — É bem esquisito para mim. Como não seria?

— Tenho certeza de que isso não diz respeito a você, Oz — Vanessa disse, dando um sorriso discreto a Jane. — Agora podemos nos concentrar? Você disse que sabia que Bianca estava transando com alguns colaboradores do parque.

— Aiden e Blake, sim. Tyler e Kyle, eu suspeitava, mas nunca a confrontei. Também havia outros. — Oscar esfregou o rosto com a mão. — Apesar de eu nunca ter imaginado que o número chegasse a 19.

— Você sabe quem os assassinou? Já suspeitou de Bianca?

Oscar olhou para a advogada, que deu de ombros.

— Como eu vou saber o que você está pensando em dizer? — Jane disse. — Sussurre para mim primeiro, se quiser.

Oscar fez careta.

— Quero imunidade.

— Não posso prometer isso até ouvir o que você tem a dizer — Vanessa disse.

Hesitante, Oscar se inclinou na direção de Jane e sussurrou junto ao ouvido dela. Jane arregalou os olhos, e sussurrou algo de volta. Isso se estendeu por mais um minuto.

— Tudo bem — Jane finalmente disse. — É o seguinte. Precisamos que você prometa imunidade, agora mesmo. Oz dispõe do conhecimento direto de um crime que foi cometido e que envolve o parque, mas antes que ele revele, preciso de uma garantia de que ele não será acusado de ocultar a informação, mesmo que ele não tenha nada a ver com a execução do crime.

— Se for verdade, então tudo bem. — Vanessa já suspeitava no que isso ia dar. Oscar sempre soube que Glenn Hovey havia assassinado Jack Shaw, e estava prestes a confessar que tinha feito parte da trama para encobri-lo.

— Eu não sei nada sobre Bianca ter matado os colaboradores do parque. Não sei se ela mandou o Hovey fazer isso. Não é do meu conhecimento. Mas a Bianca *é* uma assassina. É um fato. — Oscar apoiou a cabeça nas mãos. — Meu deus, não posso nem acreditar que acabei de dizer isso.

Vanessa piscou e se recostou na cadeira. Não era o que ela esperava que ele dissesse.

— Quem ela matou?

Oscar ergueu o olhar, com os olhos marejados.

— Nick Bishop. O tio dela.

Vanessa encarou Oz, depois olhou para Jane Cartwright, que mantinha uma expressão séria. Não era piada, e Vanessa não conseguiu disfarçar o seu espanto.

— Nick Bishop? Como assim, o dono do País das Maravilhas? Ele está *morto*?

— Há oito anos.

— Não estou entendendo — Vanessa disse. — Como é possível? A minha filha ainda recebe e-mails dele toda semana.

— Bianca escreve esses e-mails — Oscar revelou. — Ela sempre escreveu. Desde o início, Nicky a deixou com toda a responsabilidade que ela quisesse. Com o tempo, à medida que ele começou a se afastar da rotina diária, ela assumiu as funções dele. Ela tem acesso a tudo: o e-mail dele, o banco on-line dele, a folha de pagamento, ela é capaz até de assinar o nome dele. A assinatura possui uma semelhança quase perfeita.

— Então, qual foi a motivação dela para matá-lo? — Vanessa perguntou.

— Ele queria vender o parque. — Oscar suspirou fundo. — Nick vinha recebendo propostas da Cedar Fair, da Paramount, da Six Flags e até mesmo da Disney. Ele não queria mais ficar com o parque. A sua alegria veio de transformar o parque em algo novo. Depois que ele fez isso, a paixão se foi. Nick andava inquieto. Conheço bem essa sensação.

— Então, ela o matou. — Vanessa inclinou-se para a frente. Era uma revelação de dimensões épicas. Até Jane Cartwright parecia fascinada.

— Nick disse para a Bianca que queria viajar — Oscar disse. — Ele queria passar um tempo pensando no que fazer pelo resto da vida. A gente já tinha conversado sobre isso antes, mas eu não sabia se ele estava falando sério. Bianca ficou chateada. Ela não queria que ele fosse embora. Nick era o único parente que ela tinha, e até aquele momento, ele tinha feito tudo por ela. Bianca pediu que ele deixasse o parque para ela, mas ele queria vendê-lo e por um preço alto. Nick se ofereceu para adiar a venda por um ou dois anos e, nesse meio-tempo, faria dela a CEO. A oferta não foi boa o suficiente. Eles discutiram, ela ficou furiosa e se descontrolou. Bianca o golpeou com um bastão de beisebol. Não seria uma surpresa se fosse o mesmo que matou Harry Sem-Teto. — Ele fez careta. — Perdão, quero dizer Aiden Cole.

Vanessa estava tentando elaborar tudo aquilo.

— E quando foi que você descobriu isso?

— Ele me ligou logo depois que aconteceu. — A voz de Oscar foi ficando distante conforme se lembrava. — Ela estava no apartamento do Nick dentro do parque e me ligou. Disse que ele estava gravemente ferido, e eu corri para lá. Só lembro de ter visto o sangue. Estava espalhado por toda parte. Ela não o atingiu apenas uma vez.

— E o que ela esperava que você fizesse?

— Ela queria que eu a ajudasse a se livrar do corpo. Ela estava tão calma que achei que estava em estado de choque. Ela me disse que ninguém jamais poderia ficar sabendo o que ela tinha feito, que o parque não sobreviveria à repercussão negativa se soubessem que a sobrinha do proprietário o tinha matado.

— E você a ajudou a mover o corpo?

— Eu me agachei. — Os olhos de Oscar se encheram de lágrimas. — Havia sangue por todo o rosto de Nick. Ele parecia… menor de alguma forma. Quase não tive coragem de tocá-lo no início. Não conseguia acreditar no que

Bianca tinha feito. Nicky era o único parente dela. Ele era meu amigo. Eu quis ligar para a polícia, mas nós dois sabíamos que, se eu fizesse isso, perderíamos o parque e ela acabaria na cadeia. Eu o envolvi num cobertor e peguei um carrinho de mão no galpão de manutenção. Aí eu levei o corpo embora.

— Onde você deixou o corpo?

— No túnel subterrâneo. Na masmorra. Sob o Museu dos Palhaços.

Vanessa ouviu um suspiro e se deu conta de que tinha vindo de Jane.

— Achei que fosse uma lenda urbana — a advogada disse. — Danny Moskowitz, Pete Allred... o que eles disseram tantos anos atrás sobre Jack Shaw, era verdade mesmo?

Oscar fez que sim com a cabeça. Ele enxugou os olhos com o dorso da mão, e Jane lhe passou um lenço que havia tirado da bolsa. Ao olhar para Oz agora, Vanessa só conseguia sentir compaixão por ele. Todos esses anos, guardando um segredo assim.

No País das Maravilhas, o número de corpos não parava de aumentar, deixando Vanessa atordoada ao pensar em todas as vítimas. Jack Shaw, Nick Bishop e Aiden Cole, de que tinham conhecimento. Tyler Wilkins, Kyle Grimmie e Blake Dozier, que deviam estar mortos também. Será que os corpos deles também estavam na masmorra, junto com o de Nick Bishop? Não seria o final que as famílias dos garotos tinham pedido, mas seria um desfecho.

Quem havia assassinado todos eles? Foi Glenn Hovey? Foi Bianca? Foi Oscar? Todos os três? Naquele momento, Vanessa não confiava mais em Oscar. Qualquer química que havia existido entre eles desapareceu.

— Vou enviar uma equipe de busca amanhã bem cedo — Vanessa disse baixinho. — Oz... tenho que perguntar: por que você não contou isso para ninguém oito anos atrás? Como conseguiu guardar esse segredo por tanto tempo? E como conseguiu se envolver com Bianca depois disso, sabendo o que ela tinha feito?

Oscar deixou escapar um soluço do peito. Quando Jane Cartwright passou um braço em torno do seu velho amigo para consolá-lo, ele não se afastou.

— Eu amava Bianca. — A voz de Oscar falhou. — Éramos tudo o que tínhamos após a morte de Nick, e que deus tenha misericórdia de mim, mas eu a amava.

37

A PORTA NÃO SE MOVIA. NEM UM POUQUINHO.

— Se isso é uma brincadeira, não tem a menor graça — Ava gritou pela décima vez junto à porta. — Abra a porta agora ou eu vou denunciar você.

Não que ela pudesse denunciar alguém, já que estava trancada e o celular não tinha sinal. A porta era pesada, e ela não sabia se alguém poderia ouvir as suas pancadas. Nem sequer sabia se havia alguém lá fora.

Quem a havia trancado ali? Não tinha como ser um acidente, porque a porta nunca havia sido trancada antes, pelo menos não que Ava soubesse. Foi Carlos Jones? Foi porque ela havia sido grosseira com ele? Ele estava procurando lhe dar uma lição? Ele era um faxineiro; na certa tinha a chave de todas as portas do lugar.

O celular inútil de Ava confirmou que eram 21h45. Com sorte, Xander ainda viria pegá-la, supondo que Anne-Marie tivesse transmitido o recado. Na pior das hipóteses, as garotas da bilheteria deveriam saber que ela ainda estava ali, e quando Ava não aparecesse nos próximos dez minutos, uma delas viria procurá-la. Tudo o que ela tinha que fazer era ser paciente e continuar batendo na porta até que uma delas viesse.

Ava ficou esmurrando a porta com toda a força, gritando a plenos pulmões. Depois de dois minutos, fez uma pausa, com as mãos vermelhas e doloridas. Então, dois minutos depois, recomeçou a bater. Depois gritou. Depois bateu. Depois gritou.

Percorrendo o pequeno camarim com os olhos, Ava suspirou. Seria uma longa noite se ela ficasse presa ali, ainda mais porque ela havia dito à mãe que iria dormir na casa de Katya, e a amiga achava que ela estava curtindo a fogueira na praia com Xander. Se essa era a sina por mentir, Ava não tinha a menor intenção de fazer isso de novo. Fazia frio no camarim, e não havia travesseiros, nem cobertores e nenhum lugar para se sentar ou deitar, exceto o chão duro de concreto. Tudo o que ela podia fazer era amontoar alguns figurinos antigos para fazer uma cama improvisada.

Ao voltar a consultar a hora, Ava viu que já eram dez da noite. Em todo o parque, as atrações estavam sendo fechadas, o público estava sendo conduzido para fora, e os colaboradores estavam começando os trabalhos de limpeza. Por volta das dez e meia, o País das Maravilhas estaria vazio, exceto por um ou dois guardas de segurança e talvez alguns membros das equipes de limpeza e manutenção.

Como Carlos Jones, por exemplo. Se ele a tinha trancado no camarim de propósito, então provavelmente estava pretendendo voltar por causa dela. Talvez ele fosse o serial killer do País das Maravilhas, no fim das contas. Só porque ele não tinha antecedentes criminais não significava que ele não tenha se safado dos crimes cometidos todas as vezes. Ava tinha visto em *Criminal Minds* que havia até cem serial killers ativos nos Estados Unidos num determinado momento. Supondo que fosse verdade, e que quatro ou cinco deles estivessem atuando em Washington — que parecia ser um estado de alta incidência de assassinos em série —, não havia razão para não acreditar que Carlos Jones fosse um deles.

Afinal, um cadáver já havia aparecido no País das Maravilhas. Outro garoto tinha desaparecido. Ou seriam três garotos desaparecidos? Ava tinha ouvido uma conversa da mãe com Jerry a respeito disso outro dia, e gostaria de ter prestado mais atenção.

Meu deus, ela pensou. *Eu vou morrer.*

Por outro lado, ela não se encaixava no perfil das vítimas. Todos eram do sexo masculino. Tinham dezoito anos. Eram loiros.

Puta merda. Xander.

E se Xander estivesse lá fora agora, e Carlos Jones estava prestes a matá-lo? Ava não conseguia acreditar que não tinha pensado nisso antes.

Com vigor renovado, ela socou a porta com os punhos cerrados, gritando o mais alto possível. Talvez a razão pela qual ela estava presa ali fosse porque Carlos Jones a havia visto com Xander antes, e ele a tinha trancado no camarim como uma forma de atrair Xander para o museu. Se esse fosse o caso, o seu amigo estava praticamente morto, e Ava também…

— Para com isso — ela falou com seus botões em voz alta, imitando o tom que a mãe teria usado, se estivesse ali. — Para com isso agora, Ava. Você está inventando histórias. Para com isso agora.

Ava precisava se acalmar. Ela estava se deixando levar pela ansiedade por coisas que nem sabia se aconteceriam, e precisava relaxar antes que tivesse um ataque de pânico.

O carma era cruel, não havia dúvida quanto a isso. Era isso o que ela colhia por ter assistido a filmes de terror aos montes e ser viciada em programas de crimes. E era isso o que ela colhia por ter mentido para a mãe. A sua mãe, que era a inteligente e competente, chefe-adjunta da polícia, e que teria largado tudo num piscar de olhos se suspeitasse que Ava estivesse presa em algum lugar, mesmo que fosse por cinco minutos.

Pois é. Carma.

Ava voltou a golpear a porta, gritando mais um pouco, mas as suas mãos estavam latejando e a sua voz, ficando rouca. Dando um tempo, ela se encaminhou até o espelho de corpo inteiro, postando-se no mesmo lugar onde tinha aplicado a maquiagem mais cedo. Exceto pela peruca, que havia tirado assim que entrou no camarim, ela ainda estava usando o figurino completo. Com o vestido amarelo, o cabelo todo bagunçado e o rosto de boneca de porcelana rachado, Ava foi obrigada a reconhecer que esse era exatamente o visual que estava buscando. Ela estava igual a uma boneca velha e descartada.

Após pegar o celular, ela tirou uma foto no espelho. Iria postar no Instagram no dia seguinte, porque com certeza isso seria hilário no dia seguinte.

O vestido ainda estava dando coceira, mas Ava não queria tirá-lo, pois só estava usando um short e uma regata por baixo. Mais cedo naquele dia, fazia calor quando ela havia chegado ao parque, e tudo o que tinha na mochila era um moletom leve. Ela o vestiu por cima do vestido de boneca. Agora Ava parecia ainda mais ridícula. Tirou outra foto.

Ela voltou para perto da porta e recomeçou a bater nela até as mãos aguentarem, então, finalmente parou. Não fazia sentido. Já passava das onze da noite. Ninguém viria.

Após se apoiar no espelho de corpo inteiro, Ava não conseguiu deixar de sentir pena de si mesma. Como é que Xander não se preocupou em procurá-la? Como as garotas da bilheteria não atinaram que ela ainda estava ali?

O espelho pareceu muito frio na sua nunca, e ao ficar sentada ali por um tempo, ela foi logo percebendo o motivo. Uma corrente de ar frio estava vindo de algum lugar atrás dele. O que não fazia sentido, já que nenhuma das paredes do camarim fazia parte da área externa do Museu dos Palhaços.

Antes de ter a chance de investigar, Ava ouviu o som da porta sendo destrancada. Num instante, ela se aprumou. Lançou um olhar frenético ao redor em busca de algum tipo de arma, caso fosse Carlos Jones vindo matá-la. Mas tudo o que estava ao alcance era uma velha lata de spray para cabelo na penteadeira. Não causaria grandes danos, apesar de achar que podia borrifar o produto nos olhos do faxineiro. Além do mais, tinha um cheiro horrível.

A porta se abriu e, como ela temia, era Carlos Jones. Ava firmou os pés e levantou a lata de spray, preparando-se para o que poderia acontecer a seguir.

— O que você está fazendo? — O faxineiro pareceu realmente surpreso ao vê-la. — Já faz uma hora que o parque fechou. Todo mundo já foi para casa. Você não devia estar aqui depois do expediente sem autorização.

Ava deixou escapar um suspiro de alívio. Então, ele não iria matá-la, e tudo não havia passado de uma espécie de acidente infeliz. Sentindo-se uma idiota por ser tão paranoica, ela abaixou a lata de spray.

— Fiquei presa. Graças a deus você está aqui. Fiquei batendo na porta, mas ninguém me ouviu.

— Eu estava ao lado, limpando a Casa dos Horrores. Eu que acabei te trancando aí sem querer. Achei que você tivesse saído mais cedo com as outras garotas. Desculpa por isso. Espero que você não tenha ficado muito assustada. — Ele estava com o olhar fixo nela, mas Ava estava começando a perceber que era apenas o jeito dele. Como Anne-Marie disse, ele era inofensivo.

— Estou bem agora — Ava afirmou. — Que bom que você voltou. Eu preciso ir embora.

Ava deu uma olhada no celular e agora eram onze e meia. Era tarde demais para a fogueira, mas ela ainda tinha a chance de se encontrar com Xander na praia. Eles poderiam ficar juntos por um tempo e, depois, talvez ele pudesse levá-la até a casa de Katya, onde a sua amiga a deixaria entrar pela janela do quarto dos fundos quando ela chegasse lá. Ela estendeu a mão para pegar a mochila.

— Aliás, o seu amigo apareceu aqui mais cedo — o faxineiro disse. — O cara alto. Ele passou aqui às oito te procurando.

— Ele veio? — Ava perguntou, confusa. — Então, por que ele não voltou?

— Porque eu disse que você tinha ido para casa.

— Por que você disse isso… — Ava fez uma pausa.

E, então, a ficha caiu. Foi o brilho nos olhos dele, que de repente passou de apagado para agudo. Foi a sua postura, que de repente se tornou mais ereta, fazendo-o parecer mais alto. E foi a forma como ele foi avançando devagar na direção dela no camarim minúsculo, quando já não havia para onde correr.

— Você sabe por quê — ele afirmou. Até a sua voz soava diferente do que um momento atrás. Estava mais intensa, mais fluida, mais confiante. — Eu sei que você gosta de mim. Vejo como você fica me observando quando estou trabalhando. Que bom. Eu também gosto de você. Gosto muito.

Por instinto, Ava recuou.

— A minha mãe está me esperando — ela disse, com firmeza. — Ela acabou de sair do trabalho e está me esperando do lado de fora da entrada principal. Ela deve estar surtando...

— A sua mãe não está aqui. Porque você mentiu para ela, não foi? Você não contou da fogueira, nem dos planos de ficar com o seu namorado. Ela acha que você está em outro lugar. Em um lugar seguro. — Ele sorriu. — Ela não vem te buscar. Ninguém vem. — Ele deu mais um passo na direção dela.

— Fique longe de mim. — Ava recuou o máximo que pôde. Ela ainda estava segurando a lata de spray e voltou a levantá-la

— Você é muito bonita, sabia? — Carlos Jones disse. Seu sorriso se alargou. — Eu nem ligo para as rachaduras no seu rosto. Você está igual a uma garotinha morta, e isso é meio excitante, na verdade. — Ele levou a mão até a virilha e começou a massagear o pênis através do macacão. — Vamos, tira esse moletom para eu ver os seus peitos. Aí eu quero que você abaixe a calcinha e abra as pernas sem tirar o vestido. Depois, quero que você deite e fique imóvel. Bem imóvel. Faça de conta que está morta. — Com a respiração mais acelerada, ele passou a mover a mão em um ritmo firme e constante, alcançando uma ereção claramente visível através do tecido grosso. — Nossa! Nossa, isso está me dando muito tesão. Vai ser divertido.

Ava abriu a boca e gritou mais alto e por mais tempo do que jamais havia feito na vida. Ele ergueu os braços para ela, então, ela mirou a lata de spray no rosto dele e pressionou a válvula com o máximo de força possível. Mas nada aconteceu. O bico estava entupido.

Ele a agarrou pelo braço e eles começaram a lutar. Os gritos que saíam de Ava tinham um som novo — de certa forma, Ava estava ciente de que era ela quem estava gritando, mas, ao mesmo tempo, não soava como ela. Ava conseguiu puxar o braço para longe, mas ele a empurrou com força, prendendo-a contra o espelho de corpo inteiro. Ava deixou cair a lata de spray, que bateu no chão de concreto.

— Por que você está se contorcendo tanto, garotinha? — ele perguntou, com o bafo quente junto ao ouvido dela. — Você devia estar fazendo de conta que está morta, lembra?

— Não. — Era tudo o que ela conseguia pensar. — Não.

— *Shhhh*. — O corpo dele estava pressionado contra o dela, e Ava não conseguia se mover. Ele não era alto, mas era forte e musculoso, o corpo parecia uma rocha. Ele segurava ambos os pulsos dela com uma só mão, que estavam presos acima da cabeça dela. — É melhor você relaxar. Dói mais se você resistir. Se me pedir com jeitinho, vou ser delicado. É a sua primeira vez, não é? Ou você deixa o seu namorado te tocar onde ele quiser, sua safadinha?

Ava nunca se sentiu tão pequena ou tão indefesa. Ela continuou se contorcendo, mas quanto mais fazia isso, mais ele parecia gostar. A ereção dele estava bem no meio da barriga dela, dura e assustadora.

— Não — ela disse, agora baixinho. — Não.

— *Shhhh*. — Ele passou a língua longa e molhada pela lateral do pescoço dela até o lóbulo da orelha. Em seguida, explorou o interior do ouvido dela. — Relaxa. Vai ser bom se você relaxar.

Ava voltou a gritar, bem no ouvido dele, a plenos pulmões.

— Porra! — Ele se afastou e cobriu a lateral da cabeça com uma das mãos. — Sua vagabunda desgraçada!

Ava tentou passar por ele, mas o faxineiro a jogou contra o espelho, que trincou contra a nuca dela. O mundo girou, a visão de Ava se reduziu a um ponto, e então as suas pernas fraquejaram. Ela despencou para a frente, com o espelho se estilhaçando ao seu redor. A moldura de madeira se desprendeu dos parafusos e caiu no chão atrás dela com um baque. Atordoada, Ava se sentou no chão.

Carlos Jones estava esfregando a orelha.

— Sua vadiazinha. Agora me deixou puto da vida. Você curte violência, garotinha? Eu posso ser violento. Ah, eu posso ser bastante violento.

Ava agarrou às cegas um caco de vidro do espelho, com os dedos se fechando em uma borda afiada. Cortou o seu polegar, mas ela mal sentiu.

— Não chegue perto de mim — ela ofegou, estendendo o caco. — Eu vou te cortar, juro que vou te cortar. — Ela fez um movimento de corte feroz.

Carlos Jones olhou para ela com desprezo.

— Você cortaria a própria mão ainda mais do que me cortaria — ele disse, mas se manteve a distância.

Ele provavelmente tinha razão quanto a isso, mas era um risco que Ava estava disposta a correr. A lata de spray para cabelo estava ao alcance, e ela voltou a pegá-la com a outra mão. Em seguida, ele ficou em pé outra vez.

— Saia do meu caminho. Saia do meu caminho agora.

Uma corrente de ar fraca a atingiu nas costas, e Ava quase não percebeu, exceto pelo fato de que estava muito, muito fria. A brisa ondulou a barra do seu vestido de boneca, e ela deu uma olhada rápida ao redor. Havia uma porta atrás dela. Como assim? O espelho havia escondido uma porta todo esse tempo? Considerando a corrente de ar frio que escapava dela — o que explicava por que o camarim estava sempre tão gelado —, só podia haver algo por trás dela.

Um jeito de escapar desse pesadelo, talvez.

— Solte o caco, garotinha. — Carlos Jones deu um passo na direção dela. — Você não quer me cortar. Sei que não. Você já está sangrando. Me deixa te ajudar.

Ele tinha razão. Ava não queria cortá-lo se não fosse necessário. Ela voltou a erguer a lata de spray e pressionou a válvula com força. Finalmente, o spray saiu, e um jato de névoa espessa e com cheiro forte atingiu Carlos Jones em cheio nos olhos.

— Porra! Sua vagabunda! — Ele fechou os olhos com força e os esfregou freneticamente.

Ele se jogou na direção dela, mas não a alcançou, porque ela tinha aberto a porta com força e estava rolando escada abaixo para a escuridão.

38

SE QUISESSE, VANESSA PODERIA TER FEITO OSCAR PERnoitar na prisão do condado, junto com Glenn Hovey, mas, sinceramente, ela ficaria sabendo mais a respeito dele ao soltá-lo. Ela queria saber se havia algo mais que Oscar não estava lhe contando, então, por ora, ele estava sendo acusado de cúmplice de homicídio após o fato. O promotor público, no momento prestigiando o evento de arrecadação de fundos para o Hospital de Seaside, junto com todos os figurões da cidade, redigiria o acordo de imunidade pela manhã. Enquanto isso, a fiança de Oscar havia sido fixada em 250 mil dólares, quantia que ele tinha sido capaz de pagar rapidamente graças ao primo de Jane Cartwright, que era um agente de fiança. Oscar estava liberado. Durante a saída, ele pôs a mão no braço de Vanessa.

— Perdão — ele disse.

— Eu entendo.

Depois que ele e a advogada deixaram o local, Vanessa incumbiu os policiais Nate Essex e Pete Warwick para vigiá-lo o tempo todo. Ela queria saber todos os passos que o vice-presidente de operações do País das Maravilhas dava; para onde ele ia, com quem conversava, como os seus humores se manifestavam.

— Fiquem na cola dele, não desgrudem, entendido? — ela disse aos jovens policiais. — Ele talvez saiba alguma coisa sobre o Aiden Cole e os outros colaboradores desaparecidos do parque. Quem sabe o que mais Bianca Bishop pode ter pedido para ele fazer. Não percam ele de vista.

— Entendido, delegada.

Por outro lado, a CEO do País das Maravilhas era uma outra história. Ela e Glenn Hovey eram os principais suspeitos do assassinato de Aiden Cole e os possíveis assassinatos de Blake Dozier, Kyle Grimmie e Tyler Wilkins. E, é claro, Nick Bishop. Bianca gritou feito louca enquanto Vanessa a escoltava até a prisão, debatendo-se e se contorcendo nas algemas, com o longo cabelo ruivo emaranhado e esvoaçante.

— Você não pode fazer isso! Faz ideia de quem eu sou? Eu quero a minha advogada!

— Você ligou para ela e ela não retornou a ligação — Vanessa disse com calma. — Suponho que ela esteja no evento beneficente com o resto da elite de Seaside. Mas eu teria todo o prazer em chamar um defensor público, se quiser. Sabe como é, alguém que acabou de se formar na faculdade de direito e que não foi inteligente o bastante para conseguir um emprego num escritório privado, alguém que não vai saber como pleitear a fiança, ou vai deixar você com uma fiança de pelo menos um milhão de dólares. Afinal, você está sendo presa por dois assassinatos.

— Eu tenho um *álibi*! — Bianca gritou. A saliva atingiu o rosto de Vanessa, que fez um gesto dramático ao limpá-la. — Já disse que fiquei com o Oscar Trejo a noite toda! Ele vai contar. Você chegou a perguntar para ele?

— Não precisei fazer isso — Vanessa respondeu. — Porque ele passou a noite toda comigo.

A expressão facial de Bianca Bishop foi impagável, digna de Instagram, como Ava diria.

— Tem certeza de que não quer um defensor público? — Vanessa voltou a perguntar. — Ou você consegue ficar aqui a noite toda até a sua advogada dar um retorno?

— Vá para o inferno, sua piranha! — Bianca cuspiu. — Você deve ter transado com o Frank Greenberg para conseguir o emprego, não foi?

— Mesmo que tivesse, ainda é melhor do que matar o próprio tio para ficar com o emprego *dele.* Vamos parar de trocar farpas, beleza? — Vanessa fez uma pausa. — E só para constar, eu nunca transei com o Frank. Ele é um bom homem. Não que isso importe para você.

Com Bianca atrás das grades, Vanessa ligou para Earl Schultz, que atendeu no quarto toque, parecendo bêbado e eufórico. Bastaram 30 segundos para a sua animação desaparecer assim que Vanessa o atualizou sobre o que estava acontecendo.

— Pelo amor de deus, Castro — Earl sussurrou. — Tem certeza? Bianca Bishop matou Nick Bishop?

— Oscar levou o corpo para o túnel — ela respondeu. — Já passou da meia-noite. Vou organizar um grupo de busca logo pela manhã. Estamos trabalhando com uma equipe reduzida aqui.

— Acho que já que o corpo de Nick ficou no túnel todo esse tempo, ele não vai a lugar nenhum. Então, mais algumas horas não vão fazer diferença

— Earl disse. — Santo deus, eu estava me perguntando por que Bianca e Oscar não apareceram aqui hoje. Por que você não me ligou antes?

— Você sabe por quê.

Houve uma breve pausa.

— Acho que precisamos ter uma conversinha sobre objetividade. Encontro você no parque às seis da manhã. Vamos limitar o tamanho da equipe de busca. Você sabe como as fofocas circulam na cidade. Você, eu, Donnie e mais dois policiais, no máximo. Quem estiver disponível e for discreto. Quem está de olho no Oscar?

— Essex e Warwick.

— Ótimo. — Um longo suspiro. — Parabéns pelo trabalho, Castro. Consiga o mandado de busca o mais rápido que puder. Precisamos fazer tudo de acordo com a lei aqui.

Exausta, Vanessa sentou-se em sua sala, mas ainda havia trabalho a ser feito. Ela começou a preparar o mandado, e então se lembrou de que Ava ainda não havia enviado uma mensagem ou ligado para avisar que tinha chegado à casa de Katya. Após consultar o relógio, ela decidiu arriscar e ligou para Jerry. Ele atendeu no primeiro toque.

— Acordei você?

— Não, estou assistindo à tevê. Faz pouco tempo que voltei do bar. Tomei umas cervejas com o Tanner. O namorado que agrediu a filha dele pegou uma pena leve: serviço comunitário e liberdade condicional. Mas pode ficar tranquila, Tanner não está bravo com você. Agora estou vendo *O Colecionador de Ossos*, com o Denzel Washington e a Angelina Jolie. Se alguém algum dia fizer um filme sobre a minha vida, eu quero que o Denzel Washington me interprete.

— Pois é, mas vamos deixar as suas fantasias de Hollywood para amanhã. Preciso de um favor. Você pode passar na casa da Katya, a amiga da Ava? A minha filha deveria ter me mandado uma mensagem assim que chegasse na casa dela, mas não tive notícias ainda, e as minhas mensagens não estão chegando para ela. Os pais da Katya não têm telefone fixo, só celulares, e não quero acordá-los se não for necessário. Estou presa aqui no departamento preparando um mandado de busca para o início da manhã, e isso é um desafio porque acho que o juiz do plantão noturno já foi para casa.

— Tenho certeza de que Ava simplesmente caiu no sono e o celular dela está sem bateria — Jerry disse. — Mas, claro, posso passar por lá. Qual é o endereço?

Vanessa lhe deu.

— Valeu, Jerry.

— A investigação está avançando?

— Outro corpo encontrado no parque de diversões — ela respondeu. — Diversão saudável em família em grande estilo. Te atualizo depois que você me disser que a Ava está dormindo e que estou livre para acabar com ela quando ela acordar.

Quinze minutos depois, Jerry ligou de volta.

— Katya está lá, mas não vi a senhorita Ava. Dei uma espiada no quarto da Katya e deu para ver muito bem que ela estava dormindo. Me senti meio pervertido olhando pela janela. Ainda bem que ninguém me viu, ou provavelmente teria levado um tiro. Verifiquei o outro quarto, mas só os pais dela estavam lá. O que você quer que eu faça?

— Droga. — Vanessa sentiu um frio na barriga. Ela olhou para o relógio na parede e depois para o mandado. Dane-se, tudo o mais teria que esperar. — Algo me diz que eles não vão abrir a porta se virem um homem negro, alto e magro, parado na varanda à uma da manhã. Se alguém vai assustar os Melnik, que seja eu. Já estou indo. Espere por mim.

— E o seu mandado?

— Ainda tenho tempo. Ele pode esperar.

Vanessa chegou à casa de Katya cerca de dez minutos depois. Jerry estava sentado dentro do seu carro e saiu quando ela estacionou.

Vanessa bateu na porta da casa, primeiro de leve, e depois com mais força quando ninguém respondeu. Por fim, sem outra opção a não ser bater na janela do quarto, ela tocou a campainha. Alguns instantes depois, todas as luzes da casinha se acenderam.

Peter e Karolina Melnik pareceram assustados ao abrirem a porta, vestidos com pijama e camisola, respectivamente. Após a explicação de Vanessa, eles chamaram Katya na mesma hora. A garota veio até a porta, esfregando os olhos de sono.

— Ava ia dormir aqui hoje — Katya disse, esticando os braços acima da cabeça e bocejando. Ela estava usando uma calça de moletom cortada e transformada em short e uma camiseta velha do Seahawks que devia ter pertencido ao pai.

— Isso é novidade para mim. — Karoline franziu a testa para a filha e depois voltou a olhar para Vanessa. — Eu não fiquei sabendo. Elas não me disseram.

— Qual era o plano? — Vanessa perguntou para a garota.

— Na verdade, não havia um plano — Katya respondeu. — Ava perguntou se podia dormir aqui hoje, e eu disse que sim. Ela disse que chegaria tarde, tipo, meia-noite ou até depois, e eu falei que deixaria a janela aberta para ela poder entrar.

— Isso não é nada seguro! — Karolina Melnik exclamou, chocada. — A sua janela tem que ficar fechada à noite. É por isso que temos ar-condicionado. — Ela proferiu uma série de palavras em russo.

— Você já fez isso antes? — o pai perguntou.

Katya deu de ombros, o que, no dialeto adolescente, significava: *Claro, sempre.*

Vanessa se forçou a manter a calma. Ao perceber o seu desconforto, Jerry segurou o braço dela.

— Katya, onde a Ava disse que estaria entre dez e meia-noite?

A garota dirigiu o olhar para Vanessa, depois para os pais, e então para Jerry, que era o único adulto que não parecia chateado. Ele simplesmente sorria para ela.

— Ela tinha combinado de encontrar um amigo na praia.

— Que amigo?

— Eu não...

— Katya! — A voz mãe foi quase um grito. — Conte agora mesmo para a chefe-adjunta da polícia o que ela quer saber, para que ela possa encontrar a filha e todos nós possamos voltar a dormir. Agora, Katya. — E proferiu outra longa série de palavras em russo. Não era necessário um intérprete para perceber que a mulher não estava nada feliz.

— Ele se chama Xander Cameron — Katya finalmente disse, mexendo os pés. — Ia rolar uma festa com fogueira na praia, e a Ava estava louca para ir. Ele tem dezoito anos. Deve ser por isso que ela não contou para a senhora.

— Dezoito! — Vanessa exclamou, fazendo Jerry voltar a segurar o braço dela.

— Ele trabalha com a gente lá no parque, e eles fizeram a sessão de apresentação juntos.

— Eles... eles estão namorando?

— Não, são só amigos — Katya respondeu, e ouviu Vanessa deixar escapar um breve suspiro de alívio. — Ava só tem uma queda por ele, nada mais. Ele estava tendo um relacionamento com uma mulher, mas brigaram feio e... — Ela baixou a voz. — Xander esteva tendo um caso com a Mulher Fatal. Ava me contou uma noite dessas.

— Xander e a Mulher Fatal? Ou seja, Bianca Bishop?

Vanessa trocou um olhar com Jerry.

Katya afirmou com um gesto de cabeça, visivelmente ansiosa para contar o que sabia. Adolescentes costumavam ser testemunhas mais úteis do que adultos.

— Xander contou para a Ava, e aí ela me contou, mas só alguns dias depois que ele contou para ela. Eu fiquei meio com raiva que ela não me contou *na hora*, mas saquei que ela ficou p da vida com o lance todo entre os dois e que precisou de um tempo para superar antes de poder falar sobre isso.

— Não diga “p da vida”, Katya — a mãe repreendeu. Parecia haver uma carranca permanente gravada em seu rosto. — Que falta de educação.

— Então, onde ela está? — Vanessa perguntou.

— Ela ainda deve estar com o Xander — Katya respondeu. — Mas a fogueira só ia até a meia-noite. A patrulha da praia já deve ter acabado com a festa. Ou eles estão escondidos em algum lugar da praia, ou estão no quarto dele ou estão vindo para cá.

O pai de Katya disse algo em russo depressa, e então a mãe dela também disse.

— Lamento, senhora Castro. Eu não devia ter concordado em ajudar Ava a mentir para a senhora, mas ela é minha amiga, sabe? — Katya disse, suspirando.

— Bem, eu agradeço a sua honestidade — Vanessa disse. — Pode manter o seu celular ligado hoje, caso eu precise falar com você? Vou procurar a minha filha.

— Tudo bem. Mas, senhora Castro, acho que a senhora pode ficar tranquila. Ava é uma boa garota, e o Xander, tirando o gosto questionável dele por mulheres mais velhas, é um cara muito gente boa.

No momento, Vanessa não estava preocupada com Xander. Ela realmente torcia para que a filha estivesse com ele e que estivesse segura.

Porque se Ava não estivesse, então onde diabos ela estaria?

39

Sob o Museu dos Palhaços

AVA SENTIA A CABEÇA LATEJAR E SUSPEITAVA QUE O OMbro esquerdo estava deslocado, mas continuou avançando, pois as pernas estavam funcionando bem. Carlos Jones estava em algum lugar atrás dela. Sempre que ela se virava, conseguia ver o feixe fraco da lanterna dele e se sentia aliviada por ele não ter algo como o que a sua mãe mantinha no carro: uma lanterna que, ao mesmo tempo, tinha um feixe potente e era uma arma. Carlos Jones, um humilde faxineiro e estuprador do parque de diversões País das Maravilhas, parecia ter apenas uma lanterna do tamanho de uma caneta. Que maravilha, não é? Neste caso, tamanho era documento.

Ava queria deixar para trás o feixe da lanterna, e ela não tinha certeza se conseguiria, considerando que não fazia ideia de para onde estava indo. Ela tinha ouvido falar vagamente sobre a existência de um túnel ou uma masmorra embaixo do parque de diversões, mas sempre supôs que era uma dessas lendas urbanas, como *Candyman*.

O seu iPhone, ainda no bolso do vestido de boneca, tinha um aplicativo de lanterna. Porém, agora, o celular estava sem bateria, deixando Ava sem esperanças de ver qualquer coisa à frente. Tudo o que ela podia fazer era manter a mão junto à parede de concreto e correr às cegas. De vez em quando, a parede terminava, forçando-a a ir para a esquerda ou direita. A lógica ditava que ela deveria seguir a corrente de ar. Se havia ar, só podia haver uma saída.

O feixe da lanterna de Carlos Jones desapareceu, e Ava parou por um momento para recuperar o fôlego. Ela manteve a mão apoiada na parede e logo sentiu algo rastejar por ela. Afastando depressa a mão, ela a sacudiu com força, querendo desesperadamente gritar, mas sabendo que não podia. Ela se forçou a continuar avançando.

Depois de mais ou menos 50 passos, Ava viu uma luz fraca à frente e hesitou. Ela estava completamente perdida e não tinha certeza da origem da luz

— não vinha da lanterna do faxineiro, mas podia muito bem vir do camarim. Era perfeitamente possível que ela tivesse voltado ao ponto de partida e acabado de volta na escada onde tinha caído. Mas então se deu conta de que a corrente de ar vinha de uma direção diferente.

Ava decidiu tentar a sorte. Foi em direção à luz.

— Quem está aí? — uma voz disse do nada.

Ava quase voltou a gritar, mas se conteve a tempo, e tudo o que saiu foi um suspiro. Ela tinha certeza de que não era a voz de Carlos Jones. A voz era de alguém mais novo. Era rouca, como lixa riscando lixa. E não soava ameaçadora. Na verdade, soava assustada.

— Oi? Tem alguém aí? — a voz repetiu. — Oi? Você está aí?

Sem saber o que fazer, Ava seguiu o som. Assim que ela o viu, ficou paralisada, boquiaberta.

Ela assimilou a cena de uma só vez, pois não dava para analisar detalhe por detalhe. Seus olhos foram de uma coisa para outra em rápida sucessão. Jaula, grades, cela de prisão, vaso sanitário, pia, antiga tevê de tubo presa ao canto superior da cela, cama pequena, colchonete, embalagens de comida espalhadas pelo chão, garoto loiro, rosto pálido, olhos esbugalhados, cabelo sujo, tudo sujo, usando um uniforme do País das Maravilhas.

Ava reconheceu aquele rosto. Ela já o tinha visto antes. Mas não assim.

Não desse jeito.

— Me ajude — ele pediu, com os lábios tão rachados quanto a voz. — Eu me chamo Blake Dozier. Você tem que me ajudar a sair daqui. Por favor. *Por favor.*

40

VANESSA TENTOU LIGAR PARA O CELULAR DE XANDER CAmeron três vezes, mas ele não atendeu. Então, ela ligou para Nate Essex, tirando-o da vigilância da casa de Oscar Trejo. Ela pediu que ele fosse até os dormitórios do País das Maravilhas para ver se conseguia encontrar o garoto com quem a sua filha deveria estar. Se eles não estivessem lá, talvez alguém soubesse onde estavam.

— Se for necessário, acorde todo mundo — Vanessa disse. — É a minha filha. Se ela estiver lá, você tem a minha permissão de constrangê-la em meu nome por ter me deixado apavorada.

— Pode deixar, delegada — Nate disse. — E pode ficar tranquila, Oscar Trejo foi dormir logo depois que chegou em casa. Ele subiu direto e todas as luzes se apagaram. O Pete vai continuar de olho. Eu moro a apenas três quarteirões daqui. Vou correndo para casa para pegar o meu carro e ir direto para os dormitórios.

— Valeu, Nate. Obrigada.

— É a sua filha, delegada. O que for necessário fazer, faremos.

Depois da casa de Katya, Vanessa e Jerry seguiram direto para a praia, mas foram informados de que a festa da fogueira tinha acabado à meia-noite em ponto, de acordo com o funcionário municipal encarregado de limpar a bagunça. E não, ele não se lembrava de uma garota por ali que se encaixasse na descrição de Ava.

— Perdão, mas toda aquela garotada parecia igual para mim — ele disse a Vanessa e Jerry. O cara não poderia ter sido mais inútil.

Vanessa estava se esforçando para não entrar em pânico, mas estava ficando cada vez mais difícil. Ela talvez não estivesse tão assustada se não tivesse só trabalhado em casos de pessoas desaparecidas desde que se mudou com a família para Seaside.

— Jerry, eu vou pirar — Vanessa disse. Eles estavam no interior da viatura descaracterizada e tentavam descobrir o próximo passo. O carro de Jerry tinha ficado na casa de Katya. — Se ela tiver sido sequestrada...

— Não foi — ele respondeu. — Todos os casos de pessoas desaparecidas envolveram garotos de um tipo físico muito específico: altos, loiros, de dezoito anos. Ava tem quatorze anos, é do sexo feminino e tem cabelo escuro. O que quer que isso seja, não é um sequestro.

— Então é o quê?

— Ela é uma adolescente e mentiu para você sobre o paradeiro dela. É isso. Vamos encontrar o tal do Xander Cameron, que vai dizer onde ela está. Se ele não souber, vamos falar com todo mundo do parque de diversões. Vamos checar os registros das chamadas dela. Vamos rastrear cada movimento dela. — Jerry ofereceu a Vanessa um sorriso amigável. — E não esqueça, estamos falando da senhorita Ava. Ela está longe de ser uma garota desmiolada. Todos esses programas de crime e filmes de terror a que ela assiste a deixaram mais esperta do que a maioria dos jovens. Ela sabe dos perigos que existem por aí. Ela vai ficar bem. Vamos trazê-la para casa em segurança para que você possa colocá-la de castigo pelo resto da eternidade. Fica tranquila, querida.

O celular de Vanessa tocou. Era uma ligação de Nate Essex.

— Encontrou ela?

— Só o Xander Cameron — o jovem policial disse. — Ele estava no quarto dele no dormitório, dormindo.

— Merda. Ele sabe onde está a Ava?

— Ele disse que não sabe, delegada.

— Leva ele para o departamento, de qualquer forma. Quero interrogá-lo.

— Imaginei mesmo que a senhora iria querer fazer isso. O rapaz está no meu carro — Nate informou. — Chego ao departamento em dez minutos.

Nove minutos depois, Vanessa entrou tão rápido no prédio do departamento que até Jerry, com a sua passada larga, teve que se apressar para acompanhá-la. Nate Essex havia deixado Xander Cameron em uma sala de interrogatório e estava voltando para reiniciar a sua vigilância da casa de Oscar Trejo.

— Você quer que eu espere aqui fora? — Jerry perguntou. — Já não sou mais um policial.

— Não. Eu preciso de você — Vanessa disse.

Jerry concordou, sabendo que nada mais precisava ser dito. Ele a seguiu até a saleta onde Xander Cameron os aguardava. O garoto estava meio acordado, largado na cadeira com os olhos quase fechados. O celular dele estava a sua frente na mesa. Sobressaltado, Xander se endireitou quando a porta bateu.

— Estou metido em algum tipo de encrenca? — Xander perguntou, olhando de Jerry para Vanessa e depois de volta para Jerry. O amigo dela havia adotado sutilmente a postura de policial, ainda que os seus dias na polícia de Seattle já estivessem bem distantes. Jerry estava de pé de um jeito diferente, mais ereto de algum modo, e a expressão facial normalmente alegre era indecifrável. — O tira que me trouxe disse que vocês estavam procurando por uma das minhas amigas, mas eu já disse que não sei onde ela está. Tenho que voltar para o dormitório. Tenho um turno cedo amanhã. — Ele reprimiu um bocejo.

— Você sabe quem eu sou? — Vanessa perguntou.

— Você é... uma investigadora, ou algo assim. — Xander dirigiu o olhar para o cinto dela, onde Vanessa tinha prendido o distintivo dourado. — O outro policial disse que você estava no comando.

— Eu sou a chefe-adjunta de polícia Vanessa Castro. — Ela se sentou diante de Xander. Jerry permaneceu em pé. — Eu sou a mãe da Ava.

— Ah, *oi*. — Ele ficou com a expressão visivelmente radiante. — Pois é, ela disse que você era da polícia. Acho muito legal. E é um prazer conhecê-la. Sinto muito, mas não sei mesmo da Ava. A gente ia se encontrar no Museu dos Palhaços, mas quando passei por lá, o cara me disse que ela já tinha ido para casa.

— Que cara?

— Acho que um faxineiro — Xander respondeu. — Fiquei surpreso que a Ava até tenha falado com ele. Acho que ela fez uma reclamação sobre ele faz um tempo, mas ele pareceu legal, aí posso ter me confundido.

Vanessa olhou para Jerry, com o nome vindo à mente um instante depois.

— Carlos Jones. Tem certeza de que não encontrou nada sobre ele?

— Fiz a minha verificação-padrão. Não encontrei nada — Jerry respondeu, parecendo chateado.

— Descreva esse cara para mim — Vanessa pediu para Xander. — Dê o máximo de detalhes que puder.

— Bem, vejamos... Ele era baixo — Xander relatou. — Tipo 1,68 de altura, talvez um 1,75. Bem troncudo, ombros largos, musculoso. Cabelo curto e escuro, olhos escuros, meio que tinha um espaço entre os dois dentes da frente.

— Etnia?

— Mexicano? Sei lá... A senhora disse que o sobrenome dele é Jones? Não é um sobrenome mexicano, mas, sim, ele parecia mexicano. — Xander coçou a cabeça. — Ah, e ele tinha uma tatuagem no pescoço. Uma rosa vermelha com folhas pretas e do lado tinha um nome: Nora. Escrito em letra cursiva.

Vanessa tirou as chaves do bolso e as entregou para Jerry.

— O meu login e a minha senha do computador estão num *post-it* dentro da gaveta de cima da minha mesa. Ela está trancada. A chave está no anel. O software é o mesmo que usamos em Seattle.

— Vou cuidar disso. — Jerry saiu da sala.

— Então, a Ava falou sobre o faxineiro esquisito para você? — Vanessa perguntou. — E mesmo assim você acreditou nele quando ele disse que a Ava mudou de plano e foi para casa?

— Eu... — Xander gesticulou sem saber o que dizer. — Ele não me pareceu esquisito. Tipo, eu e a Ava meio que tivemos um desentendimento recente, mas a gente começou a se falar de novo, e aí achei que estávamos de boa. Mas quando o faxineiro disse que a Ava tinha ido para casa, achei que podia ser a forma dela de me mandar cair fora. Tipo, as garotas fazem isso. Sabe como é, essa de passivo-agressivo.

Vanessa suspirou. Xander Cameron não lhe parecia o rapaz mais inteligente do mundo, mas ele tinha razão quanto a isso.

— Suponho que vocês se desentenderam por causa da Bianca Bishop, não? — ela perguntou.

O rapaz arregalou os olhos.

— Ava te contou isso?

— Não, fiquei sabendo por outra pessoa.

— Ah, não, não era para vazar. — Xander afundou na cadeira. — Bianca vai me matar. Eu não deveria ter contado para ninguém. Não posso acreditar que Ava contaria...

— Cuidado com o que você diz sobre minha filha — Vanessa retrucou. — Não esqueça do motivo de você estar aqui. Não tem a ver com você, não mesmo.

O pingo de paciência que Vanessa ainda tinha pelo rapaz, que era bonito, bronzeado e surrealmente loiro, estava desaparecendo com rapidez. Ele tinha o clássico "visual País das Maravilhas", segundo a definição de Glenn Hovey. Então, uma ideia veio à mente dela.

— Há quanto tempo você anda transando com Bianca Bishop? — ela perguntou.

— Desde o início da temporada. — Ele pareceu constrangido.

— Quem começou o caso?

— Foi ela.

— Você sabe que ela também transou com Aiden Cole, também conhecido como Harry Sem-Teto?

— O quê? — Xander franziu a testa. — Não, ela não me disse, mas isso explica por que a Bianca ficou meio chateada no dia em que disseram que Harry Sem-Teto era ele.

— Você sabe que existem três outros colaboradores do parque, todos da mesma idade que você, todos parecidos com você, que desapareceram nos últimos oito anos?

— Bem, eu fiquei sabendo do Garoto da Roda-Gigante...

— Blake Dozier, sim. Além dele, Kyle Grimmie e Tyler Wilkins também desapareceram.

— Tyler? — Xander ergueu a cabeça. — Bianca falou de alguém chamado Tyler uma vez.

— Em que contexto?

— Bem, a gente estava, sabe como é... A gente tinha acabado de... — Xander foi ficando vermelho. — E ela disse que eu a lembrava de alguém chamado Tyler. Parece que nós dois fazíamos os mesmos... sons. Ela achou fofo. Não gostei do que ela disse. Não queria pensar em outros caras com quem ela ficou.

— Quem mais ela mencionou?

— Sei lá, a gente conversou sobre um monte de coisas diferentes. Falamos sobre o cara que trabalha com ela no escritório, que quer sair do parque para abrir um restaurante. Ela estava meio aborrecida com isso.

Oscar.

— Continue.

— E tem o cara do departamento de polícia que faz praticamente tudo o que ela diz. Eles tiveram um caso há muito tempo, mas ele ainda é a fim dela e faria qualquer coisa por ela.

Vanessa sentiu o coração disparar.

— Quem? Carl Weiss? Earl Schultz?

— Não, era alguém que já foi colaborador do País das Maravilhas. Danny alguma coisa.

— Danny? Eu não conheço ninguém chamado... — Vanessa encarou Xander. — *Donnie?*

— Isso mesmo. Donnie — Xander confirmou. — Ele trabalhou no parque durante alguns verões. Parece que ele era obcecado por ela, ficou muito mal quando o caso acabou, e não parou de tentar fazer todo tipo de coisas bizarras para chamar a atenção dela. Sempre que alguma coisa acontecia no parque, ele fazia questão de ser o tira presente. Acho que ela falou sobre ele para mim para que não acontecesse a mesma coisa comigo. Tipo, Bianca disse que o que a gente tinha era especial, mas não sei se acredito nela agora, embora o sexo tenha sido incrível...

Xander continuou a falar, mas Vanessa tinha parado de ouvir. Sua mente estava girando, tentando elaborar tudo isso.

Donnie? O investigador Donnie Ambrose tinha sido um dos colaboradores eleitos de Bianca? O que isso significava? Ele nem se encaixava no perfil... ou se encaixava? O jovem investigador mantinha o cabelo tão curto que ela nunca tinha pensado em como seria mais longo. E Donnie odiava o parque. Donnie odiava Bianca Bishop.

Será que odiava? Ou Bianca Bishop era o motivo pelo qual ele acabou ficando em Seaside?

Nada disso fazia sentido.

A porta da sala de interrogatório se abriu e Jerry colocou a cabeça para dentro.

— Preciso falar com você.

— Posso ir? — Xander perguntou, com um olhar esperançoso.

— Não — Vanessa respondeu, seguiu Jerry para fora e fechou a porta. Ela se forçou a se concentrar no amigo. O que quer que tivesse acontecido entre Donnie e Bianca Bishop teria que esperar. Ava era a única coisa que importava naquele momento. — O que você descobriu?

Jerry entregou-lhe uma cópia impressa. A parte superior da página estava preenchida com uma foto em preto e banco de um homem que se encaixava na descrição de Carlos Jones, exceto que o seu nome não era Carlos Jones. O nome desse homem era Alberto Ruiz. Cabelo curto, olhos escuros, tatuagem de uma rosa no pescoço com o nome Nora em caligrafia cursiva. Ele matou a mãe quando tinha quatorze anos com uma faca de lâmina retrátil. Passou quatro anos em um hospital psiquiátrico e foi liberado aos dezoito anos. Era o principal suspeito de uma série de estupros violentos nos estados de Washington e Oregon. O seu último crime conhecido foi há dois anos, pouco antes de começar a trabalhar no parque.

— Que pesadelo — Jerry disse, ecoando os pensamentos de Vanessa. — Sempre que acho que Seaside já está cheia de seres humanos fodidos, assustadores e violentos, as coisas pioram ainda mais

— Precisamos ir para o País das Maravilhas. — Vanessa estava com os dentes tão cerrados que a sua mandíbula doía. A sua filha estava em apuros, e isso exigia todo o autocontrole que tinha para se manter firme. Ela não podia deixar a situação desandar. Ava precisava dela. Ela tinha que chegar até Ava. — É o único lugar onde ela pode estar. Você trouxe a sua arma?

— Não uso mais, mas agora eu gostaria de ter uma.

— Tenho uma 38 especial sobrando no porta-luvas — Vanessa informou, forçando-se a respirar e falar normalmente. — Tem a sua cara.

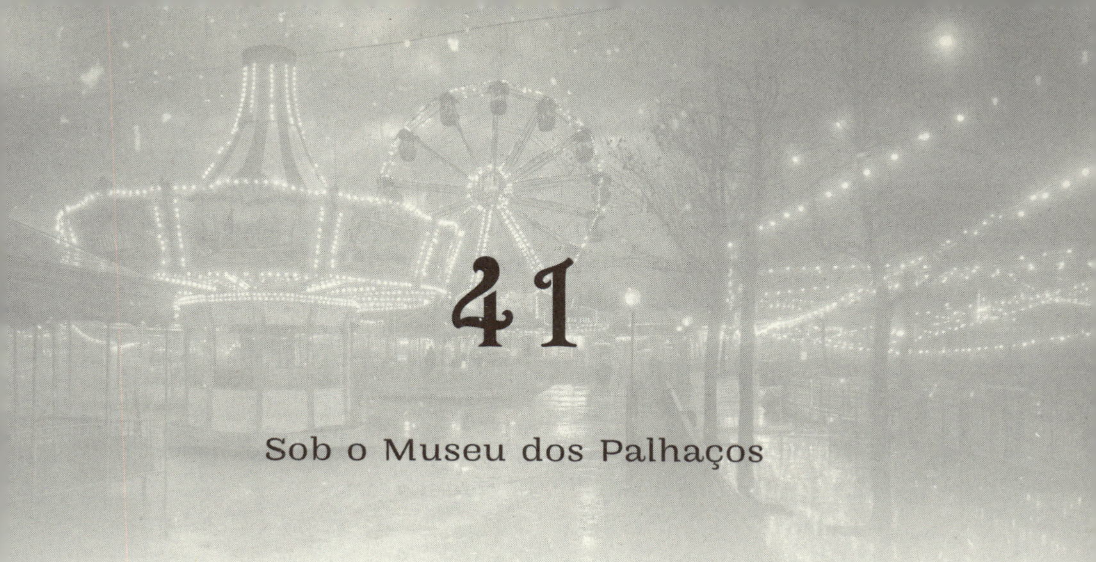

41

Sob o Museu dos Palhaços

BLAKE DOZIER ENCAROU A GAROTA MAIS NOVA. DEPOIS de muitos dias sem ver outro ser humano, ele não tinha certeza se estava sonhando ou alucinando, ou se talvez ela fosse apenas uma miragem que a sua mente havia invocado porque ele estava desesperado por contato humano.

Ela o encarava da mesma maneira, como se também não conseguisse compreender o que estava vendo. Ele levantou a mão, dando-lhe um aceno quase hipnótico, e Ava levantou a própria mão e acenou de volta.

E em seguida, ela falou:

— Oi — gaguejou.

— Olá — ele disse. — Você é de verdade?

— Até a última vez que verifiquei, sim.

Com não mais do que quatorze ou quinze anos, ela tinha cabelo escuro bagunçado e olhos escuros enormes. Estava usando um moletom cinza sobre o que parecia ser um vestido de boneca, até a anágua. O rosto dela estava todo rachado, e isso o estava aterrorizando, mas não parecia que ela estava querendo assustá-lo. Ela era como uma boneca de porcelana antiga que ganhou vida.

Era o moletom que dizia a ele que a visão era real. Se ele estivesse sonhando ou alucinando, ela estaria usando apenas o vestido de boneca.

— Quem é você? — ela perguntou, parecendo sem fôlego, mas antes que ele pudesse responder, ela inclinou a cabeça para o lado para ouvir. — Meu deus. Meu deus, ele está vindo.

— Quem está vindo? — Ele continuou a encará-la através das grades.

— Carlos Jones. — Ela olhou por cima do ombro. — O faxineiro.

O nome não significava nada para Blake, mas ele só podia supor que Carlos Jones era o homem que o tinha sequestrado e o vinha mantendo ali.

— Ele tentou me estuprar e eu rolei escada abaixo. — Uma lágrima rolou pelo seu rosto, criando uma linha que atravessava o que ele agora percebia ser maquiagem. — Não sei onde fica a saída.

Os dois ouviram passos se aproximando, e ela olhou ao redor às pressas, entrando em pânico.

— Se esconda — Blake disse.

— Onde?

— Tem um corredor ali. — Ele apontou para a esquerda da masmorra. — Vai até lá e se agache no escuro. Eu vou enrolar o cara.

— Como...

— Vai *agora* — Blake ordenou.

Ava desapareceu na escuridão, e alguns instantes depois, um homem vestido com um macacão cinza apareceu. Blake só podia supor que era Carlos Jones. Como a garota havia dito, ele era um faxineiro, e Blake o reconheceu vagamente do parque, embora nunca tivessem se falado. Carlos Jones não era o sequestrador. Ele era bem mais baixo e bastante troncudo. Mas só porque ele não era quem o tinha sequestrado não significava que não fosse um vilão por mérito próprio. Blake esperava que a garota ficasse fora de vista.

— Que merda é essa? — Carlos Jones foi se aproximando das grades da masmorra devagar, parecendo tão confuso quanto desconfiado. — Que tipo de coisa doentia é...

— Me ajuda. — Blake se manteve atento a qualquer som que pudesse vir do canto onde a garota estava se escondendo. — Me ajuda, por favor. Preciso que você me solte. Estou sendo mantido aqui contra a minha vontade. Se você não me ajudar, ele vai me matar. Eu preciso que você me ajude a escapar e depois a gente tem que chamar a polícia na hora. Rápido.

— Não — Carlos Jones disse, recuando. — Nada de polícia. Foda-se, nem pensar. Seja lá que tipo de coisa doentia, não vou me meter nisso.

Ele se virou e começou a correr de volta pelo caminho que veio, com o som dos seus passos ficando cada vez mais fraco até desaparecer. Blake esperou mais dez segundos, só para ter certeza.

— Ele já foi — ele informou em voz baixa. — Pode sair.

Não houve resposta. Nem mesmo um pio. Blake sentiu um aperto no peito. Será que ela tinha ido embora? Será que ela o deixou ali? *Meu deus, não me deixe sozinho. Por favor.*

Mas então ele ouviu um farfalhar, como o som de uma anágua esfregando na pele. Ava foi emergindo da escuridão, olhando ao redor, para ele, para a jaula, para as grades e mais uma vez para ele.

— Que *porra* é essa? — ela perguntou.

— Me solta e eu te conto. — Ele sacudiu as grades para mantê-la concentrada. — Eu me chamo Blake Dozier. Presta atenção, a chave está na parede bem a seu lado. Por favor, por favor, me solta. Eu preciso sair daqui.

— Você é o Garoto da Roda-Gigante — Ava disse baixinho, indo na direção dele. — Por isso você parece tão familiar. Caramba. Você está vivo.

— O quê? — ele disse, sem entender.

— A sua foto. Lá no alto da roda-gigante. Ela viralizou e todo mundo ficou se perguntando o que aconteceu com você. Começaram a achar que você tinha morrido. — Ava pegou a chave na parede. — O meu nome é Ava. A minha mãe é a chefe-adjunta da polícia de Seaside. Ela está te procurando. Vamos tirar você daqui.

Ava soava confiante, mas as mãos estavam trêmulas ao mexer na fechadura. Por fim, conseguiu abrir a porta. Estendeu a mão e Blake cambaleou ao tentar alcançá-la. O alívio que Blake sentiu foi tão poderoso que suas pernas quase fraquejaram.

Ele sentiu o calor da mão de Ava, mas antes que conseguisse entrelaçar os dedos nos dela, ouviu um estalo forte. Uma dor aguda, intensa e ardente emanou de algum lugar da sua região abdominal, e ele soltou a mão dela e olhou para baixo, incrédulo. Uma mancha escura e molhada estava se espalhando rápido por a sua camisa polo roxa do País das Maravilhas.

Ava gritou quando Blake dobrou os joelhos e desabou no chão da masmorra.

Era cruel ter chegado tão perto da liberdade e acabar morto agora, e a última coisa que Blake viu foi a garota debruçada sobre ele, com o rosto borrado de maquiagem branca e lágrimas, enquanto o sequestrador pairava sobre os dois com a arma apontada para eles. O seu algoz nunca tinha trazido uma arma antes, pelo menos não que Blake tivesse visto. Na hora ele soube que isso também não terminaria bem para a garota. Ava segurou a mão de Blake e tocou o seu rosto, em seguida, virou-se e disse algo para o sequestrador que Blake não conseguiu entender direito. A masmorra estava começando a desaparecer.

Apertando a mão dela com a força que ainda lhe restava, Blake disse a única palavra em que conseguiu pensar, a única palavra que o seu cérebro pareceu capaz de elaborar.

— Corra — Blake sussurrou, fechando os olhos. Estava tão frio lá embaixo, mais frio do que em qualquer outra ocasião. — Corra.

42

VANESSA E JERRY CORRERAM PELA ÁREA DE ENTRETENI-mento em direção ao Museu dos Palhaços. Se ela não estivesse à beira da histeria total, talvez tivesse parado para julgar como o País das Maravilhas parecia assustador naquela hora da noite. As luzes da roda-gigante continuavam acesas — estavam sempre acesas —, mas não havia alma viva além deles em qualquer dependência do parque que ela conseguisse ver.

Em breve, Nate Essex e Pete Warwick chegariam, junto com Oscar Trejo, a quem Vanessa havia entrado em contato por telefone. Ela explicou o que tinha acontecido com Ava, e ele ofereceu ajuda com prontidão. Apesar do que ele havia feito, Vanessa precisava da sua experiência para procurar Ava dentro do parque.

— Eu conheço cada canto do País das Maravilhas — Oscar lhe dissera ao telefone. — Vamos encontrar a sua filha.

Donnie Ambrose, o investigador que tinha sido tão leal e tão contra o parque de diversões desde o início, e que devia ser o serial killer que ela estava procurando, teria que ser preso por outro policial. Vanessa havia emitido um mandado de busca contra ele, mas tudo o que importava para ela naquele momento era encontrar a filha. Em algum lugar daquele maldito parque, Ava estava com um estuprador que tinha assumido a identidade de outra pessoa e que havia conseguido passar despercebido no País das Maravilhas durante dois longos anos.

Até agora.

Vanessa deveria ter levado a filha mais a sério quando Ava havia reclamado pela primeira vez de Carlos Jones. Ela deveria ter feito mais perguntas sobre ele, investigado um pouco mais. Vanessa tinha ensinado Ava desde pequena a sempre confiar em seu instinto, e a única vez que a filha fez isso, ela havia falhado completamente. Serial killer ou não, a sua filha vinha em primeiro lugar.

O Museu dos Palhaços, a atração onde Ava estava escalada para trabalhar durante toda a semana, era o lugar mais lógico para o início da busca. Quando os outros policiais chegassem, todos se espalhariam pelo parque.

Vanessa se aproximou do museu como se o estivesse vendo pela primeira vez, mesmo que já estivesse ali quando ela havia trabalhado no País das Maravilhas tantos anos atrás. A entrada era uma enorme estrutura de gesso espalhafatosa, projetada para parecer o rosto de um palhaço, e o público entrava pela sua boca grande e escancarada. A idade da atração se revelava nas rachaduras e na pintura descascada, mas, de alguma forma, isso só realçava o seu aspecto perturbador.

Um guarda estava à espera junto à boca do palhaço. Ao se aproximarem, Vanessa viu que era Rudy, o mesmo que havia ajudado com as imagens das câmeras de segurança no dia em que o corpo de Harry Sem-Teto havia sido abandonado no parque.

— Delegada. — Os olhos de Rudy foram de Jerry e para Vanessa. — Caso a senhora precise, eu tenho as chaves de todas as portas do parque. Oz me disse para fazer o que a senhora pedir.

— Você pode começar abrindo essa porta para nós, Rudy. Depois que entrarmos, vamos nos dividir. Você conhece Carlos Jones?

— Não muito, lamento dizer. — Rudy destrancou a porta usando uma chave presa a um anel enorme. Ele se pôs de lado para deixar Vanessa e Jerry entrarem primeiro. — Ele sempre ficou na dele, ainda que algumas das colaboradoras tenham reclamado que ele fica olhando um pouco demais. Mas ninguém nunca registrou uma queixa contra ele. Sem dúvida, devíamos ter dado mais atenção a isso.

— Sim, deviam mesmo. Acenda as luzes, por favor.

— Já estão acesas. — Rudy olhou ao redor. — Vive escuro aqui dentro.

Xingando baixinho, Vanessa olhou para Rudy e Jerry. O guarda parecia ter metade da altura e o dobro da largura do ex-policial de Seattle, mas as expressões de determinação inabalável dos dois eram idênticas.

— Espalhem-se — ela disse para eles. — Não hesitem em usar as armas se for para salvar a vida da minha filha.

— Entendido. — Jerry segurou uma lanterna extra que havia pegado no porta-malas do carro descaracterizado de Vanessa e a ligou. Vanessa também ligou a sua. A arma dela estava no coldre na cintura, enquanto a de Jerry estava enfiada no cós da calça.

— Tudo o que tenho é o meu cassetete e um spray de pimenta — Rudy disse, parecendo envergonhado. Ele ligou a sua lanterna. Tinha metade do tamanho da deles e não era tão potente. — Não nos dão mais nada.

— Então, use o spray nele e o golpeie com tudo — Vanessa disse. — Rudy, você cuida das figuras de cera de celebridades, e Jerry pode se encarregar da Casa de Bonecas. Eu fico com os palhaços. Vamos.

Os três se dividiram, e Vanessa avançou depressa pelo museu. Não havia mudado muito desde que ela esteve ali 20 anos atrás. Os palhaços de cera a encaravam com os olhos vidrados. Enquanto ela se esgueirava entre eles, procurava qualquer sinal de Ava. A luz da sua lanterna iluminava todas as fendas e cantos.

Que deus me ajude, se você tiver tocado um fio de cabelo dela...

Dois minutos depois, Vanessa ouviu a voz de Jerry ecoar pelo silêncio do museu. Ela sentiu o coração bater na garganta e seguiu o som até ver o amigo. Rudy tinha chegado antes dela. Os dois estavam perto do que parecia ser uma despensa de suprimentos. A porta estava aberta.

— O que foi? — Vanessa perguntou, com o coração acelerado ao se aproximar. — Vocês a encontraram?

— Rudy disse que isso não é normal. — Jerry pôs-se de lado para que Vanessa pudesse olhar dentro da despensa.

O recinto não era muito grande e parecia que havia sido convertido em algum tipo de camarim. Uma fileira de figurinos de palhaços e bonecas pendia em ganchos ao longo de uma parede, e havia uma penteadeira encostada na parede mais distante. À esquerda, havia outra porta, que também estava aberta. Uma segunda porta dentro da despensa? Não parecia fazer muito sentido. Uma corrente de ar escapava por ali, e cacos de vidro espelhado estavam espalhados pelo chão. Ao dedicar um momento para analisar o que estava vendo, Vanessa percebeu uma mochila no canto.

Era de Ava. Ela nunca teria deixado a mochila para trás. Esse era o último lugar onde ela esteve.

— O que tem atrás daquela porta? — ela perguntou a Rudy.

— Não sei. — O guarda corpulento pareceu realmente confuso. — Não tinha visto isso antes.

Jerry foi até lá e iluminou o local.

— Já ouvi dizer sobre um túnel subterrâneo no País das Maravilhas — ele disse. — Sempre achei que fosse uma lenda urbana, alguma coisa que as crianças inventaram para tornar o parque mais legal. Parece que a senhorita Ava encontrou.

— Depois que vocês descerem a escada, virem à esquerda — uma voz atrás deles disse. Os três se viraram e viram Oscar junto com Nate Essex e Pete Warwick. Vanessa acenou para ele com a cabeça e Oz retribuiu o gesto. — Vamos virar à direita. O túnel é uma espécie de labirinto e não sabemos para qual lado ela foi. Será mais rápido se a gente se dividir.

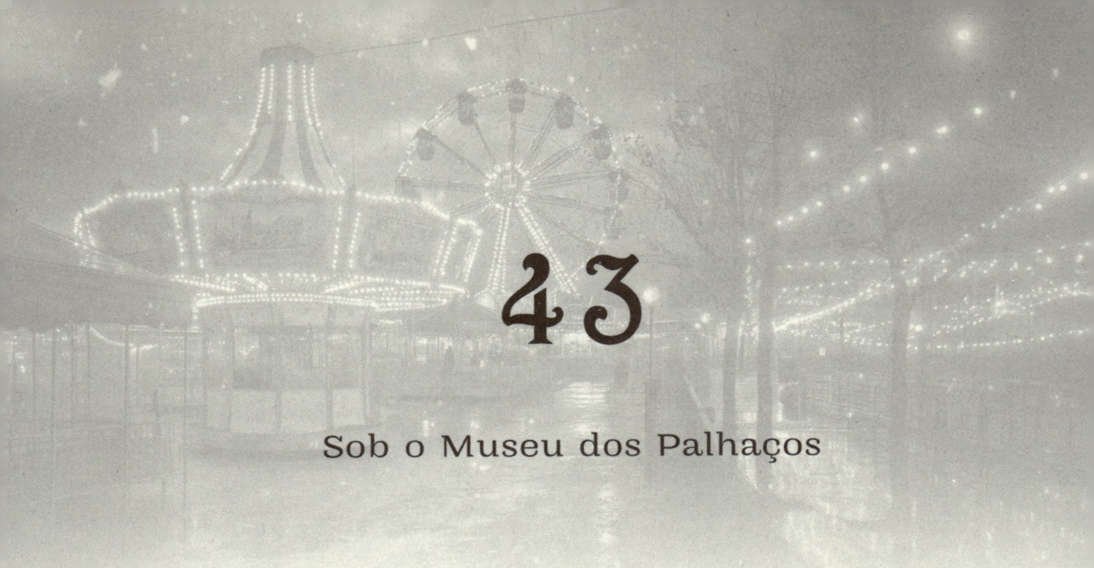

43

Sob o Museu dos Palhaços

Dava para Ava sentir que a vida estava se esvaindo de Blake Dozier. A mão dele havia perdido a firmeza e o rosto dele estava pálido. Ela não sabia se ele estava respirando.

O homem com a arma em punho estava vestido todo de preto, com uma máscara de esqui cobrindo todo o rosto, exceto os olhos, que pareciam escuros na iluminação fraca da masmorra. Ele era mais alto do que Carlos Jones e mais magro. Fora isso, não havia nada nele que o destacasse.

— Não me mate — Ava disse com a voz rouca e trêmula de tanto gritar. — Eu não vi o seu rosto. Não sei quem você é. Por favor, me deixe ir embora.

— De pé — ele ordenou.

Ava soltou a mão de Blake e se levantou, cambaleando um pouco, ela o encarou. Por instinto, levantou as mãos para o alto, com as palmas voltadas para fora.

— Por favor — ela repetiu. — Eu não tinha a intenção de vir aqui. Eu estava tentando escapar de alguém que iria me machucar, e caí escada abaixo. Me deixe ir embora, por favor.

— Qual é o seu nome?

Ava não reconheceu a voz dele, mas ele não parecia velho. Ela não queria revelar o nome para ele. Seaside era uma cidade pequena, e todo mundo parecia saber quem era a sua mãe. Se esse homem descobrisse que ela era filha da chefe-adjunta, ele provavelmente a mataria para não correr o risco de que ela pudesse identificá-lo. Ele tinha atirado em Blake sem hesitar. Sem dúvida, ele era o serial killer do País das Maravilhas que a sua mãe estava procurando.

— Marie. — Ava lhe deu o seu nome do meio, que foi o único em que ela conseguiu pensar no momento.

— O que houve com o seu rosto?

A pergunta a confundiu, mas então ela lembrou que ainda estava vestida com o figurino de boneca.

— É maquiagem. Eu trabalho aqui no parque. Lá em cima. No Museu dos Palhaços.

— Eu sei quem você é. — Ele avançou na direção dela, com a arma confortável e frouxa na mão. — A maquiagem me deixou confuso, mas assim que você disse Museu dos Palhaços... Eu já vi a sua foto. Na sala da sua mãe, na mesa dela. O seu nome não é Marie. Seu nome é Ava Castro.

— Não, o meu nome é Marie. — Ava começou a chorar, com os soluços escapando dolorosamente do peito.

Ele tirou a máscara, revelando um rosto jovem e bem-apessoado. O cabelo estava raspado quase até o couro cabeludo. Ele parecia cansado e esgotado.

— Posso me livrar disto aqui agora. Afinal, você não vai conseguir contar nada para ninguém. Lamento, Ava, mas você não vai sair daqui.

— Não! — ela exclamou, ofegante. Lágrimas quentes rolaram pelo seu rosto e todo o seu corpo começou a tremer violentamente. Não tinha nada a ver com o frio, ela não conseguia controlar o tremor, não conseguia se manter imóvel. O medo se espalhou pelo seu corpo, fez seu estômago revirar a ponto de Ava achar que fosse vomitar. — Não, por favor, eu não sei de nada. Eu nem sei quem você é.

— Estou exausto, Ava. Eu ia parar, juro que ia. Blake foi um erro. Eu estava tentando arrastar o corpo de Aiden. Ele escapuliu para a floresta e tive que matá-lo lá, mas levei alguns dias para voltar e pegá-lo, e não havia como trazê-lo de volta para cá se não fosse pelo Museu dos Palhaços. Blake estava fazendo alguma palhaçada na roda-gigante, o que é típico de garotos como ele que acham que governam o mundo. Ele me viu. Não tive outra opção a não ser pegá-lo.

Ava ainda estava tremendo tanto que mal conseguia falar.

— Por favor. Por favor, não me machuque.

— Engraçado é que eu gosto da sua mãe. — Seu rosto se contraiu por um instante e em seguida, ele voltou a recuperar a compostura. — Ela me acolheu, e eu estava aprendendo muito com ela. Ela me fez acreditar que eu poderia dar a volta por cima. A sua mãe me disse que eu poderia ingressar no FBI se quisesse, que eu poderia ir embora de Seaside. Ela é bem diferente da Bianca. A única coisa que Bianca fez foi me manipular. Às vezes ela me queria, outras não, e muitas vezes tentei me livrar dela, mas não consegui. Ela sempre me trazia de volta. Achei que quando me tornasse investigador, as coisas mudariam, que talvez ela finalmente me levasse a sério, mas nada mudou. Para ela, eu sempre fui só um colaborador idiota do País das Maravilhas. Perdi tempo demais com Bianca.

— Ela estava tendo um caso com um cara — Ava disse, pensando rápido ao tentar entender o que ele estava dizendo. Ele também tinha se envolvido com Bianca Bishop, isso estava bem claro. Ava precisava que ele continuasse falando. Era a única chance que ela tinha de continuar viva. — Bianca estava tendo um caso com um amigo meu. Ele só tem dezoito anos.

— Bianca já se envolveu com muitos caras. Sempre jovens, sempre loiros, sempre com o visual País das Maravilhas. Eu já tive esse visual. Fiquei velho demais para ela. — Sua voz ficou dura e ele coçou a cabeça. — Fiz tudo por ela. Ela nem sabe até onde cheguei, as coisas que fiz por amá-la... — Ele fez uma pausa abrupta.

— Que coisas?

— Pouco importa agora. Não posso desfazer. Não posso desfazer nada. Queria que a sua mãe estivesse por aqui naquela época. A sua mãe... foi boa comigo.

— Então não faça mal a ela — Ava pediu, desesperada. Ela precisava tentar convencê-lo, mas não tinha certeza se conseguiria. A noção dele de certo e errado estava completamente distorcida, para dizer o mínimo. — Me fazer mal vai fazer mal a ela, será que você não vê isso?

— De joelhos — ele ordenou.

— Por favor, eu...

— *Agora*.

Ava ficou de joelhos. Ele a olhava de cima. Ela levantou o rosto para ele.

— Por favor — ela pediu mais uma vez, tremendo tanto que os seus dentes estavam batendo.

— Lamento — ele disse. E o mais louco foi que ele parecia *mesmo* lamentar.

Ele começou a ergueu a arma, mas parou quando os dois ouviram um barulho. Aparentemente do nada, uma garrafa térmica estava rolando na direção deles. Era de plástico azul transparente, do tipo que se enche de água antes de se fazer uma trilha, e dentro dela havia uma barrinha de chocolate. Era muito estranho ver aquilo, e o barulho que fazia ao rolar pelo chão de cimento parecia bem alto no interior do túnel. Continuou a rolar até parar pertinho do joelho de Ava. Ela não fazia ideia de onde tinha vindo, mas foi o suficiente para distrair o homem, que também estava olhando para aquilo.

Sem hesitar, Ava agarrou a arma dele com as duas mãos, puxando-a com toda a força. Se ela ia morrer, que fosse tentando fazer algo para se salvar. Um estalo forte soou — o som de um disparo de arma — e Ava deixou escapar um grito.

44

Sob o Museu dos Palhaços

— AVA! — VANESSA GRITOU, CORRENDO PELO TÚNEL O mais rápido possível. Jerry e Rudy vinham logo atrás. — Ava! Droga, não sei para onde estou indo. Ava!

— Delegada! — Vanessa ouviu o grito de uma voz masculina. Parecia ser Nate Essex. — Delegada, siga em frente e vire à esquerda. Depois, siga na direção da luz!

Ela seguiu as instruções e, um minuto depois, viu um lampejo de luz à frente. Sem parar ou desacelerar, correu nessa direção, empunhando a lanterna em uma das mãos e a arma na outra. Ela captou a cena de uma só vez.

A filha estava no chão, soluçando histericamente. Logo a sua frente, um homem estava caído de bruços, vestido todo de preto. Ele estava completamente imóvel. Nate e Pete estavam posicionados acima dele, com as armas ainda em punho. Atrás de Ava, havia uma cela de prisão de algum tipo, e outro corpo podia ser visto deitado sobre o chão de cimento, também imóvel. Oscar estava postado no canto, parecendo atordoado com a coisa toda.

Vanessa deixou cair a lanterna, guardou a arma no coldre e foi direto para a filha, abraçando-a com força.

— Está tudo bem — ela disse, mantendo Ava o mais perto possível. A filha tremia violentamente da cabeça aos pés, agarrando Vanessa como não fazia desde criancinha. — Está tudo bem. Estou aqui. Vou cuidar de você. Está tudo bem. A mamãe está aqui. Você está segura.

— Não estou conseguindo sinal de celular aqui — Jerry disse a Rudy, que parecia quase paralisado com o que estava acontecendo. — Preciso que você suba e chame uma ambulância. Faça com que mandem duas pelo menos. São dois corpos. — O guarda não se moveu. — *Vai* — Jerry repetiu, e finalmente, Rudy despertou do transe.

O choro de Ava diminuiu um pouco. Ela virou o rosto para a mãe. A maquiagem branca e pulverulenta estava se desfazendo em manchinhas na sua pele, e um dos cílios postiços tinha se descolado um pouco e estava pendurado do olho.

— Você está mesmo aqui. — Ela soou como se tivesse medo de acreditar nisso.

Vanessa removeu os cílios postiços da filha e beijou sua testa fria e úmida.

— Estou aqui. Você está segura. Pegaram ele.

Ava fez que sim com a cabeça e escondeu o rosto no peito da mãe.

Vanessa ergueu os olhos de onde estava e perguntou:

— É Carlos Jones?

Nate e Pete fizeram um gesto negativo com a cabeça.

— Não pode ser — Nate respondeu. — O cara é alto demais. Ainda não o viramos.

Um pouco mais calma, Ava afastou o rosto do peito da mãe.

— Não é o Carlos Jones — ela disse. — Quem quer que seja, ele te conhecia e você conhecia ele. Vá e faça o que tem que fazer, mãe. Está tudo bem.

Vanessa voltou a beijar a testa da filha e a abraçou com mais força.

— Este aqui é o meu trabalho mais importante. Estou bem aqui onde estou. — E disse para Nate e Pete: — Virem o corpo.

Jerry apertou de leve o ombro de Ava e foi ver o corpo. Pete Warwick guardou a arma e se agachou, virando o homem e o deixando de costas. Um suspiro audível se seguiu, confirmando o que Vanessa já suspeitava. Ela ainda não tinha tido a chance de contar a ninguém ali sobre Donnie Ambrose. Então foi uma forma chocante de todos ficarem sabendo.

— Que *porra* é essa? — Nate deu um passo para trás e levou a mão livre à boca. Ele deixou a mão empunhando a arma cair ao lado, parecendo prestes a desmaiar. — É o investigador Ambrose. Meu deus! Eu atirei no Donnie, delegada. Meu deus! *Não, não.*

— Nate...

— Eu não sabia — Nate continuou, olhando para o morto. No chão, Pete Warwick parecia igualmente atordoado. — Juro por deus, delegada, eu não sabia que era ele. Ele estava lutando com a sua filha, vi a arma e atirei. Eu nem tive tempo de pensar...

— Nate — Vanessa disse, mais alto dessa vez. O jovem policial olhou para ela, visivelmente abalado, com os olhos arregalados. — Foi um tiro justificado. Você fez a coisa certa. Você salvou a vida da Ava. Donnie era o assassino que estávamos procurando. Só faz uma hora que descobri isso. Ele ficou obcecado pela Bianca Bishop desde que trabalhou aqui no parque. Ele é o responsável pelos assassinatos daqueles garotos.

— E ele matou o Blake — Ava disse, começando a chorar novamente. — Eu estava tentando soltá-lo, e ele matou o Blake.

— Blake ainda está vivo — Jerry informou. Ele estava dentro da cela, agachado ao lado do garoto, com os dedos pressionados no pescoço dele. — Estou sentindo um pulso muito fraco. Aguenta firme, amigo. A ambulância está chegando. Aguenta firme.

Ava se afastou de Vanessa e correu até Blake, colocou-se no chão ao lado dele e pegou a sua mão.

— Eu vou ficar com ele até os paramédicos chegarem — ela disse.

Jerry olhou para Vanessa. Ela concordou com um aceno de cabeça.

— Juro que não vou soltar a sua mão dessa vez — Ava disse para o garoto inconsciente no chão.

Vanessa deixou escapar um longo suspiro e ficou de pé, percorrendo com o olhar a masmorra, aquela que ninguém jamais pensou que existisse de verdade. O seu olhar encontrou o de Oscar, e ele deu de ombros, impotente, como se dissesse: *Sinto muito*. Em algum lugar ali embaixo estavam os restos mortais de Nick Bishop e provavelmente dos outros garotos desaparecidos também, mas Vanessa não tinha a intenção de procurar os corpos naquele momento. Não com a filha ali. Além disso, eles já estavam mortos. Isso poderia ser adiado até que pudessem contar com uma equipe adequada de investigação.

— Mãe — Ava disse. — Tem outra vítima. Eu quase esqueci. Tem mais alguém aqui.

— Eu sei, querida — Vanessa disse. — Vamos cuidar disso, pode ficar tranquila.

— Não, mãe, tem alguém aqui que está *vivo*. Está em algum lugar lá embaixo. — Com a mão livre, Ava apontou para o corredor escuro além de onde Oscar estava parado. A certeza na voz da filha era evidente. — Quem quer que seja, salvou a minha vida. Distraiu o cara que quase me matou. Eu não vi, mas acho que deve ser um dos garotos desaparecidos.

Quase como se fosse combinado, uma música veio flutuando do corredor escuro e uma luz piscante pôde ser vista. Não era uma música qualquer. Para variar, era o *jingle* do País das Maravilhas, o que tocava no comercial que passava em todas as emissoras de tevê locais umas seis vezes por dia.

Como se estivesse em transe, Oscar começou a seguir na direção da música e da luz.

— Oz, fique onde está — Vanessa gritou, preocupada. Porém, o vice-presidente de operações não a ouviu ou estava ignorando. Voltando a sacar a arma, Vanessa se preparou para segui-lo, mas alguns instantes depois, a voz dele ecoou com clareza por toda a masmorra.

— Meu deus! — Oscar exclamou, com a voz entrecortada. — *Nicky*.

45

SERIA NECESSÁRIO PELO MENOS UMA SEMANA PARA ANAlisar tudo o que encontraram no túnel, mas os relatórios preliminares da equipe de busca confirmaram a existência dos restos mortais de mais três garotos. Os seus corpos estavam em diferentes estágios de decomposição, mas um dos garotos tinha uma velha mochila de lona do exército ao lado dos seus restos mortais, com um emblema do Devil's Dukes costurado na frente. Vanessa sentiu um aperto no peito por Tanner. As palavras dele, manifestando esperança que o filho estivesse em algum lugar por aí, vivo e feliz, a tinham assombrado, e essa não era a notícia que ela queria dar a ele.

A segunda vítima devia ser Kyle Grimmie, e a terceira, um garoto que Oscar suspeitava que Bianca tivesse assassinado quando ela ainda era adolescente. No entanto, nada podia ser confirmado até a realização de autópsias detalhadas.

O sol ainda nem havia nascido, e o caos já tinha tomado conta do parque. Metade do Departamento de Polícia de Seaside estava na área de entretenimento, junto com seis ambulâncias e três caminhões de bombeiros. Earl Schultz, incapaz de entrar em contato com Vanessa nas últimas horas, tinha ouvido pelo rádio que as equipes de primeiros socorros haviam sido enviadas ao parque, com a possível existência de pelo menos dois cadáveres e de uma vítima de arma de fogo. Quando Vanessa saiu do Museu dos Palhaços com Ava, o chefe de polícia estava esperando por ela.

— O guarda me falou sobre a sua filha — ele disse. — Fico aliviado que ela esteja bem.

Primeiro, Vanessa levou Ava para ser examinada pelos paramédicos e, em seguida, chamou o chefe para um canto e o atualizou sobre tudo o que tinha acontecido. Havia muito o que relatar, e quanto mais Vanessa falava, mais abatido Earl parecia. Depois que ela terminou o relato, ele soltou um suspiro profundo e prologando.

— Eu deveria ter me aposentado no ano passado. Mas pensei, imagina, eu vou aguentar, o que é mais um ano? — Earl olhou para as luzes piscando e as macas carregando os corpos retirados do túnel. — Mas... não foi bem assim que eu queria sair de cena.

Eles viram quando os paramédicos finalmente trouxeram Nick Bishop para a luz. Ele estava imobilizado em uma maca, com o rosto descoberto, mas com óculos escuros colocados para proteger os olhos. Mesmo envolto num cobertor, a sua magreza extrema era evidente após anos de quase inanição e atrofia muscular. O seu cabelo estava todo grisalho, os ossos do rosto estavam salientes e a pele, pálida.

Ainda dentro do túnel, quando Vanessa tentou conversar com ele, Nick foi incapaz de falar, pois as lesões na cabeça que havia sofrido pareciam ter danificado aquela parte de seu cérebro. Mas ele conseguia escrever, e o que ele tinha rabiscado no caderno de Vanessa dizia que Donnie o encontrou no túnel ainda vivo, na noite em que tinha sequestrado Tyler Wilkins. Oito longos anos atrás. Havia muitas perguntas para ele, mas podia esperar até que estivesse em melhores condições de saúde. Nick Bishop havia salvado a vida da sua filha, e por isso, Vanessa seria eternamente grata.

— Meu deus! — Earl exclamou. — Nick Bishop. *Vivo.* Se eu não estivesse vendo com os meus próprios olhos...

— Ele está em péssimas condições, Earl — Vanessa disse. — Ficou lá embaixo por muito tempo.

— Por que você acha que ele fez isso? — O chefe de polícia parecia perplexo. — Por que Donnie o manteve lá todos esses anos?

— Suponho que foi por causa da Bianca. Algum tipo de amor distorcido por ela ou lealdade. Naquela época, Donnie era um colaborador do parque. Ele devia imaginar que estava fazendo um bem pela mulher que amava.

— Mas a Bianca achava que tinha matado o tio, e era por isso que ela dizia que ele estava morando em algum outro país. — Earl esfregou o rosto. — Eu não estou entendendo mais nada.

Vanessa só pôde dar de ombros.

— A única coisa que importava para Bianca era proteger o parque. Na certa isso fazia sentido para ela. Quando eu contar para ela mais tarde que o tio ainda está vivo, a reação dela dirá o quanto ela sabia de verdade. No mínimo, eu a incrimino por tentativa de homicídio. Ela está acabada.

Vanessa deu outra olhada em Ava e, em geral, a filha parecia estar bem. Nenhum dano físico, exceto alguns arranhões e um pequeno corte na nuca, consequência do empurrão que Carlos Jones tinha lhe dado contra o espelho do camarim. Jones — cujo nome verdadeiro era Alberto Ruiz — já estava longe de Seaside, mas Vanessa faria de tudo para encontrá-lo. Ninguém assediava a sua menina e escapava impune. Ninguém.

Um dos policiais se ofereceu para levar Ava para casa, mas a garota se recusou a ir embora. Ela queria ficar perto da mãe, e Vanessa não se opôs. Ava havia perguntado sobre Blake, Vanessa só sabia que ele tinha sido levado para o Centro Médico Harborview. Era a única unidade de traumatologia de referência do estado de Washington, e ele receberia o melhor atendimento médico possível. Vanessa torcia para que ele se recuperasse.

Mesmo nas primeiras horas da manhã, as notícias se espalhavam rápido. A entrada principal do País das Maravilhas estava cheia de repórteres. As luzes piscantes das viaturas policiais e das ambulâncias eram as únicas coisas mais brilhantes do que a área de entretenimento. Ao meio-dia, tudo estaria nos telejornais locais. Na hora do jantar, estaria nas manchetes nacionais.

Tanner Wilkins tinha forçado a entrada no parque com o seu charme habitual, e a expressão de Vanessa quando os seus olhares se encontraram disse a ele tudo o que precisava saber.

— Não é certeza absoluta — ela disse. — Não vamos ficar sabendo até que o legista dê uma olhada.

— Mas deve ser o Tyler.

— Sim. — Ela tocou de leve no braço dele. — Meus sentimentos, Tanner.

Ele acenou com a cabeça, afastando-se por um momento para se recompor. Ao se virar de novo, seu rosto estava tomado pela dor. A paz só viria muito mais tarde para ele, supondo que um dia viesse, Vanessa pensou.

— Acho que posso deixar Seaside agora — Tanner disse com a voz embargada.

— Seria melhor mesmo. — Vanessa deu um aperto no braço dele. — Pegue a Jenna e passe um tempo fora. Você vai dar um jeito.

Seu rosto grisalho se voltou para ela. Seus olhos, sempre azuis tão brilhantes, estavam tristes.

— Você vai estar aqui quando eu voltar?

— Não tenho certeza. — Foi a resposta mais honesta que Vanessa poderia lhe dar. — Mas se eu não estiver, é melhor você me encontrar. O meu carro pode estar precisando de manutenção. Além disso, sou fã daquelas cervejas grátis que você prometeu. Eu até pago o jantar.

Tanner conseguiu esboçar um sorriso.

— Você está dando em cima de mim, delegada? — Abaixando-se, deu um beijo no rosto de Vanessa. — Obrigado por tudo o que você fez.

Ao se retirar, Tanner apertou a mão de Jerry, que ofereceu as suas condolências e o puxou para um abraço apertado. Depois, Jerry se aproximou de Vanessa e passou o seu braço esguio em torno dela. Por sua vez, ela o abraçou pela cintura e apoiou a cabeça no ombro dele. Ela não conseguia se lembrar da última vez que esteve tão cansada.

— Que loucura, hein? — ele disse.

— Tem certeza de que não sente falta disso? — Vanessa perguntou. — Earl Schultz acabou de me dizer que está se aposentando. Vão precisar de um novo chefe de polícia.

— Que nada, estou bem assim. E além disso, na certa vão oferecer o cargo para você.

— Eu não quero.

— Não é de se admirar. — Ele suspirou. — Acha que tem mais corpos lá embaixo? Você não me disse que encontrou diversos crachás de colaboradores do País das Maravilhas no quarto do Glenn Hovey?

Vanessa balançou a cabeça.

— Nate checou os outros crachás e viu que todos eles estão vivos. A minha teoria é que o Donnie sabia que o Hovey colecionava essas identidades e tentou incriminá-lo, colocando os crachás dos garotos que ele matou junto com os demais. Glenn Hovey é esquisitão, mas estou começando a achar que é uma verdade para todo mundo que está no País das Maravilhas há muito tempo. Acho que Hovey só matou o Jack Shaw, e pelo que ouvi falar, ele tinha um bom motivo. Mas quanto tempo ele vai passar preso por isso, só deus sabe.

— E a Mulher Fatal?

— Ah, ela está perdida. Ela tentou matar o tio, e de alguma maneira tinha que saber o que Donnie andava fazendo. Todos os colaboradores do parque com quem ela transou desapareceram, e ela não procura a polícia? Fala sério.

Ava se aproximou da mãe e de Jerry, e Vanessa passou o outro braço em torno dela. Os três ficaram parados, observando a Roda-Gigante Mágica, antiga, e enorme, e majestosa. O sol estava começando a raiar no horizonte, iluminando a manhã com um brilho suave. John-John era o único que faltava. O seu menino devia estar acordando na casa do amigo, seguro e felizmente alheio a tudo o que tinha acontecido. Era cedo demais para ligar para lá agora, mas Vanessa mal podia esperar para abraçar o filho e apertá-lo até ele se contorcer.

— Quer saber, vou ficar até amanhã — Jerry afirmou. — Quero ter certeza de que vocês estão bem. Além disso, quero garantir que você não se culpe por causa do Donnie. — Sua voz suavizou. — Não dava para saber, querida. Ele disfarçou muito bem.

— Tarde demais. — Vanessa suspirou. — Você sabe que eu preciso me punir de verdade antes de poder começar a me perdoar por ter deixado essa passar.

— Ele gostava de você, mãe — Ava disse. — Ele me contou. Se isso te ajuda a se sentir melhor.

Não ajudava, mas Vanessa sorriu para a filha e a trouxe para mais perto.

— E o que vamos fazer agora? — Jerry perguntou.

— O País das Maravilhas costumava ser a única coisa boa em Seaside, e agora é a pior coisa em Seaside — Ava disse. — Eu odeio este lugar. Acho que a gente devia voltar para Seattle.

— É uma possibilidade real. — Vanessa observou a agitação na área de entretenimento. — Esta cidade é pequena demais, corrupta demais, pervertida demais. Tudo é falso. Parece um cartão-postal por fora, mas está apodrecendo por dentro. Eu não quero criar a minha família aqui. O único problema é que vou ter que pensar no que fazer para ganhar a vida. Eu queimei todas as minhas pontes no Departamento de Polícia de Seattle.

— É mesmo? — Jerry disse. — Porque se você está falando sério sobre voltar para Seattle, eu adoraria ter uma boa parceira. Isaac e Castro Investigações, que tal?

Vanessa não conseguiu conter o riso. Era uma proposta interessante, mas ela não conseguia se ver não sendo policial. Já fazia 16 anos que Vanessa estava na polícia. O distintivo era a única coisa que fazia sentido para ela.

Ao longe, uma figura familiar estava se aproximando deles. Era o prefeito Frank Greenberg, e quando Ava o viu, desvencilhou-se da mãe e correu direto para ele. Ele se abaixou e a abraçou, levantando-a do chão. Então, o seu olhar encontrou o de Vanessa. Frank abriu um sorriso hesitante para ela. Ela retribuiu, com o peso do que tinham feito com John Castro servindo tanto para aproximá-los quanto para distanciá-los.

— Quer saber? — ela disse para Jerry. — Vou pensar a respeito.

E ela pensaria mesmo.

Nota da autora

Assim como muitos autores de ficção costumam fazer, eu olhei para a realidade e a distorci um pouquinho. Os leitores que conhecem bem a região Noroeste Pacífico dos Estados Unidos vão perceber que brinquei com a geografia, algo que sempre faço em minhas histórias. Por exemplo, existe uma cidade chamada Seaside no estado de Oregon, mas não no estado de Washington. Até onde sei, a Seaside imaginária e a Seaside real não têm nada em comum.

Existem diversos parques de diversões ao redor do mundo que se chamam Wonderland (País das Maravilhas, em tradução livre), incluindo um logo ao norte de Toronto, onde cresci. No entanto, o Wonderland canadense não é nada parecido com o Wonderland que criei para esta história. Não possui um museu de palhaços (e se tivesse, eu nunca, jamais, entraria lá), nem, pelo que sei, dispõe de um túnel subterrâneo que leva a uma masmorra onde maldades acontecem. Neste livro, o Wonderland é uma mistura do Wonderland verdadeiro que conheci, da CNE (Exposição Nacional do Canadá, que é uma enorme feira em Toronto que acontece todo mês de agosto), e da minha própria imaginação doentia.

E uma última curiosidade (espero que divertida): eu não fazia ideia de que Jerry Isaac iria aparecer neste livro até escrever a página onde ele foi mencionado pela primeira vez. Ele não estava incluído na proposta que apresentei a meu editor um ano antes da publicação do livro. Os personagens são mesmo surpreendentes… ou pelo menos são para mim, já que não crio um esboço das minhas histórias com antecedência. Se você leu *Creep* e *Freak*, tomara que tenha ficado tão contente em voltar a ver Jerry quanto eu. É sempre incrível quando velhos amigos voltam a aparecer.

Agradecimentos

Levei um ano inteiro para escrever este livro. Embora teoricamente tenha escrito sozinha, recebi muita ajuda em relação a todo o resto da minha vida.

Sou extremamente grata a meu marido, Darren Blohowiak, por ser um superpai, um supermarido e um super todo o resto que precisei para concluir este livro. Comecei a escrevê-lo seis meses antes de dar à luz, e o terminei pouco depois de o nosso filho completar seis meses. Foi uma época louca, exaustiva, estressante e incrível, e eu não teria conseguido sem você. Obrigada por ter entendido o quanto este livro era importante para mim e por ter me ajudado a torná-lo realidade. Eu te amo.

A minha agente, Victoria Skurnick, é a minha orientadora, juíza, negociadora, protetora e defensora quando se trata do mercado editorial. Por acaso, ela também é uma das pessoas mais doces e gentis que conheço. Obrigada por estar sempre a meu lado.

É um prazer trabalhar com Natasha Simons, a minha editora. Não sei ao certo como ela faz isso, mas Natasha consegue converter o processo extremamente enfadonho de editar o meu próprio livro numa atividade quase indolor (eu diria divertida, mas então ela saberia que eu estaria mentindo). Obrigada por acreditar no *País das Maravilhas*, e por transformar a minha visão em algo melhor. A todos os demais na Gallery Books e Pocket Star, obrigada! Tem sido muito bom trabalhar com vocês, pessoas maravilhosas, nos últimos cinco anos.

A minha família é incrível. Agradeço a meus pais e ao John por se orgulharem do que eu faço e por todo o apoio. A meus sogros, os Blohowiak, obrigada por serem tão prestativos. É uma honra fazer parte da sua família. Um agradecimento especial a meus tios, Regina e Alex Perez, por serem como segundos pais para mim de tantas maneiras.

Meus amigos também são incríveis. Vocês sabem quem são: vocês me deixaram bêbada no meu casamento em Las Vegas, e se isso não nos uniu para sempre, não sei o que mais poderia nos unir. Valeu por vocês estarem presentes nos momentos mais importantes da minha vida e também nos pequenos momentos que acontecem todos os dias. Vocês são a melhor torcida que uma garota poderia ter.

Um agradecimento especial a McKenzie Nelson por sua energia incansável ao cuidar do meu filho enquanto eu estava enfurnada no meu escritório, escrevendo todos os dias. Todo mundo na vizinhança devia achar que você era uma mãe adolescente, mas isso só porque o Mox adorou cada momento que passou com você.

Um dia, Maddox John, espero que você leia este livro e ache legal ter crescido dentro de mim quando eu o escrevi. Também espero que você ache legal ter o nome de um serial killer fictício. A sua mãe possui um senso de humor distorcido. Cinco anos antes, eu não sabia que você ia existir, quando criei Abby Maddox, mas agora tudo faz sentido. Você é a razão de tudo. Como a cartomante jamaicana me disse, você estava vindo. Era inevitável. E agora você está aqui, e não há nada no mundo que eu ame mais do que você.

LEIA TAMBÉM:

JENNIFER HILLIER
NADA FICA NO PASSADO
Esta é a história de três amigos: uma que foi assassinada, uma que foi para a prisão e aquele que está procurando a verdade por 14 anos...
FARO EDITORIAL

JENNIFER HILLIER
PEQUENOS SEGREDOS
Tudo o que é preciso para mudar uma vida é uma verdade íntima
FARO EDITORIAL

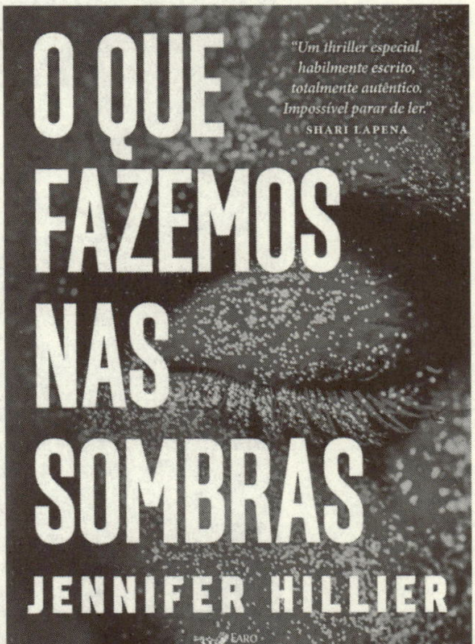
O QUE FAZEMOS NAS SOMBRAS
"Um thriller especial, habilmente escrito, totalmente autêntico. Impossível parar de ler."
SHARI LAPENA
JENNIFER HILLIER
FARO EDITORIAL

FARO EDITORIAL

ESTA OBRA FOI IMPRESSA
EM ABRIL DE 2025